U0603092

军民融合地质调查中心编委会　编著

九州出版社
JIUZHOUPRESS

图书在版编目（CIP）数据

黄金 / 军民融合地质调查中心编委会编著. -- 北京：
九州出版社，2024.1
ISBN 978-7-5225-2641-6

Ⅰ.①黄⋯ Ⅱ.①军⋯ Ⅲ.①纪实文学–中国–现代
Ⅳ.①I25

中国国家版本馆 CIP 数据核字（2024）第 045620 号

黄　金

作　　者	军民融合地质调查中心编委会　编著
责任编辑	刘　嘉
出版发行	九州出版社
地　　址	北京市西城区阜外大街甲 35 号（100037）
发行电话	（010）68992190/3/5/6
网　　址	www.jiuzhoupress.com
印　　刷	四川科德彩色数码科技有限公司
开　　本	710 毫米 × 1000 毫米　16 开
印　　张	20
字　　数	255 千字
版　　次	2024 年 1 月第 1 版
印　　次	2024 年 1 月第 1 次印刷
书　　号	ISBN 978-7-5225-2641-6
定　　价	68.00 元

★ 版权所有　侵权必究 ★

20世纪 70年代

基建工程兵第五一〇团成立大会

入营训练

风餐露宿

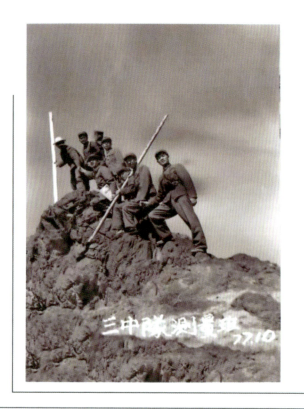

黄金部队官兵正在开展测量工作

冰雪中搭建钻探机台

齐锐新政委前往基层一线视察采金工作

基建工程兵第五技校首届学员毕业合影

黄金指挥部工作会议全体合影

祝延修工程师伏案工作

张文钊工程师察看地形图

进驻大兴安岭

爬冰卧雪

浪里寻金

中华版图金

通天路

趟过冰河

风雪中的营区

黄金部队指挥部工作会议

黄金部队成立十五周年之际，地矿部副部长张文岳代表地矿部赠送锦旗

河南省政府为黄金九支队立碑仪式剪彩

执行护矿任务中的黄金官兵

施工不忘学习

拍摄纪录片

探脉

槽探作业把营归

黄金部队野外军民共建

晨曦洗漱

野外足球赛

武警总部司令吴双战视察阳山矿区

白首不移寻金志

二胡演奏

机台搬迁

地质测量

钻塔上的战友情

阳山第一钻

装卸钻杆

原黄金部队技术干部正在观察矿物标本

军歌嘹亮

野外作业官兵正在收集水源

淘洗沙金

文工团慰问野外一线的黄金官兵

芦山救援

归来

警民共庆国庆节

石英簇里的黄金粒

16

陇海线铁路抢险

抗洪一线

祁连营区

庆贺

塔山春秋

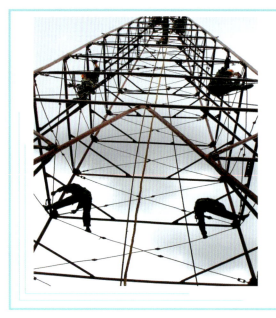

西藏营区

风雪探矿路

戈壁高原竞风流

中国梦 黄金兵

雪山跋涉

围炉午餐

突遇暴风雪

驰援尼泊尔

抗洪抢险

鲁甸救援

高原寻金

蕉叶避雨

猎猎旌旗迎风飘扬

茂县救援

如履平地

抢救战友

向更高处

宣誓

野战小分队巡演

迎难而上

雨林寻矿

武警黄金部队移交自然资源部交接仪式

向警徽告别

21世纪
20年代

自然资源综合调查指挥中心正式挂牌

编纂委员会

主　　任：韩　忠　谢　渊

副 主 任：蒋　钦　高建兵　胡国爱　李逢源

主　　笔：谢　威

编辑成员：何振伟　李　杨　罗　扬　赵南旗　张　琪

　　　　　姜　荣　杨巍青　梁　群

序　言

　　"遂古之初，谁传道之？上下未形，何由考之？"千百年前，处于困境中的屈原，站在荆楚大地上向浩瀚的宇宙发出了不屈的追问。千百年来，人类从未停止过对头顶苍穹、脚下大地的追寻和探索。

　　在孤独的探索道路上，有一种金属始终与人类文明相伴。在杀伐征战的疆场，在皇权贵族的宝库，在时局变化的暗线，在大国起航的浪涛，在滚滚历史长河冲刷下，它始终闪烁着独有的金色光辉。在科学技术日新月异的今天，它甚至帮助人类进入太空，踏上探索浩瀚星河之路。

　　它就是黄金。

　　现代科学研究认为，黄金来自苍茫宇宙。在数十亿年前，中子星相撞，在剧烈的爆炸中产生了黄金等重元素。这些重元素汇聚成小行星，随后来到地球上。黄金是宇宙诞生以来漫长岁月的见证，也是地球演化过程中珍贵的馈赠。

　　自古以来，黄金就因其稀缺性、稳定性等特性在众多矿物中脱颖而出，成为人类争相夺取的宝物。如今，黄金早已褪去专属于达官显贵的标志符号，出现在大街小巷的金铺，佩戴在窈窕淑女的耳垂。随着科学技术的发展进步，黄金出现在手机芯片里，出现在航天器的关键零件里。苍穹之上的星海与地底深处的黄金在人类对未来的追寻之中，产生了奇妙的链接。

　　近代以来，黄金在国际斗争和科技发展中被赋予了更多的战略意义，黄金工业发展也随着人类对未来的不断探索，逐步从原始的浪里淘金进入机械化地层深处开采的时代。在这段黄金工业建设发展的漫漫长路上，中华民族无数投身地质事业的先辈前赴后继，留下一幕幕可歌可泣的光影故事。

1978 年，中国百业待举，改革开放政策，犹如一阵春风吹拂板结的中国大地，也对作为硬通货的黄金储量资源提出了严峻考验。这种形势下，世界上唯一一支从事黄金找矿的部队——武警黄金部队应运而生。数万人的队伍，始于改革开放的春风，穿行在大兴安岭的林海雪原，奔波在内蒙古草原的凛冽狂风中，行走在人迹罕至的雪域高原，纵横疆域，寻梦山川。在改革开放初期挺进荒野，在百万裁军中改警转隶，在市场经济中探索新路，在多次转型中始终坚持为国寻金、为民造福、为党增辉的初心。2018 年 8 月，根据《深化党和国家机构改革方案》，武警黄金部队全体官兵正式脱装卸甲，并入自然资源部中国地质调查局。成立 40 年来，武警黄金部队累计提交黄金资源储量 2365 吨，特别是在"七五"期间，仅用国家黄金行业 1/6 的人力、财力，提交了全国 1/3 的储量，留下座座金色丰碑。

平民星光，凡人英雄，伟大的事业离不开普通人的付出，脱装换羽后的黄金官兵，继续奋战在江河湖海，为黄金工业建设发展、为中华民族复兴伟业、为人类探索未来征程奉献力量，阔步向前。

穹顶之上，"天问一号"探测器在火星上留下了中国足迹，神舟十七号发射升空，中国空间站迎来新的船舱，黄金帮助人类在太空中演绎探索宇宙的浪漫情怀，帮助中国人回答新时代的"天问"。渺小如宇宙沙砾的人类，自百万年前诞生以来，造字谱曲、织丝裁衣、筑路建城，创造出无数辉煌灿烂的文明。科技进步至今，我们承接前人仰望星河的梦想，点火出征，冲破这片天幕，在探索宇宙的道路上迈出了新的征程。

谨以此书，记录下黄金官兵及其他为地质事业奉献的人们跋涉山野的坚实脚印。只愿，这些文字像老旧照片一样泛黄褪色的时候，还会有那一抹金色，在后人的心海中闪烁光芒！

炙热的时代

一

那是 1979 年的春天

改革伊始，百业待兴

那是走入新时代的中国改革开放第一年

我们扛下重任、履行使命

踏上了漫漫四十年的寻金之旅

那白雪皑皑的大兴安岭

一串串深浅不一的脚印

是我们探寻黄金永恒的踪迹

那人迹罕至的青藏高原

一首首慷慨激昂的红歌

是我们忠贞报国满腔的赤诚

那荆棘密布的秦岭山脉

一阵阵钻机震耳的轰鸣

是我们热血沸腾无悔的青春

那汶川、鲁甸的震后废墟

一个个军绿色的身影

是我们一心为民赤子的忠心

你看，飘扬雪域的猎猎军旗

勇闯禁区，穿越密林

茫茫兴安岭迎来绿色背影

你看，流淌蜀地的白水江畔

波涛滚滚，浪里淘沙

刺骨寒江探寻金色希望

你看，横跨西南的绵延山脉

果断决策，布局秦岭

巍峨高山中谱写阳山的璀璨诗篇

你听，响彻内蒙草原的呼麦长调

黄沙裹石，九原风来

如泰苏木的天空下闪耀着哈达门的金色矿床

你听，阳山顶峰震耳欲聋的钻塔轰鸣

兵发陇南，十年寻矿

我们的誓言在山谷群峰间永恒回响

一幕幕平凡的画面，一个个既往的故事

不加修饰的言辞，不动声色地演绎四十年军旅篇章

没有荡气回肠的凯歌

没有缠绵悱恻的柔情

没有华丽绚烂的场景

只有遗落于高山大漠的往昔

只有牵扯于记忆深处的阵阵尘埃

曾经的志向与热血，曾经的奉献与付出

青春和美好，智慧和汗水

都化作了最平淡无奇的语言

成为新中国百年征程之中轻描淡写的一笔

我们始终难以忘怀这鸿篇巨制描绘的点点滴滴

那是我们这一辈人最无悔的追寻

二

历史的车轮滚滚向前，改革的潮流势不可挡

脱下戎装，我们不忘初心

传承红色血脉、军人传统

站上岗位，我们不辱使命

弘扬阳山精神、地质之魂

我们的追梦之路与祖国腾飞相辅相成

我们的前途之旅与民族复兴相伴相生

在这炙热时代之中

我们立足西南、经略周边

我们兼顾陆海、探索空天

在地质调查核心业务领域大展宏图

这，是阔步向前的时代

我们跋涉山川，征战高原

我们调查山水林田，探访湖草冰川

自然资源综合观测网络逐步构建

这，是势如破竹的时代

我们融入战略行动，挺进冈底斯山

我们深探西南三江，再战攀西、陇南

战略资源找矿靶区多处呈现

这，是乘风破浪的时代

我们探索生态修复，服务防灾减灾

我们支撑重大工程，拓展横向合作

全面构建融合创新发展新格局

这，是与时俱进的时代

我们强化科技创新，推进"三网"融合

我们致力科普惠民，助力乡村振兴

科技创新、信息化双擎驱动促发展

三

004

大江东去，斗转星移

生逢盛世，定不负荣光

作为新一代地质人

无需惊天动地的壮举

无需可歌可泣的事迹

只要日复一日的耕耘

只要平凡质朴的付出

只要在祖国建设的宏伟蓝图中

写下那最朴素、最生动的注脚

万水千山，总有一种使命在召唤

荆棘丛生，总有一种信仰在支撑

长夜漫漫，总有一个方向在指引

刀山火海，总有一种情怀在激荡

是的，在这个炙热的时代

我们将以微毫诠释盛大

团结一致共创锦绣辉煌

是的，在这个腾飞的时代

我们将以热血浇灌希望

快马加鞭谱写时代荣光

百年沧桑迎巨变，壮志凌云在我心

地质攻坚时不我待，伟大事业只争朝夕

我们是新一代地质人

我们将对党忠诚，不负人民，为国家地质事业奋斗终身

请党放心，强国有我

请人民放心，担当有我

请祖国放心，未来有我

——马鸣莎、吕大伟、谢威

目 录

CONTENTS

第一章　风云起卷　波涛暗涌

西风烈，

长空雁叫霜晨月。

霜晨月，

马蹄声碎，喇叭声咽。

雄关漫道真如铁，而今迈步从头越。

从头越，

苍山如海，残阳如血。

一

"当时我随部队攻进上海，大家都在传，说老蒋把国库百万两黄金给卷跑了，可我活那么多年就连一粒金子也没见过，黄金百万两到底是个什么概念，直到我后来到黄金部队才晓得，那可是支撑整个国家发展建设的家底！"

2021 年，时值中国共产党百年华诞，曾光荣参与解放战争的原黄金三总队副总队长王应生受邀来到由黄金三总队、十二支队改制后合并组建的全新单位。史馆墙壁上的一张张老旧照片无声地拍打着岁月潮头，在王应生的内心深处激荡，提起黄金部队的往事，王应生话语中除去那种骄傲与自豪，还夹杂着丝丝伤感和遗憾："别看黄金部队只是武警部队下属的一支警种部队，真要追溯起来，咱们的历史长着呢……"

1949 年 3 月初，解放军第三野战军 35 军 104 师 312 团 3 营营长管玉泉奉命带领王卫国、王应生所在的连队，从徐州乘火车沿津浦铁路经宿县、蚌埠、明光到达滁州，然后步行向东至浦口北面的常家营驻扎，准备参与渡江作战。

"打过长江去，解放全中国，打到南京去，活捉蒋介石。"在准备渡江的日子里，王卫国与战友王应生常听到这些口号。

1949 年 4 月 20 日，南京国民政府拒绝在和平协定上签字。百万雄师遂于当夜起兵，在东起江阴、西至湖口 500 多公里的江面上，发起了渡江作战，摧毁了敌人吹嘘的长江"立体防线"，把其沿江部署打得七零八落。

1949 年 4 月 22 日黄昏，312 团奉命攻打驻浦口的国民党残兵，守敌不堪一击，纷纷逃窜，解放军迅速占领浦口。

1949 年 4 月 23 日凌晨，南京长江路 292 号……王卫国、王应生跟随队伍抵达总统府前，发现大门虽然紧闭，但仅用一根插销插着，并没有上锁。当王卫国等人跑到大门口时，里面立即就有了反应，走出来三名卫兵，很配合地将大门打开。

王卫国与王应生在渡江前原以为这将是南京城内最后一场恶战、硬仗，可令 3 营将士没想到的是，总统府的大门口压根就没有几个守卫，见解放军攻过来，早早地举起了双手。居然不费一枪一弹占领总统府，令王卫国感到匪夷所思。

如今的总统府内，已经是一片狼藉，纸片满地。蒋介石的一张大办公桌上，还端放着一套《曾文正公家书》，笔托、毛笔等，依次放着。引人注目的是一个用黄铜铸成的台历，上面的日期是"中华民国三十八年四月小，23，星期六"，作为历史见证它在此定格成为永恒。

到达国民党政府会议室，王应生见到挂在墙壁上的蒋介石巨幅画像，举枪就想放几梭子弹。营长管玉泉一下制止了他："这是什么地方，你能随便开枪吗？不要忘记战前学习的纪律，能不开枪尽量不开枪，能用轻火力尽量不动重火力。对历史文物、重要设施、民生设施要严加保护。"见营长发火，王应生才意识到严重性，把枪收了起来。

3 营控制总统府后，根据战前战略部署，迅速冲上总统府楼顶。此时已经是 1949 年 4 月 24 日清晨，旭日从东方冉冉升起，整座南京城沐浴在一片朝霞之中，静穆而壮美。

按照战时夺旗传统，管玉泉营长一个箭步上前，将国民党的旗帜扯了下来，转身命令王应生把昨晚冲锋时的红旗拿来，3营将士们亲手将这面带着硝烟味的红旗插在了南京总统府的城楼。

旭日当空，红旗猎猎。南京城头悬挂了22年的青天白日旗，至此永远地落入历史尘埃。

毛泽东主席得知我军开始全面渡江，解放南京时，兴奋提笔，写下了那首脍炙人口的名篇：

> 钟山风雨起苍黄，
> 百万雄师过大江。
> 虎踞龙盘今胜昔，
> 天翻地覆慨而慷。
> 宜将剩勇追穷寇，
> 不可沽名学霸王。
> 天若有情天亦老，
> 人间正道是沧桑。

二

南京城正式宣告解放，人民解放军士气如虹，挥师上海已是指日可待。可令人意想不到的是，在这样严峻的形势之下，蒋介石居然派自己的儿子蒋经国迎着纷飞战火亲赴上海。

到底是什么原因让这位国民党总裁在这个时候还让自己的儿子以身试险？有什么东西值得他如此惦念不忘呢？

1949年5月，上海城寒潮未散。阴冷的天气配合着一个接一个的战败消息，让上海的国民党部队在萧索寒风里人心惶惶。渡江战役已全面结束，解放军三野部队主力全部集结在上海城外，形成合围之势。

夜幕降临，昔日金迷纸醉、莺歌燕舞的十里洋场却归于沉寂，仿若暴风雨来临前的宁静。夜色苍茫，路灯昏黄，外滩码头上数艘国民党海关舰艇探照灯却把江面照得亮如白昼。

这一天，国民党颁布了晚间戒严令，让本就清冷的外滩愈加人迹罕至。几列国民党军士兵却如临大敌般，荷枪实弹把守着外滩的每一处路口。

中国银行大楼就在外滩临江而建，距离码头不过几百米。一队士兵从中国银行侧门鱼贯而出，他们或两人抬一箱，或一人挑两箱，颤颤悠悠地把数百个箱子运到了停靠在黄浦江边的舰艇旁。士兵们默默不语，只有沉重的脚步声回响在青石板上，把这个夜晚映衬得更加沉闷。

"快，快，抓紧时间把箱子运上船！"军官用低沉的声音吼着，一队士兵抬着沉重的箱子跨过跳板，快步往船舱走去。

船员们看着那些个头不大却让士兵们倍感吃力的木箱，窃窃私语地猜测："里面装的是金砖吧？"结果招来舰长的严厉训斥："问那么多干啥，完成任务就行！"

船员们的猜测没有错，箱子里装的正是从中国银行的库里悄悄转运出来的黄金。自从国民党军队开始溃败以来，蒋介石已命人陆续将国库黄金分多个批次用船艇和飞机偷偷运至台湾。现在上海金库仅余的 20 多万两黄金，他也毫不放过，将运金任务交给时任京沪杭警备总司令汤恩伯。

为了将黄金如数运走，接到运金密令的汤恩伯命令把军舰物资仓里除必要物资外全部倒掉，腾出空间运黄金。军舰的物资仓设在船尾，装运开始没多久，船头就往上翘，水兵们赶紧在船头加水，船尾装黄金和银圆，一边装运一边调整。尽管搬运黄金的士兵们昼夜不停，也足足花了一天一夜。

招商局的汉民轮、锡麟轮等待的时间则更长。除了军舰放不下的黄金之外，还有大量的银圆、铜板也放在了汉民轮和锡麟轮上。银圆、铜板数量奇大，做不到那么精细，只能用竹篓装满，一竹篓一竹篓地往舱里倒。"哗啦、哗啦……"现场一直响着犹如老虎机不停出钱的声音。

此时，上海大世界的广告牌中"反共剿匪"的标语仍在冷风中飘扬，沙包工事密布在整个城市大街小巷，驻守上海大世界的某位国民党军官接到的上级命令："人在阵地在！"但就在他准备带领士兵与解放军血战到底的时候，传来一个消息，说汤司令已经把所有的军饷都装上船运走了。这位驻守上海大世界的军官吐了一口唾沫，骂了一句"去他的"，转头就跑。

上海战役打响前，汤恩伯曾拍着胸脯向蒋介石保证："总裁让我守六个月，不才以为坚持一年没有问题，我要让上海变成中国的斯大林格勒。"但就在一个星期之间，上海外围的战斗已经结束——1949年5月27日，上海正式宣告解放，仅用时16天。

1949年5月27日清晨，天空飘着蒙蒙细雨，上海市民们在枪声平息的清晨打开家门，低头一看，发现马路两边潮湿的水泥地上，睡满了身穿黄布军装的解放军战士，遂惊讶不已。

解放军进驻上海的同时，8辆从江苏丹阳出发的卡车抵达上海，停在了外滩的中国银行门口，这些卡车上装载的，是为了顺利接管上海而即将投入使用的特殊"武器"——人民币。

同日，上海市军事管制委员会在上海市人民政府成立，陈毅担任新中国成立后上海市第一任市长。

三

上海黄浦路口，一辆绿色的军用吉普车驶过萧条冷清的街道，一拐过弯，前面却人声鼎沸，很多人正围着一个店铺，几乎堵塞了整个街道。驾驶员立即减速让车慢了下来，正欲摁响喇叭，坐在副驾驶位置上的朱青却开口说话了："靠边停一下，我下去看看他们在做什么。"

朱青打开车门，向人群中走去。听到一个人正跟另一个人小声说："共产党在军事上得了满分，在政治上得了八十分，在经济上恐怕要得零分。"另一个人说道："唉，要是真像那些人说的那样，'两白一黑'再被别人控制了，怕是共产党迟早要被挤出大城市啰。"

朱青正要上前理论，却突然冷静下来，她察觉到这件事情不简单，要慎重处理。说话的人看着一身中山装打扮的朱青走来，赶紧说道："莫谈政事，莫谈政事！但愿今天能买到粮食，一家老小还等着我买米下锅呢！"

来到陈毅市长的办公室，朱青将自己来时的所见所闻向陈毅汇报："真是气人，这些人一看就居心叵测。"

陈毅听到秘书朱青的叙述一下就搞清楚了，这些人是在"抢粮"。国民党军事上打不赢，这是暗地里要打金融战啊！

解放军进驻上海前，人人买银圆，通货恶性膨胀，金圆券每小时都在贬值。餐馆卖酒按碗计算酒钱，第二碗的价钱比第一碗高；排队买米，队尾的人付出的价钱比队头的人高；坐火车的人发现餐车不断换价目表，一杯茶去时卖八万元，回时卖十万元；买一斤米，钞票的重量超过一斤；银行收款不数多少张，只数多少捆；信封贴在邮票上，而不是邮票贴在信封上。街头出现数万银圆贩子倒卖金银，纸币形同废纸，每枚银圆的价值已涨到 2000 多元人民币。

当然，其中不乏国民党撤退时留下的特务人员从中作梗，妄图从经济上颠覆新政权，他们尤为得意地宣称："解放军能进得了上海，人民币进不了上海。"

陈毅立即将实情汇报给党中央，毛主席高屋建瓴，看出问题的严重性，果断决定以上海为主战场，狠狠打击投机资本、哄抬物价、囤积居奇的不法行为。

为了尽快恢复市场秩序，安定人心，华东财经委员会和上海市委在电告中央后，一面抛出 10 万银圆，力图以银圆制服银圆，使价格回跌；一面在全市举行了"反对银圆投机，保障人民生活"的游行和宣传，并警告投机奸商"赶快洗手不干，否则勿谓言之不预"。

投机者把政府的警告当作耳旁风，依然我行我素，在他们别有用心的暗箱操纵下，10 万银圆投入上海市场犹如石沉大海，在经济市场的潮水里没有泛起一丝涟漪。

是可忍，孰不可忍。1949 年 6 月 10 日，经中共中央华东局的批准，上海市军管会周密部署，决定对证券大楼内的投机分子进行抓捕。时任淞沪警备区司令员宋时轮亲率一个营的士兵包围了上海的证券大楼。

上午 8 点，上海证券大楼内的交易正在进行，投机商们连连出手，共同哄抬交易价格。在他们交易过程中，证券大厅似乎多了许多身穿西装的年轻人，一时不知他们是什么身份。

忽然，大楼外疾驰而来 10 辆军车，车上迅速跳下一个营的解放军，然后直奔大厅。与此同时，大厅里那些西装革履的年轻人也迅速掏出手枪，奔向各个证券号。

楼内进行投机交易的 1500 名投机分子被集中拿下，当场抄没 3642 两黄金、39747 枚银圆、62769 美元，还有人民币以及囤积的其他各类商品折价 5000 余万元，同时还在现场搜出两支美式手枪。

此次行动严厉打击了破坏上海金融秩序的非法活动。第二天，《解放日报》在第一版刊出了题为《检查投机中枢证券大楼投机奸徒大批落网》的新闻。

漂亮的银圆之战让上海市民拍手称快，很快震动全国。银圆价格从 2000 元快速跌到 1200 元，几乎腰斩。三天后银圆与人民币的价格比直降到 1∶500，大米价格很快下跌，食用油价格也跟着米价一起下跌！

紧接着，中央财经委员会又指示华东财经委员会，采取"交通事业及市政公用事业，一律收人民币"等经济措施。政治手段、经济手段、宣传攻势三管齐下，不到一个月，上海银圆投机风潮即告平息。

疯狂的金银、外汇投机买卖得以抑制。恶性通货膨胀停止，物价开始趋于稳定。新中国的这场经济"淮海战役"告捷。

时至今日，国民党溃逃台湾之时抢运大量黄金一事已人尽皆知，但在当时行动极其隐秘。国民党究竟运走了多少黄金，又如何在乱世中平安运抵台湾？诸多细节说法纷纭，对许多人来说都是一个谜。70 多年来，这一直都是两岸极具争议性的话题。

但可以明确的是，国民党运台黄金保证了台湾新台币改革的成功，稳定了物价，为之后中国台湾地区成为"亚洲四小龙"奠定了基础，也使岌岌可危的国民党政权得以喘息。因而有历史学家评论说，如果当年蒋介石没有把大陆黄金运往台湾，台湾将面临货币大贬值的恐慌，也许国民党偏安政府会不攻自破，历史将是另一种局面。

可是历史没有如果，没有假设，现实是蒋介石用劫走的黄金稳定了残破的局势，也给新兴的共产党政权留下空空如也的国库。但那数百万两黄金，却再也挽回不了时代的变局，收买不了时代的人心。

当历史的硝烟散去，岁月的泪痕擦干，和平、发展已成为寰球大势，过往沧桑斑驳的故事总是令人唏嘘喟叹。站在时代的浪头回顾往昔，这些黄金无论是在台湾还是在大陆，都同属于中华民族，割不断的是骨肉同胞的一脉相连，斩不开的是由黄金白银积累起来的中华民族福祉。

雨过天晴，重新洗刷长江黄河，冰消雪化，依旧还看绿柳红樱。多少人和事如浪花、泥沙，在这条历史长河里绽放、沉没，被裹挟着一路向前。

本章历史大事件出处

1. 管玉泉营长带人解放南京总统府。出处：CCTV 央视国际，2007 年 6 月 5 日。

2. 蒋介石命汤恩伯将留在上海的最后一批黄金运到台湾。出处：CCTV4 中文国际，《天涯共此时·台海记忆》历史纪录片，2013 年 11 月 16 日。

3. 解放上海之后的金融保卫战。出处：北京卫视，《档案》栏目，2018 年 12 月 17 日。

第二章　总理"托孤"　临危受命

为有牺牲多壮志，

敢教日月换新天。

喜看稻菽千重浪，

遍地英雄下夕烟。

一

1975 年夏，遮天蔽日的树荫把北京巷陌罩在盈盈绿色下，大爷大妈们坐在褪了色的门前扇扇子乘凉，自行车穿过藤蔓疯狂生长的灰砖墙，蝉鸣划破炎热慵懒的空气。人间烟火与历史诗情在这座城纠缠了几百年，但胡同里的一砖一瓦却依旧静默安详，好像老去的时光只是一席北平旧梦，红墙古树、庭院人家，都显出古老及平和。

1975 年，离美国总统尼克松访华已过去 3 年时间，看似平静的世界格局，正在悄无声息间发生着轰隆巨变，一个崭新的时代逐渐展露圭角，浩荡的风正从人民头上刮过。

在这个炎热的夏季，周恩来总理再次因超负荷工作而病倒了。这天，他吃了药，躺在病床上休息，心里仍不断思虑新中国的发展建设，此时距第一次提出四个现代化目标已经过去 21 年了，社会经济水平、人民的生活条件还没有得到很好的改善，共产主义事业任重道远。他不顾医生的嘱托，强撑着病体，坐在床上开始处理上报来的一沓厚实的文件。

忽然，一份报告让总理眉头紧锁，那是地质总局报上来的黄金勘探情况。

从报告上看，国家黄金资源产量仍不理想。新中国于 1972 年召开了全国黄金生产会议，提出了十项措施，大大促进了黄金工业的发展，可尽管如此，1974 年的黄金产量仅 14.7 吨，这点产量与当前的外汇需求相差甚远。

周总理不由得记起四年前的冬天，毛主席讲起在视察长沙时，身边工作人员排了半天队，才买到"的确良"事情。

说起此事，毛主席愧疚地讲道："解放这么多年，吃饭和穿衣问题还解决不好，怎么向人民交代？为什么我们不多生产点'的确良'？不要让人民群众千辛万苦才能买到一件衣服！"

周总理回道："我们没有这个技术，还不能大批量生产。"

毛主席又问："能不能买，能不能向国外进口技术设备？"

周总理说："可以。"

事后周总理找李先念、余秋里，研究如何引进国外化纤技术问题。

为了更好地发展经济、满足民众基本生活需求，中央开始研究推进从国外采购大型工业设备的方案。1972 年，党中央、国务院刚刚批准了国家计划委员会提交的关于进口成套化纤、化肥技术设备的报告，计划引进亟须的化纤新技术成套设备 4 套、化肥设备 2 套及关键设备和材料，约需 4 亿美元。而1971 年国家外汇储备总计仅有 5.69 亿美元，单这一项引进计划就要用去 70%多，外汇支付压力太大了。

外汇支付一般有两条途径：一条是提供黄金、白银这类硬通货。但新中国成立前，先是抗日战争时期日本侵略者对黄金产地掠夺式开采，后又因国民党政府把黄金、白银等悉数劫往台湾，新中国成立初期黄金产业一片凋零。新中国成立后因多种历史原因，黄金生产一直没有得到重视，产量一直上不去。另一条是与其他国家贸易，换取国际通用货币。20 世纪 50 年代，中国在西方国家的封锁下，不得已采取"一边倒"的对外开放政策，用农副产品的出口创汇偿还购买苏联装备产生的债务。中苏关系恶化后，虽然与其他国家展开了贸易，但体量也不大，所以外汇储备一直紧缺。

那时，中国作为传统的农业生产国，长期以来习惯自给自足，国家生产力水平还不高，外贸主要集中在较低层次的农产品领域，创汇能力弱，更何况有的产品连实现自给自足都很难，又何谈出口创汇？

眼看国际关系越来越好，国家在各个方面具备了借助外贸发展经济的条件，但被外汇储备卡住了脖子，真可谓是"万事俱备，只欠东风"。

贸易创汇周期较长，成效不明显，这条路行不通，那么只有另外一条路了，短期迅速提高黄金产量，增加黄金储备。前期周总理多次召集有关部门对这一问题进行研究，地质部、冶金工业部也针对当时的情况采取了一些措施，增加经费和人员，改善开采设备，但收效都不是明显，黄金生产仍在低谷徘徊。

周总理放下手中的文件，揉了揉眉头，将目光望向窗外，院子里紫薇花开得正艳，暖风伴着暗香一并涌入房内。

提高黄金产量这件事情不能再拖，必须找一个人来重点主抓。他在脑海中将能担此重任的人都过了一遍，在众多熟悉的面孔中，他迟迟找不到合适的人选。

这时，收音机里传来一首熟悉的歌谣："花篮的花儿香，听我们唱一唱，唱一呀唱，来到了南泥湾，南泥湾好地方，好地呀方，好地方来好风光……"

周总理猛然间想起一个人来。他对秘书纪东说："把王震找来，我有要事同他商量。"纪东没敢耽误，立即通知王震。不一会儿，一辆红旗车风驰电掣地穿过长安街，驶进中国人民解放军三〇五医院的大门。

总理病房里，王震坐在周总理的病榻前，看着日渐消瘦的周总理，心里涌上一阵说不出的痛楚。

周总理强撑病体，稍事寒暄，便同王震就当前的局势和国民经济情况交换了意见。王震很坦诚地将自己对国家经济建设的担忧和想法说了出来，周总理也深有同感。随即，两位心灵相通的党和国家领导人就把话题转移到中国的黄金事业上。

"国家没有硬通货，说话不硬气呀！"周总理的额上布满因病痛而渗出的汗水，语气里充满着忧虑。但他丝毫不顾自己身体不适，双手颤抖着，紧紧握住了王震的手："依照我国的经济现状，没有黄金实在不行，你要把金子抓一抓，搞建设不能没有黄金。"

王震知道周总理此时把这一重任交托给自己，是对他的极大信任。看着为国家命运日夜操劳、积劳成疾的周总理，纵然受病痛折磨，依旧在为国家和民族未来发展找出路，王震鼻子一阵发酸，内心百感交集，他眼含泪花，深吸一口气，按抑着奔腾翻涌的情绪说道："总理，您要注意自己的身体，安心养病，黄金的事情您就放心吧，我记在心上，待时机合适，我一定想办法把金子抓上去。"

清瘦的周总理又把目光转向秘书纪东。纪东轻轻地点点头说道："有宝刀不老、雄风犹存的老将军披挂上阵，金子的事，一定能抓得起来。"听到这样的许诺，周总理苍白憔悴的脸上，唯独一双眼睛灼灼有光。

王震将军，曾在战场上叱咤风云，战功卓著，对搞生产也不陌生。抗日战争时期，他任三五九旅旅长兼政委。1938 年，抗日战争进入相持阶段，八路军人数减少，根据地缩小，陕甘宁边区物资匮乏，生活异常艰苦。加之地广人稀，土地贫瘠，仅有的 140 万群众要担负起几万干部、战士和学生的日常生活供给，难以为继。生存，成为一个严峻问题。

中国共产党人善于从困难中寻找机遇，毛泽东发出号召："国民党封锁我们，我们面对严重的困难。是饿死呢？解散呢？还是自己动手呢？饿死是没有一个人赞成的，解散也是没有一个人赞成的。还是自己动手吧！"于是，一场以"发展经济、保障供给"和"自己动手、丰衣足食"为目标的军民大生产运动开始了。

1941 年年初，王震率三五九旅进驻南泥湾。伴随着嘹亮的军歌，将士们披荆斩棘，在红红火火的开荒潮中，用辛勤汗水唤醒了沉睡的土地，绘就了一幅"平川稻谷香，肥鸭满池塘，到处是庄稼，遍地是牛羊"的画面。

在南泥湾大生产时王震曾经组织过采金工作，这段经历或许是周总理授权王震挂帅抓黄金生产的一个理由。更为重要的是，王震在党内旗帜鲜明，讲党性、讲原则，有很强的人民立场，是一个值得党和人民信任之人。一生讲原则、讲纪律的周总理或许早已心知天数，这个非常规的嘱托颇有些"托孤"式的悲壮。

二

非常时期，王震按照周总理的秘密指示，郑重接过黄金生产的大旗，临危受命，义无反顾挑起了重任。

他组织冶金工业部、地质部的领导和专家，成立"黄金生产领导小组"，亲自带队，奔赴山东、内蒙古、东北三省、湖南、湖北、河北、新疆、陕西、四川等产金地，深入矿区调研考察，了解黄金探矿、生产中亟待解决的问题，组织动员各方面力量，研究制定政策措施，增加投入，迅速且大力度地推动了黄金生产。

在王震的主持下，新中国的黄金行业管理得到加强，黄金开采有序推进，并根据现有黄金矿山的特点，制定了"边探、边采、边设计、边施工"的发展方针，完善了采金扶持政策，促进了黄金工业的快速发展，第三次全民黄金生产运动迅速启动。

周总理病榻前的嘱托时刻萦绕在王震的内心。当他从全国各大黄金矿业生产基地调研回京后，撂下狠话："黄金（产量）上不去，我死不瞑目！"

王震主持黄金生产工作的三年之后，1978 年年底，党的十一届三中全会顺利召开。

邓小平在中央工作会议闭幕会议上发表了《解放思想、实事求是、团结一致向前看》的重要讲话："一个党，一个国家，一个民族，如果一切从本本出发，思想僵化，迷信盛行，那它就不能前进，它的生机就停止了，就要亡党亡国。"

"首先是解放思想。只有思想解放了，我们才能正确地以马列主义、毛泽东思想为指导，解决过去遗留的问题，解决新出现的一系列问题，正确地改革同生产力迅速发展不相适应的生产关系和上层建筑，根据我国的实际情况，确定实现四个现代化的具体道路、方针、方法和措施。"

党的十一届三中全会冲破长期"左"的错误的严重束缚，彻底否定"两个凡是"的错误方针，高度评价关于真理标准问题的讨论，重新确立了实事求是的思想路线，开始实行对内改革、对外开放的政策。寒意料峭之中，人们模糊地觉察到，风向在变动，融融暖意正扑面而来。

1978 年 12 月 22 日，十一届三中全会刚刚落下帷幕的一个夜晚，北京城上空飘洒着晶莹雪粒，伴随着寒风拍打窗棂。夜色已深，王震副总理躺在床上辗转反侧，思绪万千，脑海中不断回响着"黄金，黄金……"，这两个字积压心头多年，重若千斤。

从 1949 年至 1978 年，29 年的光阴如白驹过隙，转瞬即逝。其间，抗美援朝战争、研制"两弹一星"、中国恢复联合国席位，回首过去征程，新中国成立后迈出的每一步，都是在翻山越岭，都是在艰辛的探索中前进。

改革开放政策的实施，让中国对于黄金储备的需求进一步增加。邓小平同志再次把助推国家经济发展的重担压在了王震肩上，希望他在前期推进黄金工业发展的基础上，将中国黄金产量快速增加，助推改革开放政策施行。

怎样才能建强黄金工业体系？中国黄金产能怎么快速突破？此事不仅关系黄金工业，更关系改革开放新政推进，关乎国计民生！这些困扰中国经济多年的问题，让这位戎马一生的老将军失眠了，他索性起身下床，披上那件半旧的军大衣，走向窗边，拉开窗帘，深邃的目光透过北京城的茫茫夜幕望向远处天际，思绪万千……

3 年时间里，王震根据周总理的指示，如战争岁月排兵布阵一般，对中国黄金工作进行全新的谋篇布局，制定了一系列支持黄金工业发展的政策，并取得了一定成效。但面对改革开放政策实施后，面对新中国快速发展的需要，中国的黄金储备仍杯水车薪。

面对东方巨龙腾飞之势，西方地质学者怀着各种复杂的心情不断地鼓噪"中国贫金"。在诸多负面舆论下，许多中国专家也动摇了，大家普遍存有这样的担心，中国是不是真的贫金？如果真如西方地质专家所言，那投入如此多的人力和资金却无法开采出黄金，不等于拿着钱打水漂吗？从来不怕鬼、不信邪的王震却不认这个账，不理这个茬。他再一次召集地质专家展开座谈。这样的会议自他主抓黄金生产以来已经召开过太多次了。

"难啊，容易开发的金矿在抗战时期几乎被挖空了，现在投入生产的金矿根本支撑不了国家需要的后备储量。"

"想提振黄金工业，增加黄金储量，就要扩大人员队伍，至少增加一万五至两万人投入地质工作，短时间内，这些人要从哪里来？"

"容易勘查的地区都走了个遍，想要找金子，就只能进入没有人去过的无人区寻找新的金矿点，而那些地区要么是荒漠戈壁，要么是深山密林，进去勘查实在是太难了。"

会上，地质专家根据当前国家地质事业建设实际，对黄金生产各抒己见，争论不休，气氛十分激烈。焦点同以往一样，还是寻找黄金的困难和采金人员的不足，与会者却又提不出解决问题的实质性举措。

这不成老生常谈了吗？王震副总理越听越生气，怒火满腔窜动，索性一拍椅子站起来："我们都解放这么多年了，黄金的开采挖掘还处于慈禧太后时期的水平，太不像话了，怎么向党和人民交代？"

"我国幅员辽阔，历史上许多地方都生产过金子，湖南有座金牛山，四川有条金沙江，到处有黄金资源，谁敢说中国穷，没有黄金资源啊？"他双手撑着会议桌，眼神坚定地平视前方，说出了心中酝酿已久的计划，"让部队去找金子！"

一语惊四座，会场瞬间安静了下来，众人面面相觑。

这句话不是王震一时冲动说出来的，而是深思熟虑后作出的决定。关于"让部队找金子"这个想法，早在1975年周总理将重任委托王震时，就安排他不动声色地在基建工程兵中做采金试点。但当时处于"十年"特殊时期，解放军是社会稳定的重要力量，组建大规模军事化找金队伍的时机并不成熟。

现在，面对国家经济建设和改革开放的迫切需要，这位军人出身且对军队执行力和战斗力了解深入的副总理，下定决心组建一支军事化的专业找金队伍，作为黄金工业的先锋军，以便大规模、大范围、大流动地展开黄金资源勘查工作。

见与会众人皆默不作声，王震最后一锤定音："如果没有什么异议，军队找金子这件事情就由我来协调。"

三

王震将军办事向来是雷厉风行。方案敲定后，他立马着手组建军事化专业找金队伍。

1979年1月，经王震、谷牧副总理同意后，冶金工业部上报中央军委、国务院《关于整编基建工程兵地质支队的报告》。报告中建议中央军委尽快组建一支军事化的专业找金队伍，作为黄金工业的先锋军，以便进行大规模、大范围的黄金矿产资源勘查活动。

党中央和国务院对此事非常重视。1979 年 3 月 7 日，国务院印发国发〔1979〕第 67 号文件，批准成立中国人民解放军基本建设工程兵黄金指挥部，在基建工程兵原有部队的基础上，扩编第 51 支队，整编解放军和各省市地质调查队建立 52、53 支队，三支队伍（师级）受基建工程兵部和冶金工业部双重领导。

根据这个批复，中央军委在当月即成立了中国人民解放军基本建设工程兵黄金指挥部。人员主要以冶金工业部黄金管理局干部和原基建工程兵五机部办公室（简称五机部兵办）干部为基础，抽调部队部分人员组成。

整编方案计划从 1979 年 4 月到 1980 年 8 月，先后把原基建工程兵第 51 支队两个团扩编为 6 个团，把黑龙江省、河北省、山东省、陕西省、四川省、湖南省、云南省的 12 个地质队整编为 9 个团，并抽调基建工程兵第 2 支队第 11 团到黄金部队。

整编后的部队分别属基建工程兵第 51 支队（6 个团）、52 支队（5 个团）、53 支队（5 个团）管辖。这标志着黄金部队领导机构、编制定员、队伍结构基本形成，这支数万人的队伍担负起了历史的重托，承担起为国寻金的神圣使命。

1979 年 4 月，改革开放的潮水漫过板结十几年的中国大地，作为经济发展的"试验田"，广东深圳由一个沿海小渔村变身为让中国部分地区先富起来的开拓地。两万基建工程兵南下进驻深圳，在荒地上建设城市，几乎在一夜之间，楼房如雨后春笋般拔地而起，开启了中国经济发展的新篇章，十一届三中全会的春风吹遍了神州大地。

在北京安定门外一座不起眼的板房里，中国人民解放军基本建设工程兵黄金指挥部也挂上了门牌。黄金部队初建几乎没有引起大街上来往人们的关注，要不是大门口站着两名身着军装的哨兵，谁也不知道这里是一个军事管控区。

基建工程兵黄金指挥部第一次党委会议就是在这座板房里召开，坐在会议主席台的首任黄金指挥部主任石豁，表情严肃地和一席常委谋划黄金部队的发展蓝图。他清了清嗓子，讲道："我们作为一支新组建的部队，专门为国家寻找黄金资源，承担艰巨却无上光荣的使命，第一仗一定要打出士气，要充分发挥人民军队不怕吃苦和敢啃硬骨头的精神！"

石豁是王震将军的老部下，他秉承军人的一贯作风，上任之初就显示出军人骨子里特有的直率、自信和果断。他铿锵有力的动员话语点燃了全体将士心中豪情，也为黄金部队的第一仗指明了方向。

"作为基建工程兵，战斗力和吃苦都不是问题，但单凭这些是无法完成寻金任务的。我们现在首先要解决的是充实技术力量的问题，要快，不能等。"石豁将军用红蓝铅笔在兵力部署图上圈点着，对与会众人讲道。

为尽快解决黄金部队当前面临的技术难题，会议最后形成两项决议：一是尽快组建黄金技术学校，二是面向全国征集文化程度在高中以上的兵员。

黄金指挥部的招兵干部们带着命令开始前往中国各地武装部招收新兵。与其他兵种不同的是，黄金部队征兵附加了一个前提条件——高中毕业。1979 年的高中生比现在的大学生还紧缺，地方武装部的同志非常不理解，便问从北京来的招兵干部。

招兵干部解释说："我们这次想招来找黄金的兵。"

"什么？去找黄金？现在还有专门找黄金的军队？"一听这是招去找黄金的兵，地方武装部干部颇感惊讶。

与此同时，一条从北京传来的消息，如同一枚重磅炸弹，在湖北南漳县开展"三线"建设的基建工程兵 51 支队官兵中炸开了。工地上，怀抱着风钻、抢着大锤、钢钎的工程兵们，不停传递着这个的消息。

"哎，班长，听说咱们要去找黄金啦？"一名战士撩起军装衣襟抹了一把额头上的汗水说道。

"你小子做梦吧，就咱这钻山豹子，还能调去找黄金？"满脸胡渣的基建工程兵老班长被这个四处疯传的消息搅和得有些心烦。

将信将疑的工程兵们谁也没有真把这档子事放在心上，但就在短短 1 个月之后，流传的消息成了确凿无误的现实。他们所在的团接受改编成为"解放军基建工程兵黄金部队"，受基建工程兵部和冶金工业部双重领导，任务由"三线"军工建设转向黄金地质勘探生产。

军令如山，握惯了风钻的工程兵还没有来得及熟悉自己即将扮演的角色，手中的施工工具已经换成了地质工作者的"三件宝"——锤子、罗盘、放大镜，受命挥师北上！

军人自古以来都是在刀光剑影、血与火之中体现价值的。让部队去干地质队的工作，将士们会有想法，负责此事的王震将军很清楚这一点。当初，他带部队响应毛主席号召在南泥湾垦荒搞大生产时，也面临同样的情况。于是在黄金部队组建后，王震便召集抽调至黄金部队的所有师团级领导到北京召开动员大会。

"服从命令是军人的天职，打仗是国家需要，搞工程建设是国家需要，现在派你们去找金子也是国家需要！国家兴亡匹夫有责，国家发展匹夫也有责，作为军人更是责无旁贷，国家利益高于一切！"王震在接见黄金部队师团级干部时直言不讳。

接着，这位"胡子将军"讲了组建这支队伍的意义，并讲了这支队伍肩负的责任和党中央的期望，最后他指着站在前排的王卫国问道："让你去找金子你有把握吗？"

王卫国微微一愣，没料到王副总理突然点他的名。他曾在解放战争期间，从东北一直打到海南岛，打了许多恶仗、硬仗。战场受命，出生入死，从不畏惧，现在让他去带部队找金子，可这金子他连见都没见过，去哪儿找？怎么找？他两眼茫茫，这决心实在不好表，心里七上八下，敢于冲锋陷阵、连死都不怕的王卫国一时语塞。

此刻，王震老将军虎目生威、眼光如炬地紧盯着他要答案，他心里一紧，战场上的英雄豪气突然一涌而起。心想，枪林弹雨我都不怕，难道现在要被这金子给吓倒？纵然心里没底，王卫国依旧挺起胸膛回答："报告首长，让我试试吧！"

对王卫国的回答王震显然不满意，觉得他"胸膛里的那一把火"烧得还不够旺，不够坚决干脆，于是王震加重语气激道："军人就没有完不成的任务。这还没接火呢就想跑。找不到金子我就撤了你！"说完，他又用目光扫视众人："我不管你们有什么理由和困难，必须找到金子，军人扛起枪能打胜仗，拿起锤子能找大金矿！"

老将军一发火，满屋的人大气都不敢出。

王震继续"步步相逼"："能不能找到金子？"

众师团职干部齐声回答："能！"

王震这才满意地点了点头："我要的就是这句话！"

动员大会结束之后，黄金部队各师团级领导马上赶回各自单位，召集人马准备首批黄金部队出队找金工作。一个关于黄金的"中国新时代"，就这样站在波澜壮阔的历史舞台上，正式拉开它的帷幕，一支新中国的特殊部队——中国黄金部队诞生了！

当夜，王震将军坐在自己的书房内，周总理病榻上嘱托自己抓好黄金生产的画面再度浮现眼前。

遥望京城暮色，他不自觉地念起那首《诉衷情》，内心豪情激荡，又不觉潸然泪下。

当年忠贞为国筹，何曾怕断头？

如今天下红遍，江山靠谁守？

业未竟，身躯倦，鬓已秋。

你我之辈，忍将夙愿，付与东流？

本章历史大事件出处

1. 1971 年，毛主席视察长沙时，身边工作人员排了半天队才买到"的确良"。出处：《中国经济周刊》文《中国人靠什么解决 14 亿人口的穿衣问题》，2017 年 6 月 27 日。

2. 1938 年，抗日战争进入相持阶段，八路军人数减少，根据地缩小，仅有的 140 万群众要担负起几万干部、战士和学生的日常生活供给，难以为继。出处：陕西党建网，2020 年 7 月 15 日。

3. 1979 年 1 月，经王震、谷牧副总理同意后，冶金工业部上报中央军委、国务院《关于整编基建工程兵地质支队的报告》。出处：CCTV4 中文国际，《军魂永驻 基建工程兵（下）》历史纪录片，2022 年 6 月 15 日。

第三章　金兵始建　挥师北疆

红军不怕远征难，万水千山只等闲。

五岭逶迤腾细浪，乌蒙磅礴走泥丸。

金沙水拍云崖暖，大渡桥横铁索寒。

更喜岷山千里雪，三军过后尽开颜。

一

兴安岭，宛如一条横卧北疆的巨龙，与太行山和雪峰山连成一线，蜿蜒南下，山脉构成其坚毅的骨骼，江河交织成了密集的血管，森林生成了丰盈的肉身与苍翠的鳞片。

夏季，来自太平洋的暖湿气流北上至大兴安岭，在沿着山脉爬升时冷凝降雨，将最后的水汽留在了山体东部的东北平原，造就了世界上最肥沃的农作区之一。

冬季，风雪如期而至，西伯利亚的冷空气不断南下。在翻越大兴安岭时，将森林蒸腾的水汽化为深可及膝的积雪，岭中树木被白雪覆盖，仿佛让这条绿色巨龙披上银白盔甲。流动的溪河也凝结成冰，密林深处寂静无声，留下的只有穿林而过的寒风发出的阵阵呼啸。

从密林中穿过的风，无拘无束地吹过乡镇的小路，吹过城市的高空，吹到远方，吹到万里兴安第一城的加格达奇。

"加格达奇"是鄂伦春语，意为有樟子松的地方。自旧石器时代开始，北方民族的祖先就在这临近兴安岭的土地上繁衍、生息，这里是鄂伦春族等北方少数民族生长的摇篮，在生产生活的过程中创造了灿烂的远古文明和森林文明。

放眼 1979 年的中国，深圳蛇口工业区正在奠基建设，云南、广西边境集结的解放军向越南发起自卫反击作战。除去这些全国瞩目的大事，在无人知晓的北部边陲，一支神秘的部队顶着猎猎寒风，悄无声息地进驻加格达奇，伴随军队一起扎营建团的还有从全国各地抽调来的地质专家。

军队加地质专家，特殊的年份，特殊的组合，任谁看来都充满了神秘，他们远赴中国极北疆域的原因会是什么？这一切的一切让当地居民充满了疑问和好奇。

"老陈，我们已经按照指挥部命令，到达了指定地点。你也看了红头文件内容，接下来的任务可不比打仗轻松，还得多仰仗你们这些地质专家的支持和帮助，有什么困难你就提出来，我全力配合你。"基建工程兵第 51 支队 503 团首任团长王卫国站在简陋的办公室内，望向对面的团总工程师陈永华说道。

503 团团长王卫国原是三野的老兵，新中国成立后转入基建工程兵带领队伍开展"三线"军工建设，这些年里他一直奔波在国家建设一线，圆满完成了上级交给的各项任务。而这一次他又带领手下的将士们从湖北南漳县北上加格达奇，担负起黄金部队先遣兵的重要角色。

营区正门上，基建工程兵 51 支队 503 团门匾上新挂的红绸还在寒风中飘舞，营门前厚厚的积雪上散落着燃放鞭炮的残渣。503 团在加格达奇挂牌成立当天，当地革委会（注：当时是"大兴安岭革委会"）、地质矿产单位主要领导都亲自前来祝贺、慰问，一时间让王卫国忙得不可开交。

多年的沙场生涯让王卫国养成雷厉风行的工作作风，加之此时面对各级的重视，使他感觉接下来找金任务尤为沉重。王卫国刚刚送走这群客人，回到自己的办公室，一刻也不敢停歇，立即叫上从地质部门抽调过来的总工程师陈永华商议找金工作推进计划。

"黑龙江自古便被称为金镶边，清朝年间，大兴安岭的黄金年产量最高达到 10 万两，为掘金开设的驿站，沿黑龙江上游左岸向西延伸到额尔古纳河畔，铺就了北方的黄金之路……"

"好了老陈，你就别念了。全团都知道你肚子里的墨水多，这都看了一上午的资料了。我知道你是干地质出身的专家，上过大学，不比我们这些大头兵，只知道带兵打仗。但你说这金子到底怎么找，倒是拿出个主意来啊，天天光念资料，这不急死个人吗！不瞒你说，前不久去北京参会，王震副总理直接在大会上将了我一军。现在上级的意图特别明确，组建黄金部队，在现在这个形势下找到金子，支撑国家经济建设，你我身上的压力特别大！"此时陈永华却依然盯着自己手里的文献资料，但不再念出声响，其实他也能感受到王卫国现在肩上的压力。他是新中国成立以来的首批大学生，已经在地质一线工作多年，能不明白找金子的难处吗？

日本在侵华期间对中国金矿进行了掠夺式开采，好开采的金矿基本被发掘完毕，加之国民党败逃台湾时对黄金的抢掠，中国黄金工业一片凋零。而黄金的成矿条件又非常苛刻，现在想要找到金矿，只有进入无人涉足过的地域才行，这些地方要么是藏地高原，要么是荒野戈壁，反正都是极其艰苦恶劣的环境，别说是人了，就连鸟兽都不愿意待在那样的地方。"这或许是王震副总理专门设立一支找金部队，让部队来找金子的原因吧。"陈永华心里想。

他抬头看着王卫国团长，这位参加过解放战争的老兵，再有几个月就五十岁了，四四方方的国字脸上布满了沧桑的皱纹，一对剑眉令整个人显得极其干练。只不过，此刻的他却是一脸的急迫。

在接到部队整编的命令后，王卫国带队从南至北，直奔兴安岭，一点怨言也没有。陈永华都看在眼里，他是佩服王卫国的。但佩服归佩服，对于这群军人到底能不能找到黄金，陈永华在心里打了一个大大的问号。

找金的过程何其艰难，别说一点工作基础都没有的外行人，就是众多地质专家学者汇聚的地质局，也没有谁敢拍着胸脯打包票说一定可以找到金子。眼下，金子在哪里？又该怎么样带领这一群外行人找到金子？面对王卫国团长的急切询问，陈永华一时也不知道该如何回答他。

二

甘河，加格达奇人的母亲河，嫩江支流，发源于大兴安岭东侧沃其山麓。河长446公里，流域面积1.97万平方公里，在黑龙江省嫩江县附近汇入嫩江。

1979 年的甘河岸边，站满穿着绿军装、头顶红五星的军人，他们都是从天南海北的基建工程兵部队抽调至 51 支队 503 团的战士。今天的操课不是体能训练，也不是格斗擒拿，而是在陈永华带领下跟随勘探专业人员，来到甘河岸边，沿着江河两岸进行沙金淘采技术培训。

这群将士们一头雾水，还没完全搞清楚自己接下来要干什么，就被发上一个摇金簸箕，跟着勘探队员们学习如何筛淘沙金，并在河岸边的沙地上架起沙金钻，学习沙金打钻勘查技术。

之前在办公室商议中，陈永华对带领这群兵哥哥来找金实在是没有把握，但这支队伍又是中央军委、国务院亲设的，上级对完成找金工作高度重视，再怎么困难，找金任务也必须推动着干下去。

于是，陈永华对王卫国团长这样回复道："最起码也得让战士们先明白怎么找金，让他们学习找金的技术方法。不然我们就算进驻兴安岭，也是无头苍蝇，基本常识都不会，再能打仗也是白扯。"

王卫国捏了捏紧皱的眉头，被陈永华这么一说，他也陷入了思考。"基础知识、基本常识……"他嘴里一边念着一边望向陈永华的方向，突然他看着陈永华说道，"嗨呀！你看我是着急上了头，就没看见眼前现成的活教材！"陈永华被他这么一说也一时没有反应过来，不知道王团长葫芦里到底卖的是什么药。

紧接着王卫国说道："战士们都是好孩子，听指挥能打仗，现在咱们的首要的困难就是不懂技术。老陈你看这样，让他们都跟着专业找金队员学习，你提要求，让他们教，尽快掌握找金技术，下一步去大兴安岭开展工作就好办了。我建议咱们也别这个理论、那个讲解的，直接就在实践中练兵，一边找金一边学，以战养战！"

"行！那我建议我们先休整，先让大家明白我们现在的任务是什么，让大家有个准备。我利用这段时间去协调一些地质专家到团里授课，多学习一些基础知识。等气候暖和了，我们就在加格达奇的甘河沿岸实地教授沙金筛淘，以及打沙金钻的应用技能。"

王卫国听后从座椅上起来，在办公室里来回踱步，随后停了下来说："老陈，别再等段时间了，立刻去演练学习。现在不光是基建工程兵，上面的黄金总公司、黄金管理局领导，上上下下都看着我们503团。我们是基建工程兵找金部队的先遣队，听说后续还会从基建工程兵部整编2个正师级单位。上面的意图很明确，找金的任务一刻也不能缓，理论授课和动手实操得加快推进。"他的语气不容置疑。

陈永华回复道："现在虽然开春了，但加格达奇的温度在零下十几二十度，这个天气到室外搞练习，大家身体能吃得消吗？"

听到陈永华这么一说，王卫国先是一愣，自打他当兵以来，就没因天气原因延缓过工作任务。突然他又反应过来，陈永华现在虽然穿着绿军装，从地方上抽调至他所在的团任技术总工程师，但他毕竟还不是真正的军人。

"老陈啊，你现在穿的是军装，以后干工作的思路可要换一换啦。我跟你打个赌，这个天气别人能不能行我不好说，但咱们战士们一定能行，以后你就明白了。"王卫国没等陈永华回复，拍了拍这位老地质、新军人的肩膀，说道："就按我的计划推进吧，就明天，我们一天也不能等，也等不起！"

陈永华透过办公室的玻璃窗，望向天空中不断飘落的鹅毛大雪，默默地点了点头。

加格达奇的大雪依旧没有停，尽管寒意刺骨，零下的气温里，战士们依旧十分认真地听着地质队员的讲解。他们或许还没在心里转过弯来，还不能完全理解军队去找金子的任务转变，但在服从命令的天职面前，他们没有过多的想法。

为了开展沙金技术学习，503团战士们先是在甘河岸边用铁铲和笤帚清理出一片干净的沙地，待地质队员先行演示后，大伙纷纷走近河床，拿着发放的摇金筛子，在河岸边的沙地里一丝不苟地学习起了筛淘沙金的技术。

甘河岸边，王卫国和陈永华并排站立，此时王卫国看向这群跟随他多年的士兵，目光深邃，若有所思。而在陈永华的眼睛里，这一群战士在接到命令后，没有丝毫犹豫，没有一个人因为严寒天气而退却，这对他的心灵无疑是震撼的，他开始明白当时团长为何给他说要转变工作思路的话。

从前在地质局，找矿过程中，有的地方太艰苦，环境太恶劣，在他觉得很有希望探获矿藏的地域，却没有团队愿意跟他一起继续找金。一人擂鼓终难成事，陈永华只好叹息作罢。看到这一大帮着装统一、听令而行的战士，陈永华开始品悟上级让军人参与地质找金的英明决定和良苦用心。

"同志们，现在是寒冬时节，东北的寒冬不比咱们湖北，气温要低很多。但是我们是什么？我们是军人！军人就是不怕吃苦，就是敢打硬仗！党中央让我们找黄金，我们就一定要完成好任务，作为一场战役来打。下面，我们一起唱首歌，给自己加油鼓劲嘞。"王卫国团长走上前去，给正在冒着严寒学习找金技术的战士们做起了动员。

> 我们是光荣的基建工程兵，
> 毛主席的教导牢牢记心上，
> 阶级斗争我们做先锋，
> 基本建设当闯将。
> 从南方到北方，
> 从内地到边疆，
> 艰苦奋斗，四海为家，
> 祖国处处摆战场，
> 艰难万险无阻挡。
> 我们是光荣的基建工程兵，
> 毛主席的教导牢牢记心上，
> 劳武结合，能工能战，
> 以工为主是方向，
> 开矿山，建工厂，筑公路，
> 架桥梁，开发资源，拦江筑坝，
> 祖国处处披新装，
> 建设祖国贡献力量。

寒风之中，将士们一边踏入江水练习采金技术，一边唱起了属于他们的《基建工程兵之歌》。嘹亮的歌声随着寒风的呼啸飘荡在甘河两岸，飘入陈永华的心里，仿若一团烈焰，在他的心间熊熊燃烧。

三

1979 年 3 月，春回大地、草木萌芽的时节，南方的战事已宣告结束，而位于中国版图雄冠的加格达奇镇，仍是冰封雪裹，在凛冽的寒气中一片宁静。

一阵清脆的哨音刺破静谧的 503 团营院，黄金兵们快速起床整理内务、洗漱。在黄金部队组建的这几个月时间里，陈永华协调地质局专家学者到现场指导授课，给黄金战士们普及基础地质知识，教授找金技能。对于课堂上的很多地质知识，战士们都听不明白，实际操作却上手很快。

春天就像是一个出征信号，王卫国团长心里知道，是骡子是马，总要拉出来遛遛。找金任务，是他参军以来最没有把握的任务，比起他在三野时候参与的解放南京的战役还要没把握。因为金子他也只是听过，却从来没有见过，更别说现在要带领队伍去无人区找金子。

可他知道，现在箭在弦上，不得不发，出征的时间越来越近，他也在心里不断地给自己做心理建设。身为团长，他的内心信念要坚定，一定要带着队伍打下这场硬仗。

基建工程兵已经下发文件：51 支队 503 团于 4 月动身，进入大兴安岭开展找金工作。离出征越来越近，王卫国也想多问问陈永华的意见。在他看来，陈永华这帮地质专家虽然有着丰富的理论知识，但是进驻无人区，一待就是半年多时间，他们瘦弱的身躯吃得消吗？所以他还猜不透陈永华是愿意跟随大部队一起进入大兴安岭深处，还是想在营区留守。

吃饭时，王卫国坐到陈永华旁边，问道："老陈，这几个月以来，战士们的专业技术学得怎样？"

"就目前来看，虽然很多战士大字都不识，理论知识听得一知半解，但实操学得都挺快，应该能胜任沙金找矿的技术岗位。"

"这就对了，虽然专业上的东西战士们搞不懂，但是在实际操作方面这些战士都很灵光。上级给我们支队下达了命令，4 月就要去大兴安岭了，我这会儿就想问问你的想法，你是留守营区还是跟着我们一道进入兴安岭找矿？"

说起这个问题，陈永华停下手中的筷子："团长，这次进入大兴安岭是支队组建后的第一次找矿行动，作为团总工程师我理当跟随将士们一道参与行动，只是……"

王卫国一听陈永华的语气不太对劲，心想从前他都是主动谋划野外任务以及各项工作的实施，今天这是怎么了？打起退堂鼓了？但转念一想也能理解，他作为一名地方人员刚刚进入军队，在这段适应期内肯定也有自己的一些难处。他没有直接点明，说道："老陈，不用着急回答，这样吧，你回去再考虑几天，这周之内给我一个回复就行。"

陈永华跟王卫国接触这几个月时间，知道他的脾气，向来做事风风火火，纯粹的军人性格对事不对人。而现在在面对自己的犹豫时，并未追着不放。他心里有一丝惭愧，喃喃说道："今天晚上我就给你一个交代。"

陈永华自然有他的难处，他和妻子都是地质大学毕业的大学生，毕业后在地质局工作，长期风餐露宿在外勘查作业。两人好不容易刚在哈尔滨定居，陈永华又被组织选派到新建立的部队工作。妻子虽然嘴上没说什么，但陈永华总觉得亏欠自己的爱人。

与团长吃过早饭，陈永华来到团部通信室，拿起话筒，手指在旋转号码盘上转动了几圈又放下电话，如此反复了好几次。窗外，雪花簌簌飘落，寒风呼呼地吹打着窗门，陈永华的脑海里一时间闪过了许多画面：大学毕业后和妻子青春勃发地在野外工作，女儿出生时的欣喜，王卫国和那群将士们冒着严寒踩进冰河，还闪过此时白雪皑皑的大兴安岭，将士们即将开拔的场景……

"唉！"他长叹一口气，放下了手中的话筒，走回自己的办公室，拿起信笺写了一封长信，署上自己的名字，邮寄回哈尔滨市。

夜幕低沉，雪花飘落，陈永华来到王卫国的宿舍门前，敲响了房门。

王卫国打开房门一看来人是陈永华，"老陈啊，决定了吗？"

陈永华走到王卫国的办公桌前，看见桌上放着地质勘查资料图纸，看来这位老兵也在暗地里用功呢。

"团长，我可以跟队伍一起挺进兴安岭。"陈永华开门见山地讲道。

"你家里的事情都处理好啦？"

"团长，你……"

"嘿，老陈啊，论学识我不如你，但论侦查你可不如我。你瞒不住我，别看我们虽然书没你读得多，但在部队里，大家谁心里有事我一眼就能看得出来。你才来部队，这些事情我都经历过，我明白的，就算你不去我老王也不会怪你。"

陈永华看着王卫国高大的身躯，心中突然一暖，随即咧嘴一笑，主动伸出了右手。王卫国也伸出双手握住这位地质专家的手，"我们是一个战壕里的弟兄，一家人不说两家话，找金的任务我从来没接触过，就连金子也没见过。别的话就不多说了，拜托了。"

陈永华没有说话，内心却充满了感动，他重重地握住王卫国那双布满老茧的双手。

夜色已深，503 团的战士们结束了一天的培训和训练任务，裹着军被进入了梦乡。窗外，寒风稍停，厚厚的积雪下，草木正在等待着春来雪融，再次绽放。在黄金兵的梦乡里，也是一幅幅鸟语花香的画面，在花团锦簇中捧出一道道金色的光芒。

在王卫国和陈永华商议后不久，503 团党委召开出队动员部署大会，全体官兵开始收拾行装，将帐篷、雪地爬犁、罐头等一系列进入大兴安岭必备的物资装进军绿色的运兵车。大家都知道，接下来将面临一场硬仗，半年时间他们都得在冰封雪裹的兴安岭深处驻守——为了寻金报国的光荣使命，为了军人坚决完成任务的神圣职责。

王卫国团长挥动起代表基建工程兵 503 团的大旗，大旗迎风飘展。一样的鲜红色让这位老革命仿佛又看到了 30 年前，他列队南京，和战友们攻占总统府的画面。时光如流水，而今他再次肩负起全新的使命，这是时代需要、国家需要、人民需要。在全面改革开放大背景下，在王震副总理压给他的重任之下，王卫国的内心滚烫，使命催动着他胸膛的气息，喊出的指令几近震耳欲聋："同志们，开拔兴安岭，出征！"

旌旗猎猎，一辆辆排列整齐的绿色军车驶出加格达奇的营区，直扑北部边境。等待着他们的是裹上银装的绿色巨龙，是一处从未有人踏足的神秘无人区，是谁也无法预料的各种未知。

本章历史大事件出处

1. 关于基建工程兵与地质队在 1979 年整编组建，挺进兴安岭。出处：中国军网，《揭秘黄金部队，世界上唯一的寻宝奇兵》，2014 年 8 月 7 日。

第四章　兴安密林　踏雪寻金

北国风光，千里冰封，万里雪飘。

望长城内外，惟余莽莽；大河上下，顿失滔滔。

山舞银蛇，原驰蜡象，欲与天公试比高。

一

黄昏的晚霞遮盖夕阳，纯净如洗的天空中，道道金色霞光透出云层，映耀天际。整齐的军车从加格达奇疾行驶出，沿着111国道一路向北，目标直指冰封雪覆的大兴安岭。车头的红旗在风中翻飞，领队的王卫国打开车窗，从翻飞的红旗间往远处眺望，满目皆是白雪皑皑的北国风光，车轮扬起混杂着泥土的雪尘快速在风中飘散。

军车行至临近大兴安岭的塔河县，士兵们有序下车，到当地兵站休整补给。说是兵站（军人招待所），其实就是一排简陋的平房，房顶上的瓦片有几处已经脱落，窗户也是用报纸粘的。王卫国站在兵站外向四周扫了一眼，有点傻眼，在地图上占有一个大圈圈的交通重镇塔河竟然像南方乡下的小镇，连二层的楼房都很少。周围还有许多用木头围建起来的木屋，屋顶是30度尖顶，而且每幢房子都用木材围出长长的篱笆墙。由于塔河县工业建设较多，几乎所有的房屋都有冒出屋顶的烟囱，不停地冒着浓烟。冷风猎猎，将树叶和浓烟中的黑沙吹到路上。

兵站接待人员在了解王卫国他们的任务之后，对黄金兵们极为热情。知道他们即将进驻兴安岭，在塔河兵站工作的厨师还给他们简要介绍了中苏边境和十八站的一些情况："离塔河不远就是十八站，到漠河是二十七站，以前清朝皇族的故乡共设有一百个驿站，在江北还有七十三个驿站。清朝时这里可是很富的，那可以说是遍地是黄金，男女老少都戴满黄金饰品，头上、耳朵、脖子、手上全都戴着黄金。"

一说起黄金，休整的战士们都来了兴趣。关于黄金的故事，他们从被抽调成立 503 团以来，已经听过很多了，在加格达奇甘河也开展了几个月实地采金技能培训。不过黄金这么宝贵的东西，到底要从何而来？能否在即将去往的白雪密林淘出金子？他们也不敢妄下定论。

遥远雪线深处，一队队穿着军棉袄的绿点正在缓缓前进，汽车开到大兴安岭的密林前就再也无法行进，这群黄金兵只能徒步进山。走在队伍最前面的王卫国和陈永华，除了手中一张上级配发的军事地图外，对眼前的这片原始森林几乎一无所知。

而陈永华虽然也曾多年参与野外地质勘查工作，但毕竟不是军人出身，面对这片寒风怒号的无人区，他步履维艰，稍不留神就会踩在积雪里摔倒，王卫国时不时伸出手扶他一把。

"老陈，怎么样？你说上级让 503 团到大兴安岭里来找沙金，现在我看这里面除了石块和林子，其他全是白茫茫的一片，能有金子吗？"此时，王卫国和将士们踩着厚厚的积雪前进，边走边问道。

陈永华一边喘着粗气一边讲道："沙金源于岩金，山坡上富含金元素的石头经过风吹日晒，冰冻雨淋和树木根须向下生长被分解成碎块，在重力和流水的推动下滚入河床，然后聚集在河流的有利部位成矿。在地壳本来就富蕴黄金的额尔古纳流域，大兴安岭恶劣的自然条件正是高品位沙金矿床的形成条件。"

陈永华顿了顿，深吸了一口气又讲道："其实，黑龙江地勘局的历史资料就提示大兴安岭深处有丰富的沙金储备，但碍于人力不足和条件恶劣，一直没能有队伍进去大规模开采。这里有沙金应该是确定的，但是具体在哪，谁也说不清楚，我们也只能依靠战士们用前期培训时学习的技术，一寸土地一寸土地地勘查。"

说着说着陈永华又打了个寒战，厚厚的棉衣挡不住密林深处的寒意。四下寂寥，只有黄金兵们踩踏积雪发出的"咯咯"声和风穿林海的呼啸。他习惯性地掏出背包里放着的大卷烟，想来上几口感受点热气，一摸才发现烟叶已经结上一层薄薄的寒霜，划火柴一点，火焰瞬间被一阵寒风给吹灭，只好作罢。

王卫国抖掉棉大衣上的积雪，带着一干人马继续向森林深处挺进。和陈永华交流之后，他思路十分清晰，只有往大兴安岭深处，走到一片从未有人涉足的处女地，找到金子的概率才会更大。根据军事地图和罗盘的指引，基建工程兵 503 团的首批黄金官兵跟随王卫国的脚步，排列成一条绿色的长龙，在这片无人区，慢慢向前。

当茂密的樟子松在黄金兵眼前成为一片更幽深的黛色，夜幕降临。一片银白的雪地上再也无路可寻，只有野兽留下的爪印清晰可见，为了防止迷路，王卫国命令部队停止行进，就地宿营。

森林的夜，漆黑幽深，黄金兵们捂着大衣窝在露营帐篷里，挤成一团取暖，但牙齿依然不停咔咔作响。远处传来令人毛骨悚然的野兽叫声，为了防止遭受野兽袭击，王卫国让各连选派官兵轮换值班。三连在派出值班员时，三连长李同庆体恤连队战士们日夜在雪地里行军的辛苦，主动向团长王卫国申请充当夜间巡逻员。山东大汉李同庆，是跟随王卫国多年的老兵，身体壮实，人高马大，长期的"三线"建设施工让他皮肤晒得黝黑，站在那就像一尊铁塔。

夜幕下，李同庆为保障战友们安全休整，拿着镐钯围着宿营地不停地转圈，一圈一圈地巡逻，把四周的积雪都踩成了厚厚的冰露，只感觉双脚越来越沉重。当天色渐白，他低头一看，才发现凝结在大头鞋上的积雪已经冻成了两个硕大的冰坨，拿来地质锤用力砸居然砸不掉，只留下一个小小的白点。

古木森森，林海茫茫。对照着唯一能指引前行的一张军用地图在原始森林里连续行军两天之后，红旗终于插在了兴安岭呼玛河边的营地。为了赶着将物资和沙金勘探设备运进山，官兵们又在团长王卫国的指挥下，迎着漫天飞雪在原始森林里往返十几个来回。终于，12 面红旗在帐篷前飘扬起来，一场史无前例的寻金战斗在这片神秘的冻土上打响了！

二

顺利扎营当晚，王卫国邀请各连连长喝开工酒。炊事班班长使用从营区带来的食材，又拿出从塔河老乡那里买来的木耳和鸡腿蘑等山货，张罗了一阵，整出了一桌酒菜。茫茫雪野里，由粗壮枯木树干拼凑起一张临时餐桌，桌上摆放起猪肉罐头炖蘑菇、木须蛋（木耳炒鸡蛋粉）、猪肉炖酸菜粉条、葱爆肉、炒土豆丝、油煎豆腐、干炸红辣椒等热气腾腾的菜品。

其中鸡腿蘑值得格外一提，这蘑菇虽貌不惊人，在大兴安岭地区的名气却很大，据传它只生长在地下有金的地方，产量少，所以尤为珍贵，清朝光绪时期就被列为贡品。

总工程师陈永华、连长李同庆等人都被王卫国拉上雪地，随便找根枯树干错落坐下。王卫国端着酒杯对各位连队指挥官说："刚扎寨还没来得及安营，条件有限只能搞这么几个菜了，大家放心，等真的找到金子，我们再喝庆功酒。今天略备薄酒，不成敬意，感谢各位兄弟从南到北，从'三线'建设到寻找黄金，一直对我王卫国的支持。现在我们这帮人就算在这片无人雪野扎根了，接下的任务就只有一个——找到金子。来！弟兄们，我们一起干！"

接着，从陈永华总工程师开始，大家伙纷纷敬酒，王卫国来者不拒。酒过三巡，四瓶玉泉大曲就要见底了，这两块三一瓶的白酒，在当时可算是上等好酒，这还是王卫国离开塔河县兵站时在服务社买的。

李同庆又从自己的帐篷里摸出了两瓶大曲，用九钱的杯子回敬打"通关"，敬完一人一杯才吃了口早已结了冰碴的菜。除了了解李同庆酒量的王卫国，从基建工程兵部各师团抽调来的连长们面面相觑，心想今天碰到"硬茬"了，如此海量还是第一次碰到。

吃下几口早已冻凉的饭菜后，李同庆讲道："明天一早还要按照王团长和陈总工程师的指示，带兵进入分配的样地搞沙金勘查，争取明天能多跑几处样地，今晚就先告辞了。"

陈永华总工程师在地质队时哪见过这个阵仗，本来平时还好喝两口的他只感舌头发木。一看李同庆先告辞，他便对坐在一旁脸色如常的王卫国说道："我差不多了，下次再喝。"

王卫国伸手拉着陈永华："陈总工程师，你现在可是穿的军装，咱军人哪有不能喝酒的？来！喝！"

静谧的兴安岭，莹莹白雪反射着月光，林中寒风依然呼啸。陈永华最后都不知道怎么回去的，只觉一阵天旋地转。

当他醒来时，发现各连队帐篷前飘扬的红旗已经不见了。各连长按照陈永华和王卫国的分工，将各自连队的战士三至五人编为一个小组，按照不同方向、不同区域前进，夜幕来临时各连队按时归营，当连队所有小组全部归队后，连长再将红旗插到帐篷前，以示平安归来。

陈永华随手捧起一捧白雪，在脸上一阵揉搓，让自己稍微清醒一些，踏着厚厚的雪层，前往王卫国的帐篷与他一道研究下一步的找矿工作。

而三连长李同庆一早便带上一组战士，朝着负责的西方点位出发了。他手里拿着黑龙江流域考察分队留下的一张考察地图，比例是 1∶100000，而且只是路线图。在这样小比例尺图件上，实际地图 1000 米，在图上显示只有 1 厘米，可是李同庆手里的罗盘，指针正常左右摆动的角度误差就超过半度。稍有不慎，他带领的分队就要在罗盘的引导下偏离方向，离目标越走越远。

在冰封雪覆的兴安岭中，要想找到金矿，谈何容易！沟谷里覆盖着一层厚厚的积雪，还四处遍布着枯木、巨石，正常走 30 分钟的路程，在这里要花费数倍的时间。而且走上一截，他们需要在河谷（沙金勘查需要沿着河谷进行）的雪地里刨开积雪，用军锹铲下土壤收集样品。

积雪下的河床被冻得异常坚硬，军锹一锹下去不像是铲土，更像是砍石块，根本铲不下去。李同庆也亲自上手试了几次，觉得这样下去就算把军锹铲坏了也挖不出需要的样品。

于是，他果断扯过自己的行军水壶，把出发前灌装的热水一股脑地往地上倒。一壶下去土壤稍稍松软，跟班战士郭镇凯急忙下锹，因为稍慢一点，土壤便又会冻硬。为了寻找沙金，他们必须挖到底部基岩，将这些混杂着基岩、沙砾的样品用白色样品袋收集好，再用红笔标注清楚，而这些样品正是他们探获金子的宝贵钥匙。

王卫国和陈永华也并非只蹲在大本营帐篷里做指挥官，在商讨完接下来的野外工作后，王卫国向留守营地做后勤保障的干部做了安排，便带上地图、罗盘与陈永华兵分两路，沿着官兵们深一脚浅一脚踩出的雪道，去查看各连队开展沙金勘探工作的情况。此时战士们为采集样品刨出的样坑，还未被天空飘落的白雪覆盖，陈永华用手抹开河床边薄薄白雪，一个点位一个点位地查看，并记录下各处样地勘探的不足和遗漏。

晚上，等到各连队所有人员归营，陈永华把他们集合在一起，及时作出指正和调整。王卫国也搬根枯木坐在一旁，对做得好的进行表扬，对做得不好的指出不足。然后，他又拉着陈永华回到他所在的帐篷里，看图纸，做研讨，一直工作到深夜。

三

大兴安岭深处呼玛河畔，在这山外春暖花开的时节还如一坨尚未解冻的冰疙瘩，滋滋地冒着寒气。夜里的一场落雪，让整片山林犹如进入漫长的冬季，银装素裹，大本营里的一顶顶军用帐篷，如一个个雪堆。

高中毕业生郭镇凯，刚刚从襄樊市结束黄金部队的新兵集训被分配到503团，他与许多新入伍的战友们一起从各地应召而来。这群新入营的战士除去传统的军事训练还需要学习地质方面的知识，为尽快解决找金人手不足的问题，历经六个月的学习、训练后，郭镇凯下连分配时连团部都没有进，被直接从学校拉到了野外工作区。

这群孩子见着五点多钟的东北，阳光已经透出云层，都感到十分惊奇。没由得他们多想，就搬进林子里足够二十几人居住的大帐篷，而这正是他们进入兴安岭的"洞房"。这群新入伍的战士们直接在这片冰天雪地里，开启了他们的寻金之旅。起初，新战士面对艰苦的环境有些无所适从，只是白天忙碌的工作无暇让他们去思考这些问题。

"呜呜呜呜"，当夜幕降临之后，郭镇凯窝在被窝听见周围床铺传来隐忍的啜泣声。大家挤在一块，这样的啜泣声伴随着帐篷外的呼呼寒风显得格外刺耳，兴安岭的风撩开大家白日里撑起的坚强，触碰心中的柔软。刚开始是一名新兵偷偷地哭，后来战友们听到这样的哭声，不由得思念起遥远的故乡，想着自己远离故土，想着艰苦的生活工作条件，抱在一起哭。就是这样在夜里流泪，白天继续奋战在沙金找矿的河床，他们度过了新兵生涯。

此时，已逐步习惯部队生活的郭镇凯和另一名战友从"雪堆"里钻出来，跟随着三连长李同庆，收拾齐装备后，踏着厚实的积雪往山上走去。

"鹰啊，在高山顶上盘旋，在盘旋，它想起自己曾经的能耐，在盘旋，又盘旋，越想起，飞得越高，呐耶，呐耶，呐耶，依，那依耶呵那呦，嘿，那耶勒那依耶……"

塔河自古是鄂伦春人的乐土，在军用地形图上，纵横的山川和寥寥可数的村镇几乎全部用鄂伦春语来命名。这些常年生活在森林中的鄂伦春人身强体壮，眼明手快，明兽之踪，男童13岁即可持枪打猎，是天生的猎手。

春日的清晨，鄂伦春老猎人敖拉·呼其图（后文简称呼其图）拿起猎枪在兴安岭林中寻觅今日的猎物，一条黑色猎狗跟在他的身侧，"呼呲呼呲"地喘着粗气。

这时，李同庆带领的分队从密林中走出，呼其图一眼就望见了雪地出现的绿点："嘿，当兵的，你们怎么从林子里走出来？"

人声在密林中格外清晰，李同庆抬眼一望，一位头戴狍头帽，身着土黄色衣装的鄂伦春老猎人正在远方挥手。李同庆来大兴安岭前知道这些生活在林子里靠打猎为生的猎人，此时看见呼其图手持猎枪、身随猎狗，就明白他的族群身份。

"老人家，您好。您是这里的主人，我向您打听一下，依西肯怎么走啊？"

"从林场往北一直走，走到大河边就是依西肯。"呼其图口中的大河就是黑龙江。"哎，到那里干什么？那里现在可不能进去啊！就是我们鄂伦春经验丰富的猎人也不敢在冰雪未化时朝林子深处走，你们打猎就在这周围蹲守就行。"老猎手好心地补充道。

"是要打猎，不过不是用枪打兔子，我们是要在兴安岭找金子嘞。"

"什么！在这里找金子？这个季节所有的土地都被厚厚的积雪覆盖，就算这里有金子，你们的眼睛也看不到积雪下的金子。100米内打一头野猪，也得有一双豹子的眼睛，要是你们真能在这儿找到金子，就能用肉眼看到几十公里外的蚊子!"老人的话语中透出了幽默的赞许,"嘿,当兵的,我跟你们打个赌,要是你们真能在这片林子里找到金子,我请你们喝酒!"

往北前进的李同庆耳畔传来呼其图的喊声,他嘿嘿一笑:"那这酒您可得备好了。"带着战士们继续向北走去。

这一天,李同庆带领的队伍被分配到离驻守营地最远的一条路线,他端着罗盘,后面跟着两名背着样袋的战士,一起朝着北方走去。途中经过一片泥沼地,一脚下去要费好大力气才能抬起,棉鞋在泥沼里全被浸透,雪水灌进鞋子冰凉刺骨。

终于走到目的地西罗尔奇山下的河床边,泥水和汗水早已灌满了裤腿。最后一个样取完了,3个人松了一口气,此时他们又饿又冷,只盼望着能早点返回营地。可营地还在20公里之外,原路返回至少要走上5个小时。"抄近路吧。"李同庆望着两个背着30多斤样品的士兵有些心疼。

他把战士们的样袋分了一些背到自己肩上,又展开地形图配合罗盘仔细校对返回的近道路线。一直走了两个多小时,远远超过计划时间,依然是望不到边际的雪地,参差不齐的巨石像棋子一样遍布野地。每个人的体力都在下降,已经是下午4点钟了,再回不去天就黑了,突然!李同庆停了下来,眼前这堆麋鹿骨头他们曾经见过!

"走了一圈,又转了回来!"迷路的念头瞬间填满了李同庆的脑袋。不管李同庆如何打气,跟随的战士愈发紧张,他们不怕苦不怕累,手脚利索是采集样品的好手,但是面对迷途,他们的心里不禁想象着自己永远也走不出这片雪地,会被饿死冻死在这里,恐惧有时比牺牲来得更沉重。

李同庆一言不发,向前走着,寻找着摆脱恐惧的路……

鄂伦春语的塔别拉罕(塔河)意为"阻挡",这里的山林密布,河沼横野,即使是最老练的猎手也望而却步,3人已陷入了方圆几百里无人烟的孤境绝地。夜色降临,他们还在艰难地行走着。

伴随着冷风和幽幽的狍子叫声,跟班作业的郭镇凯彻底绝望了,他不想不明不白就困死在这片不毛之地,他还有很多的梦想。他想着这几个月以来的雪野生活,自己跟个野人似的。他一下趴倒在地上,崩溃地号啕大哭起来。"连长,我不想走了,我们走了这么久一直在转圈,呜呜呜呜……"

同行的老班长拦腰抱起他，郭镇凯却又摔倒在雪地里。

李同庆满眼愧疚，咬着牙独自迈向不远处的一道凸起山梁，爬上一棵大树，用发酸的眼睛寻找出路，这是他抱以的最后希望。

西面、北面、东面、南面，四周远眺环顾，终于，透过遮蔽的迷雾，一条冰河在月光下闪动，那不正是 503 团驻扎处的河流吗？

"什么，三连长的小分队还没归队！"听到值班员的汇报，王卫国一下站了起来，拿起大衣就往帐篷外跑。

"全员集合！"刚刚结束一天辛苦采样工作的战士们又纷纷跑步集合在营房前的大片空地上。

"什么，三连长还没回来？"

"这么晚了，还没有归队？会不会出事？"

得知三连长夜幕降临还未归队，官兵们都担心起来。陈永华总工程师查看了李同庆今日要去的采样路线，官兵在王卫国团长的带领下，举着手电朝着北方出发了。

"三连长！"

"三连长！"

"同庆！"

官兵们的呼喊声压过大兴安岭的风雪。

而此时老猎人呼其图拾捡起他一天的收获，三条野兔、一只花尾锦鸡，准备牵着猎狗回寨子，为家里的小孙子炖上一锅鲜美的野味。突然，远方一串串亮光吸引了他的目光。"怎么回事，怎么远方这么多亮光？"

在王卫国的带领下，503 团几乎举团出动。在战友安危面前，他们根本不顾疲惫，在雪地里沿着李同庆出发的路线以最快速度前进着，官兵们的心里祈祷着，他们一定要平安归来。

"嘿，你们当兵的来了不止三个人啊，看来你们还真准备在这大兴安岭找金子。"准备回家的呼其图看见王卫国一行，一下被镇住了。

"老人家，你看见我们的三位战友了吗？"走在当头的王卫国快步走向呼其图。

"看见了，他们早上还问我依肯西怎么走，他们要去那里找金子。你们一直朝这个方向走，就能到他们去的地方。"呼其图用手朝北极星闪亮的方向一指。

王卫国道谢后带着队伍继续朝北方前进。"嘿，当兵的，早先以为你们找金子是在开玩笑的，现在看你们是真的来林子里找金子啊，我说话算话，要是你们真能找到金子，请你们喝酒啊。"

王卫国伸长右手朝呼其图挥了挥算是作答。一路向着依肯西狂奔，一个多小时后，他们终于走到李同庆调查的样地，不过除了样地被采集的痕迹外，一个人也没看见，只剩雪地上一个个深深浅浅的足印……

四

从黑夜到白天，王卫国和官兵们一刻也没合眼，沿着李同庆他们的足迹，一路往河岸跑去。而此时李同庆带领的分队沿着河床也一路往南，朝着营地的方向前进。不知走了多久，也不知走了多远，一直走到天色发白，双腿像灌铅似的再也难以移动，他们看见了营房，终于回来了。拼命鼓起的最后一丝力气一下子泄了，三人接连瘫倒在雪地上。

留守营区的战友听到外面的响声，掀开帐篷朝外看，看到堆在眼前的三尊冰雪"雕像"，都惊呆了，眼泪瞬间蒙上了双眼。回过神来，战友们七手八脚把三个冰坨坨扶回屋里，摘下他们冰盔似的棉手套，看到被冻伤后松软得像面包一样的手掌，眼泪再次忍不住流出眼眶。

当李同庆再次睁开眼睛，看见的是王卫国那张布满皱纹的脸，听见陈永华总工程师拿着笔在草纸上写字的声音。

"团长，镇凯他俩……"

听见李同庆醒来第一件事是关心战友的情况，王卫国拍了他大腿一巴掌："你现在好好休息，他俩没事，连样品都一件没少！"

"陈总工程师刚刚才仔细看了你们带回的样品，里面居然有好几粒明金，可以啊同庆，你们这一夜的辛苦没有白费！"

就这样，呼玛和塔河两县之间的密林之中，大约 2000 平方公里土地上，一群年轻的军人像勤劳的工蜂一样来往穿梭。他们被分成三个人一组，要在两个月内走遍这里的每一条河谷，工作就是用军锹每隔 200 米在河谷中挖一堆砂石，装满上百个白布缝制的样袋。

测量面积在每日近 20 公里的奔波中逐日递增，官兵们也逐渐适应林子里的生活，矫健的步伐不亚于鄂伦春族的老猎手，随着他们脚步所到之处越来越多，分析成果图慢慢拼合，找矿信息逐渐汇集起来。

陈永华带着技术人员把图纸上有价值的数据标成一处处金异常区域，综合地质资料，实地勘查，反复筛选。

此时中国的探矿方法基本取经于苏联，黑龙江河岸很多大型矿床都是通过水系异常查证发现。实践证明，这种沿河撒网、层层圈定的办法很适用于高寒植被覆盖区，尤其是地理地貌与俄罗斯远东相近的大兴安岭。

勘探区域由几千平方公里的大圈，缩小到面积为几百平方公里的小圈，再到方圆仅为几十平方公里的靶区，这一过程需要大量的数据分析来支持。从实地取样，到筛选加工，到分析数据，诸多环节，容不得半点疏忽，若一个点位的样品出现纰漏，或遗漏某个样地的样品采集，后果就是与金山失之交臂，所有人的努力付诸东流。

凭借着科学的瞄准镜，金矿靶区越来越清晰，最后陈永华用红笔将点位锁定在了宝兴沟。宝兴沟，位于大兴安岭西罗尔奇山脉东坡，西尔根气河上游，这里是两个岩块的对接点，北面的岩块陷下去，南面的岩块鼓上来，地质构造发育，地下岩浆活动强烈，取样圈定为金异常区域。

李同庆身体恢复之后，即刻带领三连全体官兵发兵宝兴沟，这也是他原来负责采样的区域。其余将士继续坚守大本营，沿着可能成矿的区域采样收集地质资料。三连官兵们带着帐篷直接转场，在一处略微平坦的开阔地停止了前行，卸下身上携带的工具，开始扎营。这里是他们日后需要用砂钻钻探勘查的施工点位。

古树参天，凌乱的山石盖着一层白雪，如一只只卧着不动的绵羊。要在这里摆开沙金钻探的战场，进行黄金勘查施工，就得清除点位上的枯木和石头。树木好解决，搬离即可。可这些散落的石头，两三百斤一坨，下身还焊在冻土里。三四个战士围住一坨石头，搬，搬不开，撬，撬不动，这些石头仿佛生了根，战士们便用十字镐一点一点抠冻土。这北方的冻土，坚硬如石，南方的战士从没见过这样的土。挖不动，李同庆便又烧热水浇，慢慢地把冻土烫化，再搬石头。

在这片地界一日三餐的保障也是一件难事。大兴安岭雪域深山之中，虽然米面充足，但新鲜蔬菜就别奢望了，根本无法保存，扎营时吃的那顿饭菜就算是"满汉全席"了。带进兴安岭的豆角、韭菜，全都成了脱了水的干菜，吃时用水泡一泡，再下热锅煮一下，蔬菜味早随水分跑得一干二净，像是嚼干草。这还算不错了，等这些东西吃完了，就只能吃盐水煮黄豆。

等到什么也没有时，补给又迟迟没从大本营运过来，就用酱油下饭，用面和盐炒着吃，这些都是常事。刮大风时，还不能生火，因为四周都是老林，地上堆积着厚实的树叶，一个火星就可能毁掉一大片山林，所以战士们只好吃冷饭或干粮。有时连冷饭和干粮都没有了，战士们就只有饿着肚子等半夜风停下来，再生火做饭。

鄂伦春人说，风是北方风神老太婆扇动的大簸箕所致，横越过刮大风的地方会触犯风神。但此时呼啸的大风丝毫没有阻挡住黄金兵繁忙的身影，他们在陈永华总工程师的指导下，迎着风把打砂钻的吊锤高高拉起，又让它重重向地面砸下，吊锤的撞击声遮住了风神的呼声。首批组建的黄金官兵像是一群拓荒者，用毅力和初心，在这雪裹的密林里拓荒。

"团长，我原本来到黄金部队还有些怀疑，这群穿军装的战士们打仗能行，搞工程建设能行，但找金子这样的事情到底能做到什么程度？我跟着你们工作生活这几个月时间里很多次深深被感动，我想说，找金子，黄金兵没问题！"在三连宿营地，来检查砂钻工作进度的陈永华向着一道来的王卫国讲道。

"老陈，我以为你早在加格达奇时就该回答我了，没想到，你的肯定来得是这么迟啊。"

"哈哈哈……"

风声和砂钻撞击的声音很快淹没了他俩的笑声，只有进尺在一点点地往地下延伸……

五

黑龙江在春季和煦阳光的照耀下开始复苏，4000多公里长的玉龙松动筋骨，嵯峨的冰凌连绵劈裂，沿着汹涌的江水流入鄂霍茨克海。

随着天籁般的开江曲逐渐远去，大冰排浩荡通过后，细碎的冰凌漂浮在黑龙江江面，江潮有节奏地拍打着中苏两岸，亘古不变的大兴安岭依然长久地静默着，只有挺拔的落叶松在不断向阳生长，春天将送给它们又一圈新的年轮，这是生命的馈赠。

突然，一股逆流从江水溯潮而来，强劲而富有活力。成千上万的鳇鱼在黑龙江洄游，为了等待这一天，它们已经在江底潜伏了整个冬季。鳇鱼过后还有哲罗、细鳞，它们的征程要更远，分布在兴安岭深处大大小小的溪流都是它们的终点，在那里鱼群播撒下繁衍的希望。

而在32万平方公里的大兴安岭之中，黄金兵们对春季的期望比鳇鱼更多。锁定找矿靶区之后，冲击砂钻不断撞击冻土，剥出地层下泥土和沙砾。几个月后，在陈永华总工程师指导之下，李同庆带领全连将士在兴安岭宝兴沟的河床挖出延伸1公里的沙金矿脉，筛淘出的每立方米砂石的黄金最高品位达20克每吨。金光灿灿的金粒在这群将士们手中相继淘出，照亮了西罗尔奇山脉和十八站鄂乡。

首批挺进大兴安岭的黄金官兵们，经过几个月的奋战，靠着军人执着的干劲，硬是用皲裂的双手从兴安岭流淌的冰河里淘出了3523两黄金，该河段经勘查达到中型沙金矿床标准。首战告捷！远在北京的王震副总理得知这个消息后十分高兴："我说军人没有办不到的事嘛，军人打仗行，搞生产行，找金子照样行！"

这是一次百步穿杨的精准打击。林中的鄂伦春族人奔走相告："金子！""当兵的在密林里挖出金子了！"

老猎人信守承诺。在一个天气晴好的黄昏，呼其图带着自家酿造的柿果酒和捕获的野兔到三连采金施工地充当了一回炊事班班长。跟在他身后的还有他5岁的小孙子敖拉·树海（余文简称"树海"），小男孩长得虎头虎脑的，虽然年纪尚小，但小家伙充分继承了鄂伦春族的狩猎基因，爬树下河已经不在话下，在采金施工点的河床边与淘金战士们玩得不亦乐乎。呼其图将最后一盘炒菜摆上枯木搭好的饭台，又摸了摸自己身上的包袱，从里面拿出一块块早已烤好的列巴，朝着李同庆等人大喊一声："开饭嘞！"

李同庆抹了一把脸上的泥巴，咬了一口香喷喷的列巴，对呼其图道谢："战士们跟着我们到这里找金子真的受苦了，这么久以来一直是吃白水煮菜，好久没吃到这么丰盛的饭菜了，谢谢老族长！"

"谢谢族长！"李同庆话毕，后面传来将士们真心实意的感谢声。

呼其图端起酒杯，向着三连的官兵敬酒："兴安岭自古产金，但在经过日俄扫荡，族里的人都说林子的金子早都被采空了，没想到你们还真的从雪地里淘出金子了，真是兴安岭'莫日根'（鄂伦春语，最强猎手）！"

酒过三巡，官兵们稍事休整，又准备开工在沟里淘金，呼其图突然拉过李同庆手腕讲道："当兵的，老汉知道你们在这里找金子是为国家做贡献。我们鄂伦春族世代流传着这么一个传说，从兴安岭一路向西与呼伦贝尔额尔古纳河交界的'西口子'遍地黄金，走到那儿的人，脚底都会被黏上一层金末，只是……"老猎人呼其图欲言又止。

一听是有关黄金的事，李同庆一下握紧呼其图老人的手，激动地说："只是什么？老族长您请直说吧。"

呼其图抿了一口酒继续说道："只是西口子是神灵都无法庇佑的地方，那里是真正的原始森林，就连我们最老的猎人都没有进去过。要进入西口子，只能从额尔古纳河的冰面上进去！"

当夜，远在20公里外的51支队503团营地指挥帐篷里，亮如白昼，503团团长王卫国和总工程师陈永华坐在指挥席前，连队主官有序落座，他们正在等待着王卫国的指示。

大兴安岭沙金找矿工作进展很快，短短时间内上交黄金储量逐步增多。但是王卫国并未满足，敦促各连继续寻找新的金矿点位，保持支队找金成绩不断增长的势头，为国家提交现在急需的黄金储备。

"西口子，这是真实存在的地方吗？陈总工程师，你知道西口子吗？"在听到呼其图所讲关于西口子的传闻后，王卫国也对那片神秘的地区上了心。

"团长，根据现在的地理资料来看，在额尔古纳河的北段，有大兴安岭最后一块原始森林，虽然这是一个在地图上搜索不到的地名，可西口子确实是存在的。那里方圆300公里全是原始森林，渺无人烟，全年无霜期仅有2个多月，最低气温零下50度，到现在河床的冰面还没解封，是绝对的无人区。"

"在地质队时也曾听快退休的老领导提过西口子，据说在100多年前，慈禧太后为寻找黄金，派出一支数百人的勘探队伍，趁冰封河床时开进西口子，但找金的队伍一去犹如石沉大海，竟无一人生还。日本侵略时，关东军也派出过一支勘探队伍到这儿寻金探宝，但依旧是全军覆没。"

听过陈永华的汇报之后，身经百战且从不畏惧的王卫国陷入艰难的抉择。他虽然不惧，但也不愿让手下的将士们无谓伤亡。进还是退？往前可能会有丰富的沙金储量，同时也将迎战危机四伏的冰封雪域。

"谁敢去？"王卫国低沉地发问。

"鸟儿能不能飞进去？"

"当然能。"

"那我们黄金部队也行！"

经过再三思忖，团长王卫国下定决心：挺进西口子！

大雪茫茫，山深林密。若进去，谁都能想象到将要吃多大的苦。即使有黄金的诱惑，哪个淘金人愿如此舍命？黄金战士们敢，但他们不是为发财而来，国家需要黄金，黄金部队必须迎难而上。为实现黄金指挥部提出的在"边远、高山、严寒"地区找矿宗旨，51支队党委在充分论证的基础上，果断提出对西口子地区"进得去、站得住、打得赢"的口号，毅然决定挺进一无人烟、二无道路，素有"生命禁区"之称的西口子。

六

王卫国拟定了西口子会战部署方案，提交黄金指挥部，方案很快通过了。为了解决从冰面上行进的问题，黄金指挥部以最快的速度为503团订购了一台装甲运兵车，这是黄金部队第一辆装甲车。

兴安岭的冰雪尚未完全消融，满怀豪情的黄金官兵开始向西口子挺进。

王卫国团长带领着前进指挥所移师至洛古河，200 多吨的探矿物资在统一部署下，运抵这个北疆村落。土公路通到洛古河村就成为一条断头路，正如当地猎人所说，结冰的河面是一条天然且唯一的通道。

官兵从洛古河村民那了解到前往西口子的大致方向后，王卫国团长把探路建点的先遣任务交给了他信任的老兵李同庆。

接到命令后，李同庆二话没说，挑选了四名年轻体壮的战士，匆匆上路了。"郭镇凯，你们班四个兄弟跟我一块进去。"

风雪漫卷，大兴安岭原始森林一片寂静，寒气咄咄逼人，偶有大雪压断树枝的声响。冰封的额尔古纳河面寒风呼啸，却掩盖不住装甲运兵车发动机的轰鸣，履带碾压着冰面上的积雪，"哗哗啦啦"地顺河道疾驰，向西，再向西，挺进西口子。

冰封雪锁，哈气成冰。李同庆和郭镇凯等人都身着厚厚的棉大衣，但在装甲车内仍觉酷寒难耐，浑身不受控制地抖着。河两岸，树木林立，越往前行，河道越狭窄，有的地方被树木挡住，只得停下来把树木锯掉再走，行进极为困难，每小时只能行进三四公里。

装甲运兵车在风雪中走走停停一昼夜后，"嘭"的一声，意外地陷入一处深雪坑，搁浅了。车上只有五个人，靠五个人的力量想把十几吨重的铁疙瘩从雪坑里弄出来是绝对不可能的。

眼看夜幕已经降临，李同庆特别着急，这里天气这么恶劣，绝不能留在这里过夜。否则，明天就是五个冰坨坨。

要想活命，必须返程！郭镇凯等四名战士是他带出来的，自己必须把他们活着带回去，李同庆非常清楚现在的处境。就在带队进来时，他就听说一位猎人从原始森林返回时，由于风雪过大迷了路被活活冻死在森林里，当山民们找到他时，靠在大树上的猎人已经和树干冻在了一起。

李同庆已经不是初入兴安岭了，早先已遇到过迷山的情况，有一定的经验，情况紧急可他心中不乱。掀开装甲车的盖子，遥望来时装甲车碾出的道路还十分明显，他清楚只要跟着车辙印走就不会迷失方向。

"快出去，把车放在这，咱们沿着车辙印走回去。"

听到李同庆的话，郭镇凯和战友们立即从装甲车的出口往下跳，结果郭镇凯刚刚跳下装甲车，就一屁股坐在冰面上，怎么努力都站不起身来，原来他的双脚早已冻麻木了。李同庆忙把他拖起来，还没松手，第二个跳下车的战友又坐地上了。他松开第一个，去搀扶第二个时，第三个跳下车的战友又坐地上了。一时间，扶起这个那个又倒下了，搞得李同庆手忙脚乱，急红了眼："如果走不出去，咱们可就永远留在这儿了！大家赶快揉搓自己的脚和腿，赶快站起来，我们往回走。你们放心，就是一步一挪，我也要把大家带出去！"

说着，李同庆就帮离他最近的郭镇凯揉搓起来。经过 10 多分钟揉搓，腿脚有了知觉。5 个人相互搀扶着，乘着依稀的月光，跌跌撞撞地往洛古河村走去。

大家都有在冰天雪地的大兴安岭工作的经验，尽管倍感疲惫和寒冷，他们都没有抱怨。在这个时候，谁都清楚，如果停下来，随时都会有被冻僵。

凛冽的寒风裹挟着雪粒子铺天盖地地打在他们脸上，冰冷刺骨的寒风透过大衣直戳脊梁，从嘴里呼出的气息瞬间就在胡子、眉毛上结成了白霜。第二天一早，他们终于再次回到洛古河集结点，从此，洛古河到恩和哈达的丛林里，有了一条装甲车撞出来的道路，官兵们将它取名为"胜利路"。

在明确前行方向后，503 团的官兵们靠拖拉机拉着雪地爬犁，经过冰冻的额尔古纳河进入西口子。经过几天的风餐露宿，艰难到达目的地后，大家不敢停歇，这里恶劣的自然环境逼迫黄金战士们立即开始搭建帐篷，先保障住宿，接着准备找金工作。

无人进驻的西口子地区，沙金储量极大，在技术负责人陈永华总工程师的指导下，支队官兵探获金资源量日益增加，可谓是"日进斗金"。只是因环境所限，战士们长期吃罐头，吃不上新鲜蔬菜，很多在西口子工作的官兵都得了夜盲症，夜晚洗漱、上厕所时经常"嘭"的一声撞在大树上。后来王卫国将此情况上报给了黄金指挥部，在指挥部的协调下，漠河空军用直升机空投鱼肝油丸等物资，保障黄金兵们在西口子开展找金工作。

正是有了挺进西口子这一次决定性的开拓，王卫国带领着 503 团官兵在西口子数十条河谷里钻下 3600 多个钻孔，平均每向河床钻下 1 米就能提炼 10 克黄金，换算下来支队官兵每天能向国家提交 0.5 公斤黄金，他们的青春也在这段岁月洗礼下浸染着金色的光辉。

七

虎拉林、呼玛河……短短几个月时间，黄金官兵在兴安岭淘金找金工作开展得如火如荼，提交黄金量越来越多，李同庆的心里却始终压着一件事，他怎么也开心不起来。官兵工作地处山岭深处，远离市区城镇，周围没有企业，随军随队的家属没法分配工作。军队当时的工资并不高，许多干部职工的家属随军后，生活拮据。

作为三连长的李同庆，接连好几次听到连队干部的诉求，希望连队帮助解决随队家属的工作，缓解生活困难。苦思冥想很多个日夜后，实在没有想出其他办法，李同庆只好对着几名军队家属说道："你们怕不怕苦？不怕苦我带你们到山上，协助我们淘金子去！按照职工待遇发工资。"他本以为说出来会被拒绝，却没想到，他这么一说，几个家属都十分高兴："我们不怕吃苦，你带我们上山吧。"

李同庆写了报告上报王卫国团长，王卫国签批同意了三连的报告。就这样，三十几名家属随军队进入团部所找寻的另一处采金样地——兴安岭腹地的团结沟。

团结沟原是个荒坟沟，没有一户住户，曾经一支科考团队来沟里住了几日便匆匆撤离。如今，家属采金队开进了这条无人沟，用几顶淘汰下来的旧帐篷和七拼八凑的炊具，在这无人区域安营扎寨，驻扎了下来。

淘金是一项很费体力的劳动，每天拿着筛子在指定的沙金河段筛着重重的河沙，由于长时间弯腰，男人们每天都累得腰酸背痛，这群家属女工自然每天也都会累得汗流浃背。可这些家属们心中只有一个念头：干出个模样来，让部队领导看看，家属也能顶半边天。

其中，表现最出色的是一个名叫陶金花的女工，刚满 22 岁。

在分配工作时，李同庆见她勤快，干活利索，就安排她看守圈起的沙金溜槽，负责尾数沙金的清点和收集。那天快收工了，陶金花看到采金区冲刷下的溜槽内有一块硕大的泥块，她想捡起来扔掉，掂在手里却发觉分量很重。

俗话说"没吃过猪肉，还没见过猪跑!"这么久跟着黄金兵们干淘金的活，对基础的地质知识还是有一定了解的。陶金花一拿起裹满泥巴的石头便感觉重量不正常，便把它放到水里洗了起来。

这一洗不得了，手中的泥块清洗干净后竟变成了一块熠熠生辉的金疙瘩。"金子，我发现金子了!"陶金花兴奋地喊了起来。在部队的熏陶下，陶金花了解了不少关于黄金的知识，她一眼就认出这是一块罕见的狗头金。

狗头金是一种富金矿矿石，是天然产出的、质地不纯的、颗粒大而形态不规则的块金。它通常由自然金、石英和其他矿物集合体组成。有人以其形似狗头，称之为狗头金；有人以其形似马蹄，称之为马蹄金；但多数通称这种天然块金为狗头金。

这种天然形成的金块十分珍贵，若是陶金花想要自己私存下来，在没有监控摄像头的年代完全不会被旁人知晓，但是她想都没想就将金子上交给了连队。在野山沟里居然淘出了狗头金，消息一经传出，官兵们的积极性一下子被调动起来，大家都认为，既然有一块，就会有两块、三块……

真被他们猜中了。那个夏天，陶金花和连里的职工一共采出了 7 块狗头金，最小的也超过 220 克。老乡们说，是他们夜以继日的奋斗精神感动了山神，才会得到这么多的金子。陈永华总工程师亲自来到团结沟的采金船上查看，点名表扬了陶金花，鼓励她再接再厉，为国家多找金子。

后来这些珍贵的狗头金被带去黄金指挥部保存，而后又由指挥部转赠给了中国国家博物馆。现今，收藏于中国国家博物馆展柜里的一块形如中国版图的狗头金标本，重达 2155.8 克，含金量达 70% 以上，正是当时由黄金部队发现的那块，闪耀的金光映衬着黄金部队全体将士们浪里淘沙的日与夜、光与影。

而三连长李同庆这边，自从团的找金工作区域转战西口子后，他便随连队在这片无人区扎下了根，在找矿工作中经常身先士卒，带领战士们在西口子开展沙金普查。

远在山东的妻子因为他找金任务重不能探亲回家，也带着年幼的孩子随军来到了驻地加格达奇生活。8 月下旬，妻子患病卧床，急需李同庆返回照顾，于是给李同庆写了一封信，但由于西口子地区通信不便，当他收到信件时，已经过去一个月时间了。

临近国庆佳节，李同庆带着满身风尘从兴安岭回到加格达奇。一进家门，他就愣住了，妻子仍未痊愈，面色苍白，躺在床上休息着。

由于长年在野外开展找金工作，李同庆的面容大大地超出了实际年龄，以至于妻子第一眼都觉得恍惚。2 岁的小儿子李方全对爸爸更是陌生，突见一个男子进屋，吓得大声哭了起来。

看着此情此景，李同庆的心像是刀割一样难受，他走到儿子面前，一把将儿子抱在怀里。可李方全不认识自己常年不在家的爸爸，在他怀里拼命挣扎。李同庆眼里噙满了泪水，不顾年幼儿子的反抗，在儿子的小脸蛋上亲来亲去，恨不得把自己对儿子全部的爱都表达出来。

躺在床上的妻子望着丈夫那难过的样子、又黑又瘦的面孔，泪水止不住流了出来，她对儿子说："方全，你不认识啦？他是你爸爸呀！"

李方全好像听懂了妈妈的话，停止哭泣，望着李同庆打量起来。

妻子又哭着对李同庆说："你总算是回来了，看看我们这个家，还像个家的样子吗？原来跟着你来黄金部队，本以为全家人能在一起。没想到仍是两地分居，我们母子俩得不到你一点照顾，跟着吃苦受罪。同庆，咱们还是转业回山东老家吧，回到老家生个病、有个困难还有亲戚帮个忙。"

李同庆非常理解妻子，他没回答她的话，只是把儿子紧紧搂在怀里。儿子不再哭闹了，他掏出手绢替儿子擦掉眼泪和两行长长的鼻涕。李方全搂着爸爸的脖子说道："爸爸，我饿！"李同庆笑着对儿子说："哦，方全饿啦，爸爸去给你做饭。"

李同庆抱着儿子走进厨房一看，一切都是冰凉的，白面没有了，大米没有了，只有半袋玉米面和锅里剩下的 2 个窝窝头。望着眼前的这一切，这位铁骨铮铮的汉子，鼻子一酸，泪水顺着脸颊滚落了下来。他想起自己和妻子结婚近 8 年，两人在一起生活的日子还不足 8 个月，心里就愧疚得难受。

在李同庆的精心照顾下，妻子的病慢慢好了起来。没想到李同庆自己却病倒了，身体虚弱，吃不下东西。这时，部队又要上山执行地质勘探任务，王卫国和陈永华得知李同庆两口子都生病了，决定不让他去，要他留下一边照顾妻子和儿子，一边好好养病。他怎么也不听领导们的劝，坚持上山。王卫国知道他是个犟脾气，只好同意他继续带领连队去西口子执行找金任务。

安顿好家人之后，李同庆带着战士们又一头扎进了西口子。可是天公不作美，上山两个月以来，西口子地区暴风雪不断，导致大雪封山，所需给养运送不进来，之前储备的物资消耗殆尽。

全连 60 多人吃粮告急，李同庆告诉炊事班长："把剩下的两袋大米保存好，用盐水煮粥吃，把扔掉的咸鱼头捡回来，洗洗当菜吃。"就在这样的情况下，打钻施工却一天也没停过。

天气晴好的日子，李同庆和战友们根据总工程师陈永华的指示，身背沉重的物资，踏着积雪深一脚浅一脚地转场至漠河县西南 250 多公里的另一处勘查点位。战士们饿了啃口冻干粮，渴了抓把雪吃；到了晚上，找个避风的树林，燃一堆篝火露宿。软绵冰凉的雪地里走一天的路，比泥巴路上行走费力多了，战士们都累得一坐下去便呼呼睡着了。

第二天清晨一看，连长李同庆还背着枪站在雪地里为他们站岗放哨，战士们深受感动，更加敬佩他了。在李同庆的带领下，全连官兵顶着风雪，经过一个星期的艰难跋涉，黄昏时终于走到了施工点。

一到工作区，李同庆便紧接着查看四周地形，寻一块背风的山坳，让连队清理干净地上积雪，安营扎寨，终于吃了一顿热饭。休息一晚，第二天天一亮，官兵们立即开始施工作业。施工刚刚开始，李同庆眼前一黑，站立不稳，身边正在准备设备的郭镇凯赶紧一把扶住他，其他战士们瞬间全围了过来，劝连长赶快下山去团部卫生队治疗，可他却说啥也不肯下山。

待缓过神来之后，李同庆又同大家一起施工。为了早点完成任务，他每天把所有施工点都跑个遍。一天傍晚，这位人高马大、脸庞黝黑的山东壮汉一头栽倒在了机台上。

两个排长带着连队战士将李同庆抱上简易的雪橇，拼命往山下跑，最近的医院在莫尔道嘎，距离他们的驻地有 100 多公里，战士们踏着一尺多厚的积雪，走了一整夜。可在就要到达公路时，李同庆连长却停止了呼吸。

郭镇凯趴在连长身上发出了撕心裂肺的呼喊："连长！你醒醒啊！连长！快要出山了呀！"无论战士们怎么哭喊，可连长再也听不见他们的声音了。

在一群战士悲痛地哭喊他们的连长之时，天空飘起了雪花，像是在为李同庆连长送行。四周寂静无声，唯有雪花簌簌，很快覆盖了雪橇拉出的辙迹和战士们的脚印。

李同庆连长走了，在大兴安岭雪原和密林里走完了自己年仅 36 岁的人生，他静静地在大兴安岭的怀抱里熟睡去了。

在大兴安岭的莫尔道嘎，战士们含着悲伤把连长埋葬在了雪地里，他们找来一块木板立在连长的坟前，上面是战士们流着泪水雕刻着 3 个不朽的大字——李同庆。

司掌灵魂的乌玛女神无能为力，没有挽救李同庆的生命，这位优秀连长的军魂永远留在了西口子。也许，他的眼睛变成了星星，头发变成了森林，汗水变成了西口子的河流，时刻和兴安岭的诸神站在密林之中，看着战友们淘洗黄金时展露的笑脸。

王卫国、陈永华，包括老猎人呼其图纷纷来给李同庆送行，老猎人呼其图抚摸着小孙子树海的脑袋："孩子，这位解放军叔叔是真正的男子汉呐，为国尽忠，等你长大后也去黄金部队，把咱猎手的技艺带到部队，当一名好兵！"天空中大雪纷飞，树海感受着四周悲壮的气氛，看着雪地里的坟冢，似懂非懂地点了点头。

本章历史大事件出处

1. 1981 年发现并探明一座中型沙金矿床，官兵们用双手淘出了 3523 两黄金。王震听到后高兴地说："部队打仗行，搞生产行，找金子照样行。"出处：《人民武警报》文《世界上唯一的寻宝奇兵》，2014 年 8 月 17 日。

2. 收藏在中国国家博物馆展柜里的一块形如中国版图的狗头金标本，重2155.8 克，含金 70% 以上。出处：中国网络电视台，《神秘的中国黄金部队是如何组建的？》，2010 年 9 月 15 日。

第五章　泪洒白水　血酬疆土

也许我告别，将不再回来，你是否理解？你是否明白？

也许我倒下，将不再起来，你是否还要永久地期待？

如果是这样，你不要悲哀，共和国的旗帜上有我们血染的风采。

一

黄金战士们用汗水甚至生命的代价换回丰硕的找金成果，用事实证明王震副总理动用军队找金子的决策是正确的。紧接着，一封封黄金矿产资源接连突破的捷报，乘着改革开放的春风，传至冶金工业部和黄金指挥部。

不难想象，在那个外汇紧缺、社会经济体系发展迟滞的年代，黄金储量的极速提升对于刚刚打开国门的新中国来说，是多么大的鼓舞。为进一步增强黄金部队找金力量，中央军委和国务院决定，整编基建工程兵 52 支队（河北廊坊），53 支队（四川成都）主要负责西北、西南地区的黄金勘探任务。并有序推进黄金技术学校、黄金研究所建设。

53 支队 512 团团长王应生在河北廊坊开完部队整编会议后，拿着两份红头文件，连老家成都也没回，急匆匆地赶赴四川达州万源县青花镇。

"一个团长，手下才 8 个兵，这算哪门子团长！"在前往达州的火车上，王应生忍不住发了一句牢骚。偌大一个团级领导，手里才 8 个兵，说出去谁也不信，可这正是黄金 512 团刚决定组建时的现状。此时，接上级命令，53 支队正在紧锣密鼓地筹备着，王应生风尘仆仆，到万源青花镇，在那里去收拢他的首支部属——四川冶金地质勘探公司 608 地质队。

火车换汽车，汽车换步行，在青花镇曲折难行的山道上走了半晌，王应生团长终于看到了修建在青花镇半山腰上的608地质勘探队的大楼。调遣命令一下，608地质勘探队就地转隶，并入53支队512团。根据冶金工业部、基建工程兵部文件命令，512团团部设立在南充南部县，选址修建新营区，归拢队伍。

王应生急啊，原班人手就8人，但是608地质队400余名地质队员即刻并入团队，从基建工程兵四川、南京、广东铀矿部队，甘肃水文部队抽调而来的队伍也正准备从全国各地赶来，而眼下南部县新营区还没开始选址，接着才是筹备施工建设营院，这一套流程下来，团里的官兵要如何安顿？总不能全挤在608地质队的宿舍里吧？

而且冶金工业部和黄金指挥部要求512团于明年年底完成3000两的黄金勘探任务，人员都还没整编好，任务这么急，这哪里等得到新营区施工建设完毕？

"不行，打仗都没这么乱，不把人马归拢整编好，别说找金了，安全管理都成问题，建设新营房的事完全等不起。"王应生把选营任务交给了最初从基建工程兵来的8人之一——主管后勤的后勤处处长，最终在邛崃固驿公社（后改为乡镇）找到一所解放军空置的仓库，连日改建成了512团的新团部。

营房有了，团队壮大了，但是当王应生走进邛崃固驿，摆在他面前的队伍简直是一锅乱粥。与51支队不同，为了尽快提高国家黄金储量，解决找金人手不足的问题，52、53支队除了少部分基建工程兵连队外，其余大部分都是以"工改兵"为主整编的地质勘探队。

有的父子在一个连队；有的一家人都在一个连队；有的儿子当排长，穿四个兜的军装，父亲却当班长，穿两个兜的军装。还有从地方招收的新兵正在等待集训。团里官兵来自各条战线各个层次，有军人，有学生，有工人，虽然都穿上了军装，形式上成了军人，但行走坐立都没有军人的样子。

特殊的时代背景下，极速扩张军队，造就了这样特殊的情况，可黄金部队毕竟不是一支地质队、民工队，而是人民解放军序列的一支正规部队，要是只管找金任务不抓军事纪律，迟早会出问题。为此，王应生召集512团党委领导，下决心边抓整编，边抓生产，边抓军事训练，努力提高全体官兵的军事素质。

"既然征兵要求我们是到军队找黄金的，练好专业技能就行，齐步'一二一'能走出黄金吗？"抓军事训练的阻力很大，首先是思想观念上的转变，不少刚入伍的新兵都认为既然以后是生产施工的队伍，还搞军训完全是浪费时间。

矛盾集中在地质局的人马上，虽说他们对能穿上军装感到无上光荣，但一时间却对部队的管理还接受不了。有一次，当管理科科长把机关干部集合完毕，向工改兵的局领导报告："队伍集合完毕，请首长指示。"

原地质局工改兵领导却满脸不耐地说："好好干活，找到金子才是正事，以后少来这一套。"领导的纪律观念都如此淡薄，更何况战士们。

由地方地质队和军队改革整编的黄金部队，与其说是军队，不如说是一支穿军服的地质队更确切。为此，原来过惯军营生活的部队干部觉得对于这样一支松松垮垮的队伍没法管理，想调离这支部队。

王应生见到训练情况稀稀拉拉，完全没个军队的样子，这位经历过战争风雨的老革命一下就来火了，一声令下，全团集结在训练场："老子在解放战场打老蒋，吃枪子的时候，你们还在挖泥巴呢！现在是在部队，不管你们原来是什么身份，在这里，来到512团，就全得听从指挥，穿上军装，就要配得上军人的荣誉！"

王应生脸色一黑，怒目圆睁，底下的人大气不敢出。生气归生气，王应生心里很清楚，虽然地质队员军事素质不行，但是他们的找矿技术是一流的，还是要尽快将两支队伍、几路人马形成合力，才能完成好上级交代的找金任务。

王应生命令作训参谋制定正规化整训方案，由他进行最终审定，并且以后的每次训练王应生都会亲自到场，督促做好队伍的整编训练工作，让地方地质队员尽快向合格革命军人的身份转变。

在抓训练的同时，王应生也没有忘记这支队伍组建的初衷——找黄金。在与原608地质队人员交流后，王应生得知，608地质队在川西北地区寻金勘查有一些初步成果，目前608地质队掌握两处沙金靶区，一处在甘孜炉霍县，一处在广元青川县，两地均可进驻兵力，开展深入勘探找矿工作。

王应生看着日趋正规化的团队，知道开拔出征之日越来越近，在这时，他主动联系到了老战友王卫国，他俩皆是亲历解放战争的老兵，在战场结下深厚情谊。得知王卫国带领 51 支队 503 团在大兴安岭找金卓有成效，王应生不客气了，一通电话直接找到王卫国，请他调遣一支经验丰富的找金队，扩充新组建的 512 团技术力量。

"卫国，你也知道我这 512 团刚刚组建，需要干出一番成绩，你在大兴安岭的队伍已经有很丰富的经验了，我要一支采金队来协助团队的采金工作。"

"老战友啊，我这里工作也忙，实在是派不出人啊！"

"得得得，别给我扯这些没用的，你就说你帮不帮老战友这个忙吧？咱也不是私事，都是为国家找金的大事，而且我们 512 团和你的队伍还有些不一样，基本上是整编地方地质队成立的。他们在西南地区找金已经有一定的基础，现在手里就有两处沙金靶区，马上就可以进行深入勘查。"

话都说到这个份上，王卫国也不好拒绝，他们商议好后，王应生给指挥部呈了一份报告，得到指挥部的签批之后，王卫国派出的精兵强将已经出发南下了。

当郭镇凯乘着大兴安岭的风，来到天府南来第一州邛崃，512 团在王应生的整顿下，早已一扫组建初期的乱象，各地来的人马初步有了军人的形象，团部里红旗招展，整装待发。而王应生没有给郭镇凯等人过多的休整时间，让郭镇凯与 512 团的钻探四连二班长喻明福搭班，不久后便跟随原 608 地质队的技术队员直扑广元青川县白龙江。

二

告别大兴安岭，来到广元青川的白龙江畔，郭镇凯还未完全走出李同庆连长因公牺牲的阴霾。李同庆一直以来都把郭镇凯当弟弟一样照顾，李同庆牺牲后，他在西口子夜以继日发疯似的工作，谁劝也不好使，想要用忙碌和劳累来忘记连长去世的伤痛。

当王卫国团长抽调他所在的连队到 512 团时，他不愿，他舍不得离开这片密林，这片他和连长奋战过的地方。王卫国团长知道后，让陈永华总工程师找到郭镇凯给他做思想工作，让他将兴安岭找金的工作经验带到新的团队，那里现在很需要一支采金骨干队伍。

郭镇凯正是抱着要在西南地区干出一番成绩的目的来到512团的。刚到广元青川县，他没来得及了解此处不一样的气候环境，就跟随原608地质勘探队技术干部，一头扎进白龙江开展沙金普查。得知有军队来白龙江找金子，当地的居民都放下农活好奇地跑到江畔观望。

"嘿，我就说这江里有金子吧，早些年在江里游泳时我都看见金子漂在水面上。"

"得了吧，少在那吹牛，金子怎么可能会在水里漂起来呢，你眼睛怕不是被反射的阳光射花了吧。"

"哈哈哈哈……"

白龙江边的村民一阵哄笑，郭镇凯一听倒是真记在了心里，朝着带队的技术干部讲道："如果是稀薄的金粒或金箔是真有可能漂在水面上的，曾经在大兴安岭的河流淘金时就出现过这样的情况。"

二班长喻明福听这个沉默寡言的新战友，突然冒了这么一句挺专业的话，一下也来了兴趣。虽然只有小学文凭，但喻明福入伍以来一直刻苦钻研技术，将一本配发的《砂钻勘探规程》记得滚瓜烂熟，他是全连最早熟练掌握砂钻操作技术的战士。在组建时的技能考核之中，喻明福凭借过硬的技能，考了全连的第一名，连地调局转兵的老同志都连声赞叹："不简单！不简单！"

"走，我们去岸上问问老乡，打听这里的实际情况看看。"技术干部喊着郭镇凯和喻明福，找到岸边的老乡询问。

"老乡，刚刚听你们说这白龙江里发现过金子，想问问真的有这回事吗？"

那位刚刚被嘲笑的老乡此时涨红了脸，看见当兵的对他的话上了心，立马接口道："兵哥，当然是真的，我在这里还淘到过豌豆大的金粒子！"

"豌豆大！你说的是真的？"郭镇凯听到这话，心里一下提了起来，他知道豌豆大的沙金矿品位有多高。这里真的能捞出豌豆大的金粒，就有发现大矿的希望！

"当然是真的，不信你们跟我来，我带你们看。"

郭镇凯一行人跟着老乡七拐八拐来到离岸边不远的民房里，老乡让他们在院子里等等，自己一个人钻进了内房。不一会儿，只见老乡拿着一个小竹筒走了出来。"一般人我还不给他们看嘞。"说着老乡抽开竹筒盖，往手上一倒，一颗豌豆大的金粒在午后的阳光下闪闪发光。

郭镇凯、喻明福对视一下，心里火热起来，"白水一定能发掘出好矿！"

回到租住的民房，技术干部拿出白龙江前期勘查资料和郭镇凯他们一道研究起来。"606、608 地质队都在此进行过前期勘查，为何 606 队的报告上描述白龙江沙金品位不高，不具备大规模开采价值？"

"挖出金粒是巧合还是说这里真的有大矿，还需要我们进一步取样分析才能做出判断。"

接下来的日子里，郭镇凯和喻明福跟随工改兵的技术干部每天吃罢早饭便踏进白龙江里，沿着河段采集矿样，将这些样品送回邛崃固驿进行分析化验。最后经过初淘、精淘、化验分析的结果和他们判断的一致——白龙江有大量沙金储备。

随后的选矿、施工在郭镇凯的预想下应该很快就会接续开展，可是就在这个节骨眼上，一座水电站的修建彻底打乱了 512 团的计划。国家计划委员会准备在广元市、嘉陵江支流白龙江下游，距昭化 18 公里处，修建最大坝高 132 米的宝珠寺水电站。

宝珠寺水电站以发电为主，兼有灌溉、防洪等综合利用效益，与系统内映秀湾、渔子溪、龚嘴等水电站补偿调节，可增加电力输出约 8 万千瓦时。每年从库中引水 10 亿立方米用于灌溉，可灌溉嘉陵江、渠江地区 233 万亩土地。

水电站要投入建设，就要在白水江下游蓄水，蓄水大坝会全面淹没目前的白龙江采金点位，而根据国家计划委员会设计方案，水电站将于明年年底动工。听起来一年时间好像还挺充裕，可是地勘、选矿、找矿、采矿到挖出金子需要一系列的流程，一般至少需要 3 年的时间。

难道近在眼前的金矿就要被迫放弃吗？郭镇凯和喻明福在宿舍里商讨半天，觉得十分可惜。原 608 地质队的技术人员和官兵们交流许久，都感到仅仅一年多的时间，开展一系列工作，投入采金施工，找出金子是完全不可能的事情，在地勘局历史上还未有过这样的先例。

王应生团长知道了白龙江即将开建宝珠寺水电站的消息，从炉霍县来到白龙江检查工作。确切地说，王应生团长是想将白水的部队力量撤回，全力投入炉霍高原找金工作。

"既然白水即将开展水电站施工建设，我们预查的采金点位也将被蓄水淹没，那团队就撤走，放弃白水，集体去炉霍高原，争取用3年时间找到3座30吨的沙金大矿！"王应生团长在白龙江营地壮志豪情地说着下一步的构想。

坐在下面的郭镇凯可真的坐不住了，他知道王应生团长和王卫国团长都是从解放战场下来的老革命，打仗带兵、挺进硝烟对他们来说都不在话下。郭镇凯入伍以来一直跟随技术干部进行着找金工作，这么长时间下来不能说是个专家，也算是个技术骨干，一听王应生团长豪情万丈的话后，他不淡定了：3座30吨的沙金矿，谈何容易啊！眼下白水金矿成矿品位高，发掘白水才是真正摆在眼前的希望。

"团长，咱们在这里奋战多少个日日夜夜，好不容易发现白龙江有大量沙金储备的可能，如果说真的要放弃白水，会不会太遗憾了！"512团的技术干部也想保留白水，但对王应生团长的话却不敢回应，郭镇凯可管不得那么多，虽然他还是一名士官（当时称作志愿兵），但他来黄金部队就是要为国寻金，李同庆连长牺牲在兴安岭的一幕还印刻眼前，他怎么能放弃？

王应生没想到在大会上居然还有人敢反驳他的发言，瞬间也来了火气："遗憾什么遗憾！上高原才是512团找金的希望！白水就算有金子，能有时间留给我们开采吗！"

一时气氛凝固，鸦雀无声。"嘭！"王应生重重地拍了下租住民宿简陋的会议桌说道："散会！"

三

郭镇凯回到宿舍后，一言不发，又变得跟刚从大兴安岭来到512团时一样沉默。班长喻明福默默关心着这位小战友，摸到他的床边："镇凯，白水有金大家其实都知道，只是你不该在会议上顶回去，要讲究方式方法的。王团长就是那脾气，但在大是大非面前，王团长还是分得很清楚的，他知道你是为了找金工作，不会往心里去的，你也别难受了。"

"这个糖给你吃。"郭镇凯转头一看，喻明福手里拿着一包红纸包着的喜糖，笑嘻嘻地看着他。

"班长你……啥时候的事啊。"

"这不是前段时间休假嘛，回去先扯了证，还没来得及办酒席。想着回来攻坚白龙江，以后补办喜酒。这下好了，白水的黄金因为水库建设找不成，我再等几个月就可以请婚假回去把酒席办了。"

听到喻班长结婚的消息，郭镇凯也跟着开心起来。白水金矿的事他暂时放下了。接过班长的喜糖，正准备剥开吃上一粒，宿舍外传来一阵急促的敲门声："郭镇凯，在吗？团长叫你过去！"

一听王团长叫自己过去，郭镇凯不知什么情况，他心里一边暗自猜想着一边整理好衣着，跑到王团长临时居住的宿舍。敲门之后，传来王应生团长中气十足的话音："进来！"

郭镇凯推门进去，王应生上下打量着郭镇凯："好小子，王卫国就是这样教的你吗？"

一听王应生团长扯出自己老领导的名字，郭镇凯一时语塞，不知如何作答。没想到王应生却笑了，站起来拍了拍郭镇凯的肩膀："白水有金，你们确定吗？"

听到问金子，郭镇凯这才接话道："报告团长，白龙江经过我们队里技术干部的勘查，可以肯定存有沙金矿，要是团里后期开采不出来，我愿意接受处分！"

看郭镇凯笃定的样子，王应生的心里也有数了。"行，还不到你立军令状的时候，先回去吧。"

离开王应生的宿舍，郭镇凯还丈二和尚摸不着头脑，王团长这到底什么意思，白水还搞不搞了？

没多久，王应生就揭晓了答案。回到邛崃团部，王应生集结团里所有技术骨干，对炉霍县和白龙江的金矿资料进行了严密对比，大量数据分析结果显示，炉霍县成矿金资源品位低，而白龙江有大型沙金矿的可能性高。

王应生立刻下了决断："收回炉霍全部官兵，除去固驿必要的留守人员，全团进驻白水!"

什么地勘局没有先例，什么一年多时间来不及，全被王应生抛下，战火中走来的他什么没经历过，地方办不到的事，军队一定能办到! 一年半时间全团举兵全力攻坚白水，尽一切力量提交更多的黄金资源!

在王应生的决策下，512团将团部直接搬到了白龙江边，施工前他向黄金指挥部上报了白水的情况，告知了即将兴建水电站和采金工作冲突的矛盾。指挥部党委得知此事后，特派专家组到广元白龙江查看，历时20天的实地调查后，专家组给指挥部反馈："白龙江存在大型沙金矿的可能性极高!"

至此，512团全团将士展开了轰轰烈烈的"白水会战"。日夜轮班，人员三班倒，人休息机器不休息，在白龙江一线大规模开展地质勘查施工。全团上下像打了鸡血，拧成一股绳，尽一切力量缩短白水金矿露出真颜的时间。

原地勘局的人员看到此种情况，也跟着振奋起来，以前608地质队也知道白水有金，但碍于水电站的修建，在地方上，短短时间里集中全局力量来这里长扎找金根本不可能，即便所有人有这样的觉悟来到这里，也不可能有像部队这样强的执行力! 这下他们算是服了气，以前看不上这群文化水平不高的战士，现在觉得他们又可敬又可爱。

就连后勤机修连也被王应生拉上了战线，哪个河段的皮卡车、钻机出现了问题，机修连修理工立即跟上，保障施工任务的顺利推进。机修连连长原是空军的机修骨干，在白水工作时发现战士们使用的"搬家钻"靠四个人的人力不停地提拉、撞击，实在是费时费力，他带着机修连果断改造钻机，将发动机融入钻机，创造出黄金部队首批小型机械冲击钻，极大加快了找金进度。

而在喻明福带领的四连二班，郭镇凯得知团部要开展白水会战，一下来了斗志，他和喻明福一起干活从来都是拣重的、累的、苦的、险的，并且毫不马虎。他所在的班组创造了单机月进137米的好成绩，受到团里的通报表扬。

长期的艰苦找金工作，使喻明福患上神经衰弱、腰肌劳损、慢性胃炎等疾病。郭镇凯见到喻明福又想起了李同庆连长，不停地劝说班长注意休息，还开玩笑地说："班长啊，你这才刚刚新婚，万一累坏了腰，让嫂子以后怎么办啊?"

"去你的，臭小子，你还拿我打趣了是吧。"

"哈哈哈……"班组成员都跟着笑了起来。

眼看喻明福不愿休息，郭镇凯只好将情况报告给了连长，连队领导命令喻明福到医院检查治疗。喻明福没办法，上午乘车赶到离工地30公里的青川县医院，下午又跟车回来了。医院给他开了一张休息半个月的假条，他谁也没说，往衣袋里一塞，照样去上工。

8月的雨季，四川地区暴雨连绵，喻明福负责的采金河段猛发洪水，浊浪滚滚向黄金开采浅井工地袭来。沉睡中的喻明福被惊醒，他借着晨曦的微光，看到工地上那价值几万元的机器、木料、管材等面临被大水冲走的危险，他只有一个念头：不能让国家财产遭受损失！

他赶忙喊醒郭镇凯等人，在当地老乡的帮助下，冒着滂沱大雨，跳进齐腰深的水中把一切能够运走的东西，一趟又一趟地运往高处。

下午1时许，大雨又有复来之势，而躺在工地上的笨重器材处在危险之中。喻明福知道，隔座山头两重天，512团部驻扎在山那边，险情突如其来，那边的同志们还不清楚这边的情况。

他让郭镇凯等人在原地待命，准备自己渡河过去，爬到山坡另一面向团部汇报河流涨水的消息。此时河水已经漫过喻明福的腰，他在河里走得步履维艰，眼见就要到岸之时，突然，一阵激流卷来，精疲力尽的喻明福连一声叫喊都没发出，就被卷入滔滔河流之中消失不见了。

"班长!"

"班长!"

四

郭镇凯等人连忙往下游跑去，希望在洪流中救起喻明福，但水火无情，个人怎么能挑战大自然的波涛洪流？当他们再次找到喻明福时，他已没有了生命迹象。

郭镇凯狠狠地捶打着自己的胸膛，不住地问自己为什么。李同庆连长、喻明福班长，短短一年多时间里，他接连告别两位战友。他眼眶发红，泪水在眼中打转，天空大雨飘落，滚滚的热泪在雨水中不断滴落，撕心裂肺的疼痛弥漫在郭镇凯的内心，无法停止。

喻明福牺牲后，53支队机关授予他革命烈士称号，并给他追记二等功，号召全体指战员及职工向喻明福学习，像喻明福那样做"雷锋式的战士。"

512团的黄金官兵们，在"喻明福精神"的号召之下，继续打响"白水会战"。顶着无数的困难，历时一年半的时间，黄金官兵们几乎将白龙江中下游翻搅个遍。慎重起见，提交黄金储量时王应生在报告上只写了8.915吨，而这个数字是可供直接开采的储量。后期转交中国黄金总公司采金后，实地储量远远超出报告，最终开采出近40吨的大型沙金矿，白水金矿一下震动西南地区，这可是新中国成立以来西南地区发现的最大的沙金矿床！

为了表彰喻明福班组在"白水会战"时的突出贡献，53支队党委特批给512团采金连二班一个二等功名额。可在评功之时，二班成员却你推我，我推你，谁也不愿接受这个荣誉。他们觉得只有喻明福班长能配得起这个荣誉，其他人都受之有愧。最终王应生团长没办法，只得让支队收回这个二等功，给二班全体记集体三等功。

当郭镇凯走上领奖台，代表四连二班、代表喻明福捧起这张奖状之时，他猛然间记起，喻明福班长送给他的喜糖还在他的行军背囊里，他一直没舍得拆开来吃……

"千淘万漉虽辛苦，吹尽狂沙始到金。"这是唐代大诗人刘禹锡赞美淘金者的诗句。是啊，沙里淘金需要经过千遍万遍的淘洗，只有淘尽了泥沙，才会见到闪闪发光的金子。狂沙吹尽之日，才是黄金显露之时，只有跋山涉水，战胜千难万险才能找到金库的大门。

20世纪70年代末至20世纪80年代初期，一代青年紧跟着国家改革的脚步追梦，在伟大变革中，寻找着自我价值和社会价值的结合点。当大多数同龄人正在改革开放的大潮中，争相攫取人生第一桶金的时候，一群穿着军装的年轻人在中国四海八荒的江河湖海，度过了他们艰辛曲折的"流金岁月"。

一条条流淌着沙金的大河，它们的命运和一群寻找黄金的军人的青春紧密相连。每年春天，这些黄金兵都要踏上奔赴远方的列车，肩负寻找黄金的使命，同茫茫林海、荒漠戈壁、雪域高原相会，破译深藏在高山密林中的黄金密码。

本章历史大事件出处

1. 嘉陵江畔，四川白水金矿问世。出处：中国矿业网，《武警黄金的"黄金"40年》，2020年3月23日。

第六章 裁军浪潮 改警之路

犹记当时烽火里，九死一生如昨。

独有豪情，天际悬明月，风雷磅礴。

一

1982 年 4 月，又值一年出征季。位于北疆的黄金 503 团营院内气氛热烈非凡，大门上方悬挂起"寻金报国终不悔，驰骋疆场献青春"的出征横幅。伴随着送行的鞭炮和锣鼓，整齐列队的军车一辆接一辆，裹挟着霜雪，飞驰出营院大门。

春来雪融，黄金兵们结束冬季的休整，再一次奔赴征战多年的林海雪原，探寻散落在大地深处的宝藏。这样的画面在天南地北接连上演，四川、河南、河北、湖南……各地的黄金兵相继出队，鲜红的"八一"军旗迎风飘扬，大兴安岭恩和哈达河边、湖南汨罗江畔、内蒙古大草原、川西高原、连绵的秦岭山脉，陆续出现他们的绿色背影。

然而，就在黄金战士们摩拳擦掌、准备大干一场时，一道关系无数官兵命运的命令突然降临。

兴安岭深处，一排排军用帐篷井然有序地排列在丛林空地，千山万岭银装素裹中，十几面火红的旗帜迎风飘扬，格外醒目。位于驻地正中的临时团部内，团长王卫国端坐在木椅上，他双手捏着文件，眉头紧锁，只有几页纸的文件他翻来覆去看了好几遍。过了许久，他站起身来，看向帐篷外的积雪，眼中满是失落与彷徨。

他伸手去拿身旁的杯子，放到嘴边咂了一口，忘记杯里是刚烧开的水，被烫了一个激灵。热水洒在军装上，他赶忙起身拍了拍衣服。"这辈子上过战场，搞过'三线'建设，黄金部队可能就是我军旅生涯的最后一站了，也许就到此为止了。"王卫国在心里喃喃道，他深吸一口烟，随后抬起头来，目光越过翻卷的红旗，越过大兴安岭的万顷林海，追溯军旅时光的来路。

新兵入伍时的稚嫩无知，解放战争胜利时的意气风发，黄金部队成立时的雄心壮志，过往历历在目，王卫国一时出神。

营地外，陈永华总工程师结束一天的忙碌，带着勘探的官兵返回营区，他边走边向身旁的一名技术干部讲道："以前在地方上都是做设计规划提出猜想，一到实践就找不到人手。现在可不一样，就连传说中的西口子都能被我们攻克。上次回家与地矿局老同事聚会，我一说黄金部队上交的金子产量，大伙都傻了眼，对我说不愧是军队，果真有战斗力！"

陈永华手拿勘探报表走向王卫国所在的帐篷，这个月 503 团探明的金资源又有了提高，而他自己经过长时间的野外磨炼，已经与这支部队融为了一体，此时只想找到自己的亲密战友分享喜悦。

"王团长好！"陈永华走进帐篷，看见王卫国，他清了清嗓子，准备用较为正式的语气宣读报表。

"报告团长，我们这个月的黄金勘探……"

还没等陈永华说完，王卫国便打断了他："老陈，你先看看桌子上的文件，晚一点我们通知团里的骨干开会。"说着王卫国就径直地走向帐篷外，留下陈永华一脸错愕。

入夜，本该熄灯的指挥帐篷灯火通明，全团骨干都挤在帐篷内，随着人数越来越多，坐不下了，王卫国便组织官兵到帐篷外的雪地召开会议。

"同志们，长话短说，我先宣读上级文件，希望大家都要有个思想准备，随后我们再布置后面的工作。"随着基建工程兵裁撤命令的宣读，将士们从刚开始的聚精会神，到诧异，再到错愕……

命令宣读完毕后，王卫国眼神扫过或窃窃私语，或一脸茫然的官兵，随后说道："同志们，文件已经传达完毕，军队改革是党中央、国务院、中央军委作出的决定，作为中国人民解放军，党中央的决定我们要坚决服从，同时当前工作也不能落下。我丑话说在前头，决不能在这段时间因为军队改革，影响了黄金勘探进度。现在，大家有什么疑问和困难可以提出来。"

"团长，我们裁撤以后去哪儿？是复员回家还是安排到地方工作？"一名排长向王卫国问道。

"这个我暂时也不知道，要等下一步政策下达，有消息我会再给大家通知。"

"团长，那这段时间我们的任务能不能放松一下？反正要裁撤了，我想回趟家跟家里商量一下，以后要是部队没了，我就在家谋个事做。"一名老兵向王卫国问道。

"扯淡！告诉你小子！这段时间我们的一切施工生产任务按照原计划不变，收队时间也按照原定时间，谁也不允许私自离队，如果发现不守纪的，我当场处理！"

"团长，我不想部队解散，我舍不得大家。"角落里轻轻传来一个声音。

王卫国一个愣神，严厉的表情也柔和下来，他回答道："我也舍不得大家。大家来到部队哪个不是舍弃了妻儿团聚，哪个不是有家不能回？但大家记住，这是我们肩负的使命，军人生来就是要服从命令，既然上级做出了决定，那么咱们就好好把剩下的路走完，把兴安岭的找金任务做好，也不枉战友一场。"

散会之后，官兵们脚踩着松软的积雪，缓步走回自己的帐篷，脑海中思绪杂乱：部队要没了，我们又该去哪里？夜幕下的大兴安岭，气温已降至零下40℃，落雪挂满枝头，雾凇晶莹剔透，在月光之下反射着雪白的荧光。

二

新中国成立初期，党中央和中央军委就作出过裁军的决策，却被突然爆发的朝鲜战争打断。战争结束后，中国进入了一段难得的相对和平的时期，因此裁军得以稳步推行。到20世纪50年代末，总兵力为237万，缩减军队员额节省出的大笔资金有力地支援了国家经济建设。

1960年，中国北部边境的局势紧张起来，党中央和中央军委不得不作出重新扩军的决策。全军总兵力也随之快速增加，1965 年便突破了 500 万大关。同时，为应对苏联对北部疆域的巨大压力和美国在东南海域的威胁，"三线"建设全面展开。到 1969 年年底，解放军总兵力创纪录地达到惊人的 640 万。

为了维持这支庞大的武装力量和建设配套的军工系统，中国每年财政支出的六分之一都用作军费。如果算上国防工业和民防工程的投资，这一比例将超过四分之一！

在这样的形势下，大炮还未响，黄金已万两。军费成为巨大的吞金兽，时刻消耗着中国的国力。

20 世纪 80 年代，臃肿的军队体量和社会经济现状使得裁军势在必行，军委主席邓小平对于精简军队下的决心很大，三番五次在军委会议上提出要裁撤军队员额，"即使发生战争也要精简，'虚胖子'不能打仗！"

1982 年，中央军委一道指令，裁撤掉 51 万铁道兵和基建工程兵。

裁军消息不胫而走，很快传到了黄金部队，不光是 503 团所在的大兴安岭，也传到了四川川西高原。结束"白水会战"、转战甘孜的 512 团黄金兵们，听到裁军消息后情绪一下子跌落到了极点。

星月当空，郭镇凯坐在河边看着平日热火朝天的淘金河谷，旁边的收音机里传来蔡琴的歌声："某年某月的某一天，就像一张破碎的脸，难以开口道再见，就让一切走远……"这段时间，这片找金营地已经安静好几天了，河边散落淘金的工具，在月光之下发着清冷的光亮。战友们都待在帐篷里，有的沉默发呆，有的在给家里写信，有的在蒙头睡觉。

突然袭来的裁军消息让战士们无心恋战，个个都像泄气了的皮球，基层官兵不知道自己被裁后该干什么，感到十分迷茫。

"刚来黄金部队几年就要被裁掉，不知道以后干什么。"

"是啊，在老家时想着来当兵可以谋一条出路，现在上面要我们集体脱军装，回去还是在村里种地，这个兵当得真没意思。"

20 世纪 80 年代初，当兵是普通家庭孩子改变前途命运的一条出路，官兵对部队感情都很深，他们怀揣着"当兵就要当将军"的信念，准备在军队舞台实现个人价值。如今裁军命令从天而降，让这群黄金官兵脱下军装集体转业，大家自然感到十分失落，觉得自己的人生愿望破灭了。

4年寻金，刚燃起的黄金梦想遇上了裁军的命令，搞得黄金部队人心惶惶，有的担心集体转业留在当地，东北太冷，西北太苦，地质工作太累，不如回家乡；有的放不下军人情结，舍不下这身军装，心中苦闷；有的担心两地分居，照顾不好家庭……

"这不是件容易的事，我们却都没有哭泣，让它淡淡地来，让它好好地去……"歌声飘荡在川西高原，恰如官兵们此时的心境，回首短暂的军旅生涯，没有拿枪扛炮，只有冰雪、沙石、打钻、筛金，如同一张破碎而模糊的脸。

待王卫国宣读裁军命令结束后，陈永华心情复杂地回到住宿帐篷，辗转反侧怎么也睡不着，干脆裹上大衣走出帐篷，站在冰天雪地的山岭之上，遥望塔河的万家灯火。

几年之前，塔河夜晚的灯光还是零星点点。随着兴安岭找矿陆续取得成果，矿产公司、私营矿业老板都来到北疆投资开矿，让这座小县城一下子兴旺起来，间接带动了当地的经济建设。

这些年，陈永华见证了太多偏远县市因为地质工作的推进，从贫困向富裕蜕变，也让他更加热爱自己所做的地质工作，他暗下决心：退一万步，就算真的裁掉黄金部队，自己也要回到地勘队伍，无论身份怎么变，一定要在地质岗位干出成绩。

此时，遥距兴安岭千里的在北京城中，中国黄金工业掌舵人、中国黄金总公司党委书记齐锐新，正在办公室来回踱步，他也十分清楚黄金部队的重要性。

齐锐新，原名齐步，河北高县人，14岁时便上太行山参加革命，被分配到平顺县寺头村太行四专署八路军干训队当通信员。这期间，他难得与一同奋战在抗日前线的父亲见了一面，见到父亲，齐步说希望把自己的名字改一下。

父亲问他为什么要改名。他说当了兵，队长喊口令时，一喊"齐步——走"，他就习惯性地答应，惹得大家笑，所以想把名字改了。

父亲想想说："那就改叫'锐新'吧，锐是锐意进取，'锐新'就是锐意取得新中国的胜利。"

此后，齐锐新在部队积极工作，逐渐成长。新中国成立后，他没有选择进城工作，而是从东北土改工作队悄然转身，继续投入社会主义建设大军。20 世纪 50 年代，在东北鞍山和西北酒泉钢铁公司的扩建和筹建中，就有他挥汗如雨的身影。

齐锐新的履历，是用包钢、天津铁厂、宝钢和武钢的开发建设，用冶金部黄金局、黄金总公司的资历填满的。几十年风尘仆仆走过的路，既是那一代奋发图强的建设者们走过的路，也是励精图治的国家走过的路。

"这支队伍不能就这样散掉了。"在北京城，中国黄金总公司党委书记齐锐新看着中央军委下达的《关于撤销基建工程兵的决定》红头文件，眉头紧锁，正是几十年从事经济建设的经验，让他觉得黄金部队不能撤销。

根据 1981 年冶金工业部与基建工程兵党委联合下发的《关于中国黄金总公司、基建工程兵黄金指挥部管理体制问题的通知》，基建工程兵黄金指挥部、冶金部黄金管理局、中国黄金总公司实行统一领导的"三位一体"管理体制，即"三块牌子一个班子"。主要职能是负责全国黄金系统的地质找矿、基本建设、黄金生产。对国外，以黄金总公司的名义与他国签订合同，进行经济往来；对国内黄金系统，以国家黄金管理局的名义实施行政管理；对黄金部队，以指挥部的名义实施军政领导。

作为中国黄金总公司党委书记，同属黄金指挥部党委班子成员，齐锐新与基建工程兵领导一样，了解黄金部队官兵的战斗力。这群黄金兵充分发扬军人敢打硬仗、听令而行的优良作风，不畏艰险，挺进白山黑水，为中国黄金产量增长作出了很大贡献。现在国家刚刚改革开放，黄金在当前乃至今后很长一段时间内仍将是国家维持货币体系和货币信用的基础，具有极其特殊的作用和意义，是国家经济安全的重要保障。所以黄金部队的存在至关重要，不能裁撤！

接到基建工程兵裁撤命令之后，齐锐新立即组织召开党委扩大会议，黄金总公司、黄金管理局、黄金指挥部所有党委领导参会。会议只有一项议题，研究关于黄金部队撤销改编的请示，讨论如何保持军改浪潮下的部队稳定问题。会议决定每个团都要组成两套班子，一个抓生产、一个抓撤改，不能因为军队改革影响黄金的正常开采，并要求每个单位做好思想工作，不能含糊，不能激化矛盾。

会议最后，齐锐新放下文件，平静地看着这一席主管黄金的党委班子成员，十分诚恳地说道："503 团在大兴安岭探明西口子金矿、512 团在白龙江探明白水金矿，还有 513 团……"

讲到这里，齐锐新又顺手从讲台上拿起一份报告："这是 513 团刚刚提交的墨江金厂大型金矿床地质勘探报告。报告中写道 513 团从地质队时就开始在金厂做工作，经历 8 年的艰苦奋战，终于在金厂矿区找到新的黄金资源点，这是云南有史以来探获的第一座大型金矿，今年内生产黄金可达 0.55 吨，产值占墨江县工农业总产值的一半。"

"这些事实充分证明，王震副总理当初动用部队找金子的决定是正确的。目前国家经济正处于起步阶段，急需黄金资源，这个关键时候将这支队伍裁撤，中国黄金事业发展又会经历波折。平心而论，我希望黄金部队留下，国家黄金事业的发展需要黄金部队。但是既然上级决定这支部队撤销，我们就先立足撤销做工作，再协调争取这支队伍的保留。"

与会的黄金管理局副局长黄玉珩，听着齐锐新书记诚恳发言，默默点了点头，作为黄金工业战线的老同志，黄副局长对黄金部队的发展建设也很上心，对部队面临裁撤同样感到不舍。

就在齐锐新等领导一面抓好特殊时期国家黄金生产任务，一面全力做好黄金部队裁撤工作之际，情况又悄然发生了变化。

三

1983 年 8 月，中共中央政治局常委叶剑英、中共中央政治局委员王震，前往山东视察工作，接连两天在烟台接见了黄金战线的干部和工程技术人员代表。

接见时，叶剑英和王震认真地听取了烟台市委市政府领导的汇报，并详细询问了黄金工业建设和生产的情况。当得知这些年胶东地区黄金产量连年上升，八年间翻了两番时，叶剑英和王震很高兴，对黄金生产取得的成绩表示满意，对黄金战线的广大干部、工人和工程技术人员表示亲切的慰问，并勉励大家发扬艰苦奋斗的革命精神，争取黄金生产的更大胜利。

在烟台调研接近尾声时，王震副总理忽然间想到了什么，转向陪同考察的黄金管理局副局长黄玉珩："对了，莱州三山岛上不是还有黄金部队吗？我们去岛上看看部队的情况。"

黄玉珩一听不敢怠慢，即刻通知正在三山岛执行黄金生产任务的部队官兵做好迎接准备。在王震副总理主导下，黄玉珩副局长和山东省地方领导坐着军舰登上三山岛。

三山岛古称参山，位于莱州市区正北 25 公里处，方圆 12.92 平方公里。远古时这里曾是一座浅海岛屿，后逐渐与陆地相连，成为半岛。三山毗连，突兀挺拔，故名三山岛。

王震副总理看着这支根据周总理的嘱托，在邓小平同志和自己的主导下建立起来的军队，不由得有几分感慨。

"现在基建工程兵正面临改革，不知道黄金部队的思想和工作情况如何？"知道现阶段基建工程兵面临改革，王震特地向黄玉珩了解部队的情况。

黄玉珩副局长连忙回答道："黄金官兵们面对军队改革虽然有一定的思想波动，但队伍总体保持稳定，部队施工生产都在正常进行。"

王震听后说道："要教育官兵服从党和国家的需要，为'四化'多做贡献，也要在改革的特殊阶段，安排好他们的工作、学习和生活。"

黄玉珩点头称是，接着王震又与身旁的山东省领导交流："现在烟台地区的金矿生产开发还有什么困难？"

烟台地委书记想了想回答道："烟台地区的金矿勘探开采情况都很好，眼下三山岛金矿后期投入开采又将为经济建设作出很大贡献。只是目前烟台通往青岛的道路建设还很落后，运输大型设备、保障金矿后期的生产施工压力大。"

黄玉珩听后，当即与山东省领导商议，为了保障胶东地区的黄金生产及青岛烟台两市的经济通联，修建一条标准化的公路。于 1989 年建成通车的烟青公路，正是在此时奠定下雏形。

正值基建工程兵撤改的关键时刻，叶剑英、王震对黄金部队的接见，使官兵们兴奋不已，似乎又看到了黄金部队"留"的曙光。

身处北京的齐锐新书记，得知王震副总理专程登岛视察黄金部队的消息，也十分高兴。近一段时间他为黄金部队东奔西走，一面积极稳控部队，一面力争保留这支队伍。他先后找到乔石和习仲勋，向他们反映了这支部队留下的必要性："无论找金子还是修战备路还是修水坝，环境都非常艰苦，都需要有特别能吃苦、特别能战斗的精神，而只有部队才具备这种精神，只有军人才在艰苦面前、在牺牲面前不讲价钱。"

1984 年 4 月 20 日，在黄金部队各级领导的努力下，冶金工业部将《关于保留黄金地质部队建制的请示》上报国务院李鹏副总理。请示称："1979 年基建工程兵黄金部队组建以来，对黄金事业的发展作出了很大的贡献……我国黄金资源的远景很大，特别是沙金储量尤为可观，但多数黄金矿分布在边远、高山、高寒、交通不便等艰苦地区，这些地区地方勘探队伍很难开展工作，保留一支精干的、调动灵活、能完成突击任务的部队，为黄金地质勘探服务是很有必要的。"

1984 年 4 月 27 日下午，李鹏副总理召集基建工程兵裁撤善后小组有关同志，研究基建工程兵水电、交通、黄金部队改编问题。

与会者一致认为这几支部队不能撤编。因为黄金、交通、水电部队担负着国家能源交通重点任务的建设和黄金战略储备物资的生产任务，长期工作在高山、严寒和边远等条件艰苦的地区，承担着一般民用工程施工队难以承担的任务，素质好，战斗力强。特别是近几年国家经济建设任务重，继续保留这几支军事化队伍，有利于国家边远地区重点项目的建设。

众人感到，撤军是大环境，可将黄金、交通这几支部队与解放军脱钩，纳入刚组建成立的人民武装警察部队序列（1982 年 6 月，根据《中共中央批转公安部党组〈人民武装警察管理体制问题的请示报告〉的通知》精神，以人民解放军移交给公安部内卫部队、野战部队及公安部原有的边防、消防等警种为基础，组建了中国人民武装警察部队）。武警部队不在百万大裁军裁减范围之内，这样部队就能够保留，这是一个两全其美的办法。

当此次会议讨论的消息传来后，齐锐新如释重负，压在身上两年之久的担子好像忽然间卸下了，他迅速召开黄金指挥部党委扩大会议："思路决定出路，作为决定地位。黄金部队官兵多年的努力没有白费，上级看得见部队在黄金生产上作出的贡献。从目前情况来看，黄金部队保留下来问题不大。这比改民好，工作好做多了，部队也稳定多了。"

1984 年 7 月 20 日，武警部队首长召集黄金、水电、交通部队领导，一起作出了转隶武警部队实施方案，确定水电、交通、黄金三支部队双重领导（武警部队和国务院部委）体制，部队改编后，执行解放军条令条例和武警部队有关规定，同武警部队待遇一样。

实施方案要求部队于 1984 年下半年抓紧做好改编的各项准备工作，同年 10 月 1 日起办理交接手续，1985 年 1 月 1 日正式转入武警部队序列。黄金、森林、水电、消防、交通，后被称为"金木水火土"的五支武警警种部队体系初步构成。而就在黄金、水电、交通三支部队转隶武警这段时间里，一场声势浩大的裁军浪潮早已蓄势待发了。

1985 年 6 月 4 日，中国人民解放军的高级将领云集北京京西宾馆。中央军委主席邓小平在这里举行的军委扩大会议上发表重要讲话。他宣布："中国人民解放军决定裁减员额一百万！"

正当美苏两个超级大国在裁军问题上争论不休，并将军备竞赛由地面引向太空时，中国却单方面宣布了庞大的裁军计划，这是世界裁军史上前所未有的重大举措，是对世界和平进程的巨大推动。

一根指头与 100 万，这样一幅画面永远定格在了人民解放军现代化建设的史册上。"先把经济搞上去，一切都好办，现在就是要硬着头皮把经济搞上去。就这么一个大局，一切都要服从这个大局。"

裁军一百万！即便对于人员数额庞大的中国军队来说，要完成这一宏大的计划，也绝不是一件轻而易举的事情，正如邓小平同志所说："这是个得罪人的事情呐，我来得罪吧，不把这个矛盾交给新的军委主席。"

1985 年，百万大裁军正在各军区有条不紊地推进着，"劳武结合，能工能战，以工为主"的基建工程兵解甲归田，成为历史。石化部队、水文部队、铀矿部队等原基建工程兵部队就地退役或整编为地方单位，南下建筑深圳的工程兵们就地转业，以团为单位分别成立深圳第一、二、三、四、五建筑工程公司，继续为深圳特区的建设发光发热，基建工程兵留下的火种散布四面八方，薪火不灭，历史永记。

黄金部队也顺利完成隶属转换，脱离解放军基建工程兵序列，正式划归武警部队管辖，并逐渐独立出黄金管理局和中国黄金总公司，完成"三合一"体制分编工作。

从基建工程兵改编后，黄金指挥部改称"中国人民武装警察黄金指挥部"，基建工程兵第五技术学校改称"中国人民武装警察部队黄金技术学校"，支队改称"总队"，团改称"支队"。

王卫国这位沙场老兵，又迎来了新的军旅生涯，他换上武警警服，升任黄金一总队副总队长，与陈永华道别之后，启程前往哈尔滨市履行新的使命。带队会战白水的王应生团长改警后任黄金十二支队支队长，为更好地推进支队建设和响应官兵们进城的诉求，王应生在成都市多方协调，将支队的营址由邛崃固驿镇搬至成都西北角的茶店子街道。"白水会战"时调至512团（现黄金十二支队）的战士郭镇凯，由于在支队找矿中表现出色，成为四连二班的新班长，在沙金转型岩金之时，认真学习岩金钻探技术，业绩突出，多次荣立个人三等功。

曾在团结沟淘出狗头金的家属陶金花，改警后随队移交，穿上军装，正式成为一名武警黄金战士。而有些原部队职工觉得参军后规矩太多，外出不自由，无法更好地照顾家庭，就没有选择穿上军装，继续以职工身份转入新的武警部队。

转入部队体系后，陶金花积极适应部队转型，趁着在野外采金的工作间隙，抽时间学习化验分析知识，虚心请教转隶到部队的地质队员们。皇天不负有心人，终于在转改武警后不久，陶金花收到了黑龙江大学化学系的录取通知书。

陈永华得知一名原来的职工通过自身努力考上了大学，专程向上级报告了此事，总队特批陶金花保留军籍去大学上课，拿到毕业证后转为技术干部。

拿到总队的批复后，陈永华叫来陶金花，向她叮嘱了许多去校园学习的注意事项，"陶金花，好样的，通过自己的努力考上了大学，为转警后的职工树立了榜样，总队领导批准你保留军籍去大学深造，等你学成归来，转为技术干部。"

陶金花感激地道："衷心感谢领导的栽培，我一定不辜负领导的好意，好好学习化验分析技能，以后为支队的发展建设贡献力量。"

就这样，改警后的黄金兵们按照各自不同选择，踏上了属于自己新的人生旅程……

四

黄金部队正式纳入武警体系初年，已 77 岁高龄的副总理王震不再分管黄金工作。如果说 20 世纪 70 年代王震受周总理之托领导黄金生产工作，还带有几分个人色彩，此时由国务院统筹全国黄金生产事业，进行黄金工业谋划并制定具体实施方案，则将黄金生产全面上升为国家意志。

中央在保留黄金部队后，明确这支部队建设目标为"独立核算，自负盈亏"的工程技术部队，不仅不给这支部队经费，还要上缴一定收入，为国家的建设作贡献。若找不到金矿，别说发工资，整个黄金部队吃饭都成问题。因此党中央和国务院十分重视黄金队伍的管理建设，在 1985 年黄金指挥部正式划归武警部队后，黄金管理局副局长崔德文、黄玉珩与齐锐新书记一起，选调至黄金部队担任领导岗位。同时，中央还特意从地方选调了两个副省长分别任武警水电、黄金指挥部副主任，大大加强指挥部领导层的力量。

临近花甲之年的齐锐新，由于长期以来抓黄金生产业绩突出，在黄金部队划归武警部队时迎来新的任命，他穿上了武警的绿色军装，被任命为武警黄金指挥部首任政治委员。

齐锐新对中央的安排认识很清楚，中央对黄金部队如此重视，是因为黄金储量的增加对国家发展建设来说意义非凡，他觉得自己身上的担子更重了。

北京木樨地 24 号楼，转军后的齐锐新快步走着，去拜访住在这里的老朋友，也是如今他的直属上级——武警总部专职政治委员李振军。这时他是以黄金指挥部政治委员（以下简称"政委"）的名义向武警总部政治委员报到，并请教带兵经验。

李振军十分热情地接待了好友，邀请他一同吃晚餐。餐桌上摆放着湘泉酒和湘西老腊肉，李振军邀请他同饮。齐锐新是从黄金总公司转到武警任政委，以前没有过执掌军队的经历，因此他非常激动，连连说道："我只是一个新兵。"

象征性地喝了一杯酒，齐锐新便开始向李振军政委汇报黄金部队下一步的工作方向："黄金部队散落在祖国边远地带和深山老林，对于这支队伍的管理，一定要用正规部队的方式，才能不出现问题，现在部队找金成果不错，但仍存在军事纪律松散、管理难的问题。"

"国家的经济正在腾飞，需要大量黄金储备。组织上让我继续领导黄金工作，管理这支军队，我深感组织对我的信任，即使肝脑涂地，也要加紧为国家提交更多的黄金储量，这关系国计民生。"

夹了一筷子菜，齐锐新接着说："李政委，还有一件事得向您汇报，我要代表黄金部队向武警总部上交两辆奔驰车。"原来，在得知他被任命为武警黄金指挥部政委时，黄金总公司订购了两辆奔驰280，赠送给指挥部首长当专车使用。

车提回来后，齐锐新觉得车太豪华，他和黄玉衍主任都不敢坐，也觉得不应该坐。他说："既然黄金指挥部从此归武警总部管辖，就把车上交给武警总部处理。"

李振军政委和他的妻子听后大为惊讶，又非常感动，对这位老党员的清廉深怀敬意。

离别时，李振军夫妇将齐锐新送下楼，握手告别，目送齐锐新那辆旧车绝尘而去后，李振军政委对妻子感叹道："老一辈共产党人的家风纯正啊！他忠诚、耿直、廉洁自律，国家把黄金部队交给他带，是用对人了啊。"

怀揣着寻金为国的一片赤诚之心，齐锐新积极部署转警后各支队的找金工作。此时改警后的黄金部队顶层设计刚刚捋顺，他没有丝毫停歇，即刻组织工作组下基层调研。

1985年8月22日上午，由北京飞抵哈尔滨的客机缓缓降落太平国际机场。这天，哈尔滨市飘洒着淅淅沥沥的小雨，客机在湿漉漉的跑道上稳稳地停住。

齐政委下了飞机，与早已等候在机场的黄金一总队（原基建工程兵51支队，正师级）领导一一握手，当走到王卫国的身前时，已升任一总队副总队长的王卫国向齐锐新政委敬了个标准的军礼："首长好，一总队副总队长王卫国。"

齐锐新政委看到王卫国布满皱纹的脸庞，握手时触碰到他手掌上厚厚的老茧，动情地说："卫国同志，我知道你，从解放战场到黄金战场，这些年在大兴安岭辛苦了。"

一位是多年统领黄金工业建设的老领导，一位是从解放战场转隶至黄金部队挺进兴安雪域的战神，此时此刻，伴随着黄金事业的发展历程，两位老革命的双手紧紧地握在了一起。

一行人坐车来到位于哈尔滨南岗区的一总队招待所，雨仍未停，风吹过道旁的山杏树，落叶飘飘。沿途所见，虽才 8 月，已是一片深秋的北国风光。当时南岗区尚未开发，招待所门前道路坑坑洼洼，全是积水。

齐锐新到达一总队招待所后，黑龙江省黄金局相关领导都前来看望问候。他们见这里路况和住宿条件都不是很好，便邀请齐锐新到省宾馆去住。

齐锐新道了声谢，婉言拒绝道："我到部队就要住基层，这样可以多感受基层的状况。"他不顾舟车劳顿，立刻开展工作，先到一总队党委会议室听取总队汇报工作，了解当前部队实际情况。

"黄金一总队前身为基建工程兵 51 支队，部队组建不久，驻扎加格达奇的第三支队挺进西口子找金，这个地方一无人烟、二无道路，素有'生命禁区'之称，总结凝练出'以苦为荣、以苦为乐、扎根基层、敬业奉献'的'西口子精神'……"王卫国几乎没有看汇报材料，关于西口子、关于大兴安岭，他的亲身亲历已有太多话可说，向齐锐新政委汇报时，往事历历在目，仿佛王震将军站在队列前问他能不能找到金子，陈永华与他并肩踏雪闯进西口子的场景，就发生在昨日……

本章历史大事件出处

1. 1982 年基建工程兵的裁撤以及各时期部队体量。出处：中国新闻网，《盘点新中国 11 次大裁军》，2015 年 9 月 3 日。

2. 1985 年 1 月中国人民解放军基建工程兵，水电、交通、黄金部队列入武警部队序列。出处：中国军网，《武警部队历史沿革》，2016 年 3 月 6 日。

第七章　岁月更迭　使命随行

博大胆识铁石坚，刀光剑影任翔旋。

龙华喋血不眠夜，犹制小诗赋管弦。

鉴湖越台名士乡，忧忡为国痛断肠。

剑南歌接秋风吟，一例氤氲入诗囊。

———一———

20 世纪 80 年代中期，百万雄师解甲归田，新中国用实际行动支持世界和平年的到来，中英签署香港回归条约，国际国内大事频发。

那是一个狂欢的年代，无论好事坏事，都带着一股龙卷风的气魄登场。那时的中国，人人都争先恐后，事事都干了再说，所有人都是跟着感觉走，过上好日子的念头，好像磁铁一般吸引着那一代的国人向前狂奔。人们顾不上擦干汗水，欢笑着、吵闹着，在"轻轻敲醒沉睡的心灵，慢慢张开你的眼睛"的歌声中，期盼明天会更好。

转轨接轨的年代，同改革开放浪潮中追逐梦想的人们一样，黄金指挥部党委首长如齐锐新、师团主官如王卫国、工程师如陈永华，全体将士上下一心，期待黄金部队迈向灿烂的未来……

1986 年 3 月，一封由王大珩执笔，王淦昌、杨嘉墀、陈芳允四位科学家提出的"关于追踪世界高技术发展的建议"呈送中南海。

世界各国科学技术高速发展，日新月异，尖端技术被广泛应用，最新科研成果被迅速推广，科技与经济之间，乃至科技与整个社会发展之间的结合越来越密切，引起了国际经济和社会生活的深刻变化——新中国在前进，世界也在前进，而由于近代以来中国遭受了太多的苦难，脚步停滞了太久，中华儿女必须付出加倍的努力才能弥补差距。

完成这样的国家级高技术发展计划需要资金支撑，四位科学家谨慎地提出了"要两个亿先做一做"。结果，出乎意料，邓小平同志在一周内就给出了明确答复："这个建议十分重要，找些专家与有关负责同志讨论，提出意见，以凭决策。此事宜速作决断，不可拖延。"

中国不仅要立刻开展高技术研究开发，而且要长期做下去。四位科学家建议金额是两亿元，但邓小平同志批复100亿元，而且是一个长达15年（从1986年到2000年）的计划。就当年中国的实际经济情况来说，这样的"大手笔"是非同寻常的，史称"863计划"。

同年，武警黄金指挥部接到国务院下达的一项尤为艰巨的任务——"七五"期间要探明完成80吨黄金的生产任务。

80吨黄金！艰巨的找金任务无疑给黄金部队各级官兵的肩上压上千斤重担。面对这一神圣的使命，齐锐新等指挥部首长在充分听取地质专家意见后，提出"砂岩并举、岩金为主"的找矿战略思路，果断决定由沙金开采逐步转入岩金勘探，向蕴藏储备远胜于沙金的岩金转型，黄金部队各级领导将其称为"出水上岸"。指挥部党委研究认定，只有这样，才可能完成甚至超额完成国务院下达的这一艰巨任务。

指挥部党委明确新的找矿方针后，黄金六支队（老九支队）总工程师许向东似乎已经看到破开小秦岭东闯金矿大门的希望。

许向东，1937年出生于四川省乐山市，1955年考入孕育过郭沫若、曹葆华、昝云龙、欧阳予的乐山市第一中学，上学期间加入共青团。在二十世纪六七十年代，人们觉得能走出家乡，踏遍祖国的山山水水是一件很有成就感的一件事。于是，许向东高考第一志愿便报考了成都地质学院（成都理工大学的前身），因为做地质工作就是要去各地奔波，更重要的是找到矿产资源，能够为国家经济建设发展作出贡献。

自成都地质学院毕业后，许向东先后工作于北京地调局、河南地调局，多年奔走于京豫大地，再苦再累他都不怕，心中唯一的愿望是找到一座大矿，为新中国的建设发展出力。可在地调队工作期间，他的心愿未遂。

他一直有一种感觉，身边队伍力量太弱，执行力不强，很多时候都难以形成合力。他觉得，以他所在的地调队实力，找点零零散散的小矿倒是可以，想找大矿，很难！所以听到中央组建黄金部队，要从地调队中抽人的消息，许向东很激动，觉得自己为国寻矿的理想可以随着这支特殊军队的建立而实现，毫不犹豫地提交了由工转兵的申请。

许向东心想：国家下这么大的决心，组建军队去找金矿，一定会有很多政策上的倾斜，去黄金部队，实现自己的地质梦想！

等到他的家人知道他从地调队转到黄金部队时，许向东早已经穿上了绿色的军装。

1986 年春，六支队的矿产预查碰头会上，许向东坐在主席台前，不由想起几年前被支队驳回的岩金勘探方案。在地质战线工作多年，为国寻金是一种发自内心的情怀。现在，指挥部已决定由沙金开采逐步转入岩金勘探，他觉得该是一吐为快的时候了，几经犹豫，最终鼓足勇气大声说了出来："还是要去东闯！"

许向东的话一出口，会场顿时鸦雀无声。支队的官兵们都清楚，东闯金矿是小秦岭山脉一个早被探明开发过的金矿，去已探索过的矿区再找矿，不是等于在别人翻过的地里找粮食吗？

"去东闯找矿，不知道许总怎么想的……"台下有人小声私语。

支队长与许向东是并肩作战的老战友，从 509 团一路走来，许向东的地质勘探能力他再清楚不过。他帮衬着说道："老许，详细谈谈你的想法。"

终于有了吐露心迹的机会了，许向东内心有些激动，他轻声咳嗽了两声，平复了下自己的情绪，不紧不慢地说道："我认为，这些年在小秦岭探矿没有取得大的突破，未能发现大矿，主要是没有发现主矿脉，以我在小秦岭积累的地质勘探资料来看，东闯下面有大型金矿脉……"

凭借多年在小秦岭的探矿经验和对小秦岭地质构造的了解，操着一口"川普"的许向东侃侃而谈，说出自己极力主张去东闯的科学依据。

在座的领导都清楚，去已经探获的矿山找矿，取得成果的概率几乎为零，作决定更是难上加难。如果找不到，对多年找矿未有重大突破的黄金六支队而言将会是沉重的打击。

　　见大家一时拿不定主意，许向东补充道："目前整个黄金部队，三支队手里有西口子、十二支队有白水，六支队地处河南三门峡，该地域沙金资源并不丰富，但背靠小秦岭，开发岩金的优势很大。齐锐新政委履新时就讲过，中央保留这支队伍就是找金子，支撑国家经济发展建设，若是找不到金子，黄金部队的意义在哪里？若无收获，我愿承担所有责任。"

　　在其他人看来，他的抉择无疑是把自己官帽给压上了。许向东可不这样认为，首先，从豫灵镇地质勘探反馈来看，他对东闯金矿存有信心。其次，就算是失利，他也从未顾忌过自己的职位。灵宝位于豫陕交界，虽地名带"灵宝"二字，但经济却十分落后，如果找到大矿，不仅可以支撑国家发展建设，还可以带动灵宝的经济发展。

　　"黄金指挥部如今提出从沙金逐渐转换岩金找矿，老许你也知道，各级身上的压力都很大，我们这仗只能赢不能输。既然你如此坚持东闯矿区能有突破，那我建议你亲自前往小秦岭，指导支队野外找矿工作。"凭借对许向东的信任，支队长在会议上尽力支持着老战友的计划。

　　当天矿产预备会议结束后，已是夜幕低沉，六支队营院外传来火车的汽笛声声，一辆客车向南而去，车灯照亮支队院墙旁的小叶梧桐和散会后各自回家的干部们。许向东伴着三门峡夜空中的繁星，迈着轻快的步子回到家属院中。上高中的女儿许燕正伏在桌上做着家庭作业，见爸爸满脸喜色，问道："爸爸，今天有啥开心事？"

　　"六支队党委终于同意前往东闯找矿了，在东闯一定可以找到金矿，前几年，爸爸还是地质股股长的时候就提出过东闯有金，现在终于有机会去证实我的推断了。"

　　"那我祝爸爸和叔叔们好运。"许燕开心地说。

　　看着天真烂漫的女儿，许向东开玩笑地讲道："现在当总工程师了，能把东闯的探矿工程推进下去，哈哈哈……"

　　女儿似懂非懂地点了点头，日后的岁月之中，她才慢慢读懂父亲此刻的抉择。如果许向东真的看重职务和权利，就不会顶着如此大的风险和压力，力争支队前往东闯探矿。作为地质专业大学生，许向东有一颗为国奉献的赤子之心。

二

确定进入东闯矿区找矿后，许向东亲临小秦岭野外一线，现场指导岩金找矿工作。经过前期的地质普查、槽探及坑探施工，六支队证实东闯确有金元素异常情况。许向东认真研究，根据多年的经验，修改了布设钻孔的位置。

"钻孔按照这个点位打下去。"

钻探班组按照许向东预设孔位打了一钻，但初次钻进的结果并未达到预期，钻进至设计孔深仍没有见矿。此时许向东陷入了进退维谷的窘境。

怎么办？六支队官兵都把目光投向许向东。

怎么办？许向东在心里问着自己。

若是就此叫停，前面所有的努力都将付诸东流，若是继续打却仍然见不到矿，损失和责任谁来承担？

许向东的眉头紧锁，手里的烟已快烫到手，但他浑然不觉，来回踱着步子。最后，他将头猛地一抬，朝机台的战士们说道："继续打，见不着矿我来负责。"钻机钻进的轰鸣声，响彻这片空寂的山谷。许向东坐在离钻机不远的山头上，默然不语。

杳无人烟的小秦岭山脉，他来来回回已经走过无数次了，在山里的日子比在家里的日子多得多，这位对黄金事业无比挚爱的地质人，在这片山野之中燃尽了青春和梦想。

"明年就50岁了，不知道在退休前还能不能为国家找到一座大矿，给自己的事业一个交代。"作为黄金兵，作为地质界的先行者，他很清楚，矿产给中国经济发展建设带来的是什么。思虑之间，香烟又在指尖燃尽了……

"许总，打出来的岩芯还是破碎带。"六支队钻探机机长小心翼翼地将提取出来的岩芯拿给许总过目。

这几天，许向东天天在机台驻守，与基层战士同吃同住，布设钻探点位，和钻探战士们讨论钻进情况。老机长此时看着钻机提取出的没有成矿的岩芯，内心也并不好受。

许向东仔细察看提取出来的岩芯，已经钻进 400 多米，早已超出设计孔深，打出来的岩芯还是没有一点成矿的可能。继续坚持下去有没有希望？他的内心做着难言的斗争。此时，钻机的轰轰声仍在山谷回荡，像一柄柄重锤敲在许向东的心头。

"继续向下钻进。"许向东抬起头，简单地回复道。谁也不清楚，他到底在思考着什么，他在小秦岭的山坡上下了多大的决心。或许，支撑他的是那一沓厚厚的地质数据，他相信，调查无误，东闯就是有金矿存在。

钻进 500 多米，钻机机长看到提取出的岩芯在阳光下闪闪发亮，激动地大喊："可能有希望了！"

随着这一声"见矿"的呐喊，原本寂静的矿区顿时沸腾了，机台官兵纷纷围拢过来。许向东认真看了提出的岩芯之后，长舒一口气。

许向东亲自带队将钻探岩芯送回支队化验室，守在支队等待化验室传来的消息。直到第三天凌晨，实验室的房门咣的一声被打开，化验员布满血丝的双眼闪烁喜悦的光芒，情不自禁地想着许向东道："许总，我们成功了，东闯有大矿！"

化验结果显示，这条 6 米多长的矿石，品位达每吨 18 克。当许向东拿到化验报告之后，激动得站了起来，蓄了许久的眼泪夺眶而出，很快打湿了薄薄的化验报告单。

看着许向东激动的泪水，站在一旁的官兵更加深刻地体会到老一辈地质人对于探明金矿的情感。

许向东并未沾沾自喜，也并未因此停歇。他根据对东闯矿区金矿的新认识，不断深入研究，随着探矿钻机进尺向地下深处延伸，许多新的问题不断涌现。许向东带着这些问题在办公室与同事们通宵作业，将多年收集的有关小秦岭地区的地质资料全搬了出来，经过认真思考，许向东提出向斜成矿理论。在综合新资料的基础之上，许向东及时调整矿区钻探设计和施工方案，使得东闯金矿见矿率达到 100%。勘探证明灵宝豫灵镇存在超大型金矿。

许向东在《河南省灵宝县东闯金、铅矿区勘探地质报告》中写道："小秦岭金矿矿田构造格局为复式背斜，矿脉有成群成带分布于背斜近轴部的特点，根据这一特点，前人将小秦岭金矿田分为三个矿脉密集带，即中矿带、北矿带、南矿带。其主要特点是，背斜利于成矿……"此报告对今后小秦岭金矿勘探有指导性作用，获评国家科技进步成果奖。1986年全国黄金工作会议上，黄金六支队被评为国家级找矿先进集体，全体官兵一扫颓唐之势，多年未能提交储量的六支队士气一下被提振上来，许向东也因此被支队视作英雄模范人物，但他并未因此陶醉，他还想在小秦岭创造更多的成绩。

"好，六支队这是为黄金部队争了光啊！"在黄金指挥部政治委员办公室，齐锐新政委高兴地看着冶金工业部下发的"全国找矿先进集体"的表彰文件，情不自禁地夸赞道。

全体黄金将士的努力没有白费，除了六支队之外，二支队在内蒙古探获哈达门沟超大型岩金矿，五支队在甘肃岷县探获寨上大型岩金矿，八支队在河北崇礼探获东坪特大型岩金矿、十支队在云南墨江哈尼族自治县探获金厂大型金矿。尤其值得一提的是哈达门沟金矿的发现，提供了一种新的矿石类型石英——钾长石，引起了中国在金矿领域研究中对"钾化"的重视。

几年时间内探获多座大矿，让黄金部队拥有每年向国家提交破百吨黄金资源的能力，圆满完成党中央、国务院交付的任务。

1987年年初，指挥部工作部署会议上，望着沉甸甸的业绩，齐锐新政委慷慨激昂地发言："国家领导同志非常重视黄金的生产，而要大力发展黄金生产，首先要解决地质资源不足的矛盾。因此，黄金地质战线的任务很重。而我们作为一支军队形式的黄金地质专业队伍，任务就更加艰巨、更加繁重。同志们！我们这支队伍已经累积了几年的找矿经验，有军人特有的意志品格，还有一支熟悉业务的专业化骨干队伍，只要我们上下团结一致，齐心协力，振奋精神，鼓足信心，扎扎实实地做好工作，就一定能够保证新时期新形势下，夺取新的胜利。"

作为一支与改革开放同岁的队伍，黄金部队从组建至今已迈步走过了八年时光，如同邓小平同志所讲："我们的改革之路就是摸着石头过河。"新中国的改革之路，走得跌跌撞撞，政策时而放宽时而收紧，要走出中国特色社会主义道路，绝不是口头一句话那样简单而轻松。

在这短短八年时间之中，黄金部队也历经了组建、裁撤、改警的波折，从浪里淘金转向寻找岩金，提交的黄金资源越来越多，无论国家、单位、个人，在这个起伏的时代浪潮下，奔涌着、翻腾着……

<h1 style="text-align:center">三</h1>

1987 年 4 月，齐锐新政委从北京启程，前往成都参加完四川省黄金工作会议后，深入安昌河金矿、白水金矿，及陕西山阳县黄金五支队（当时称十四支队）、河南三门峡黄金第六支队（当时称九支队）考察。人还在半途，突然一夜夜失眠、咳嗽，吐出的痰中有团团鲜血。回到北京后他本应立即住院检查，但因工作太忙，一直拖到 4 月 30 日，才前往解放军三〇一医院做了检查。

去医院后的第二天正值五一劳动节，操劳一生的齐锐新突然对妻子说："凤春，我想去天安门看看。"他的妻子张凤春听后先是一愣，觉得这不像是常年一心扑在工作上的老伴说的话，随后她感慨道："是啊，老齐，你也该放松一下了。"

齐政委在人民英雄纪念碑前肃立良久，说道："咱俩一起在这合张影吧。"感受着片刻生活温馨，他突然感伤道："在北京这么久，大姐曾多次邀请我去她家里吃饭，我总是很忙，找不到时间陪大姐吃饭，现在想起来还很遗憾。"

节后一上班，黄金指挥部接到三〇一医院打来的电话，通知齐锐新前往医院复查，可能需要住院。齐锐新一听需要住院，便欲推辞："不行，我还有会，会议完再说。"最后还是在指挥部众人的劝说下，齐锐新才前往三〇一医院进行复诊。

经过三〇一医院的全面复查，齐锐新的病况终于被查清，诊断显示他患有肺癌。医院并未将结果告知齐锐新本人，会诊后决定施行手术治疗，切除部分癌变的肺叶组织，手术时间安排在周五。

虽然医院未告知齐锐新，但他已从医院和家人的表情和态度中猜到七七八八。于是在做手术前，齐锐新亲笔写下遗嘱，其中最后一句这样写道："我一生为党工作，自问是清白的，死后也要从简，不开追悼会，不要给组织添麻烦，我的遗体如有医学价值，可供医院解剖。"

虽然肺叶切除手术很成功，但癌症如嗜血的恶魔一天一天侵蚀着齐政委生命。三个月后，他的病情进一步加重。躺在病榻上的他依然牵挂着黄金部队，每每有黄金部队的干部来看望他时，他都会问起部队当前的建设情况。

有一天黄玉珩主任前往医院看望这位老战友，他们聊了许多，尔后齐锐新政委语重心长地说："玉珩，咱们过去什么事都经历过了，现在经济形势良好，国家会越来越强大，好好干吧。"

黄玉珩听后回道："政委，您放心，好好养病，我们一定会把这支队伍带好，给国家多找矿、找大矿。"

齐政委安静地点点头，没有回话。

由于病情发现得太晚，又发展得太过迅猛，虽然尽全力治疗，也没能挽回他的生命。1987 年 10 月 24 日，不幸的消息传来，齐锐新政委带着对党和祖国的热爱，走完了他光辉的一生。

彼时，烟台三山岛的波涛依旧，大兴安岭的初雪簌簌飘落，当齐政委逝世的消息传回黄金部队，许多与他相熟的官兵的泪水不禁夺眶而出。

一列由哈尔滨开往北京的列车上，王卫国静静坐在车厢里，无心欣赏一路上的景色。他此行是来北京参加年度总结大会的。来到黄金指挥部的机关楼下，他看到了几张熟悉的面孔。

几位老战友相互低声打着招呼，相互握手，迈着沉重的步伐走进会场。会上大家念起离世的齐锐新政委，都忍不住伤感叹息。

王卫国几人此时心里空落落的，会议结束后步出会场，几位老战友相互寒暄，几年时间大家好像都变老了。

王卫国把王应生拉到一旁说道："应生，今年干完我准备退休了，不服老不行啊，老搭档陈永华上个月也退休离队了，我现在一身病，只要天阴下雨膝盖就疼得走不了路。"

王应生回答道："我也差不多要退休了，今年已经是超期一年了，准备回家陪陪老婆孩子，这些年光在外面跑了，也没顾得上家里。对了，从你手里调来的郭镇凯这小伙子不错，是团里最年轻的班长，带班出色，这几年立了两个三等功，我已经推荐他提干了，前几天刚刚去军校报到。"

王卫国听到郭镇凯这个熟悉的名字，又想起他长眠兴安岭的三连长李同庆，"下次去祭拜，我把这个好消息也说给同庆听。"

铁打的营盘流水的兵，老一代的黄金人为国家黄金事业倾注了一生心血，他们为了祖国的黄金事业，足迹遍及大江南北。后来之人没有忘记他们，他们的精神和红色基因在黄金部队世代相传，多年以后黄金官兵依然能看到他们留下的痕迹……

两年之后，武警部队首次授衔仪式在北京举行，黄玉珩作为改警后黄金指挥部首任司令员（当时称作主任）被授予少将军衔。此次授衔，全武警部队共有 30 位高级警官被授予了将官警衔，标志着武警部队第一次有了属于自己的警衔体系，一直沿用至今。

遗憾的是，为黄金部队付出太多心血的齐锐新政委，没有等到正式佩戴武警将官警衔这一天……

本章历史大事件出处

1. 王大珩、王淦昌、杨家墀、陈芳允四位科学家提出的"关于追踪世界高技术发展的建议"呈送中南海。出处：中国共产党网，《百年瞬间 "863 计划" 的诞生》，2021 年 11 月 19 日。

2. 齐锐新政委患病和逝世情况。出处：中国新闻网，《黄金部队前掌门人齐锐新》，2013 年 12 月 24 日。

第八章　相聚地大　新篇绘就

恰同学少年，风华正茂；书生意气，挥斥方遒。

指点江山，激扬文字，粪土当年万户侯。

曾记否，到中流击水，浪遏飞舟？

一

"老陈！同庆是我从湖北一路带到大兴安岭的战友，在西口子那么艰苦的环境里，从没给我抱怨过一句，是我没能照顾好同庆兄弟呐。"在兴安岭密林深处，一阵阵寒风不停往营帐里钻，王卫国一连喝了几杯酒，这位坚毅的老兵眼眶发红，许久未刮的胡茬令他的脸庞愈显沧桑。从地勘局转隶503团以来，陈永华还从未见过王卫国这般脆弱的模样，男儿有泪不轻弹，只是未到伤心处，从莫尔道嘎返回驻地，王卫国再也抑制不住失去战友的痛楚。

作为地勘局转兵的503团技术总负责，陈永华刚穿上军装到黄金部队那时，或多或少会有一种"外来户"的感觉。从开始对这帮军人从事找金这项技术工作持怀疑态度，到见证他们义无反顾、不畏艰难的精神，陈永华被深深地感染着，改变着，更加珍惜身上的军装，崇尚军人的荣誉，与503团的战友们融为一体。见王卫国难过的样子，他也从桌子上拿起杯子，斟满酒，一饮而尽。

恍惚间，脑海里又呈现出一幅画面——

陈永华置身于哈尔滨市家中，妻子正在厨房忙碌着准备晚上的饭菜，女儿坐在客厅复习着功课，他手中的酒杯变成了一卷调遣文件，上面写着"关于地勘局抽组专家转兵并入 503 团的命令"。

"老陈，别发呆了，快来厨房搭把手。"厨房里传来妻子催促的话语。见陈永华没作声，妻子用手在围裙上擦了擦，走出厨房。"好了，别多想了，既然组织需要你，你就去吧。这么大年纪了还能穿一次军装不挺光荣的嘛，我知道你内心其实也想跟着部队去大兴安岭，不然你当初也不会选择地质专业了。"

妻子摸着陈永华的肩膀："跟你生气是因为你没提前跟我说一句，这么大的事情你就自己做主了。你是怕我们娘俩绑住你，不让你去是吧？永华你应该了解我，公事我都是支持你的，既然你已经决定了，那你就去吧。家里的事我会尽力做好，你好好听上级安排指挥，带着兵哥哥们完成找金任务。只是我担心你，听说那里面都是无人区，一进去就得半年多时间才能回来，你要出队的话，记得去之前回家一趟，多陪陪我们。"

陈永华听着妻子发自肺腑的话，不知该如何回应，侧身看去，女儿放下手中勾画的笔，正朝着他微笑……

"瓜子、花生、矿泉水，请问有需要的没？"列车服务员的售卖声吵醒了睡梦中的陈永华。他睁开睡眼，发现自己躺在火车硬卧上，这才反应过来，长吁一口气，原来是做了一场梦。

他坐起身子，往车窗外望去，又是一个黄昏日落，夕阳的余晖追着从北至南的列车，从车窗洒入一节节飞驰的车厢。前行的车轮摩擦着铁轨不断发出"哐当、哐当、哐当"的声音，随后是一声声汽笛的嘶鸣。

两天两夜的列车旅程略显无聊，这个季节正是野外施工作业最繁忙的时候吧，不知道西口子金矿的开发情况怎么样了，有没有遇到新的困难……陈永华坐在床铺上翻阅着地质书籍，心里却又止不住牵挂着远在东北的战友们。

过了一阵，售卖零食的列车服务员又推着小推车过来了，陈永华叫住了她："你好，给我来瓶水，再来一包瓜子。"

服务员见一身绿军装的陈永华，态度十分热情："好嘞，老兵！"

陈永华听到这个称呼明显愣了一下，想起在部队战友们都是称他为陈工。而今，经历那段在 503 团珍贵的军旅生涯，他又多了一个新的代名。虽已退休，出于对军旅时光的怀念，他平日里仍习惯穿着摘掉军衔的旧军装。"老兵，这个称呼好，可不是老兵嘛。"陈永华笑了，在不知不觉间，他的人生早已经和黄金部队紧紧地捆绑在了一起。

1987年，陈永华达到副师级技术干部最高服役年限，光荣退休，离开了奋战多年的黄金部队，告别了冰封雪裹的大兴安岭。在他离开黄金部队的那年，中国裁军100万的宏伟计划如期完成，向世界各国作出表率。黄金部队完成隶属转换，脱钩基建工程兵并入武警序列。

陈永华所在的原基建工程兵51支队503团，改警后称黄金第三支队，从加格达奇市搬抵哈尔滨南岗区。他的老搭档王卫国退休后将家安在了额尔古纳市，据他说这是因为与兴安岭结下了不解之缘，在额尔古纳市还能在空闲时去林子里看看老部队、看看老朋友。

陈永华这边，退休返回哈尔滨市不久，就收到一封邀请信，希望他能再发挥余热，以渊博的地质知识，前往武汉地质学院［现为中国地质大学（武汉）］担任客座教授，为中国的地质事业培养优秀人才。

从北京地质学院［现为中国地质大学（北京）］毕业之后，无论是在地勘局还是到黄金部队，陈永华一直奋战在找矿一线，足迹遍布东北三省，和地质队员、黄金官兵一道为国家提交了丰富的黄金储量。

脱下军装后，他突然间闲了下来，怎么也不习惯。眼下又有再次施展才能的机会，陈永华对重返地质校园用他的地质经验培育地质事业的接班人充满了期待。"烈士暮年，壮心不已……"读完母校的来信后，陈永华不由得想起曹操的那首《龟虽寿》，"到现在这个年龄，还能干点事情，挺好。"

望向窗外，一幕幕北国风光逐渐变化，横贯疆域东西的长江在列车外蜿蜒延伸，陈永华伸了个懒腰，终于快到了。

晨曦微露，美丽的东湖之畔，南望山怀抱中的地质学院，这所拥有祖国大地宝藏"钥匙"的名校，也迎来了新的一天。走在校园内，路两旁有很多珍贵奇特的矿石标本，它们静静地伫立在那里，像一本本厚重的词典，等待着读者。

陈永华踏入武汉地质学院，看着来来往往的青年学子，仿佛又看见了自己的青春时代。书生少年满怀报国激情，意气风发步入北京地质学院的场景，在脑海中不断地回旋。1952年11月1日，北京地质学院在端王府夹道举行了首届开学典礼，中国著名地质学家、地质部部长李四光在典礼上向新入学的学子们致辞："现在新中国办起了惊天动地的事业，北京航空学院（现为北京航空航天大学）是惊天，北京地质学院是动地。你们就是动地的勇士……你们是新的土地公公、土地婆婆，我代表地质部向你们表示祝贺。"领导的嘱托、前辈的期望，让台下的陈永华更加坚定了此生对地质事业的热爱。

陈永华看着武汉地质学院井然有序的现代化教学楼群、窗明几净的学生宿舍楼、设施先进的实验大楼、宽阔的林荫大道，相较 20 世纪 50 年代的校园，变化天翻地覆。他感慨道，随着一代又一代人的接力付出，新中国正在逐步富裕起来，有足够的条件为莘莘学子提供好的学习、生活和成长环境。

陈永华心血来潮，久久不能平复，回到宿舍，拿起笔，在笔记本扉页写下自勉的诗句——"历经风雨吐芳华，重整戎装再出发"。

二

脱下军装，重返校园，陈永华将自己的理论知识和找矿经验尽数教授给新一代的地质学子。在授课之余，他也经常给学生们讲述自己野外工作中的趣事，培养这届学子献身地质、为国寻矿的情怀。

时光如流水，陈永华教书育人的日子在平淡中一天天流逝，除去偶尔也会写信关心一下黄金部队的发展近况，生活似乎再无其他波澜。

1989 年的某天，中国地质大学（武汉）的教学楼内，正在伏案批改班级期末考试试卷的陈永华，听见门口传来一阵"咚咚咚"的敲门声，他放下批阅的红笔，站起身来打开房门，只见办公室通讯员正站在门口，"陈教授，不好意思打扰您了，有一个从呼伦贝尔打来的长途电话说是找您。"

一听是从呼伦贝尔打来的电话，陈永华知道肯定是故人来电，只是这么晚了，会是谁呢？思索着，他跟随通讯员来到电话室。"喂，我是陈永华。"

"永华，听你声音中气十足，怎么样，离开黑龙江到湖北后你身体还好吧，说起来湖北南漳还是我到黄金部队的起点，当时我在南漳开展基础建设时接到整编黄金部队的命令。"电话那头传来王卫国浑厚的声音。

"老战友，你退休之后也不经常联系下我。现在能再回到学校教书育人感觉挺好，虽然现在每天备课也挺累，但看着这些学子一天天成长挺有成就感。"王卫国打来电话，陈永华很高兴。

"羡慕你啊永华，我退休之后就成了无人问津的老头咯，你倒是还能回到学校去发光发热，有知识就是好，我这样的大老粗比不得。"

"对了，跟你说正事呢。老陈，树海你还有印象吗？塔河老猎人的孙子。最近我回兴安岭看望胡其图，树海这小子说等高中毕业后也想参军到黄金部队，我觉得也是个不错的选择。树海算是我们看着长大的，在岭子里上树下河，长得人高马大，到部队肯定能成为一名好兵，你有时间可以给他邮寄点关于找矿的课本，让他自己先学习学习。"

王卫国接着讲道："这几年部队都转型，从'七五'计划总结可以看出，国家对黄金的需求量仍然很大。黄金部队由沙金转向岩金找矿后，许多支队一直在找矿低谷徘徊。听王应生这老小子说，以前的512团，也就是现在的十二支队，在转型岩金找矿之后，一直没找到大矿，三总队开会时老是被领导点名批评，履新的支队长已经准备从四川转战甘肃了，不知道后面的矿产预查结果如何。"

"还有，不是我说你啊，老陈，你在地质大学这块宝地也多物色点好苗子，咱黄金部队成立十几年了，还是缺地质人才，缺骨干力量啊。好多高技能人才毕业后都去了政府机关、事业单位，愿意来部队的太少了。谁都知道部队苦啊，这些年军队勒紧裤腰带过日子，工资待遇确实比不了外面，还得靠你多做做工作，我相信以后国家经济发展起来了，军队的待遇也会有所提高的。"

与王卫国叙旧良久，陈永华才挂断电话，再次听到树海的名字，陈永华不由得感慨，一晃这么多年过去了，第一次跟着王卫国挺进大兴安岭的画面他还深深地印在脑中。

回到宿舍之后，他回想着老战友希望他多挖掘些人才到黄金部队的嘱托，一时有些无奈。他何曾不想奋战过的部队发展建设得更好。但是地质大学这所地质界的高级学府的学生毕业后完全不愁找工作，各地的土地管理局、地质勘探局等单位都抢着要他们。黄金部队虽然是发展建设了十几年，但作为一支为国寻金的军队，还是比较神秘的，外界对于黄金部队的了解并不多。

陈永华看着办公桌上的期末试卷，他已用红笔批改了大半，将批改完毕的卷子整理一番，孙耀华、赵华宇两人的名字浮上他心头。

次日，陈永华在校园里正巧遇见孙耀华和赵华宇，便邀请他们一同在地质大学的操场散步。这两人是他教授的地质勘查专业里的尖子生，每次专业考试成绩都名列前茅，而且思维敏捷，在课堂上提问、发言都很有逻辑性和个人的见解，经常在课余时间找陈永华交流学习，与他感情很好。

"陈教授好。"冬日的阳光透过香樟树叶，光影斑驳地洒在校园内，孙耀华向陈永华打了个招呼。

陈永华点头回应，随后边走边谈："耀华、华宇你们这次期末考试都考得不错，很快就要毕业了，你们未来如何打算？"

孙耀华仰起头看着陈永华，目光明亮地说："陈教授，我们学习的地质选矿专业，毕业后肯定也是希望到地质行业去工作，用自己的技能为国家作贡献。"

"说得好，咱们就要向老一辈地质工作者学习，学以致用，为国家的经济建设多做贡献，你有什么具体的想法吗？"陈永华接着问道。

"这个我还不清楚，到时候再看吧。"

"耀华，如果你没有具体的想法，我倒是有一个想法。还记得我曾给你们讲过我原来部队的故事吗？"

"黄金部队？"孙耀华还记得陈永华讲过部队找金子的故事，那些翻山越岭、踏冰卧雪的场景吸引着孙耀华，晚上睡觉前也常与室友赵华宇讨论。20世纪80年代，中国互联网还未发展起来，人们获取信息的渠道不多，黄金部队的故事给孙耀华等人的印象十分深刻。

"1979年，国家改革开放之初，急缺黄金储备。面对重重压力，王震副总理在基建工程兵的基础上整编地方地质队员，扩充成立黄金部队，专门为国家寻找黄金。十几年前，我接受'工转兵'安排进入503团，挺进大兴安岭无人区，与战友在林海雪原里淘出了第一桶金。眼下，十几年过去了，社会经济发展还需要更多的黄金资源，而黄金部队也需要地质人才。"陈永华目光灼灼地望着孙耀华和赵华宇，仿佛看着年轻时的自己。

三

"耀华，你不会真的想毕业后去黄金部队吧？军旅故事是很精彩的，但你想想，那样远离人烟的生活，真让你去，你可以接受吗？我觉得还是学校分配工作比较好。以你的成绩，去矿业部、国土局难道不好吗？"夜里，赵华宇躺在宿舍床铺上向孙耀华说道。

武汉的冬夜格外寒冷，孙耀华裹紧棉被，看着洒进宿舍的白色月光，脑海中回想着陈永华教授下午的提议。孙耀华明白，黄金部队需要人才，陈永华也希望更多的地质大学专业人员能为部队做贡献，但短时间内他也拿不定主意。

说实话，每个男儿心中都有一个英雄梦，穿着军装，保家卫国。只是在这个年龄段，他更向往活力与自由。在部队要面对各项规矩、纪律，还有军队日常的体能训练，这些都让孙耀华心生犹豫。

赵华宇见孙耀华不搭话，又道："耀华，谁都希望未来会更好。目前社会上对矿产专业人才需求很大，你看咱们的学长们，毕业后都能发展得很好，各个矿业公司抢着要。你自己的路要考虑清楚。我毕业就返回海南了，支持家乡建设，无论做什么选择，都要坚定走下去，不能后悔。"

孙耀华侧身过来，向着赵华宇说道："华宇，我现在心里挺矛盾的，穿上军装是小时候的梦想，这么多年其实我已经淡忘了。考上地质大学后，我期待着未来能在地质事业上干出点成绩。今天听陈教授说起黄金部队，专职寻找黄金的军队，太吸引人了。你说我们学地矿勘查的，最大的梦想是什么，不就是能探获深藏地底的金矿吗？"

听着孙耀华的想法，赵华宇说："金矿，你说谁不想找到一座金矿呀！可是耀华，你也知道多少地质学者一辈子都没找到过一座金矿，这个梦想太难了。"

孙耀华说："是啊，但是军人都是听令而行，坚决服从命令，带着部队去找金子，会不会让探获金矿的概率变得更大？"

"或许吧。只是你若真的去参军，还是要征求你家人的意见。一去部队就不那么自由了。"赵华宇谈起这个话题时，孙耀华显得有些沉默。

"行了，八字还没一撇呢，不是还有几个月时间吗？睡觉睡觉。"

夜凉如水，孙耀华想着与陈老师的对话，进入了梦乡。在梦中他真的穿上了绿军装，跟随着黄金部队一道闯进山野，探索祖国大地的宝藏。陈永华的话像是一颗种子，种在了孙耀华的心中，似乎正在等待着一个契机，生根发芽。

往后的日子里，孙耀华经常会在课余时间请教陈永华，了解黄金部队的由来和历程。在一定程度上，陈永华也已经把孙耀华当成了特殊的徒弟在培养，无论孙耀华毕业之后选择去哪儿，陈永华都对他寄予厚望。地质事业的薪火相传，在新中国发展建设的道路之上始终散发着一抹光亮。

孙耀华在这段时间认真考虑了自己毕业后是否去部队的事情，这时他觉得应该告诉陈老师了。"我曾经想过很多，毕业之后是否服从学校的分配。现在我了解到中国还有这样一支特殊的部队，穿着军装的军人去为国寻金，我想要去黄金部队，和他们并肩战斗。"

听到孙耀华参军的想法，陈永华欣慰地点了点头。夕阳下，校园广播中忽然传来熟悉的音乐，那是地质大学的校歌：

是那山谷的风，吹动了我们的红旗
是那狂暴的雨，洗刷了我们的帐篷
我们有火焰般的热情，战胜了一切疲劳和寒冷
背起了我们的行装，攀上了层层的山峰
我们满怀无限的希望，为祖国寻找出富饶的矿藏
是那天上的星，为我们点燃了明灯
是那林中的鸟，向我们报告了黎明
我们有火焰般的热情，战胜了一切疲劳和寒冷
背起了我们的行装，攀上了层层的山峰
我们满怀无限的希望，为祖国寻找出富饶的矿藏
是那条条的河，汇成了波涛的大海
把我们无穷的智慧，献给祖国人民
我们有火焰般的热情，战胜了一切疲劳和寒冷

背起了我们的行装，攀上了层层的山峰

我们满怀无限的希望，为祖国寻找出富饶的矿藏

四

1990 年 1 月 26 日，除夕之夜，邓小平同上海市党政军负责人欢聚一堂，共迎 20 世纪 90 年代第一个春节。第二天大年初一，邓小平和家人一起拍摄了一张全家福，拍摄结束之后，邓小平看着上海的城市建设，感慨道："上海是我们的王牌，把上海搞起来是一条捷径。"他坦言："我们说上海开发晚了，要努力干啊！我的一个大失误就是搞四个经济特区时没有加上上海。"

1990 年，邓小平在上海欢度春节后回到北京，向中央政治局的同志们语重心长地说："我已经退下来了，但还有一件事，我还要说一下，那就是上海的浦东开发，你们要多关心。"

在邓小平的推动下，党中央、国务院经过充分调查研究和论证，于 1990 年 4 月正式批准开发开放浦东，在浦东实行经济技术开发区和经济特区的政策。

同年，国家"七五"计划顺利完成，党和国家领导给予了"七五"时期黄金工业特别积极的评价。其中黄金部队与地勘同行业相比，以占同行业六分之一的投入为国家提交了占全国三分之一的黄金储量，为国家黄金工业的快速发展提供了宝贵的金矿资源，取得了较好的经济效益和社会效益，赢得党和国家领导一致赞许。

国务院黄金工作领导小组组长白美清这样说道："党的十一届三中全会以来，特别是 1985 年以来，根据中央和国务院领导同志的指示，国家采取了一系列促进黄金生产的优惠政策和改革政策。实践证明，这些政策大部分是正确的、有效的，要继续实行和充分完善。"

国家对于"七五"时期黄金生产的肯定，直接影响到"八五"时期黄金生产工作的安排。"八五"计划对黄金生产政策没有进行较大的改革，要在稳定的基础上向世界产金大国进军。当时主抓黄金的领导层都是抱着这样的信念，告别"七五"时期进入"八五"时期的，但任谁也没料到，就在中国昂

首阔步迈向"八五"时期的初年，世界政治格局又发生了翻天覆地的变化……

本章历史大事件出处

1.1952 年 11 月 1 日，北京地质学院首届开学典礼，地质部部长李四光在典礼上向新入学的学子们致辞。出处：人民网，《给祖国大地写一封情书》2022 年 11 月 7 日。

2.1990 年 1 月 26 日，邓小平同志在上海过完春节，推动上海浦东的开发。出处：中国共产党新闻网，《邓小平与共和国重大历史事件（102）》，2018 年 3 月 1 日。

第九章　携笔从戎　铸梦军旅

烽火照西京，心中自不平。

牙璋辞凤阙，铁骑绕龙城。

雪暗凋旗画，风多杂鼓声。

宁为百夫长，胜作一书生。

一

1990 年，横分柏林的墙体轰然倒塌，分裂 45 年的德国正欲重新统一。立陶宛、爱沙尼亚、拉脱维亚相继退出苏联，东欧剧变，全球局势风谲云诡。时代擂起震天大鼓，世界在风云激荡中改头换面。20 世纪 90 年代，在一种异常紧张的氛围中，到来了！

举目望去，外面狼烟四起，群狼环伺，当时甚至有很多人都开始怀疑，中国的改革开放还会继续下去吗？

中国改革开放总设计师邓小平坚定又坦然："开发浦东新区，要把进一步开放的旗帜打出去。"他坚定地告诉世界，中国的社会主义旗帜不会倒下，中国改革开放的步伐不会停滞。

乘着 20 世纪 90 年代吹来的风，孙耀华脱下学士服，换上崭新的军装，走进位于襄樊市（现更名为襄阳市）的武警黄金技术学校。第一次躺在新训队的床上，孙耀华的心情久久未能平复，回想着几日前还在地质大学的生活，心中充满了期待与忐忑。

在与陈永华教授几番彻谈后，经过深思熟虑，孙耀华最终还是选择了参军，选择了黄金部队。赵华宇返回海南，青春正好，意气风发，迈向各自的未来。

离别前那一晚，赵华宇拉着孙耀华，来到武汉大街上的小餐馆聚餐。菜点好后，孙耀华朝着老板讲："再来三瓶二厂汽水。"

赵华宇一听，"耀华，都要毕业了，还喝什么二厂！老板，给我们上四瓶中德啤酒。"

孙耀华笑着准备制止，但想想又接受了，大学四年的朋友即将分别，下次再见不知是何年何月，不知将变成什么模样。

毕业前的这些天，赵华宇看着室友孙耀华跑这跑那，拿着参军入伍的表格在校园里盖下一个个红章，他知道，孙耀华去黄金部队的事情已经定下了。他拿起啤酒杯与孙耀华碰了一下："耀华，虽然我没向陈永华老师多了解黄金部队具体情况，但当兵总是要受苦受累的，大一的军训都差点把我送走。我实在没想到，你最终还是选择去参军，咱从地质大学毕业后干点什么不好啊？"

饮下一杯黄澄澄的冰啤酒，赵华宇又说道："不过，耀华，我了解你，以你的志气，无论在哪，都能干出一番成绩。既然你选择到黄金部队去，我祝愿你能实现自己的梦想！"

武汉的夏天闷热难当，一杯冰啤酒下肚，才稍稍感到几许清凉，但孙耀华的心里却愈加火热，比武汉氤氲的烟火气更炽热、更浓烈，他看着赵华宇，内心有千言万语萦绕，可话到嘴边又停下了，只是举起了杯子："数风流人物，还看今朝。为梦想干杯！来，干了。"

孙耀华简单收拾好自己的行囊，带着几本地矿学书籍，离开地质大学，坐上了前往襄樊黄金教导大队的军列。

黄金指挥部教导大队隶属武警黄金指挥部，组建于 1980 年 10 月，1981 年 10 月经国务院、中央军委批准，正式命名为"中国人民解放军基建工程兵第五技术学校"，1985 年 1 月改为"中国人民武装警察部队黄金技术学校"，1988 年 1 月改为"武警黄金指挥部教导大队"，是大学入伍新兵新训的地方，它也被誉为黄金部队的"黄埔军校"。

同父辈们相比，狼烟战火已是遥远的过去，饥寒交迫也成了经年往事，此间人们不用再有历史包袱、心理负担，他们被时代允许，轻装上阵，走入盛世。成长路上，青年抬头望天，晴空万里，迈步向前，远方一路坦途。

以往新兵新训通常是由各个总队自行组织的，但这次大学生军训由指挥部统一组织到指挥部教导大队，教官由基层主官担任，教员由现役学员担任。

这样的配置，无不体现出上级对这批大学生新兵的重视，下连后，他们都将成为各支队的技术骨干，支撑黄金部队的中心工作开展。

"这次新训和以往有些不同，参训新兵都是从各个大学招到部队的高技能人才。我先给你们打好招呼，不要顾忌这群新兵是不是大学生，只管好好开展军训工作，让他们尽快适应部队生活，完成从一名地方大学生到合格武警战士的转变，是否清楚？"黄金教导大队的学习室，新兵们都已睡下后，连长还在给参与新训的骨干做动员工作。

次日，孙耀华在班长的指挥下，与其他学员一起集合列队，跟着连队的方阵，走着不正规的齐步，来到饭堂门口，连长看着这群新兵走路懒散的样子，训斥道："你们才刚来部队，很多军歌还不会，但军人开饭一支歌的传统不能丢，歌还是要唱，今天就先唱一首大家都会的团结就是力量。唱不响，不准吃饭！"

团结就是力量，团结就是力量
这力量是铁，这力量是钢
比铁还硬，比钢还强
向着法西斯蒂开火，让一切不民主的制度死亡
向着太阳，向着自由
向着新中国，发出万丈光芒
……

简短有力的歌声中，孙耀华这批穿着军装的大学生，在襄樊市的朝霞中，正式开启了黄金部队的军旅生涯。

二

襄樊市位于长江支流汉江的中游，地处鄂西北区域，气候与武汉相差不大，孙耀华这样常年在武汉生活的人都感觉有些难受，更别说从北方来的大学生们了。新训班长毫不客气，对这群学生兵的要求没有丝毫放松。依照部队老兵的思维，学生兵往往娇生惯养，受不得累，反而更应该"改造改造"。

军营的紧张氛围令孙耀华有些不适应。接连几天，起床叠被、队列训练都让孙耀华有些恍惚："我这就算是到部队了吗？怎么和想象当中的部队生活差别如此之大？"

一日在训练军姿时，班里的人都在班长的指挥下列队站好，不知从哪飞来一只虫子爬到孙耀华脸上，他想伸手打掉，但他参军后已经听班长讲过很多次队列纪律了，无论发生什么，站军姿时必须雷打不动，考验军人的意志和作风。

孙耀华只好忍着，虫子在他脸上爬了一圈后飞走了，可孙耀华脸上被爬过的地方，因为过敏红肿了一圈，回到宿舍没有药水，他只好挤出白白的一截牙膏，抹在过敏的地方，见到军容镜中晒得黝黑的脸庞上一抹雪白，孙耀华不禁对这样的自己感到陌生。短短一月时间的军旅生涯，充实的训练让人感觉似乎已经过去好几年的时光。

在战争电影中，军人都是拿着炮扛着枪的英雄模样，眼下到了黄金部队新训，孙耀华却什么军械都没看见，每天都是枯燥地重复着前一日的生活，他手里摸得最多的不是枪，而是打扫卫生的扫帚。

曾经和陈永华教授交流，自己加入黄金部队，是希望能在部队里建功立业，干出一番成绩，现在天天走齐步、正步，打扫卫生，这算个什么事儿？训练紧张得连读书学习也没有时间。

思来想去，孙耀华觉得还是不能放弃每日读书充电的习惯，于是他找到连长汇报思想近况："连长，新训队每天训练时间太紧张了，能不能给一些空余时间，让我们读书学习？"

新训连长一听孙耀华的请求，欣然回道："挺好啊，爱学习是好事嘛。这样，我把连队学习室交给你管，每天你负责学习室的卫生和公物维护。但你既然负责了学习室，就兼着把连队的黑板报给出了吧，这对你这个大学生来说小菜一碟的事情。"连长挥挥手，像是给孙耀华安排了个好差事。

走出连部，孙耀华心想："出黑板报就出呗，自己写字也不差，多大个事。"不久后，孙耀华才明白，在部队里出黑板报并非一件容易的事情。

新训队每半月更新一次黑板报，于是在襄樊的夜晚，经常会出现这样的场景：孙耀华架起黑板，拿着粉笔头在上面用力勾勒出版式的痕迹，汗水浸湿的体能服还粘在背上，空气仿佛凝固一般，弥漫着燥热，疲惫感阵阵席卷而来。

下午的体能训练已经累得人喘不过气了，晚上还要对着偌大的黑板勾来描去。版面版式、内容构想、颜色搭配，都需要孙耀华动脑筋思考。在各连暗地的较劲中出彩，是极其耗费心神的事情。孙耀华忙碌了一晚，手上沾满不同颜色的粉末，夜晚洗漱间已经打扫完毕，也无法洗漱，孙耀华只能在厕所的水龙头悄悄洗干净手脸，此时战友们早已沉沉入睡。

"这个活干的！本来以为晚上有些时间在学习室看书，结果白天训练累得要死，晚上还得继续出黑板报，学习没时间不说，还搞得这么晚，白天训练还怎么受得了？"孙耀华心底隐隐闪过一丝后悔。

他想着地质大学的同学这会应该已经参加工作，跟着某某项目组从事地质勘查去了，赵华宇回海南又在做什么呢？孙耀华穿着绿色的军装，面对新训队这孤寂的学习室，"我，孙耀华，算是一名军人了？"

白天训练、晚间出黑板报的生活令孙耀华疲惫不堪。恰逢亚运会首次在中国北京举办，连队官兵都喜欢在休息时间到学习室看看电视上的转播。突然有一天，电视机的二极管烧了，这下全连官兵傻了眼，"什么！电视看不了了？"

在枯燥、疲惫的新训生活中，每晚官兵都要在电视上看新闻联播，这是官兵们为数不多的放松方式。因此电视机一坏，全连都着急。新训连连长更是个体育迷，这些天的亚运会比赛精彩纷呈，他马上准备找人来维修。孙耀华一听，动了下脑筋，他向连长汇报道："连长，这就是简单的二极管烧了，学习室的公物本来您就交给我负责，正好我在武汉地质大学上学，对湖北方言还比较熟悉，让我把电视带出去修就行了，还省了修理工进营区的时间。我上午抱出去，下午就能修好，不耽搁连里晚上看新闻。"

连长问道："你带出去修，费用怎么算？"

"这点钱，我自己出了吧。"一方面孙耀华现在负责学习室，公物维护本来有他一份责任；另一方面，可以借机外出逛逛，压抑的新训队生活早把孙耀华憋坏了。

一听孙耀华自己处理，不用连队贴钱，连长一口答应下来："那行，你去吧，必须保证晚上能看到新闻。"

"是，保证完成任务！"

<h1 style="text-align:center">三</h1>

二十世纪八九十年代的电视设计简单，内部电子元件笨重，技术不达标，二极管损坏是十分常见的问题。孙耀华在所有新兵羡慕的目光下，神气十足地走出了营区的大门。

坐着人力三轮车到达维修点，向老板说明情况后，老板反馈这只是小问题，三下五除二，几分钟就更换维修完毕。

孙耀华心想，这维修过程也太快了，看来并不复杂，便向老板讨教方法："老板，这二极管是怎么更换的，你给我讲讲。"

老板眼看一身穿军装的孙耀华，十分热情地将技巧告诉了他："兵哥，你看这里，如果以后二极管再损坏，你就拿螺丝刀把后盖卸下，二极管一般在主板位置，就在这，拆的时候一定要小心，不要用太大力气，容易弄坏旁边的零件。接好新管之后一定要注意把掉落的渣子清理干净再装上电视后盖。"

孙耀华听完，又了解了其他问题，便准备利用剩下时间在襄樊市内逛逛。襄樊是荆楚文化的发祥地，自从参军入伍来教导大队报到后，孙耀华还没能好好看看这座历史名城。于是他对老板讲道："老板，我先把电视暂存在你这，下午我过来取。"利用修理电视外出的机会，孙耀华把襄樊较出名的景点匆匆逛了一遍。

返回教导大队后，连长看到电视恢复如初，在晚点名时对孙耀华提出了表扬。

　　而由于当时机械零件质量不高，往后电视二极管还时有损坏，每次电视出现故障，连长都会找到孙耀华让他去处理。利用处理电视故障之机，孙耀华能时不时从紧张的训练氛围中抽离，战友们都很羡慕，每次都私下找他带点零食、水果回来。这算是给孙耀华枯燥的新训生活，添注了一丝别样趣味。

104

　　襄樊的秋天，在吹拂而过的凉风中缓缓到来。孙耀华三个月的新训时光一晃而过。

　　1990 年 10 月 7 日，第 11 届北京亚运会闭幕。熊猫盼盼向观众告别，熊熊燃烧了 15 天的圣火熄灭了。亚洲体育史上规模空前的第 11 届亚运会的圆满成功，同在比赛中创出辉煌成绩和新纪录的体坛健儿一起，被载入史册。

　　15 天的角逐，中国代表团取得 183 枚金牌，341 枚奖牌，创下空前纪录。体育，映射了一个民族的精气神，亚运会上的好成绩，也如同一束光，洒在了彼时乌云密布的中华大地上，让 11 亿多国民的心又紧紧凝聚在一起。

　　15 个昼夜的欢呼、呐喊、欢笑、泪水，也驱散了过去一整年的阴霾，没有什么困难能打败一个团结的民族，没有任何苦难能摧垮一个奋进的国家。

　　彼时中国尚不富裕，举办亚运会一共花费 21.37 亿元，中央财政拨款 8.5 亿元，依然有很大的缺口，在为亚运捐款的倡议发出后，全国人民都参与进来，一共捐了 2.7 亿元。

　　捐款最少却最感人的是幼儿园小朋友，很多小朋友捐出仅有的一分钱，得知此事的国家体育运动委员会（现国家体育总局）主任伍绍祖激动地说："一分钢镚是一颗火热的心啊。"

　　据说有个真实的故事，亚运会期间两个人在北京街头发生了碰撞，剑拔弩张之际，其中一人说："小子，今天不跟你吵，办亚运会呢！"摩擦顿时烟消云散。全国上下都将举办亚运会作为头等大事，这种荣誉感和使命感深深烙在每一个中国人的心中。

　　北京亚运会圆满结束之际，孙耀华这批由大学直招的黄金新兵，也迎来他们分配下连的时间点。新训官兵们将踏上自己的征程，到各个支队开始各自的军旅人生。

　　聚是一团火，散是满天星。往后的日子里，从外界招收的地质人才不断涌入部队，在黄金指挥部教导大队这所"黄金军校"中短暂相聚、锻造、升华，再分配到各个支队。

临行之际，孙耀华给陈永华老师写了一封信，告知老师自己将前往黄金六支队（老九支队）报到。孙耀华踏上前往河南三门峡的火车，心中信心满满，终于可以去野外从事一线地质工作，大干一番事业！但事与愿违，等待着孙耀华的依然是诸多现实的考验。

视野拉回到 1990 年，站在那时的时代桥头望向未来，你我将见证中华大地上新一轮的风云激荡。日升月落间沧海桑田，时间以其不息的伟力，将未来炼为历史，英雄和平民都在续写春秋……

第十章　初入军营　志在千里

青海长云暗雪山，孤城遥望玉门关。

黄沙百战穿金甲，不破楼兰终不还。

一

1991 年年初，以美国为首的多国部队，向伊拉克发射上百枚"战斧式"巡航导弹，行动代号"沙漠风暴"。震惊世界的海湾战争，爆发了。

当时的伊拉克，号称世界第四军事强国，拥有 95 万正规军、48 万预备役兵源、坦克 5600 辆、火炮 3800 门、飞机 770 架。然而这一切，就在顷刻之间，灰飞烟灭。

美军利用电子战手段，破坏伊拉克的指挥和通信系统，并以空军为主要进攻力量，大量使用精确制导武器，再加上激光夜视仪等高技术装备，促使战争向高速度、全天候、全视域发展，对于伊拉克来说，这简直是降维打击。

诚实地说，对于当时的中国，情况也同样如此。央视罕见发言："中国政府对此深感焦虑和不安。"国防是经济建设的保障，但改革开放初期，国库资金匮乏，实际情况逼迫中国在经济与国防之间，只能二选一。确定以经济建设为中心后，自 1985 年百万大裁军开始，中国军队开始进入忍耐期，军费能省则省，很多武器研发项目进展缓慢甚至停滞，武器装备长年得不到更新，军事力量和国际一线水平已经脱节。如果当时多国部队入侵的是中国，后果不堪设想。

在这场看似与中国毫无关系的战争之后，中国开始醒悟，把备战思路从过去大规模全面战争逐渐向高技术的局部战争转变，强调陆海空联合作战。原来进展缓慢的高精尖项目，获得大量资金预算，纷纷开始攻关。与经济建设一样，国防建设不可能一蹴而就，但进步已经开始。

强军需要充足的经费支撑，然而在 20 世纪 90 年代初期，中国最大的出口来源还是低层次的纺织品行业。东南沿海各省有着无数的纺织厂，来自全国各地的纺织女工，用缝纫机一脚一脚，踩就一个国家的未来。在一片混沌之中，各行各业的国人用自己的方式争相建立功业，为中国经济注入元气与活力。而其中，黄金矿产无疑是备受国家关注的产业。

征战各地的黄金官兵犹如飞鸟一般，乘着时代浩瀚长风，正欲振翅翱翔。新入伍的大学生，结束了三个月的新训，从襄樊的武警黄金技术学校启程，分别前往黄金各支队报告。

汽笛声声，火车在由东向西的铁轨上不断前行，孙耀华第一次来到豫西这座内陆小城——三门峡。

三门峡位于河南西部，东与千年帝都洛阳市为邻，南依伏牛山与南阳市相接，西望古都西安，北隔黄河与三晋呼应，是历史上三省交界的经济、文化中心。相传大禹治水时，凿龙门、开砥柱，在黄河中游这一段形成了"人门""鬼门""神门"三道峡谷，三门峡即由此得名。

20 世纪 90 年代，黄金六支队党委为了给官兵每月多争取十几块的补助，将营址选在市区郊县的原店镇。支队大楼紧邻三门峡火车站，营院门口种了一排针叶松和梧桐，每年冬季来临之时，满地皆是飘落的梧桐叶。

一下火车，映入孙耀华眼帘的是站内几棵挺拔的针叶松，仅有两层楼高的三门峡车站与武汉站相比像是"蓬户柴门"，在一排松树背后显得低矮窄小。车站门口象征性悬挂着早已褪色的安全横幅。接站的六支队参谋见孙耀华出来，上来帮着他拎上行囊："欢迎新战友，一路舟车劳顿辛苦了。"

踌躇满志的孙耀华本以为从新训结束，分配到支队后便能与地质高工一道前往野外勘探，从事项目工作，可他报到后便被浇了一盆冷水。

"孙耀华，你被分配到一连任助理工程师，不过现在一连还在野外干活没有归队，你先去后勤汽修连报到，看看有什么可以帮忙的先帮着干点。"干部股干事对孙耀华讲道。

孙耀华一听自己分去后勤修理，有些不解："干事您好，既然我是一连助理工程师，为什么不能前往野外，协助连队开展中心工作？"

"嘿，这都快 10 月份了，各连马上收队归建，你现在跑出去有啥意义？已经给你说了先去后勤报到，你去就行了，难不成你还想去勤务连站大门吗？"这名干事有些不耐烦地回道。

孙耀华见状也不再多说什么，转身走出机关楼，到六支队后勤汽修连报到。

"武汉地质大学毕业的？会干点什么？"连长上下打量着这位地大毕业的高才生。

"连长，我的专业是地质矿产勘查，主要是在大量野外地质观察和搜集整理有关地质资料的基础上……"

还没等孙耀华讲完，连长一挥手打断了他："得，你这些专业技能还是留着明年去野外施展吧。我是问你在我这能干点啥。修理汽车会不？"

"发动机呢？"

孙耀华连连摇头。

"那行吧，你既然啥也不会，就先跟着连队的职工好好学习，在这帮着大家干点力所能及的事。"

一听连长给自己下了什么也不会的定义，孙耀华心里有些不服气，自己在人才辈出的地质大学也是出类拔萃的，这会儿到了汽修连居然还让人瞧不起了。

穿上军装，不随意顶撞上级的规矩孙耀华还是懂的。孙耀华称是后，转身走出了连部，拿着行囊去安排好的连队宿舍整理行李，一路上孙耀华暗暗想着："不管在哪，既然来了就要把安排的任务干好，干出色，不能辜负陈永华老师的期望，也不能被去各土地局、地质局的同学落远了。自己选择穿军装到黄金部队，干不出一番成绩，以后免不了被赵华宇这小子嘲笑一番。"

二

"孙耀华，后勤说车厂一个柴油发动机坏了，你带上工具跟我去看看。"

连队里基本是原"工改兵"的职工，眼瞅来了一介书生模样的大学生，啥成绩都没有，刚入伍工资就比他们高，修理工们心里面挺不平衡，连队里什么脏活累活都先安排给孙耀华去干，美其名曰："对大学生的培养锻炼。"

为了检修机械，孙耀华费力地搅动着柴油机发动杆，机内的柴油飞溅在他的脸上。作为一名大学生，孙耀华心里是有一些傲气的，此时干着这些工作，他的内心全是一口气撑着。孙耀华不知道为何到了黄金部队与他梦想的生活不一样，但是既然干，他绝不叫苦叫累，坚决把工作干好。

这些职工本以为安排孙耀华去做这些工作，他肯定会叫苦叫累，但孙耀华没有半点怨言，一边摸索一边干，把分配的工作干得有模有样的，让这些职工对他刮目相看。

"集合！"孙耀华正在修理机械，突然一声清脆的哨音响起。

他赶忙放下手中的工具，边跑到队列里边嘀咕："什么情况，怎么突然间集合了？"到汽修连工作后，还没有这个时间点集合过。

"全体集合到营门口列队，许总带着野外工作连队归队了。"

"许总回来了？今年储量又增加了不少吧？"

"这肯定，许总亲自带队，今年成绩应该不差。"

"许总这把年纪了，不容易啊。"

在职工们的议论声中，一个名字反复出现在孙耀华的耳畔——许向东，早在黄金技术学校时，他对这个名字便有所耳闻。

六支队总工程师许向东，先后探获仓珠峪、樊家岔金矿，"七五"期间带队探获东闯特大型金矿，被冶金工业部评为"找矿先进个人"，是黄金六支队乃至全黄金部队的功勋人物。

孙耀华得知马上能见到传闻中的人物，心中生出几分期待，身兼诸多荣誉的许总到底是何等面容？

"咚、咚、咚……"门口的鼓声响起，紧接着站在前面的战友都开始鼓掌。咚咚鼓声之中，一队队整齐的方阵朝着营区走来。他们正是圆满完成年度黄金勘探任务、返回营区的黄金战士们。

孙耀华也跟着战友们鼓起掌来，随着队列越走越近，他仔细地打量起走在前面的许向东总工程师。只见肩扛三颗星星的技术上校许向东，矮胖的身材，一张圆圆脸庞显得和蔼可亲，头顶上的头发略显稀疏，微笑着向两侧鼓掌的战友们致意。

如果穿着便服走在人群里，来往行人完全不会想到，这位其貌不扬的老兵为国家黄金事业做出了多少功绩。直到全部方阵走进操场，掌声才渐渐停歇下来，带队干部向支队首长汇报归队情况，然后各连分别返回休整。

孙耀华知道，这段修理工的日子也算告一段落了，野外连队归队，自己也会马上前往一连报到，正式融入支队明年的地质勘查工作。

入伍几个月的时间，短暂又漫长，秋风再次吹过营院内的梧桐树，泛黄的树叶随风飘落，寒露已至，天凉了……

三

"孙耀华，你赶快去总工程师办公室一趟，许总要和刚来的大学生谈心。"一连长匆匆忙忙地走到孙耀华宿舍。

得知许总要找自己谈心，孙耀华有几分激动，在心里打着腹稿，猜测着许总会问自己什么问题，自己该怎么回答，如何给许总留下一个好印象。

"许总好，我是孙耀华。"走进总工程师办公室，孙耀华向许向东自我介绍道。

"嗯，孙耀华，你的履历我看了，武汉地质大学毕业，不错，是棵好苗子。"操着一口川味普通话的许向东对孙耀华说道。

在武汉听惯西南官话的孙耀华听着许向东的口音觉得有几分亲切。

"你的导师是陈永华?"许向东望着孙耀华。

"是的，许总，您认识陈教授?"听着许向东讲出自己老师的名字，孙耀华显出几分惊讶。

只见许向东从抽屉里摸出一封信，放在办公桌上："嘿，何止是认识。你看这，老陈对你不错，知道你到六支队，还专门给我寄了一封举荐信，他十分看好你啊。"

孙耀华低头一看，一封从武汉寄来的信上有熟悉的笔迹、熟悉的名字——陈永华。

"陈老师，他……"眼见陈永华老师还牵挂着从军后的自己，孙耀华的心头阵阵感动。

"老陈认可的学生一定有几分本事，说说你到六支队后的规划，下一步有什么打算？"

孙耀华平复了下自己的情绪回道："许总，我到黄金部队就是一门心思想要找大矿，最好是能像您一样，用自己的专业知识找到金矿，这是一名地质人的荣耀。"

许向东微微一笑："好！年轻人有志向是好事，现在国家实行改革开放政策，社会经济发展建设的路程还是走得不易，急需矿产资源来助力，在六支队好好干，努力吧。"

"我这里有一些卢氏县小河口的地质资料，你带回去好好研究一下，明年卢氏县会是支队的重点工作区域。"

"是！"听着前辈的鼓励和期望，孙耀华的内心倍感振奋，接过许向东总工程师递过来的地质资料。对于地质人来说，这堪比一份珍宝，正是孙耀华来到黄金部队所要追求的啊，新训的苦，修理队的苦，全在这一刻烟消云散了。

"卢氏县小河口在县城以西约 32 公里，矿区处于银家沟至夜长坪成矿带上，研究区内断裂发育，矿体赋存在与近东西向断裂平行的次级断裂内，赋矿断裂一般产在岩性分界线处或其附近。矿体在产状变缓处增厚，矿化与硅化，黄铁矿化关系密切，目前已在矿化带圈定两个矿体。下一步找矿方向应集中在寻找新矿化带，新矿体和扩大已知矿体规模，除此之外，矿区附近地域还有较大的找矿潜力……"将许总交给他的资料带回宿舍，孙耀华便坐在凳子上仔细阅读资料上的内容，看到在地质大学学习时熟悉的术语，孙耀华专注的目光闪烁着光芒，要透穿这些纷繁枯燥的数据，搜寻地层深处的宝藏。

此时，时光已至 1991 年年底，经历了 13 年的改革开放之后，计划体制已经走到瓦解的边缘，另一个全新的时代缓缓拉开帷幕。

1991 年 12 月 25 日晚上，在美国人享受圣诞节时，戈尔巴乔夫向他们送了一份"大礼"。他向全世界宣布，辞去苏联领导人职务，之后将"核按钮"交给俄罗斯总统叶利钦，克里姆林宫上空，赤旗在冷风中黯然落下，俄罗斯的三色旗取而代之。

1945 年，曾经有一群叫"布尔什维克"的人们，把同样的赤旗插上柏林国会大厦，他们挡住了纳粹德国的钢铁洪流，他们震慑了美国的资本主义。如今却因为面包而崩溃，苏维埃社会主义共和国联盟在怒骂、欢呼和叹息中——宣告解体。

其实从 1989 年东欧剧变开始，它就已经显露出败亡的征兆，而这也是中国改革开放最艰难的时期。新中国和苏联一样，都面临着时代给出的重大考题。对于这个题目，邓小平同志说得最明白："问题是要把什么叫社会主义搞清楚，把怎么样建设和发展社会主义搞清楚。"

希腊神话中，有个叫斯芬克斯的怪物，喜欢用谜语考问过路人，如果行人答错，就会被他吃掉。苏联已经回答错误，而 11 亿多中国人，仍在寻找答案。这一年，姓"资"还是姓"社"的论战达到白热化阶段，这是社会迷茫的表现，所有人对未来的不确定、对前途的担忧都在这场大辩论中展露无遗。

1991 年的苏联解体无疑是在全球范围给社会主义政权敲响了警钟，这一刻无数的声音泛起，让人不由得产生迟疑，这条路到底还走不走得通？

1991 年的中国拆下绷带，从病房走向原野。她在苏联的墓碑前审视良久，遗憾而坚定地转身并开始舒展筋骨，只等在下一年春天发出最响亮的龙吟，而后腾空而起，直上九霄。

一路走来，我们早已经知道，20 世纪 90 年代，并不是从鲜花和掌声中开始的。事实上，也从来没有哪一年只有鲜花和掌声。

寒夜里取暖，苦难中开花，就是我们艰难的成长之路。

暴风雨来临时，我们曾以为世界要塌。

漫天迷雾里，我们觉得已经掉下了悬崖。

可当闪电划破长天，雷鸣响彻四野之后，我们抬起头睁开眼，惊奇地看到——原来，黑云在散。

平坦的道路无法通向伟大的胜利，因为险峻，所以精彩；因为坎坷，所以激荡……

第十一章　雏鹰振翅　鏖战秦岭

赤橙黄绿青蓝紫，谁持彩练当空舞？

雨后复斜阳，关山阵阵苍。

当年鏖战急，弹洞前村壁。

装点此关山，今朝更好看。

一

纵观改革开放的"过河之路"，有许多至关重要的历史节点，有时是谨慎探索，艰难前行，有时是千钧一发，悬崖勒马。但无一例外，都产生了极其深远的影响，像是孕育了中华文明的黄河，虽几经改道，却始终不舍昼夜，奔腾向东，奔向新的可能、新的未来。在这么多关键节点，有两个年份更余韵悠长，让人回味。一个是改革开始之始，裂隙进光的 1978 年；一个是中道遇阻，凿穿铁壁的 1992 年。

1991 年年底，伴随着苏联解体，中国姓"资"还是姓"社"的争论，已经达到白热化阶段。这不仅仅是个理论问题，更是中国特色社会主义走到十字路口上，迫在眉睫的路线问题。当时对以"经济建设为中心"的基本方向，已经有了许多反对的声音。形势如此，如果放任不管，改革开放事业将会面临中断，现代化"三步走"的战略也会流产，中国从 1978 年以来的诸多努力，都将付诸东流。

此时，邓小平同志已经 88 岁高龄，退休将近两年，但对于目前的情况，他无法置之不理。

1992 年 1 月 17 日，春寒料峭中，一列没有编排的专列从北京开出，向着已经脱下冬装的南方奔驰而去。没有人能够料到，这趟南方之行将会给中国改革开放史留下怎样浓墨重彩的一笔。

3 月 26 日，《深圳特区报》突然刊发一篇万字通讯《东方风来满眼春》，"春风"乍起，由南向北"吹"。

河南三门峡，在黄金六支队总工程师办公室，许向东将一张《河南日报》铺开，逐字逐句地阅读了报纸上披露的邓小平关于改革开放振聋发聩的发言。

"中国那个时候，只要不搞社会主义，不搞改革开放、发展经济，不改善人民生活，走任何一条路，都是死路。"

"社会主义的本质，是解放生产力，发展生产力，消灭剥削，消除两极分化，最终达到共同富裕。改革开放胆子要大一些，敢于试验，不能像小脚女人一样。看准了的，就大胆地试，大胆地闯。"

合上报纸，许向东心中思绪万千：这真算得上是中国现代史上具有里程碑意义的一刻，这次南方谈话的明确表述，可以将相关的意识形态之争彻底终结了。

南方谈话以后，中国改革步伐进一步加快，国有企业放权松绑，自主经营、自负盈亏、定额上缴、承包经营等新的经营理念和方式不断向传统计划经济发起挑战，春潮滚滚，遍地黄金。

中国主流价值观从此开始了猛烈的转向，中国精英群体开始分化，从"学而优则仕"转向了投身商业，追求并拥抱财富。

在这样的历史大背景之下，一大批党政干部纷纷下海经商，来自科研机构、高校等领域的社会精英也纵身一跃，跳入"市场淘金"的洪流中。

许向东曾经的大学同学也有部分选择从地质局等单位离开，投奔私营矿产公司，乘着改革开放"春风"，协助地方老板们承包矿山自主开发，赚得盆满钵满。几位同学给还守在三门峡的许向东递来橄榄枝，许向东一一回绝了："要想发财，我不会等到今天。"

从河南地质局转入黄金部队，十几年间，许向东带领六支队官兵扎根于小秦岭深处，探明超大型金矿 1 处、大型金矿 2 处、中小型金矿 11 处，累计提交黄金储量 130 余吨，同学们都清楚许向东的"含金量"。可是为国寻金，为国家作出贡献，是许向东心中最纯粹的想法，关于物质上的追求，他并未有更多的考虑。

可也正是对于地质事业的执着，让许向东留下了一生的遗憾。由于地质工作需要，许向东常年奔波在中国的山川河谷之中，经常留下妻儿独自在家。大儿子年幼时突发高烧，病情严重，妻子一个人照顾不过来，也无法联系上野外的许向东，耽误了治疗，持续的高烧造成孩子脑细胞损伤，智力从此受到影响，没法像正常人一样生活。

许向东大学毕业后被分配到北京 101 地调局，开展地质勘查工作时在北京的村镇认识了妻子，许向东一眼就看上这位五官清秀、穿着朴实的女人。

许夫人也倾慕这位高学历的地质工程师，他俩结婚后感情一直很好，无论是从北京远调河南，还是"工转兵"到黄金部队，妻子都很支持许向东的工作，从没抱怨过一句。

可看着遭罪的孩子，妻子难得向许向东发了火："你以为你去找矿就了不起！你知道我有多难吗？孩子生下来，你没陪我们娘俩几天就又跑到山里去了，你一年到头在野外，把我们撇在家里不管不顾，你想到过做女人的难处吗？现在看着孩子这般模样，我真的太难受了……"妻子说不下去了，哭泣代替了语言。

许向东的眼泪也跟着流了出来，强忍着不哭出声："这么多年，什么苦咱们都挺过来了，我欠你和儿子的，慢慢还吧。"许向东恨自己嘴拙，平日里在工作中指点江山的劲头全然消失不见，面对妻子的指责他什么话也讲不出来。

许向东把自己心中的痛悄悄藏起来，转身回到部队，继续爬山过河，用不断探获提交给国家金资源储量的成就来掩盖内心的伤痛。1992 年下海潮中，许向东毅然拒绝了同学们的邀请。

休假回老家时亲戚曾问他："向东，你说当初你留在北京地调局多好，现在还可以在北京分套房子，生活条件比你在三门峡那座小城好得多。你看看你以前的同事都在北京落户了，你觉得你比他们来说，是不是亏了，你后悔不喃？"

许向东坦然一笑："这有啥后悔的，我给国家找到了金矿，他们没有啊。"

许向东傻吗？20 世纪 50 年代的大学生的含金量可想而知。只是人生如同白驹过隙，一生之中，人总会有属于自己的追求。农民的梦想是稻谷丰收，诗人的梦想是著作等身，医生的梦想是救死扶伤，而地质人的梦想是什么呢？找到一座金矿，可能是那个时期所有地质学者倾其一生的梦想，是攻读地质专业的学子一种由心而发的金色情怀。许向东活得纯粹，也正是他的这份赤子之心，让他在地质事业上做出了非凡的成绩。

116

二

南方谈话春风吹来，中国这艘大船又将迎来全新的启航。许向东思维清晰，知道黄金仍旧是党和国家所看重的矿产资源，发展建设仍然需要黄金，任外界风云激荡，他许向东只管一步一个脚印，干好自己手中的工作即可。

为了更好地推动工作，许向东也在工作之中不断培养着新时代的地质人才，任何事业都需要不断接续传承才能万古长青。许向东很清楚，地质工作是艰苦的工作，改革开放以来，人民生活越来越富裕，青年一代的成长条件越来越好，选择来从事地质，更显得难能可贵。

看到地质大学毕业的孙耀华时，许向东有了几分爱才之心，不过在黄金部队光有知识还不够，还得有一颗能够忍受艰苦和孤寂的心；不知道这个小伙心性如何，明年的小河口金矿工作，倒是可以考校一番。

1992 年 4 月，春暖花开时节，崤函大地到处呈现着生机勃勃、欣欣向荣、百花斗艳的春光美景。从崤山路、黄河路到天鹅湖畔、涧河两岸，从陕州公园到黄河公园，花团锦簇，万紫千红。

黄金官兵们并无暇欣赏城中美景，一日凌晨时刻，六支队营区又响起了出征的锣鼓与鞭炮声。出队的官兵们乘着夜色启程，暮色下的营院、街道，一切都静悄悄的，只有离别时车灯下映射出的一张张熟悉脸庞，奔向新一年的希望。

与去年收队时不同，这次孙耀华编入了出征队伍，与一中队官兵们一道开赴施工点位。而在此之前，孙耀华早已将许总交给他的地质资料翻得烂熟，对卢氏县的金矿勘探任务，他有着充足的信心。

根据地表矿化显示情况，一中队技术干部们准备对小河口矿靶区进行槽探施工。槽探是为了揭露基岩，观察地质现象和取岩、矿样而从地表挖掘的一种槽形坑道，是验证地表浅层矿体最原始且最有效的方法之一。

军车开到三门峡下辖卢氏县后，孙耀华与官兵们一道，登上渺无人烟的山野开始安营扎寨。隔日，天刚蒙蒙亮，孙耀华简单吃过早饭，便带着分配的队员出发了。他们从野外宿营地带着馒头、榨菜和水，扛着铁锹、十字镐，爬上预设勘探点位，开展槽探施工。

孙耀华带着班组成员，拿着指南针和罗盘，扛着施工装备往山林前进。有些点位不好走，需要穿过密林，攀着斜坡上的石头，有的甚至需要弓着身子，一点一点挪步上去。到达计划施工的槽探点位，他们没有过多的休息时间，为了安全，必须赶在日落前下山归队。他们撂下装备就开始作业，拉开卷尺，定好距离，用红漆标记好点位，然后扛起铁锹开挖。

"哐唧、哐唧"，战士们拿铁锹破开泥土，孙耀华等技术干部拿着地质锤敲击岩石的声音，在安静的山谷显得格外清晰，把鸟雀惊飞。岩层坚硬，很快，新入伍战士的手掌就硌起了血泡。但他们清楚，每一锹挖开的土壤，都是打开金山大门的希望。

野外营区设施简单，在山林里也没有什么能够娱乐的，黄金兵们管这种生活叫"白天兵看兵，晚上数星星"。大家劳累一天，回到营区吃过晚饭，洗漱休息。夜深人静，孙耀华躺在帐篷里，听着山风呼呼刮过，帐篷在大风之中"砰砰"作响。这也是他内心最柔软的时候，静静地思念大学时的生活，想着自己的家乡、自己的恋人，带着这些无言的思念，静静睡去。

就这样，大学毕业一年多的孙耀华在黄金部队开始了他的寻金生涯。在基层中队里，他每天和战友早出晚归，爬高山、下坑道、挖样槽、搞编录，背着沉重的矿石样品在山岭里奔波。

布设的槽探、坑探带着官兵的期望不断向前延伸，几个月后，小河口矿点第一批样品被送回支队化验室。这是今年第一批浅部岩金矿样，从一定意义上讲，这批矿样的化验结果将决定着小河口矿点的找金工作何去何从。

三

"什么，化验结果毫无所获？一点金元素都没有发现吗？"化验结果让孙耀华等人倍感失落，几个月的辛苦化为泡影，这些时间的勘查连金矿的门都没摸着。

"实在不行就算了吧，今年出来这么久什么也没找到，看来接下来也没戏，只有再好好设计一下找金靶区，看明年出队能不能有所收获。"有些技术干部见到化验结果后，直接想要放弃。

孙耀华一听，这怎么可以呢？地质矿产工作本来就不是一蹴而就的，没有说按照规定点位勘探就一定有成果的，有时，还需要点运气才能找出金子。想找到金子，必须用科学的方法，大胆假设，小心求证。孙耀华再次将分析数据、小河口地质资料展开仔细研究，重新确定找矿思路。

虽然士气受到了打击，但官兵们的执行力依然很强。在孙耀华的带领下，战士们继续跟着他上山下山，毫无怨言。一次，在山区生活的老乡看到孙耀华他们在矿点施工累得满头大汗，热情煮了一锅红糖荷包蛋送给他们吃。

在山里，鸡蛋可是珍贵的物资，老乡平时也舍不得吃。接过碗，望着老乡那憨厚朴实的笑脸，孙耀华心里酸酸的。他暗下决心，一定要找到金矿，在地质领域干出成绩，用地质工作助推乡亲们脱贫致富！

一诺千金，矢志不渝。一次，孙耀华在一处重要矿段采集样品，一块巨石突然从山顶滚落下来，重重地砸在离他几米远的地方！他定了定神，仔细观察了一下不断有小块石头坠落的山体，找了一个战士作为安全员帮他看着山上的滚石，坚持完成了采集工作。

正是靠着这股干劲，小河口金矿在这位初出茅庐的学生兵手中不断显露真颜。又一批次的矿石化验显示，小河口金矿主要矿脉终于查清。孙耀华将小河口金矿的数据资料整理汇报给许向东。

"小河口矿区是否具备值得开采的金矿资源，往下再探一探。"为了验证小河口地下深部的矿体含量，许向东采纳了孙耀华的报告，在党委会上建议，在槽探施工的基础上再进行坑探施工，在小河口矿区开凿一条450米长的地下坑道。

开挖坑道探明矿藏，是寻金工作深入阶段的方法之一。根据地表及槽探的相关地质数据选择在山中凹地向山体内开掘坑道，这样可以探取地下较深部的矿体样本，以发现含金矿脉，坑探的优点在于探测得更加直观，但是投入更大。随着坑道的开掘，官兵们也要面临相当大的危险。

坑探工作比槽探更繁杂、更辛苦，需要凿岩、爆破、出渣、取样、地质编录，一项都不能少。

六支队在小河口的营区设在山下靠近一条小溪的开阔处，坑道作业点在半山腰，从营地到作业点要爬3公里的坡。

开展坑探任务的孙耀华每天清晨起床的第一件事，不是吃饭，而是徒步前往半山腰，一头钻进坑道里，检查掘进方位和开掘的地层岩性，然后给出掌子面的爆破点，指导采样班的战士开展采样工作。

为节省时间，午饭大都在坑道口解决，官兵每人的标配是2个馒头、2根黄瓜、1个咸鸭蛋、1包榨菜，简单的饭菜在干完上午的坑探作业后，因体力的透支，显得格外香甜可口。他们也不顾及手上、脸上、嘴唇上的尘土，就那么一只手拿馒头、一只手拿黄瓜，一口馒头、一口黄瓜地吃着。

矿区地层严重破碎，爆破后，进入坑道时要抓紧时间出渣、采样。一般在吃中午饭之前，对岩层进行爆破，然后把排风机打开，利用吃午饭的时间将坑道里的粉尘烟雾排尽，饭后才不耽误战士们进入坑道出渣、采样。

孙耀华守在坑道前，将最后一口馒头塞到嘴里，站起来伸伸腰，让战士们先等等，他自己先去坑道查看。见尘烟已经排尽，便招呼战士们又钻进了幽暗的坑道里。坑道里灯光昏暗微弱，静寂得只能听到雨靴在坑道积水中行进的"哗啦"声与洞顶滴水的"滴答"声。

他们把无用的矿渣用人力一车一车推送出来，反复往返，每个人都锻炼成高超的手推车"驾驶员"。随着坑探的深入，官兵们也止不住激动，他们期盼着一个奇迹从他们的手中出现。

将全部矿渣清理完毕后，就可以进入坑道采样了，费了这么大力，运出了几十吨的矿渣，就是为了坑道壁上那十几公斤的矿石样品，但这是为了探明矿石情况不能省略的程序。

就在清理的最后阶段，突然，坑道上方几块石头掉了下来。正在查看矿体的孙耀华一看不对劲，大喝一声："快跑!" 9 名战士低头弯腰，迅速往坑道外跑去，只听身后"哗"的一声巨响，坑道顶的大片岩石垮塌了下来。

跑出洞坑的战士们喘着粗气，心怦怦直跳，他们被一场惊险吓得变颜变色。孙耀华定了定神，清点了人数，看到众人都安全撤出，才松了一口气。回头看着刚清理完成的坑道突然垮塌，又心疼不已。他们知道这一切又得慢慢重来，再将垮塌的废渣一车一车清理出来。

为了防止这样的意外事故再次发生，保证战士们的安全，支队要求对坑道进行支护。于是，碗口粗的木头被一根根抬进了坑道。做支护是一个技术活，坑壁两侧打桩还容易，要命的是往顶板上支护。本来已经筋疲力尽的战士们，咬着牙，仰头将几十斤重的护木横着举过头顶，一根挨着一根，放在桩木上用钉子铆死。

再走出坑道时已经是夕阳西下，孙耀华的脖子酸疼不能动弹，发麻的胳膊放不下来，胃里已经感觉不到饿意，但一阵阵酸水直冲鼻腔，他难受得直想吐。

这也是所有坑探战士们出洞后的感受。

孙耀华和战友们围坐在小秦岭一座不知名的山坡上，夕阳将漫天的云彩染成了红色，金色的霞光透过云彩向四面散射开来，山川仿佛披了一件金衣裳，壮丽无比。

小憩一会儿后，孙耀华带着一个班组的战士撤回营地，而另一组队员已经向着坑道出发。他们接替后又将重复同样的工作。

随着坑道的掘进，孙耀华每天都跟进到坑道里面进行矿体检查。10 月底，坑道达到设计要求的 450 米，而化验结果终于给六支队官兵带来了惊喜。

"小河口金矿矿石含硫较高，且金主要为黄铁矿包裹金。针对该矿石性质，在探索全泥氰化、浮选—浮选精矿氰化、单一浮选及混合浮选—再磨—抑硫浮金等提金工艺基础上，选择适宜提金工艺……"

"不错。"看着孙耀华的努力，许向东向他表示了肯定。得知孙耀华进山以来没有表现出不适和退却，反而迎难而上，获取了有价值的地质资料时，许向东问他："山里的条件不好，你刚毕业不久，能受得了吗?"

孙耀华看着许向东，回复道："许总，做好地质工作、为国寻金是我最快乐的事情！"

1992 年，是改革开放中意义非凡的一年，让人紧捏一把汗的"物价闯关"基本成功，五湖四海的人们，浩浩荡荡汇入"沿海打工潮"。这一年，黄金六支队小河口金矿取得突破，黄金二支队也提交出第一期哈达门沟金矿勘探报告，同时内蒙古自治区在包头市郊区建设成立哈达门沟金矿，达到一年生产黄金万两的生产规模。也是这一年，新入营的孙耀华在许向东的带领下，在小河口金矿开始积淀，开启了他黄金兵之初飞速成长的三年时光……

本章历史大事件出处

1. 邓小平南方谈话的要点内容。出处：人民出版社，《十三大以来重要文献选编》下册《在武昌、深圳、珠海、上海等地的谈话要点》，1993 年。

第十二章　跋涉陇南　寻矿僵局

咬定青山不放松，立根原在破岩中。

千磨万击还坚劲，任尔东西南北风。

一

"大胆地试，大胆地闯"，南方谈话话音刚落，黄金部队找金工作接连取得突破。在黄金指挥部明确"砂岩并举，以岩金为主"的战略转型后，黄金二支队探获了哈达门沟超大型岩金矿、黄金六支队探明了东闯等大型岩金矿。可当我们再度回顾黄金部队的风雨征程路时才发现，追梦之旅从来都不是大道坦途，一帆风顺。西南方向，由王应生支队长牵头搬迁至成都市茶店子路的黄金十二支队（原 512 团）正深陷困境。

黄金十二支队，曾是一支何等荣耀的团队。从 1979 年到 1988 年的十年里，在四川、贵州、西藏、云南等省区先后找到了大大小小十几座金矿，提交黄金储量上百吨，其中白水金矿和嘉陵江金矿更是让黄金十二支队声名鹊起。十二支队被表彰为"国家找矿有功单位"，成了地质行业的一个标杆、一面旗帜。

可是如今，大家心中都有个疑问：这面旗帜，十二支队还能扛下去吗？

1993 年年初的一个夜晚，繁星闪烁，苍穹不语。而这满天星河，也见证了黄金十二支队的深夜会议。支队领导围坐会议桌前，灭掉又点燃的香烟接连不断，时任支队长杨毅和常委反复讨论一个不需要再讨论的问题：十二支队要生存下去，必须找到黄金！

烟雾缭绕的会议室，支队长杨毅摁灭了烟头，下了最后的决断："既然大家一致认为还是要找到岩金矿，目前就我们承担的西南片区，先派地质预查组去探探路。"

会后不久，杨毅一通电话打给了在指挥部开会时结识的老前辈陈永华，向他讨教十二支队的破局之法。"甘肃陇南地区地处秦岭山脉、阴山山脉和扬子地台的交会处，从成矿理论上讲，这是一个极其理想的地域。复杂多变的地质构造活动，为黄金矿体的生成提供了极大的可能，同时，这里也曾是 1985 年原512 团发现的大型沙金矿——白水金矿所在水系的上游地区。从最朴素直接的理论上看，黄金是顺着水系搬移的，这山下有了沙金，山脉上方必有岩金。"

作为支队长，杨毅当然了解黄金勘探的常识，沙金矿通常都是上游岩金矿经过数百年上千年的风化、剥蚀后顺着河流沉积下来的。听从陈永华的建议，杨毅怀揣希望和憧憬，身先士卒，带领 15 人的先遣队沿着白龙江溯流而上，追寻到文县西北 50 多公里的高楼山一带。祖祖辈辈在此居住的村民称其为"金子山"，相传每天日出日落的时候，有无数的金马、金羊、金鸭在山中出出进进，晚上不时可以看见闪烁的金光……

进驻山野以后，官兵们住房没有保障，怎么办？把三横两竖的背包掷在山腰一片难得平坦的土地上，杨毅没有发表过多的豪言壮语，对着身边的官兵们讲了一句："就这了。"

站在他身后的 14 名战士看着满地杂草间不时探头探脑的老鼠、毒蛇，再看看周围光秃秃的山，什么也没说，也把背包解下扔在地上，拿出工兵锹，开始安营扎寨。

一阵白毛风狠狠地卷了过来，吹得一个小个子战士一个趔趄，他努力站稳了，惊道："妈呀，这是什么风！"

小战士还没回过神来，"砰！"杨毅已经挥出了第一镐，未曾开垦过的处女地坚硬如铁，一镐下去就震裂了他的虎口，他吐了口唾沫，双掌一搓，接连挥出第二镐、第三镐……

14 名官兵见支队长亲自上阵，也连忙抄起工兵锹、铁镐跟着支队长一同挥镐破土。一瞬间，"喀嚓"声、"砰砰"声不绝于耳，惊得周边的鸟雀、野兔"噗噗"逃窜。初上山时还冷得缩脖子，15 个人很快就在寒风中大汗淋漓。

山里的天气变幻无常，刚刚还晴空万里，转眼就乌云密布，下起了暴雨，风雨突袭了正在赶工期筑营的官兵。

杨毅放下镐头笑道："没关系，让暴风雨来得更猛烈些吧。"为了鼓舞士气，他主动带着战士们唱起来《黄金战士之歌》，官兵们也都跟一同唱了起来。

124

> 穿过那荒野密林，
>
> 越过那峡谷山岗，
>
> 我们是黄金战士，
>
> 志在寻找祖国的宝藏，
>
> 不畏严寒酷暑，
>
> 乐在风餐露宿，
>
> 为了打开金库的大门，
>
> 我们奋战在祖国，祖国边陲四方。
>
> ……

黄金官兵在歌声中，硬是顶住了老天爷的折腾。20天后，30间简易板房建起。狭路相逢勇者胜，黄金兵就这样在文县的山里扎下了根。

通过前期地质预查，十二支队在文县地区发现大面积地表黄金异常。但官兵们并没有因此高兴起来，在陇南寻金5年，他们不止一次得到过这个结论，但又一次次无功而返。他们已经触摸到了金库的大门，但就是找不到钥匙，这种感觉太折磨人了。

二

"这一地区真的会有金吗？"钻探机机长吴澎骥坐在颠簸的运兵车内暗自思索，内心充满疑问。连年失利让吴澎骥没有了期待的勇气，钻探班组的战友们也默然不语，望着始终沉默的阳山。

四期士官吴澎骥，多年来在十二支队送走了一批又一批的战友。每年冬季退伍季，望着运兵车上那些不舍的面孔，他的心里就不是滋味，他能够读懂他们眼睛里的失落。

有很多战友，从来到黄金十二支队参军服役直到退伍，都没有等到支队探获大型金矿的消息。这对于为寻金而生的黄金兵而言，像有一根细针一直扎在他们的心头。偶有退役的战友打电话给吴澎骥关切支队发展情况，吴澎骥都难以回应，寻金无果，他又该怎么回答这些期盼的声音？

在黄金部队十多年的时光，吴澎骥从一名只有普通高中学历的青年，逐步成长为一名优秀的钻探机长。在部队上学会了淘金技术，找矿转向岩金后他作为技术骨干参与钻探培训。吴澎骥积极肯学，喜欢琢磨，钻探施工期间，自己摸索解决了许多钻探故障。战友们打趣说，他生来就是干钻探的。

部队的军车拉着吴澎骥一行人，在深山峡谷中盘旋、颠簸。路就像缠在山腰的腰带，一圈一圈地绕。山越来越陡，路越走越窄。

大家被颠簸得昏昏沉沉之时，车辆突然刹住了。大伙以为到达点位了，却听司机无奈地说："前面没有路了。"

车子停在一个山嘴。前面，一条毛毛小道蜿蜒进陡峭的山坡。再往前，是一座海拔 3000 多米的高山，那是他们要徒步前往的目的地。那座高耸入云的山正是文县阳山，找矿选定的第一批钻孔全部布设在半山腰。

吴澎骥跳下车，望着山高路陡、云遮雾绕的阳山，眉头皱成了一个"川"字。早春时节，山里还覆盖着一尺多厚的白雪，空手步行上山都困难重重，怎么把几十吨的钻机运上山腰？这是吴澎骥和官兵们眼下必须解决的第一个难题。

大家看一眼笨重的钻机，又看一眼陡峭高耸的阳山，心里犯难了，都在想着同一个问题："怎么弄上去？"

最后，吴澎骥对身边的战友们说了一个字："拆！"拆了，运到位还得再组装，这样大家要多做两次冤枉工作。但是，这是没有办法的办法。

于是，在吴澎骥的指挥下，没一会儿工夫钻机被战士们迅速地拆卸成一堆零件。即便如此，有的零部件重达 100 多斤，要背着攀爬几百米甚至几公里，太难了！

吴澎骥向连长请示说："山里人都养有骡马负重，那些家伙可是山里人的小货车呢。"于是，连长便派出三名战士向当地老乡租借骡子驮运设备。很快，战士们就雇请老乡带着马来到停车点，在老乡的帮助下，往骡马背上捆绑钻机零件。

这些骡子在山里是负重前行的重要工具。骡子驮上钻机零件，在老乡的牵引和官兵们的沿途护送下，踢踢踏踏地向着阳山的山腰出发了。

文县与蜀地接壤，山路之险峻与蜀道无异，没爬多高，牲口身上就出了一层白毛汗。继续向前，一头骡子的膝盖一软跪了下去，连同背上驮着的器械一同滚下深谷，连个落地的声响都没有听见。这下，出白毛汗的不只是牲口了，每个人都惊出一身冷汗。更可气的是经过这一吓，牲口们集体罢工，任由鞭子抽打，骡群坚决不肯再迈出一步。大家一筹莫展，急得骂娘。

吴澎骥眉毛拧成疙瘩，不能再这样干耗下去，他大步冲到队伍最前面的骡子前，卸下一个长 2 米、重 100 多斤的零部件。在大家诧异的目光中，吴澎骥把钻机设备移到自己背上，把绳子甩给一个发愣的战士："愣着干吗？给我捆上！"然后，一步一晃，缓慢地向山上爬去。

此举惊呆了战友和老乡，大伙愣愣地盯着吴澎骥。往前走出一截的吴澎骥回头大吼："别都干站着，都跟我来！"大家反应过来，纷纷学着机长卸下设备，轻的一人扛在肩上，重的几人通力合作肩挑背扛，就这样，这群黄金战士咬紧牙根向白云环绕的半山处爬去。

几个来回，战士们肩头的衣服磨破了，肩膀也磨出了血。寒冷的雪地上，他们的背上、额头上冒着汗珠。寒如坚冰的钻杆握在手中，稍不留神就会被粘掉一块皮。累得实在走不动了，就躺在雪地上喘口气，发软的腿站不起来，就用双手支撑着爬。一趟、两趟、三趟……十几吨重的钻探设备被战士们像蚂蚁搬家一样，一件件运到了施工点位。

这样的情景使山下的村民们都惊呆了，半张着嘴、仰着脖子看向白茫茫雪山上蠕动的绿点："这些兵娃子咋这厉害？比咱的牛马还硬实嘞……"

三

搬运返营后，一个班组的战士肩和背后肿出寸把高，膝盖血迹斑斑，手掌脱皮掉肉。炊事班烧了两大锅热水让大家洗洗去乏，结果热水一沾伤口钻心地疼，一时间整个阳山营区惨叫连连，听得老机长吴澎骥一阵心疼。这样干下去，不仅战友们吃苦，工期也会延误。怎么办？改装钻机，轻装上山！这并非吴澎骥异想天开，早年在甘孜炉霍县找矿时，他就成功改造过钻机。

事不宜迟，吴澎骥找到支队长杨毅："支队长，我想对钻机进行改装。钻机若不改装，照这样下去，不仅战士们身体吃不消，也会延误工期。一周时间，一周之内完不成任务，我就从阳山顶上跳下去！"

杨毅身上的压力也不小，但还是劝慰地说道："别跳、别跳，尽力完成任务就行。"

为了不延误工期，吴澎骥依据阳山地层实际情况，设计、制图、铸造、实验，连夜不休，熬得双眼布满红血丝。13米高的钻机被改造成9米，机台减重四分之一，效率大大提高，当大家想向老机长表示感谢时，他躺在板房内，睡得正香……

钻机成功运送至施工点位，轰鸣声在山谷响起。可是几个月的时间过去了，钻探提取出来的岩芯还是没有见到矿体。工作陷入僵局，四面八方的压力接踵而来，官兵们的士气陷入低谷。是坚守阳山还是另寻战场？大家的心里充满了焦虑和迷茫。

就在这抉择时刻，外围普查组带来一个振奋的消息："阳山矿区东段的岩芯送回化验室检测后发现含金矿样。"官兵这下看到了希望！

"上！"在确定阳山东段有含金矿样后，吴澎骥便带着机台班组前往。又得继续拆卸、搬运钻机，没有路的深山野林里，这些重体力活，全都靠战士们的肩背一趟一趟来回搬运。每次将钻塔装备搬运上山卸下，官兵们肩上、背上都会磨出一道道的血痕。

空寂的阳山山野沸腾了，钻机日夜轰鸣，可还没等吴澎骥等人放松几天，又有不好的消息传来。

"机长，钻机感觉不对了。"某日中午，机长吴澎骥让一名副班长暂替他守着钻机，准备去吃口午饭。他刚把饭盒端起来，值守的副班长便焦急地跑了过来，跟他汇报情况。

吴澎骥立马放下饭碗，同副班长快步来到钻机旁。他亲自操作，把钻机提起来再往下放，可却只能放到 130 米，怎么放都放不到 140 米的深度。这真是怪事！

又钻了几天，提起钻机再放下，只有 120 米。咋这井越打越浅了？吴澎骥从没遇到这种怪事，但他通过所学知识，判断这是钻孔自动回填现象。如果不能及时解决钻孔回填的问题，不仅会影响整个阳山的施工进度，更可能会使这个钻孔报废，前功尽弃。

为了处理井故，他干脆直接搬到机台上住，不断地往钻机下灌注黄土、泥浆，连夜奋战，将钻孔全部提取出来再装进，钻机的进尺终于恢复正常。

虽然井故处理好了，但吴澎骥并未搬回营区，在钻机旁安营扎寨了，天天在轰鸣的变奏曲中入睡。一次深夜里钻机因为换套管停了下来，没有听到钻机声响的他，5 分钟就赶到了机台。钻探中队的官兵们都说，只有钻机的轰鸣声才是他们最为心安的催眠曲。

6 月中旬，第一钻打到设计位置，提取出的岩芯经化验表明阳山矿区深部矿体含碳量在减少，金品位大幅提高。十二支队官兵们似乎看见了一片光明的前景，然而他们的兴奋情绪持续了不到一个月时间，又沉郁起来。

接下来，第二孔没有成矿，第三孔的有部分矿化，但明显减少，到了第四孔再一次出现了可怕的空白。

散布的矿体没有经济意义，时有时无的结果也是寻金工作最棘手的事情，在阳山地下深层到底有没有可供开采的黄金矿体？如果有，矿脉是个什么厚度，什么形状？现在布设的钻探点位，打下去根本无法确定。再这样打下去，找金成本大幅提高，即便最后能找到金子，也失去了实际的意义。

"一孔见矿一孔不见，这种情况证明矿化很不稳定，再打下去，心中没底。"一时间，钻探机台的官兵们议论纷纷。

几个月时间一晃就过去了，耗费大量人力物力，阳山的金矿没给十二支队带来更大惊喜，工作再次进入僵局……

第十三章 转换思路 曙光初显

风雷动，

旌旗奋，

是人寰。

三十八年过去，

弹指一挥间。

可上九天揽月，

可下五洋捉鳖，

谈笑凯歌还。

世上无难事，

只要肯登攀。

一

面对迟迟提交不出储量的巨大压力，负责阳山技术工作的一中队主任工程师郭新光，找到十二支队总工程师，讲述了矿区面临的困难。

"实在不行，你就写个报告吧。"按照惯例，如果在找矿靶区实在找不到金矿了，需要在最后提交一份总结报告，宣布此前的努力没有结果，如同医生对无法继续医治的病患下达"病危通知"。

听到总工程师这样一番话，郭新光心里翻江倒海：怎么办？现在阳山还有没有发现金矿的希望？如果有，主要矿脉怎么找？若继续找，是挑战，也是机遇。只是，坚持下去责任很重，风险很大……

年轻人怕逼、怕激、怕压，内心一番斗争之后，郭新光要强的锋芒终于脱鞘而出："总工，再给我们点时间，阳山矿区耗费了这么多战友的辛苦和努力，现在要放弃，我写不了这样的诊断报告！"

多年前的一个雨季，20岁的助理工程师郭新光带队从阳山返回支队送矿样，由于山道被泥石流冲毁，满载矿石样品的卡车在急拐弯时翻下了山道。

从车里爬出来时，郭新光已经成了一个活脱脱的血人，破碎的眼镜片插入了右眼与鼻梁之间，两根肋骨折断。伤愈后留下了严重的后遗症，鼻梁两侧留下了不对称的伤疤，阵发性头疼和腰酸背痛在身上扎下根，车祸导致脑震荡，视力也受到很大损害。

鉴于伤病，支队决定将其调入机关，安排到地质股工作。这意味着郭新光可以结束风餐露宿的野外工作，回到舒适的城市生活。但出乎大家意料的是，郭新光拒绝了这样的安排，向领导请求继续出队，留在第一线找矿。

因为在开展地质工作时踏实有思路，郭新光颇得支队总工赏识，举荐他为一中队主任工程师，全面负责阳山矿区找矿工作。可几年过去，工作陷入僵局，阳山矿区技术负责人的职务让郭新光感到了前所未有的压力。

向总工程师许下承诺后，郭新光每日风尘仆仆在阳山至安坝里约20公里的山间公路上奔波着，额头上总是布满了细密汗珠。在这条212国道沿线，散布着黄金十二支队的工作点。

阳山矿区能不能取得金资源突破，压上了整个十二支队的希望，也是摆在郭新光面前的严峻考验。郭新光睡不着，独自站在阳山的山坡上，任凭薄凉的夜风习习地吹。他望着那一轮明月，思虑万千。

明月之下，返回成都探亲休假的机长吴澎骥同样睡不着觉。假期马上结束了，他即将返回阳山矿区，这会儿吴澎骥正坐在沙发上，看着面前细心帮自己收拾行囊的妻子，"保暖内衣得多带几套，甘肃那边比起成都还冷嘞。你到时候在卫生队多备点金钱草颗粒，矿区水质有问题，你们大队得结石的太多了，你每天要喝……"妻子边往行李箱里放衣物，边叮嘱。难得的团聚时光一晃而过，妻子不厌其烦地交代着，话里话外都充满着不舍和关爱。

吴澎骥看着面前温柔贤惠的妻子，内心情绪翻涌，他突然说了这样一句令人摸不着头脑的话："媳妇儿，你能换上裙子，让我看一眼吗？"

"干吗？大冷天的换什么裙子？"

片刻之后，妻子明白过来。五年了，结婚整整五年了，吴澎骥就没见过她穿裙子是什么样子，每年都是在她穿着棉衣时离开成都前往阳山，等再次穿起棉衣才冒着飞雪回来。成都的夏天是什么样，妻子的裙装什么样，在吴澎骥的脑海中都没有了记忆。

妻子没有再说什么，回到卧室，找出自己喜欢的长裙换上，走到吴澎骥面前。这位汉子愣了神，内心百感交集，不知道该说什么好。

"好看吗？"

他站起来拥抱着多年生活之中亏欠的爱人，眼中不自禁地流下两行热泪："好看，真好看。"

寻金探矿的生活注定要与大山为伍，和寂寞为伴。黄金十二支队简易的营房在阳山深处，四周被高山环绕，远离村镇和民房，显得如此孤独。

想到即将要离开爱人，回去阳山，想到这些年找金工作的挫败，这位不畏艰苦的老兵难得发了句牢骚，袒露出内心的柔软和对爱人的亏欠："有时真觉得每年出野外半年多的日子好难熬下去，什么时候才能一直陪伴着你？什么时候才能做些普通人应该做的事？有时候想找不到矿就算了吧，转业回家吧。"

二

阳山像往常一样被紧锁在层层浓雾之中，环绕阳山的白色雾气仿若有千钧之重，压在十二支队官兵的头上。没有人能下得了放弃的决心，这么多年的艰辛付出，大家心里都带有不甘。

前些年，吴澎骥带领的机台在阳山圈定了几吨金矿，可那束金色光芒仅是一闪而逝，往后便没有更大的收获。据史料记载，阳山找金的历史已经长达1300多年。郭新光翻阅过的各种遥感资料、区域调查资料都表明阳山矿区确有成矿带，可为什么就是找不到金子呢？

当时地质界普遍认为，石英脉是金矿的找矿标志，黄金官兵对这一理论深信不疑，前期找矿过程中也验证了这一理论。但笃信唯物辩证法的郭新光，经过反复探究思考，却对指导找矿的传统理论产生了怀疑，认为石英脉找矿标志在指导阳山找矿中效果并不理想。

依据阳山地质普查资料，郭新光提出一个大胆的设想：以前在阳山找的全都是石英砂岩型矿床，阳山没有新矿床吗？要出大矿、富矿，必须先找到新的成矿理论。为此，他带领十二支队技术干部一头扎进大山，在废弃的狭窄坑道和悬崖峭壁上找寻矿样，可是一直没能发现金矿的踪迹。

郭新光的足迹踏遍了山区的每个角落，找金靶区如何设定？新的成矿理论到底是什么？这些问题在他的脑海中来回浮现，他连做梦都在找金子。

"哗啦、哗啦……"山里的天气说变就变。这天，正在阳山深处开展地质普查的郭新光和一群技术干部被突降大雨淋蒙了，他们四处张望，看不见一处可以避雨的地方。

"没事，你们跟我往上走，我记得那里有一个山洞，可以避雨。"在阳山工作多年的郭新光，对这片山区了如指掌。

"洞口就在前方，你们注意脚下，下雨山路湿滑，别摔倒了。"

"郭主任，你可算是阳山里的'土地爷'了，这片老林子里有个山洞你都知道，阳山地界怕是没有什么你不清楚的吧？"技术干部们打趣地问着郭新光。

郭新光也想回应下他们，活跃活跃气氛。野外娱乐少，生活枯燥，大家常年在荒山里奔波干地质工作，是需要一点乐观精神的，但话到嘴边时他又吞了回去。他抹了一把脸上的雨水，加快了脚步。"金子呢？如果我是土地爷，金子在哪里？这么多年，为什么就是找不到。"边往前跑，他边在内心里不断地问自己。

"郭主任，我看到你说的山洞了，是不是在那？再走两步就到了，这雨下得真是猝不及防。"一个年轻战士追上郭新光，喘息着问。

战友的喊话让郭新光回过神来，抬头一看，山洞口一块褐色的长石块引起了他的注意。山雨朦胧中，空旷的山洞口突兀地横亘着一块石头。走近一看，是一块阳山地区常见的斜长花岗斑岩。这些年，大家都有了职业病，不管在山上任何一处，但凡看到石头，都习惯性地要辨认一下。

大家迅速钻进洞里避雨。一阵怨天怨地抱怨这场突如其来的大雨之后，干部们便开始了天南海北的胡侃。心有所系的郭新光呆望着雨中的石头，突然有一个想法涌上他的心头。

"啥？郭主任，这块石头挺大的，看着也没什么特别，我们要把它给搬回去吗？"听到郭新光要把洞口的大石头搬回营区，技术干部一时间摸不着头脑，这样一块再普通不过的石头，有啥值得搬回去的？大家都盯着洞口重重的石块，心里或多或少有点抵触情绪。

郭新光没有多说什么，他不愿把自己的想法说出来，但他认定的事情就要去实践。他扶了扶鼻梁上的眼镜，走向石块，蹲下去就要用手抱起来。技术干部们见郭主任亲自上手，也没再多说，纷纷跑上前去搭把手。

雨停了，四野湿漉漉的，空气中弥漫着一股土腥味，掺杂着野花香。众人轮换着把沾着湿润泥土的花岗斑岩搬运回了营区。

在阳山矿样运回支队化验的时候，郭新光让司机从标本库里把采来的那块花岗斑岩矿样带回化验室分析含矿成分。

事情就在这里出现了转机……

三

"郭主任，你再多挖些花岗斑岩回支队，咱们好像看到了希望！"几日之后，化验室主任兴奋地对着电话那头的郭新光讲道。

"多少？20克？"电话里传来的消息让郭新光简直不敢相信，"含金10克就是富矿，20克可了不得！"

"将斜长花岗斑岩设为阳山找矿标志，在找金史上前无古人，这个理论能否成立，还是说这次仅是一个巧合？"郭新光心里也没底。

黄金三总队、十二支队领导得知郭新光搬回支队的石头化验出高品位金，打去电话对他表示支持，赞成他挺进深山，开槽取样。在各级领导的支持下，郭新光调动阳山矿区官兵，挺进阳山，钻探、槽探同时进行，取样斜长花岗斑岩。

领受采集花岗斑岩任务之后，钻塔施工暂停，老机长吴澎骥带领两名战士，一头扎进废弃的狭窄坑道，找寻着相似的矿样。他们在翻山越岭、攀缘摸爬的苦苦寻觅中，采集郭主任需要的矿样。

临近黄昏时，他们一人身背30多件矿样下山。才走到半山腰，滂沱大雨突然向他们劈头盖脸地浇来，山道泥泞湿滑，像涂了润滑油。吴澎骥一边招呼两名战士学着他的样子脱下迷彩服裹住矿样，一边侧着身子在前面小心翼翼地探路。

突然，跟在吴澎骥后面的一名战士不慎踩空，脚下一滑，身子顺着泥泞的山坡滚落下去。吴澎骥听到后面的动静，迅速叉开双脚，硬是用身体将滚落的战士挡住。

战友没有大碍，矿样保住了，吴澎骥的右脚却被尖利的枯枝刺破，鲜血顿时涌了出来。两名战士扯下身上的背心撕成布条，紧紧扎住吴澎骥的伤口，当吴澎骥一瘸一拐地回到营区时，殷红的血浸透了绿胶鞋，脚肿得老高。

"矿样没有丢失就好。"吴澎骥没有喊过一声疼，在营区卫生室简单包扎后，他又去岩芯库清点采集回的矿样袋，一袋不少。

历时几个月，官兵们在阳山采集到160多件斜长花岗斑岩矿样送回支队进行化验。化验室官兵深知这是阳山矿区战友们栉风沐雨带回来的希望，而化验室是寻找黄金的"眼睛"，他们也打起十二分精神。

化验室夜以继日地切片、打磨，当显微镜下的矿样切片上颗颗金粒闪烁出诱人的光泽时，斜长花岗斑岩中找金的思路终于得到了印证，神秘的阳山金矿终于露出了冰山一角。化验分析结果让黄金十二支队彻底否定了石英石，重新确定找矿标志：斜长花岗斑岩。

找金重任必当慎之又慎，为了确定新的找矿标志切实可行，化验室主任带着化验室尖兵亲赴阳山，对矿体采集过程和环境状况进行了实地取证，最终将斜长花岗斑岩作为新的找矿标志。

新方向确定后，郭新光带领技术干部继续探索，又提出了构造、地层、岩浆岩"三位一体构造控矿"和"矿化集中区找矿"理论，推断出30公里长、3公里宽的一地质断裂带是一个非常有利的成矿带，带内可能存在大矿。

十二支队立即制定全新勘查规划，确定了金矿带的主攻方向，高楼山、葛条湾等7处预设找矿地带在阳山矿区的地图上被一一标注出来。

第十四章 肩负重任 自力更生

喜看今日路，胜读百年书。

一

邓小平同志发表的南方谈话，极大地推动了经济体制改革进程。全国改革大潮中，地矿行业同样被裹挟其中，1994年地矿部提出地质工作应该分公益性和商业性两部分。同年8月，时任国务院副总理的朱镕基批示："地质队伍要逐步转为野战军和地方部队，野战军吃中央财政，精兵加现代化设备，承担国家战略任务；地方部队要搞多种经营，分流人员，逐步走向企业化。"国务院批示中首次明确了地质工作体制改革的方向。决策层面定下地矿行业这样的转变，可是到了最基层的地勘单位，除了人心不稳、队伍难带以外，最直接的表现是计划内工作量大幅减少，职工人浮于事，工资难以保障。

在这样的大背景下，许多地勘局开始转型，主动对接市场，其中河北地矿局地质一队发挥钻探、打井等技术优势，面向社会广开生产门路，增加收入。这样多种经营的改革做法，被地矿部确定为典型向全社会推开，黄金部队也开始适应社会变革，开展多种经营之路。各支队相继成立生产经营公司，对接地方企业，在完成国家任务的同时，赚取经费。这要放在现在，军队经商简直是不可想象的事情，可在当时确实是不得已的选择。

1995年，早春时节的三门峡，凛冽的北风与黄河潮湿的空气相撞，雪就像撕碎的白云纷纷飘落，给大地披上洁白的盛装。这时黄金部队营区内有两位眉头紧锁的技术干部，似乎没有觉察到大雪，正若有所思地在操场上散步。

"带队出去搞工程,你有什么想法吗?"许向东朝着调任工程队队长的孙耀华说道。

孙耀华张了张嘴,不知回复些什么,叹了口气,望着眼前待修的机器,无奈地摇了摇头。对于多种经营,他没想到穿了军装现在还要出去做工程,搞得自己这个队长跟个包工头似的。

"许总,俗话说自己动手,丰衣足食!既然现在地矿部定下了调子,咱们可以走的路也就宽了。现在国家大力开发浦东,我准备今年开春带着工程队去上海,去那里找找路子,看能不能揽点活,先把生存的问题解决了。"

"耀华,你这个主意可以,去之前要想好,到了大上海要干什么,还要定下规矩和纪律。"说罢,拍了拍孙耀华的肩膀,转身走了。

孙耀华抬头看了看天,虽然仍是乌云密布,但雪花渐小,看来这场雪就快要停了……

交代完生产经营任务,许向东又专程来到了直属护矿大队,与护矿大队队长高阳成讨论新一年的护矿任务。

由于当时中国矿山保护制度不够完善,全国各地矿区被社会不法分子盗采严重,自20世纪80年代六支队在小秦岭探明各大岩金矿后,昔日宁静的山村便没有了宁静,成为非法采金者的聚集地。在金子的巨大诱惑下,有的村民也放下了劳作耕种的锄头农具,怀揣着发财的梦想,加入采金大军中。

起初的非法采金者只不过是手握铁锤、钢钎在矿脉上敲敲打打换一点零花钱。但不时传说有人靠挖矿一夜暴富,人们的眼睛开始发红了,从最初零星进入矿区,到大规模全副武装的"兵团作业",乱挖滥采逐步升级,12条矿脉竟有7条遭到蚕食。

不断壮大的私采队伍直接威胁到了灵宝金矿的生存,河南省政府曾组织有关部门对灵宝金矿进行了十多次清理整顿,结果都是打击后又迅速反弹,收效不明显。

随着小秦岭地区金矿产资源的广泛开发,偷、抢、倒卖黄金矿产品的违法活动日益猖獗,矿山环境迅速恶化。盗采分子不科学的破坏性掠夺,导致矿山下形成巨大的采空区,金厂矿区地基下陷,当地生态环境受到严重破坏。

1990年,小秦岭地区黄金矿业开发得到空前重视,黄金六支队(当时称十七支队）五连奉命进驻小秦岭地区，应河南省政府要求立即进入执勤角色，主要负责进出灵宝矿区主要通道设卡警戒，整顿矿区秩序，拦截偷、抢、倒卖黄金产品等违法活动。1991年，为进一步加大对矿区违法活动的打击力度，五连归建为二总队直属大队，由高阳成副团长任护矿大队大队长，由副团级干部高配大队长，足以看出二总队对于黄金矿山护矿任务的重视程度。

1948年出生于渤海之滨的高阳成，人高马大，往那一杵就像一面铁壁。1979年对越自卫反击战爆发，31岁的高阳成带队进入老山前线，与越军火拼到弹尽粮绝，最后拿起56式机枪装上刺刀，直接与越军短兵相接，在战斗中脸部被越军刺中一刀。战争结束后，他的脸上留下了一道竖长的刀疤，这让本就壮实的高阳成更添了几分煞气。护矿执勤需要直面黑恶势力，二总队领导正是看中高阳成从战场下来的胆气，让他任小秦岭护矿缉私大队大队长，震慑宵小。

1991年4月初的一个清晨，一辆军绿色越野车从三门峡驶出，穿越街头拥挤的车流，一路向南，经209国道，直奔灵宝市，车座后排坐着即将赴任灵宝矿区护矿队大队长的高阳成。

高阳成背靠在车座上，看着窗外一闪而逝的风景，若有所思。他心里明白，这次履职护矿队大队长可不是件轻松的差事。在巨大的经济利益面前，这群盗采分子无所不用其极。而护矿队需要和他们直接接触，头破血流的冲突注定会时有发生，高阳成已经做好了所有可能发生事件的应对准备。

当车窗外的景色从都市的高楼林立转换成山岭的黄土漫漫，司机转头说："高队长，我们到地方了。"

高阳成打开车门，一阵北风"热情"地迎了上来，他不由得裹紧了身上的衣服。山里的气温明显比市区低上许多，4月了，完全感受不到春天的气息。草木还枯黄，空中弥漫着沙尘，打眼一望，仿佛天也是黄的。矗立在他眼前的高耸山峰，正是灵宝金矿所在地。

谁都知道黄金盗采是一项暴利的不法行当，自灵宝金矿投入开采发掘后，山上来往的偷采分子屡禁不止，为尽可能攫取利益，私营矿主经常使用金钱打通关节，其中护矿大队是他们重点拉拢腐蚀的目标。矿老板们通过各种途径联系官兵，抛来"糖衣炮弹"。

"只要让我们把这车矿石拉出山去，这钱就是你的。"这是他们过关卡时惯用的赤裸裸的贿赂语。就在高阳成到任的当天，在出山卡点执勤的护矿排长还拦住一辆非法运矿车，副驾上矿主使出固有的开路手段，拿出一沓百元钞票，递给护矿排长。排长二话没说，直接把矿主扣住。

高阳成就是在这样的背景下踏上了灵宝的征途。对他而言，基层工作错综复杂，尤其是在护矿队，能不能胜任这项任务，他心里难免有几分顾虑。可参与过战争的他，心居着一份正气，那是为保护国家矿产资源暗下的决心：这次到灵宝，一定要狠狠压一压灵宝盗采分子的嚣张气焰。

二

初春的灵宝仍是银装素裹，白雪皑皑。高阳成到灵宝第二天，就有个梳着个大背头、夹着个大皮包，老板模样的人找上门来。他像进自家灶房门一样随便，门也不敲，直接走到高阳成面前，把大皮包往办公桌上一放，满脸堆笑："领导啊，欢迎你到灵宝管理我们矿产工作，今晚我们几家矿主想给领导接个风，领导务必要赏个脸来吃杯酒噢。"

高阳成知道这些老板心里的勾当，这不是接风酒，是鸿门宴啊。他目光冷锐地盯着来人，回道："你们大可不必请吃请喝，营区有炊事班，少搞这些歪门邪道。"

严肃的神情配上脸上的刀疤，让矿主感到一阵战栗，讪讪一笑，转身走了。

高阳成初到灵宝，对山区地形还不太熟悉，白天带着队伍在山里来回巡查，观察地形，了解掌握主要开采区的点位。一路上，许多百姓对他们侧目，他们有的是当地耕种的百姓，有的是从各地赶来的"淘金者"。他们打量着这群军容严整的"金山卫士"，各自怀揣着不同的心思。

"练为战，特别是在护矿大队，我们经常要跟偷采分子发生接触，有时候还会有暴力冲突，一定谨记'平时多流汗，战时少流血'。"这是高阳成第一天带领战士们训练时说的话。

此后每天，高阳成都带着护矿大队在营区外的荒地上练习擒敌、捆绑等战术技巧，为的就是一定打赢与盗采分子的"战争"。看着这位满腹冲劲的大队长，战士们也来了劲头，每天一个 5 公里山地跑，结对练习擒敌，拿着麻绳练捆绑术……经常在寒风里大汗淋漓，手上全是大大小小的血痂。原来从钻探中队调到护矿队的战士不由得抱怨："原来觉得钻探三班倒够累了，护矿队这个训练法简直比打钻还要累。"

此时，在远离灵宝驻地的一处山脚民房内，庭院中央一盘大磨不停地转着，几个彪悍的汉子不停地往里加注药品。这是一处提炼岩金的窝点。

盗采者将偷运出来的矿石先用破石机器粉碎，再经过碾槽碾压成浆。这个过程简单，复杂的是浸化。浸化最难的是药品配兑，技术不到位，药剂重了轻了，都会血本无归。这些采矿贼多年提炼岩金，早就练成了一副好手艺，碾碎的矿渣在手里一搓，泡多少药剂，比实验室都准，不需要多少高科技工具，全凭手感。

一吨多的原矿石，这帮人需要用 20 个小时来碾压。机器轰轰地响着，不断添水、加药剂、放矿石，矿石变成矿渣，再通过药剂把黄金沉淀下来，这样一套流程下来，毫不起眼的石块就变成了金灿灿的黄金。

自从灵宝探获超百吨金矿以来，山上人头攒动，盗矿贼多不胜数，他们与武警护矿队打游击战，神出鬼没，游而不击，一击必得。而且他们不只配备砍刀、木棍，还有自制土枪，加上狡猾和凶狠的品性，令黄金护矿队常常受伤。

除了和护矿队斗，盗矿贼之间黑吃黑的事情也时有发生，在挖掘盗洞时，有时会出现两股势力顺着矿脉不同方向挖掘，挖通才发现对面有人的情况。为了一吨高品位的矿石，盗矿贼经常发生血拼，几伙人之间斗得头破血流，真可谓是血浸黄金！

"我还偏不信，以前能搞点矿石走，现在我们照样能搞。"民房内屋燃烧的烛火下，坐着一群偷采矿主，大背头是其中之一。这几天他们知道新来了护矿队领导，摸不清楚什么套路，也不接受请吃请喝，这伙人暂时窝在这所农院里，消停了几天。

金矿就在眼前，以前他们每周都能搞几吨矿石走，赚得盆满钵满。这几天停工，一天就得多少损失啊！眼下前期偷采的矿石已经快提炼完了，巨大的利益驱使他们又打起了偷挖矿石的主意。"老曲，还是要搞，明天咱几个收拢下人员，晚上 12 点开干，直接进后山。前几天我看部队在那边采样喷了漆，从那打点的红漆往里面挖准有高品位矿石。"

几位矿主眼睛转了转，各怀鬼胎的目光在微弱的烛火上相碰，"就这么定了。"

这伙矿主不知道，高阳成早就盯住了他们。最近巡逻时，他发现一个细节，支队技术干部设点采样的几处矿脉的山壁上有些铁镐挖掘的痕迹，而采样中队还没去那些点位采样。高阳成预感这伙人可能要有动作。

当晚，高阳成提前部署好兵力，埋伏在山岭矿点位置。为了不打草惊蛇，他先令两名队员充当斥候，穿小路到点位布控。两名黄金兵从山岭爬过白雪皑皑的树丛，可没想到，在小路上遇见了盗采分子安排的探查人员，原来他们也有所防备。见到只有两名武警战士，这伙人直接举起土枪就开始"砰砰砰"射击。听到枪声的高阳成暗道不好，立即带队朝山上跑去，见到两名战士腹部和腿部中弹，倒在雪地里，染出一片血红。

战友被盗矿分子击伤的事让高阳成来了火气，也让他感到要打击这伙盗矿势力决不能心慈手软，必须动用雷霆手段。向总队和驻地政府通报后，护矿缉私大队联合政府开展清山整顿行动，并在当地提前发布清山整顿通告。

清山行动当日，高阳成带着所有护矿缉私队官兵，一字长队排开，对灵宝金矿山脉进行地毯式排查，官兵们全都打开了枪械保险，遇见盗矿分子立即缉拿，若遇反抗，果断开枪。几轮清山行动下来，矿区整顿效果明显，小秦岭金矿区的生产、生活秩序渐渐恢复正常。

可往后几年，小秦岭地区再度涌入大量从全国各地而来的淘金者，加之秦岭、文峪两大金矿不断引进劳务、坑口外包，矿山非法开采有回潮趋势。国家曾给予三门峡地区 20 个金选厂指标，后来发展到 300 多家，盗矿人员也不断在地方上造谣，告假状，希望将黄金护矿大队挤兑出小秦岭。众多矛盾明显地集中到高阳成身上，加上 1994 年黄金部队又在拓展市场工程项目，人员思想极不稳定，已经处于能否生存发展下去的关键时期。

高阳成召集护矿大队党委开会，明确"稳部队、取支持、抓中心、促发展、求生存"的战略指导思想，从严抓部队管理，提高官兵的服务保障意识，严格执勤秩序，挑选素质全面的班长骨干放到重要哨卡。同时积极走访驻地政府、村、镇、金矿公司，展开座谈会，宣讲政策，取得各地对护矿缉私工作的有力支持，终于再度稳定人心士气，守卫好灵宝这座国家金矿。

"细数护矿的成绩，高阳成你占首功啊！"许向东向着高阳成讲道。

"许总，现在队伍转型，开展生产经营，官兵们的思想有些活跃，下步开展护矿任务的压力会更加沉重。"现在国家转入市场经济，各种老板的糖衣炮弹防不胜防，高阳成向许向东表达着自己的担忧。

"目前的整体形势是地质行业都将面临转型，开展生产经营是生存的必要，但护矿任务也很重要。灵宝金矿是国家重点矿山，你就是定海神针，整个总队、支队党委都对你充满信心，高队长。"许向东将目光凝聚在高阳成的脸庞上，久经战场的脸庞这些年又新添几许风霜。

三

话分两头，孙耀华一回到工程队，便召集队员展开了下步如何生产经营的讨论。"现在经费缩减，全国地勘行业都开始转型，我们黄金部队能去外面干点什么？"

会议一开始有人建议，咱们有自己的炊事班队伍，可以去做餐饮，去大街上卖包子。

孙耀华觉得还是要利用自己的专业技术挣钱，正好同学赵华宇毕业后一直在做生意，他电话征求赵华宇的建议，赵华宇一听便建议孙耀华去浦东新区，黄金部队以军队属性去市场上承包工程，与地方工程队相比有非常大的优势，到浦东一定可以接到工程。这样的想法与孙耀华不谋而合。

当时上海浦东机场正在开展建设，通过部队渠道联系上后，孙耀华带领的黄金工程队负责分担机场一号跑道的地质勘查和测量等工作。明确工作任务之后，孙耀华带上了工程队的兄弟，奔向了遥远的上海……

火车缓缓向前，车窗外的三门峡市渐渐消失在视线里，看着窗外不断变换的风景，孙耀华坚定了心中的信念，无论是地质找矿，还是如今的工程施工，都要做好。他知道，他的背后是几百个家庭，大家都在等着工程队的捷报。

　　经过两天两夜的奔波，孙耀华一行人站在了静安区上海站前，身边路过的人不断打量着这群身穿迷彩服的兵。

　　为了节约开支，孙耀华他们在工地附近租住了当地村民的房子，简单地住下了。

142 　　翌日，机场工地上一群穿着军装的"工人"正在紧张地来回穿梭。来来回回跑测量、拉线，大家一起喊着号子、唱着军歌努力地劳作，汗水很快打湿了衣服。事情虽然烦琐但是大家都很仔细，一丝一毫的数据战士们都要来来回回测好几遍，一旁的机场建设负责人看了由衷地说道："你们这些兵哥哥干活真是认真，这活交给你们我放心了。"

　　就这样，大家从早忙到傍晚，整理了工具材料，孙耀华把大家聚在一起，讲评当天的工作，鼓励了大家，准备带队回去休息。

　　这时，一旁的战士大叫起来。"快来啊，我发现好东西啦！"

　　正准备返回的众人听到战友的叫声立马围了过来。

　　"孙队长，你看！河沟里好多小龙虾！"

　　果然，在工地附近不深的小水沟里挤满了大大小小的小龙虾。

　　"哎呀！这么多！大家快拿家伙什下去抓啊！"

　　一时间，小水沟里热闹起来，大家也顾不上弄脏衣服，纷纷跳进去争先恐后地抓起了小龙虾。

　　"今天炊事班可得给兄弟们露一手啊，终于不用吃炖白菜了！"

　　"放心吧孙队长，一定给大家做顿美味！"炊事班班长拍着胸脯保证道。

四

　　回到住处，大家顾不上一天辛苦劳累，一起忙活起来。洗菜的、剥虾的、烧火的，在这异地他乡他们也算找到了难得的归属感。

　　"孙队长，你说咱们啥时候才能回去干咱的老本行？"老士官突然问道。

　　"不会太久吧，要不咱们怎么会选择离咱们老本行不太远的行业作为谋生之道呢。现在经济吃紧，我们工程队在开展建设的同时，国家交给我们的工作也不能落下。"孙耀华一边烧火一边把目光看向了远方。

"在这段时间里，也要好好学技术，将来继续为国奉献，对国家有用咱们才能干得久。咱们黄金兄弟齐心，一定会像灶里这团火一样越来越兴旺！"

不多时，香喷喷的小龙虾已做好，正当一群人兴高采烈边吃边聊时，一个声音打破了愉悦的氛围。

"小龙虾有什么好吃的，臭水沟里长大的入侵物种，我们家乡的螃蟹才叫美味。"

发牢骚说风凉话的是刚从襄阳武警黄金技术学校毕业没多久的技术干部王嘉。

王嘉，江苏人，大学毕业后选择参军入伍，在武警黄金技术学校新训结束后被分配三门峡六支队。结果到了支队所在的原店镇，发现这个小镇还没有家乡的村庄建设得好，王嘉傻眼了，他没想到 20 世纪 90 年代还有这么落后的地方。

到了六支队后他一直闹着要退伍回家，领导念着是个大学生，想留下来培养，于是一直给他做思想工作，还给他安排条件比较好的单身宿舍。可是王嘉不满足，萌生转业的想法后，他不仅工作不积极，更是多次打申请报告。

孙耀华作为中队主官，曾多次给他做思想工作，都无济于事。这次到上海工作，孙耀华带上了王嘉，想让他在工作中找到人生的价值，但他也一直比较抵触。

孙耀华知道这些牢骚又是他想转业的念头在驱使，便用温和的口吻接过了他的怨气。

"怎么了王嘉，又想念家乡的大闸蟹了？"

王嘉却皱着眉头，"孙工您就跟领导说说，放我走吧！我实在受不了了，这和我理想的生活差距太大了，黄金部队说起来好听，但孙工你看我们现在的样子和民工有什么区别？"

孙耀华看着他说："我理解你的想法，一个大学生在这里干活，每天一身泥巴，出去说你是一个武警的军官我都不信。可现在你已经选择了这里，就先踏踏实实干好手中的工作，与其每天抱怨发牢骚，还不如学点东西，把精力放到工作上，干一天也是过，混一天也是过。而且你混日子，就要把本来应该承担的工作分摊给其他战友，让整个中队的人看不起你，你想清楚吧。"

听了孙耀华的话，他知道自己现在再怎么也走不了，便暂时把精力放在了工作上。

年终岁尾，孙耀华等人结束了上海施工项目返回六支队，一直想转业的王嘉又向组织提交了转业申请。支队领导了解到王嘉入伍以来适应不了黄金部队的生活，这种情况不如批准他转业，每个人都有自己的理想，强扭的瓜不甜，留下来也是消极怠工。

黄金兵们常年扎根野外，与高山荒野为伴的生活令这些年轻的官兵们有些难以接受，像王嘉这样的不在少数，尤其是大学毕业、家庭条件优越的官兵，来到黄金部队都会产生退缩的想法。可更多的是慢慢适应野外的生活，逐渐爱上黄金部队，爱上为国寻金的光荣使命。

退伍季过后不久，新一年工作开展时，孙耀华接到了令他意想不到的一个电话。

"喂，孙工您好！您还记得我吗？"

孙耀华没想到，来电的竟然是王嘉："王嘉啊！你好，转业回去怎么样？"

"孙工，我今天给您打电话正是要跟您说这件事。我转业回来分配的单位正在竞聘一个主任工程师的职务。您知道我这几年在黄金部队浪费了时间，只有在上海工作期间做了一些项目报告。想麻烦孙工一个事儿，能不能把上海其他的报告加上我的名字，我好多一些资历来竞聘，以后在家乡的单位好好干。"

在孙耀华这一帮老战友的支持下，王嘉顺利竞聘上了主任工程师，往后的岁月王嘉也真正地在家乡踏实干起了工作，日子过得越来越好。

得知王嘉转业回家后的经历，孙耀华时常跟身边的人讲，我们生命中遇到的许多事情都不一定符合我们自己的意愿，但你要正确面对，积极努力地去改变适应，最终会在某个时候得到你应有的收获。比如王嘉，他当时也没想到在上海被孙耀华激着完成的几篇项目报告竟然在无形之中帮他改变了命运的轨迹。

而就在孙耀华带领工程中队继续开展施工建设时，军队的经营性生产活动也逐渐迎来了新的政策。

五

谈起军队经营性生产，这是从 20 世纪 80 年代中期为了弥补军费不足逐步发展起来的。此举虽然为部队解决了一些困难，但也引发了不少矛盾，弊端和危害越来越明显，干扰了部队正常的军事训练和工作秩序，损害了军政军民关系，由此引发的经济犯罪和腐败问题也日益突出。

1989 年 11 月 20 日，江泽民在担任中央军委主席后的第一次中央军委扩大会议上就指出："军队从总体上来说应该'吃皇粮'。搞'自我发展''自我完善'是行不通的，我一直是不赞成的。""军队不能走自己养自己的道路。如果把精力都放在经商赚钱上，这样下去是非常危险的。"随后，他在不同场合多次强调"军队要吃皇粮"。

但军队生产经营的规模仍然难以得到有效控制。1993 年上半年的统计，全军生产经营实体已达上万个，从业人员 80 余万。怎么解决这个问题，摆到了新一届中央军委的面前。

1998 年 7 月 13 日，全国打击走私工作会议在北京举行。张万年出席会议，并和江泽民、朱镕基等接见了全国打击走私工作会议代表。江泽民发表重要讲话，并严厉批评了军队某公司利用加工贸易方式走私进口铁矿砂的案件，明确提出"军队、武警部队和政法机关必须停止一切经商活动"。

"万年、浩田并军委诸同志：……现已夜深人静，最近一个时期我对群众反映的腐败现象，心里深感不安……军队必须停止一切经商活动，对军队所属单位办的各种经营性公司要立即着手清理。要雷厉风行，当然也要工作细致。"1998 年 7 月 22 日，江泽民总书记对这一问题作出重要批示，一份信件传遍军委主要领导。信件中指出："军队再也不能经商了，国家要给经费，否则无产阶级专政的工具肯定要垮台，好端端的红色江山一定会变色。这绝非危言耸听。要狠抓，切不可大事化小，小事化了。"

1998 年 10 月，中共中央、国务院、中央军委召开军队、武警部队和政法机关不再从事经商活动工作会议，通过《军队、武警部队不再从事经商活动的实施方案》。

黄金部队结束"自主经营,自负盈亏"时代,经费得到进一步保障,官兵也能将全部精力投入到寻金找矿的职能任务之中。

虽然在这一阶段部队建设出现了一些偏差,但黄金部队的工作是做好了的,黄金兵们没有丢掉主业,没有放松部队建设。找矿、探矿都取得了很大成绩,部队建设得到了巩固。黄金兵在经济转型、重大政策调整中,坚守了正确的政治方向,经受住了市场经济的严峻考验。

在黄金部队结束自负盈亏,吃上"皇粮"值得高兴的年份里,让六支队声名鹊起、找金成果威震豫西的总工程师许向东卸下戎装,光荣退休了。

退休后许向东的家中门庭若市,谁不清楚许总的"含金量",凭他几十年小秦岭工作的经历,哪座山有矿,哪里能开采到大型矿脉,他一指头就能指出来。因而,不断有地方老板找到许向东:"许总,您别白守着金山不赚钱啊,您只需要给我在地图上指一指,十万八万的价随您开。"

许向东摇了摇头,毅然拒绝了这样的邀请。退休后的许向东,心中只剩一个愿望,陪着老伴弥补生命中的遗憾。他曾为了国家富强,奉献自己的青春、精力、才华,寻金报国,甘守清贫,不羡荣华。他用大半辈子的时光守护了金山,是时候守护好自己的家人了……

本章历史大事件出处

1. 1994年,地矿部提出地质工作应该分公益性和商业性两部分。同年8月,时任国务院副总理的朱镕基批示:"地质队伍要逐步转为野战军和地方部队,野战军吃中央财政,精兵加现代化设备,承担国家战略任务;地方部队要搞多种经营,分流人员,逐步走向企业化。"首次明确了地质工作体制改革的方向。出处:原国土资源部网站,2009年2月27日。

2. 1989年11月20日,江泽民在担任中央军委主席后的第一次中央军委扩大会议上指出:"军队从总体上来说就应该'吃皇粮'";1998年10月,通过《军队、武警部队不再从事经商活动的实施方案》。出处:《文摘报》文《军队停止经商内幕》,2012年5月5日。

第十五章　苍天圣地　雪域金兵

愿得此身长报国，

何须生入玉门关。

一

1998 年，一架波音 757 飞机徐徐降落在拉萨贡嘎机场，从飞机的旋梯上走下 6 位军容严整的特殊客人。受西藏自治区政府委托，早已等候在机场的西藏自治区政府主席助理、西藏自治区经贸体改委主任毛晓矛等领导同志上前与远道而来的宾客握手问候，一一献上洁白的哈达。

嗅觉灵敏的新闻媒体早已探知，这是武警黄金部队一个级别颇高的考察组，此行的目的与青藏高原开发黄金资源有关。但媒体均显得小心翼翼，对黄金部队考察组赴藏未做任何前瞻性报道。如此操作，更为考察组的雪山之旅蒙上一层神秘的色彩。

黄金部队即将进藏寻宝的消息仍不胫而走，几乎每天都有人通过各种渠道询问：黄金部队真的要进藏吗？黄金部队进藏能找到黄金吗？

此后的一段时间，当地新闻媒体继续保持缄默。直到考察组从山南返回拉萨的第四天，《西藏日报》才在头版刊发了《武警黄金指挥部考察组进藏考察》的消息。

北京西城区红莲南路，黄金指挥部会议室内，黄金指挥部首长和各总队、支队、研究所主官正在对部队找矿战略作出重大调整。对于中国黄金产业来说，比技术上认识更大的战略转换，是对找矿领域的转变。

座谈会议上，指挥部总工程师发言："咱们去过柳坝沟（内蒙古哈达门沟大型金矿外延矿脉）就知道，1996年之前二支队多次去柳坝沟，全都无功而返，很简单，那里条件太艰苦！从高速公路到柳坝沟不过20多公里直线距离，但进去一趟，翻山走路要5小时。当时二支队技术干部说，带干粮进去，在山上吃顿饭就有更多时间搞普查。这一停留，才有机会发现柳坝沟有矿的迹象。我举这个例子是想说明，西部人迹罕至的地方实在太多，找矿是一个需要长时间反复寻找的过程。在那些无人涉足的地域，存在着最多的矿产机遇。"

青藏高原，被誉为"世界第三极""亚洲水塔"，升腾的地热喷泉、壮丽的湖泊、晶莹剔透的冰塔林、绵延的雅丹地貌、传奇的唐卡、独具特色的自然人文景观令人叹为观止。

然而，世界之巅丰富的黄金宝藏却一直"深闺无人识"，地质专家断言："世界屋脊蕴藏着丰富的黄金资源。"黄金指挥部领导对开发西藏矿产资源的前景和将遇到的困难展开了讨论。

最后，为了进一步支撑国家西部大开发战略以及大力开发西部矿产资源，指挥部党委决议："兵发西藏！"

不久之后，地处西南的黄金三总队接到指挥部命令，从下属各支队抽调人员，进驻西藏组建西藏找矿指挥所，进一步拓展西藏地区的矿产资源开发。在黄金指挥部"西进北上"决策部署下，黄金三总队即将抽组三个大队，前往西藏开展黄金地质普查、勘探和矿业开发工作。

"阿木，现在有去西藏的名额，你愿不愿意去？"接到进藏命令的黄金十支队正在对官兵进行意愿摸底。

刚刚入伍的阿木约布与孙耀华均是中国地质大学（武汉）的学子，少年时期，阿木约布在山里放羊，突然看到三个人。他们着装统一，肩背挎包、水壶，还拿个带着指针的圆形仪器，后来才知道那是地质罗盘。他们每隔一段距离便停下来挖土、装袋、称重，然后在取样位置做标识。

阿木约布对他们的工作特别好奇，趁着他们休息时上前攀谈，才得知他们是从事地质工作的。最令阿木约布难忘的是他们的午餐，丰盛得让他垂涎三尺。那是阿木约布第一次见到鱼罐头、火腿肠和桶装方便面。他心想，原来世上还有这样的好职业，每天游山玩水，踏遍大好河山，还能吃上美味食物。那一刻阿木约布就决定了一生的选择——地质工作。彝族少年为了从穷山沟里走出来，付出了数倍于普通人的努力，只为了山外那充满希望的世界。

阿木约布从中国地质大学（武汉）毕业之后，毅然投身军旅，结束艰苦的新训后被分配到黄金第十支队（当时称作十三支队）。十支队组建于1979年，隶属于武警黄金第三总队，前身为基建工程兵513团，主要承担西南地区多金属地质勘查任务，驻地云南昆明。

作为云南本地人，能够回到家乡服役，阿木约布相当于在老家找了份安稳的工作，他认为自己十分幸运，也认为自己可以在昆明发展得很好，心里倍感充实。

但听闻支队有可以去西藏的名额，阿木约布丝毫没有留恋彩云之南的风景："去，干工作就要到祖国最需要的地方去。"这是阿木约布心中的想法。还有一个重要原因是如果到藏地高原工作，能拿不少高原津贴，收入比昆明高出许多，阿木约布希望能够多拿点工资，改善家人的生活。

1998年12月，阿木约布与树海等第一批进藏官兵首次抵达拉萨。刚下飞机，集合站队时就有两名战士因缺氧而晕倒。从小生活在云贵高原的阿木约布和小时候在大兴安岭野外爬树下河的树海，高原反应不是那么强烈。

分队有序坐进几辆前来接应的大巴车，阿木约布坐上了最后一辆客车。车辆陆续启动，从机场往拉萨市区开去。他所乘坐的那辆客车司机开得缓慢，转了一个弯，就跟丢了大部队。司机对路不熟悉，不知道西藏黄金指挥所位置，一路乱转，直接把这批黄金兵拉到了天葬台下。

看到天上盘旋的一群秃鹫，阿木约布心里一阵紧张，生怕它们扑向大巴车的车窗，这是西藏给阿木约布的"见面礼"。而他并不知道，在西藏的苦头才刚刚开始。

客车兜兜转转终于开到拉萨黄金指挥所，正是吃午饭的时候。官兵们下车刚吃过午饭，没来得及休整，一大队便接到命令，去租用的藏族民房搬家，将藏民的家具挪出来，房子以后作为大队官兵生活住宿的营房。

家具特别多，都是实木大件，阿木约布一趟趟地用力搬着，刚上高原，因为缺氧，不能太过剧烈运动。而搬家具是力气活，许多人都感觉力不从心，有人累了就跑一边去休息。

阿木约布内心就想争一口气，来部队要干出成绩，现在这点苦都坚持不了，以后怎么去为国寻矿？尽管心都要跳出嗓门了，他还是一直咬牙坚持，直到下午五点半才搬完。吃完晚饭后，他就累倒躺在了床上。

9点多，阿木约布开始咳嗽，浑身无力。10点多发现痰中有血丝。11点时咳嗽不止，心跳加快，呼吸困难，痰成了血红色。同宿舍的树海发现情况不对，立即报告大队领导，把阿木约布紧急送进了西藏自治区人民医院重症监护室，检查为急性高原肺水肿。

心跳170至180次每分钟，呼吸130至150次每分钟，稍微一动，就呼吸困难，心跳加速，感觉心上压了一座大山，那种求生不得、求死不能的感觉令他难以忘怀。

"刚上高原，雄心勃勃，正准备大干一场，没想到还一事无成，就先倒下了。"病床上的阿木约布十分内疚，觉得自己牵扯了领导精力，影响了队伍的工作进度，因此当他出院后总是什么活都抢着干，希望弥补因自己耽误的时间。

二

藏北那曲，平均海拔5000多米，四季皆冬，空气含氧量仅为内地的56%。阿木约布和树海的调查小分队在拉萨短暂休整，度过了适应期，便千里跋涉来到这里。他们租借牧民的牦牛，载着辎重义无反顾地向无人区进发。

眼见"金珠玛米"要闯天险，尼玛县委书记亲自驾车给部队当向导，几名藏族牧民送了一程又一程，喇嘛们则虔诚地为黄金官兵祈福祛祸。

山连着天，天连着山。又是一个风雨崖口，有"高原之舟"美誉的三头牦牛耗尽了最后一丝力气，终于到达指定勘查点位。在途中，阿木约布带领的调查小组队员一个个头昏脑涨、胸闷，大喘着粗气，输氧后又一个个挣扎着站起来。官兵们相互搀扶，相互慰勉，开始安营扎寨，一边忍受着高原反应的痛苦，一边有条不紊地展开工作。

神秘威武的青藏高原想要让这些敢于挑战它统治力的勇者们知难而退，

黄金官兵们无一例外地嘴唇干裂，口腔溃烂。刚到那阵儿，阿木约布不敢漱口，不敢刷牙，一个星期不敢洗脸，无论试图清洁哪个部位，那个部位都会钻心地疼。踏勘一个看似近在咫尺的矿点，战士们一步三喘，要付出相当于内地两倍半的力气。

扎营之后，在这里布设钻探施工时，这些黄金兵们又遇到了新问题：在山下调试得好好的钻探设备，人拉肩扛费尽九牛二虎之力好不容易挪上了山，一台柴油机却趴了窝。拆了装，装了拆，整整倒腾了一天，还是不干活，黄金兵们急得团团转。

"难道这玩意儿也没吃饱氧气闹情绪？"树海的一句笑话提醒了大家，阿木约布让官兵找来氧气袋，对准点火阀门一阵猛灌。一袋不够，再灌一袋，喝足了两袋氧气的柴油机果然开了"尊口"。顿时，人们的欢呼声、机器的轰鸣声、吊锤的铿锵撞击声在沉睡的雪山间回响起来。

"把艰苦留给自己"是阿木约布最鲜明的个性特征。自从坚定来到部队建功立业的信念之后，阿木约布就在心底立誓，要干就干出样子。在那曲工作点位，他作为技术负责人，与钻探班战士们同吃同住同劳动，把自己分到最累的机台。

从兴安岭来到十支队服役的树海常对阿木约布打趣道："说你是从地质大学毕业的高才生我还有点不信，成天跟战友们滚在一起，吃一样的饭，睡一样的床，干一样的活，一点也不像个学生兵。"

阿木约布笑着回道："兄弟们一同进西藏，都是为了军人的情怀，为了找矿出成果，在 5000 米的海拔上都不容易，还讲究什么身份。"

在尼玛县完成地质钻探工作后不久，阿木约布得知双湖县还有一处点位需要勘查。他所处的地方与双湖很近，于是主动请缨，带领大队官兵再闯藏北双湖无人区。

他带队从那曲尼玛县聂朵藏布施工点进发，车队行至 200 多公里处时，用于钻进的汽车大气泵底座发生故障，熄火了。

时值晚上 8 点多钟，西藏的天还未全黑，火红的晚霞映耀天际。停车的地方前不着村后不着店，配件必须回那曲买，但大家已经一整天没有吃东西了。看到战友们疲惫不堪的样子，阿木约布当即决定带士官树海和司机两个人驾车返回那曲，其他人就地歇息。

途中，三人实在是饿坏了，阿木约布便让司机专心开车，自己在后排摸索了半天，摸出两袋方便面，把方便面捏碎后给司机一袋，又递给树海一袋。树海知道阿木约布和他们一样也饿了一天，想让阿木约布先吃，阿木约布摇头："我不喜欢吃这玩意儿。"然后倒在座位上闭目养神。树海心里明镜似的，在西藏找矿，方便面是官兵们的家常便饭，平时看阿木约布吃得比谁都香，现在他却说不喜欢，他和司机都知道是怎么回事儿。

凌晨 3 点，阿木约布他们终于再次返回那曲市。

"先填肚子。"下车后，阿木约布有气无力地说。这个时候，哪还有营业的店铺，都关门了。他们一家一家敲，有的店主在梦里问一声："谁呀？"他们就说："吃饭的。"屋里传出一声"不卖！"就再无声息了。有的店家连回声都没有。

好不容易敲开一家饭馆，点了三碗面，还没等热乎的面条端上来，阿木约布竟坐在饭店凳子上睡着了。

"我宁愿在朴实无华中修炼人性的高贵和尊严。"从昆明前往西藏前的一晚，阿木约布在自己笔记本上写下来这样一句话，成了他行动的写真。这位毕业于地质大学的学生兵和他带领的普查组对西藏的"阅历"最为丰富。别人去不了的地方，他们得跑到；别人遭不到的罪，他们受得住。

每当有地质大学的同学发短信问阿木约布，到黄金部队苦吗？他总是不以为然地回复："这算啥苦！在西藏这地方，你吃了一次很大的苦，千万不要以为就是苦了，更大的苦就在不远的地方等着你呢。"

置身世界之巅，当你试图解读西藏时，你也正在被西藏解读。西藏就像一面魔镜，把你从里到外都照个透亮。"什么也不说，祖国知道我……"阿木约布虽然不会唱歌，但平时却最爱哼哼这首《祖国知道我》。

在车上简单休息了一晚，第二天天放亮时，树海睁开眼睛，却不见了阿木约布的身影。过了一会儿，只见阿木约布抱着维修汽车的配件兴冲冲地赶了回来，脸上又泛起平日常见的光彩。

三

西藏指挥所找金工作十分顺利，在抽调进藏官兵的奋战下，藏区探明金资源量迅速提升。可与找矿工作上的顺利相比，官兵们的身体就不太"顺利"了。躺在西藏军分区总医院的病床上，阿木约布心情可真是糟透了。

新的一年出队工作，阿木约布带着队伍直抵山南市浪卡子县。帐篷支上还没过夜，阿木约布就因严重的高原反应被紧急送回拉萨诊治。入藏以来，彝族汉子阿木约布的工作干劲是出了名的，今年出队却又有了高原反应，真有点虎落平川的味道。

身子贴在床板上，一个星期不能下地，只要活动量稍大一点，心跳立时就会加快到每分钟120至150次，五脏六腑搅在一块儿彻骨地痛。

10天后，一个坚强的身影又重返浪卡子县的工作区域。树海看到阿木约布回来，十分高兴，走上去给了阿木约布一个拥抱。

一起从十支队入藏后，树海与阿木约布走得很近，他们之间结下了深厚的战友情谊。和阿木约布一样，树海的工作干劲也是出了名的，也许是从小受到王卫国、陈永华叔叔的感染，也许是在大兴安岭山野中的锻炼，树海在藏区时什么活都抢着干，每每提起这位士官，战友们都会竖起大拇指。

阿木约布返回山南，正欲带着技术小组开展浪卡子县的勘探工作，树海却又遇上了难题。他收到一封王卫国叔叔从额尔古纳寄来的信。他的爷爷胡其图重病住院，因为经济条件不好，现在重病住院连基本生活费都无法保障。

王卫国在信中交代树海好好工作，不用担心，他会帮忙照看呼其图老人，费用上也不需要他担心。千头万绪的野外勘探工作刚刚铺开，加之树海已经成长为大队的骨干，由不得他分心。

可他也想尽快完成野外施工勘探任务，好开口向领导请假回家探亲。跟着阿木约布一起鏖战数十天，树海的心里牵挂着远在额尔古纳市的爷爷，敦实健壮的树海消瘦了一圈。

其实，在西藏的每一名黄金战士都有自己的心事，但面对国家和部队的重任，大家都藏起自己的难处，全身心投入找矿工作之中去。

在半年多的施工期里，黄金兵们共调查评价了 20 多条水系，开展面积性地质工作 1500 多平方公里，完成进尺近公里，找到一座中型沙金矿床，岩金找矿也有了新发现。这是奇迹，只有雪山才能孕育的奇迹，只有黄金兵才能创造的奇迹。

战友们喜悦的情绪通过电波感染着一级又一级的首长，进而扩散到整个黄金部队。官兵们为之自豪、骄傲，那份悠长、深切的挂牵，也一下子释放了出来。指挥部政委的一席话又回响在官兵们的耳际："西藏不是一块绝地，不是一块让人一听就害怕的蛮荒之地，而是祖国的一方福地……"

夏季来临，树海跟随阿木约布一道转战阿里地区新发现的沙金矿床河段淘金，他不辞辛劳接连工作，希望完成眼前这项任务后就打申请回家看望爷爷。接连的辛苦工作加上每日脚踏冰河筛金，树海感染了风寒，睡前不停地咳嗽。可树海为了坚守岗位，尽快完成分担的工作，每次咳嗽时都把自己蒙在被子里。高原的夜晚，寒风呼啸，掩盖了树海的病情。

在阿里水系筛淘一周后，树海终于淘出了入藏后第一桶金："见金啦！见金啦！"树海的惊喜一下子攫住了每个人。战友们停下手里的活，呼啦一下子围了上来。

只见淘洗簸子里面黄灿灿的一片金粒在阳光下反射着耀眼的光芒，官兵欢呼，雀跃，狂喜。这一刻，什么苦呀，累呀，愁呀，所有曾经无情地折磨过他们的东西，都被抛到了九霄云外。看着战友们欢呼的样子，树海的视线却逐渐模糊，一头栽了下去……

"树海！"阿木约布正在不远处观察金资源品位，见到树海倒下去，立即跑了过来。抱起树海，阿木约布只觉得树海浑身发烫，拿手背挨了一下他的额头，像一团火在燃烧。

"不好，他正在发烧，得赶紧送到医院！"

他一把抱起树海，送上吉普车，朝离矿点最近的医院急速驶去……

四

天上阿里，团团白云近在咫尺，仿佛就在头顶飘荡，触手可及。珍珠般晶莹的湖泊错落地嵌入辽阔无际的藏地草原，不知名的小村镇飘来空灵的藏歌，歌声随风穿越整片草地。夕阳的霞光铺满道路，暮色缓缓降临。

军车在辽阔的公路上疾驰，一路直奔位于噶尔县的人民医院。途中阿木约布一直朝着怀中的树海喊："兄弟，你千万坚持住啊，别睡着了，等到医院治好了病咱们回营区，什么活也不干了，好好睡上几天！"

"医生！医生！"一到医院，阿木约布和司机便在急诊楼大声喊。阿木约布用最快的速度将树海送入最近的医院。但由于阿里野外施工区距离市区过于遥远，当树海被送进急诊室时为时已晚。

医生拨开树海的眼睑，用手电筒照了照涣散的瞳孔，遗憾地摇了摇头。在高海拔地区高烧不退，引发了高原脑水肿，树海的魂灵随着风吹变幻的白云，轻轻地飘走了。面对亲密战友的突然离世，阿木约布的大脑瞬间空白，瘫坐在地。

入藏以来，阿木约布始终带队工作在找矿一线，再苦再难的活他都毫无怨言。他已经经历了太多，也做好了思想准备，他想到过直面艰难、直面失败、直面伤痛、直面分离，但他从没想到过直面生死。如今一个鲜活的生命就在他面前消逝，阿木约布怎么也接受不了。他跟跄走出医院，此时夜幕降临，繁星布满天际，闪烁着璀璨的光芒，不知树海的魂灵是否已升入藏地天空，在繁星中闪烁。

阿木约布拨通了大队的电话，将这个噩耗传回了西藏指挥所，挂断电话之后才发现自己的脸庞早已挂满了眼泪。战友们将树海的遗体送回拉萨，为树海举行了简单的吊唁仪式后，阿木约布受领导命令，前往拉萨贡嘎机场接待树海的家属。

王卫国没想到，第一次来到西藏，居然是因为树海的死。这位曾经南北征战的战士，已经步入迟暮之年，满头花白的头发、脸上的皱纹像兴安岭树木的树皮，可却难掩他双目的坚毅。阿木约布见到王卫国的第一感觉，就像看见了老电影中军队老首长，一身简单的穿着，直挺挺地站在人群中间，是那么显眼。

王卫国也看见了穿着警服的阿木约布，快步朝他们走来。阿木约布与王卫国对接后，面向王卫国庄重地敬了一个军礼，王卫国朝着阿木约布挥挥手：

"小战友，不必拘礼了，我现在就想快点去见见树海，看看孩子。"

"叔叔，请问您是树海的父亲吗？"阿木约布轻声问道。

"不，我不是他的父亲，但我看着他长大，早已把他当成我的孩子了。"王卫国语声低沉地回复着，平淡的言语难掩他声音里的哀伤。

再见树海，他安详地躺在黄白相间的菊花丛中，脸色苍白没有一丝表情，王卫国拉起他冰凉的手，眼泪再也忍不住："孩子，你辛苦了，卫国叔叔想过很多次你穿着军装回大兴安岭探亲的画面，可我怎么也没想到会……"王卫国自顾自地朝着已经安静睡去的树海说道，说着说着，声音已哽咽。

眼下，呼其图年事已高，已经没办法再赴藏地高原，王卫国代表树海的家属前往拉萨。王卫国觉得这是他应尽的责任。想起改革开放之初，带着队伍进入大兴安岭的岁月，和敖拉家族的友情。在那冰封雪裹的林子里，树海像小树苗一点一点茁壮成长，蹒跚学步，上树下河，王卫国亲眼见证了树海的成长，待着他就像自己的孩子一样。

在兴安岭接到树海牺牲的电话后，呼其图老人找到王卫国，一脸平静地给王卫国讲述了此事，他没有过度悲伤。在死亡观念上，鄂伦春人相信"灵魂不灭"，认为人死后只是离开了这个世界，去往那个世界。

呼其图相信，自己的孙子是为了国家、军队的事业牺牲，死得光荣，必定会升往幸福的世界。

呼其图从包中掏出一张厚实的驯鹿皮，郑重地交给王卫国："我们族人若死在野外，那里就是他的天数，你去拉萨就将他埋藏在那片土地上吧。这是我宰杀了一只黑驯鹿剥下的皮，你将它埋进树海的墓中，自然会指引他的灵魂找到家的方向。"

王卫国向西藏黄金指挥所转达了呼其图的意见，在拉萨市火化之后，树海的骨灰被装入小小的骨灰盒，埋进了拉萨烈士陵园，随葬的还有王卫国从兴安岭带来的黑色驯鹿皮。

站在树海的墓碑前，王卫国敬了一个标准的军礼，随后转向阿木约布，向着西藏指挥所的战士们敬礼："孩子们，黄金部队成立已经二十多年了，在这过去二十多年的时间里，黄金将士们从祖国四面八方齐聚一堂，为了祖国的黄金事业付出了青春和汗水，甚至生命。你们辛苦了，以后的事业还得继续，一代一代薪火相传走下去，多保重。"

这时阿木约布他们才知道，原来王卫国居然是黄金三支队最早的支队长、第一代黄金兵，是入伍时常常学习的"西口子精神"主要开创者之一。

怀着满满的敬意，阿木约布大喊道："敬礼！"西藏黄金兵集体肃穆站立，朝着树海的陵墓敬礼。

王卫国也转过身去，和黄金兵一起敬礼，向着树海的陵墓，迎着天地间如血的残阳。王卫国恍惚间看到树海参军那天向他告别的场景，也是这般夕阳西下，晚霞漫天，树海沐浴在霞光之中，满怀抱负地对王卫国说："叔叔，我要去你所在的黄金部队，干出一番成绩，像叔叔们一样，成长为一名坚强的男子汉。"

树海的话语在此时萦绕在王卫国的脑海。谁曾想到，少年一去，留下的却是王卫国手中这一枚沉重的军功章。

第十六章　西藏阴霾　云开见日

谁无暴风劲雨时，守得云开见月明。

花开复见却飘零，残憾莫使今生留。

一

西藏阿里，藏语意为属地，9 世纪初，这里称"象雄"。在汉文史籍中，不同朝代对其称呼各异。阿里是喜马拉雅山脉、冈底斯山脉等相聚的地方，被称为"万山之祖"。同时，这里也是雅鲁藏布江、印度河、恒河的发源地，故又称为"百川之源"。

2001 年年末，一辆疾驶在那曲 109 国道的军绿色吉普，从拉萨市驶出后直奔阿里改则县，坐在副驾驶位置上的郭镇凯正翻阅着手中的一沓地质资料——《敖布桑沙金矿勘探报告》。

从军校毕业后的郭镇凯已经升任三总队作训科科长，他此行是奉命带领从成都市抽选的地质专家前往西藏，验收西藏所刚刚提交的一处金矿床。

此时的郭镇凯早已褪去当初的青涩，军校的学习和总队的锻炼，让他成长为一名出色的干部。抽选的地质专家都是业界知名的人士。郭镇凯在路上和他们交流黄金部队的历史，他们还能谈起原 512 团在青川白水沙金会战的故事，不禁让郭镇凯怀念起过往的流金岁月。

飞机到拉萨后，部队安排专车接送专家组到阿里改则县城，可许多专家年事已高，5000 米以上的海拔让他们的身体都有些吃不消，过了好几天才缓过来。

从大兴安岭一路到青川白水，郭镇凯对工作认真负责的态度是出了名的。在县城休整几日之后，郭镇凯直接和地质专家组扑到敖布桑沙金矿区。这些老专家也毫无怨言，大家真是拿出了老学者的工作态度，到了矿区就认真查阅敖布桑沙金矿的成矿资料。

一天下来，有些专家凭着氧气瓶供给在坚持，有的脸直接浮肿了，但是为了金矿报告的严谨，都始终坚持在工作一线。他们查看了库存的沙金矿样，又直扑到沙金钻一线，一块一块地查看刚提出的矿样。经过两周的验收，专家们纷纷对这个金矿的品位表示怀疑，金矿床一孔品位高、一孔品位低很常见，但是孔孔的品位都达不到资料显示的数值，这说明这个矿完全达不到验收标准，前期的数据有问题！

"一、三大队在改则县发现的两处沙金矿点分析化验单不是显示储量丰厚吗？我们的化验结果为什么会和西藏矿业开发局的偏差这么大？吴彦田，你要明白，这不仅关系到西藏黄金指挥所，更关系到整个黄金部队的声誉！"这位地质技术出身的支队长难得动了真火。

一时间，办公室内弥漫着浓浓的火药味，所有人都屏声静气，各自看着手中的资料或电脑显示屏。站在支队长面前的西藏所主要技术负责人吴彦田面对怒气上头的支队长，显得有些手足无措。

"支队长，该地的黄金储量其实是有的，只是为了扩大成绩，在样品里添加了金粉，我这也是为了部队在西藏的战果……"

"这是犯的什么浑，简直是把咱黄金部队的颜面给丢光了！"支队长猛地一拍桌子，"吴彦田，你说你也是地质战线的老兵了，上报的储量数据差异这么大，你这是玩火自焚呐！这件事小不了，你等着组织的处理吧！"

2001年年底，西藏矿业开发局委托黄金三总队、四川省地矿专家前往西藏黄金指挥所一、三大队勘测的两处点位验收，将现场采集矿样进行分析化验，发现探查的储量与黄金部队上报的数据有较大差异，矿业开发局将此情况向西藏自治区反馈，最终经专家鉴定西藏黄金所提交的两处金矿与真实数据不符，定性为假矿！

2002年开春，西藏黄金指挥所各级领导因"假矿事件"被上级处分，恰逢黄金部队新一轮精简整编，保留3个总队和技术学校、地质研究所，支队数量由 17 个调整为 12 个，再加上西藏自治区调整环保政策，矿产开发受到限制。多重原因之下，西藏指挥所被列入撤销名单，撤销的消息给这年的春季蒙上一层寒意，整个西藏所官兵的士气受到打击。三总队党委将西藏所下辖的 3 个大队分流至原十、十一、十二支队，阿木约布因此被分配到了十二支队。

此时的黄金十二支队，随着阳山矿区的加大开发，已经逐步迈出低谷。郭新光转换找矿思路，将斜长花岗斑岩作为阳山矿区找矿标志以来，布设钻孔几乎孔孔见矿，矿石品位很高，阳山金矿接连取得新的突破。十二支队党委乘胜追击，将更多精兵强将抽调阳山，加大该区域的开发力度。

二

2002 年初春时节，阳山高峰之上依旧是白雪皑皑，从西藏所分流至十二支队的阿木约布也随队到达这座官兵们心中的金山。

清晨时分，他带领着一队技术干部，从阳山驻地营区出发，走了 3 多个小时山道来到了犬牙交错的找矿任务区。根据工作任务安排，阿木约布要在这里开展地质填图作业，协助郭新光主任充实阳山矿区的地质资料。

阿木约布认真核对着地质资料，按照点位收集岩土标本。山野静寂，四下只有地质锤敲击岩块的声响，这些技术干部很有默契地没有和他搭茬。

大家都知道，此时的阿木约布心中并不好受。从大学毕业分配到黄金十支队再到挺进藏区，阿木约布一心就想为国家找到更多的金矿，用自己的一技之长干出一番成就，在西藏多次高反又再次义无反顾深入工作一线，奉献了青春和汗水，换回的却是这样让的结局！

虽然主要责任不在阿木约布，但自从西藏所被裁撤之后，他一直觉得对不起曾在西藏一同奋战的战友，更对不起牺牲的树海。用生命换来的光辉成就就因为这个事件被抹去了吗？

在西藏所计划撤销，还未等来官兵分流结果的那段时间，他的手机一直响个不停，他知道都是曾经的战友想向他询问事件的前因后果，毕竟一个团级单位被裁撤解散，是非常严重的问题。阿木约布不敢接，他不知应该如何回应这些关切的战友，不知该如何面对他们。白天，他干脆就把手机锁在宿舍的柜子里，任凭手机在里面震动着。

夜深人静之时，他拿出手机，屏幕上显示一长串未接来电，其中一个名字引起了阿木约布的注意，是孙耀华。他是早于阿木约布从地质大学毕业的校友，也是奋战在黄金部队的战友，一次会议两人结识后，经常保持着联系。孙耀华师哥也在关心西藏这里的事情吗？

略加思索，阿木约布还是选择回拨了孙耀华的电话。"喂，师哥，没打扰你休息吧。"

正在查看项目报告的孙耀华见阿木约布回电，赶紧接通了电话："约布，我还没休息，得知你所在的西藏所出事了，到底是什么情况？你没有什么牵扯吧？"

知道这事怎么也躲不过，阿木约布只好将吴彦田如何被地方矿业公司设计，后期又因为自己私欲制造假矿的前因后果简单叙述了一遍。

"唉——"听完阿木约布的诉说后，孙耀华往办公椅上一靠，发出一声深深的长叹，"都说人在做，天在看，这种项目上的数据怎么能够作假呢？不知道这人脑子里在想些什么，我觉得又可气又可笑。"

"假矿通报已经传到各单位了，我看了之后想着你还在西藏所工作，于是打电话来问问你，你现在没什么事吧？"

"我没什么，听说下一步我们会分流到黄金三总队下辖各个支队。师哥，我只是太不甘心了。战友们响应西部大开发进藏工作，牺牲了太多，也为西藏的金矿事业作出了贡献，现在却是这样的结局，让人难以接受。"阿木约布在孙耀华面前袒露了心扉。

对于阿木约布心中的痛楚，同在地质战线工作多年的孙耀华怎能不清楚呢！他安慰道："事情发生了，我们就要去面对，与其不停地纠结这个事情的结果，还不如着眼当下，把接下来的工作做好。虽然我在黄金二总队，但我也知道目前黄金三总队在云南墨江、甘肃文县都取得了突破，你去了应该也会有很好的发展。"

结束通话之后，阿木约布静静地躺在床上，思考着自己未来的路，既然已经到了黄金部队，还是要把自己的事情做好。孙耀华师哥说得不错，与其不停纠结这件事情的结果，还不如着眼当下，把接下来的工作做好。

"叮叮当当……"地质锤敲击岩石的声音在山野里回响，阿木约布一丝不苟地将这些样点的矿样收集装袋，让随行战士整理好带回支队化验。到十二支队前，阿木约布就听说了阳山金矿的大名，几代黄金兵奋战阳山，终于有所获。就目前的勘探成果来看，这里存在大型，甚至超大型岩金矿的概率很高，阳山金矿俨然已是黄金十二支队的一块名牌。

如何把这块名牌擦亮打响，来到阳山的阿木约布对此越显沉默。在外人看来，阿木约布还无法摆脱西藏所事件的阴影，但阿木约布却一直在思索阳山的宝库如何推开。前期和郭新光主任工程师交流后，他知道，十二支队还是缺少地质高技能人才，前几年阳山的失利导致十二支队许多有能力的技术干部看不到希望，纷纷选择转业回到地方工作，坚持下来的人不多。目前阳山金矿好不容易有了起色，但技术团队的领军人才太欠缺了。

采集完矿样从狮子崖走回阳山驻地途中，阿木约布看着蜿蜒泥泞的山路，也在考虑如何提高技术团队的能力，将阳山矿区打造成为一块真的"金子"招牌。

突然，他的脑海中闪过一个熟悉的人影，那是在地质大学舞台上受众多学子欢迎的老地质学者，他讲课时的魅力常常将在座学子带到栉风沐雨的野外场景。而且，听说陈永华老师也是曾经在黄金部队工作过，对金矿有着丰富的经验和兴趣。阳山金矿不正缺这样一位高人吗？

念头一起，阿木约布便停不下来，越想越觉得激动，若是陈永华老师能再赴阳山指导工作，这里的金矿开发指日可待。

三

"杨支队长，就目前反馈数据来看，阳山是难得的大矿，可是我们现在的技术力量薄弱，阳山下步开发还需要更多的专家来支撑。我们支队在阳山付出太多了，我也希望在现有基础上将阳山金矿局面进一步打开，成为十二支队的一块'金招牌'。"刚回到阳山的板房营区，阿木约布便急匆匆地走到在野外蹲点的杨毅支队长办公室，讲述了他对阳山金矿下步勘探工作的期待、担心和建议。

杨毅支队长看到阿木约布手上的尘土还没来得及洗，知道他一定有什么想法，便朝着阿木约布嘿嘿一笑："说吧，你对下步工作有什么建议。"

阿木约布回道："支队长，建议谈不上。我在地质大学有位老师叫陈永华，他也是黄金部队的老前辈了，如果我们能请他出山做外聘专家来指导工作，想必对阳山金矿的勘探会有很大的助力。"

"陈永华，原黄金一总队总工程师，黄金部队刚刚组建时期由地质队转兵带领队伍找到很多座沙金，你说的是这个陈永华吗？"没等阿木约布介绍，杨毅支队长已经如数家珍地将陈永华的事迹讲了出来。

"啊，支队长，您也知道陈老师？"阿木约布震惊于杨毅支队长对陈永华的了解。

"嘿，你这话说的，我这个年龄段的黄金兵，放眼整个黄金部队就没有不知道陈永华的。你这个建议倒是不错，刚采样回来还没来得及洗个手吧，先回去收拾收拾，我来跟他联系。"杨毅朝着阿木约布挥了挥手。

阿木约布低头一看自己的双臂和裤腿还沾满了山上的黄土，讪讪一笑，朝着杨毅敬了礼："是，支队长再见。"

阿木约布不知道，杨毅站起来走了几圈后，才拿出手机，拨通了陈永华的电话。

杨毅心里也有一丝顾虑，老总工退役后被返聘到大学授课，听说眼下才刚从地质大学离任，准备在哈尔滨颐养天年，在这个情况下是否应该去打扰陈永华的生活，杨毅也犹豫。

距离成都三千多公里的冰城哈尔滨，原一总队总工程师陈永华正在陪小外孙玩耍，一阵电话铃声打断了陈永华爷孙的嬉闹。电话那头正是十二支队支队长杨毅："老爷子，还习惯退休生活吗？"

"行啊，就是城里太闹得慌了，到处都是人和车，还是野外好啊，清净。"

"老爷子，我给您提供个散心的机会？"

"啥机会啊？"

"十二支队这些年在陇南探矿您老也清楚，现在终于发现了大矿，有没有兴趣来看看？"

听闻黄金部队又找到一座大型金矿，一生都扑在地质战线的陈老心中一动，当时就想回答"去"，但侧头看看老伴和外孙，又陷入了犹豫。

杨毅一听电话那头陈老没有作声，同为黄金兵他怎么不清楚陈老此时心中的矛盾，"陈老，没事，您要是方便就给我回个电话，我代表十二支队全体官兵欢迎您随时来指导工作。"

放下电话的陈永华，看了看正在陪着小外孙玩耍的老伴，踌躇半天，还是开口道："杨毅说十二支队在文县发现了超大型金矿，我想过去看。"

妻子太清楚陈永华的个性了，有金矿他肯定放不下，"听你的口气，你已经决定要去了，那你还问我干吗？"

阿木约布心里一直惦记着支队长说他亲自邀请陈永华老师出山的事，但到底什么进度，他也不敢多问。杨毅卖了个关子，不肯告诉他。但阿木约布没想到，陈永华老师居然会一声不响地出现在他的眼前。

令阿木约布意想不到的是，某日工作结束后，在矿区食堂就餐时，竟碰上了70岁高龄的陈永华。这位一总队原总工程师，大校军衔，黄金部队组建初期带领一总队挺进大兴安岭，奋战东北的山山水水，为黄金部队东北寻找金矿立下汗马功劳。

他退休后，许多地方地质勘探部门请他出山，他都没有应允，却出人意料地来到阳山，和官兵们一起找矿。

饭后，陈老同阿木约布、郭新光等技术干部来到技术部资料室翻看有关阳山的地质勘探资料，越看越激动，说："确实是座好矿，但你们十二支队的技术干部群体还年轻，工作缺乏经验和条理，资料室里的资料编录管理工作乱七八糟。"

让陈老感到着急的是，阳山矿区地质绘图用的是一般的方格纸制图，而不是正规地质图纸。经验丰富的陈老知道，这可能会在具体施工时造成较大的误差。老地质人有优秀的职业素养，一到阳山就扎进资料室，了解现阶段阳山金矿的进展情况，纠正技术层面的错误，忙得风风火火。看着这样的场面，支队长杨毅在一旁偷着乐。

陈永华在阳山忙碌了10来天，资料室总算有个样了。再加上以往丰富的地质工作经验，陈老把阳山各项中心工作都梳理得条理清晰，郭新光他们看傻了眼，大家纷纷找到杨毅，表示希望将陈永华返聘到阳山当顾问。杨毅听后一笑："我想，陈老肯定愿意过来，我了解陈老，他对好矿那是拿得起，放不下。"

四

果然，随着归期越来越近，陈永华越来越坐不住了。杨毅找过来，十分诚恳地对陈永华说："老爷子，留下来带带我们吧，这里需要您。"

陈永华却低着头，不说话。他知道老伴早早就为自己订下了返回哈尔滨的机票。晚上，陈永华辗转反侧，导致他睡下的行军床嘎吱嘎吱地一直响。

夜半时分，实在是睡不着的陈永华给哈尔滨的妻子打去了电话，接到电话的妻子显得挺不高兴："老陈，大晚上的，你有什么心事就说，不要搞得大家都睡不着觉。"

陈老听后沉默许久，支支吾吾地说道："要不……我再帮他们弄一弄，一伙年轻人，都挺不容易的……"

妻子在电话那边一言不发，沉默了半晌才回复道："唉，知道拗不过你，这大半辈子都跟矿山过了，那你就好好帮帮他们吧，多给国家提交黄金储量。"

第二天，小战士本来想收拾陈永华的房间，却被杨毅制止了，战士不太理解，说好的陈总今天返程，怎么不让给他收拾了呢？杨毅狡黠一笑："陈老走不了。"

从此，这位本该在家颐养天年的老人开始了在阳山的山野奔波。山高路陡，年轻的黄金战士一天跑下来都累得腰酸背疼，何况是年事已高的陈永华。

尤其是坑道勘探，坑道内阴冷潮湿，加上低矮憋闷，任何人待着都觉得难受。可陈永华为了取得精准的矿产数据，经常一待就是好几个小时。十二支队的官兵担心老人的身体，劝他少跑几趟，陈老回道："这怎么能行！提交上去的数据容不得半点马虎，咱搞地质的不就靠这点毅力吗？"因为知识丰富，技术过硬，陈永华很快成为官兵心中的主心骨，遇到问题大家都会说："找陈老爷子去。"

陈永华脱下了军装换上了便装，依然保持着对矿业的热爱、对国家的奉献之情。阳山矿区的地质勘查工作在陈永华这位退休老专家的带领下，渐渐走上正轨。

郭新光带领十二支队技术干部走遍了阳山矿带的每一座山、每一条沟，白天上山调查、填图、地质编录、采样，晚上在营区整理资料、综合研究，经常和两位老专家探讨地质问题到深夜。

陈总工程师来到阳山后，经常对阿木约布、郭新光等人讲一句话："黄金有价，认识无价，对于地质工作者来说，地质认识突破了，找矿就有的放矢了，储量只是个数字。"

阳山矿区地质条件复杂，每一次上山都会有不同的认识和感知，灰岩的穿刺构造、矿体的连续性、构造与成矿关系等一系列的问题，黄金兵时时牵挂在心，多少个不眠之夜他们都在思考……

有一次，郭新光陪着陈永华去泥山指导，路上陈永华看似漫不经心，到了山上就问郭新光、阿木约布等人泥山的地质构造，大家你看看我，我看看你，没有一个敢吭声。

陈老慈祥地说："我们搞地质的要善于观察，沿途有三条断裂带通过。"并详细地给郭新光一行介绍了三条断裂的分布位置和运动学机制，十二支队的技术干部都佩服不已。

陈永华到阳山担任技术顾问后，对阳山矿区的地质战果扩大提供了很大支撑，探获储量进一步提高。黄金十二支队党委准备再通过 1 年的准备，向国土资源部申请召开超大型岩金矿床的资料评审会，如果顺利通过国家评审，这将是黄金部队继金厂、哈达门、东闯后探明的又一座超大型岩金矿床。

为了评审资料准确无误，陈永华还四处寻求老战友帮忙，为此特别邀请了一位故人——一总队化验室高级工程师陶金花。陈永华将阳山的情况用电话给陶金花说明。

说起陶金花，她也是一总队的先锋人物，从黑龙江大学化学系毕业后，转为技术干部，进入化验室后一直工作在第一线，始终在平凡的化验岗位上默默地燃烧着青春激情，在金色的溶液中实现着人生理想。

1995 年陶金花升任实验室主任工程师，面对化验工作任务量逐年增加而技术力量逐年减弱的情况，为了保证化验结果能够第一时间为支队科学调整工程布设提供依据，她舍小家顾大家，连续十年被评为总队优秀科技干部，现在已经是东北地区分析化验的权威人物，她的鉴定和签名一字千金。

每年都有地方矿企老板揣着金算盘登门拜访，全被她泼了冷水。一次，一位矿长找到她，想把金氰化溶液的检测结果从 12 改成 19，为的是能申请到开矿资金，只需改动一个数字就酬金不菲。她谢绝道："让国家蒙受损失的事我不干！"

趁着休假，陶金花应陈永华之邀，短暂来到阳山矿区。为了提高阳山矿区的工作效率，十二支队特意在阳山设立了临时化验室，以便第一时间对从山上探获的矿样进行化验分析。陶金花的到来给阳山临时化验室带来了极大的助力，也让矿区工作焕发出别样光彩，特别是闲暇时她同陈永华聊起过去大兴安岭的故事，像是一堂堂生动的党课，激发起十二支队的官兵寻金报国的斗志。

"每个人都会有许多美好的梦想。我出生在开国上将乌兰夫的家乡，从很小的时候就有了从军报国的梦想。"陶金花道出了当初选择军营的原因。

然而，初到大兴安岭，眼前的情景却是她未曾想到的：一座破落的营院、几排低矮的平房、一大片菜地、厕所距离宿舍有一里多远……面对这一切，陶金花也曾有过思想波动，但接下来在野外一线的所见所闻却使她对自己的选择更加坚定。

20 世纪 80 年代的黄金部队矿区，战友们穿着满身泥污的工作服，每天背着馒头、咸菜和水，在风吹石头跑的荒山上早出晚归、风餐露宿，他们年轻的手上虽然布满了又厚又硬的老茧，但每个人的脸上都洋溢着为国寻金的乐观与自豪。"看到这一切，我感受到了前所未有的感动与震撼。自从我考入大学转为技术干部，从事分析化验工作之后，我一直把几张战友们在野外工作的照片压在办公桌的玻璃板下，时刻激励自己，决不能让战友们的汗水白流，一定要担起分析化验的重任，为找矿工作提供最精准的分析数据。"

"可以说，在黄金部队，我才真正意义上找到了自己的军旅梦想和人生价值。为了实现这个梦想，付出再多都值得！"回忆起往事，陶金花感慨良多。

得到陈永华和陶金花的协助，阳山矿区提交的岩金数据报告接连报送黄金三总队，受到总队高度关注。处理完西藏所事件的郭镇凯也对阳山十分关注。一天他偶遇一位十二支队到总队办事的参谋，"怎么，现在阳山那边干得不错，是郭新光主任又有新的发现了吗？"

"郭主任和很多技术干部都是没日没夜地坚守在一线，但要数最重要的角色，还是返聘到阳山的地质高工陈永华，听说从前是一总队的总工。还有一总队化验室高工陶金花也来了，这两位老技术干部的到来对阳山工作帮助太大了……"十二支队的参谋向郭镇凯回复道。

一听到故人的名字，郭镇凯一下激动起来："什么，你说谁？陈永华总工程师返聘到了阳山指导技术工作？"听到陈永华总工到了阳山，郭镇凯心中大兴安岭的记忆瞬间苏醒爆发，那些冰封雪裹的岁月，是他的青春记忆，新兵时期跟随王卫国支队长进驻兴安岭，陈永华总工程师的技术指导排兵布阵，坐上雪地装甲车冲进西口子的画面历历在目。

选调至 512 团，会战白水，提干入学，但在郭镇凯的心中大兴安岭永远是他军旅生涯的起点。眼下因工作出色，他即将受命调任黄金九支队支队长，统筹指挥海南岛的黄金找矿工作。出征在即，他依然抽出时间，请了几天事假，来到了阳山矿区。

五

驶向文县的车经京昆高速转兰海高速，400 多公里的路程花费了一天的时间。郭镇凯并非以总队科长名义到阳山的，他来得十分低调，只与杨毅打了招呼，得知陈永华带队进山工作后，便坐在办公室和杨毅聊天。

得知郭镇凯即将前往海南，杨毅又同郭镇凯交流起黄金九支队的建设发展历程。

部队多种经营时期，黄金指挥部在海口、东方两市设立生产基地，直属于指挥部。部队经商禁止之后，黄金指挥部为扩大海南岛找矿工作，2002 年将东方、海口基地合并，在海口市成立黄金九支队（原称为二支队）。

从茫茫兴安岭到南海之滨，郭镇凯的心潮也如海浪一样起伏，不知道等待着他的是什么，只是西口子无人区那段时光的洗礼，一直在内心永远激励着他，推动着他勇敢面对任何艰难挑战。

聊着聊着，陈永华和陶金花从山上工作回来了，一群技术干部围着他们不停询问今天上山遇见的问题，陈老不知疲倦地一一解答。听到熟悉的声音，郭镇凯推开杨毅办公室的门，快步走了过去。

"陈总好，陶高工好，你们还记得我吗？"郭镇凯走到陈永华跟前，虽然此时的陈永华早已脱下了军装，郭镇凯依旧按习惯给陈永华敬了一个标准的军礼。

"你是……"看着眼前穿着便装的中年人，眉目之间俨然有熟悉的模样。但陈永华和陶金花使劲地搜寻记忆，依然记不起郭镇凯的名字。也难怪他俩认不出来，这么多年过去了，郭镇凯离开503团时还是一个青春少年，而今早已褪去了当时的稚气。

"大兴安岭，503团三连郭镇凯！"郭镇凯大声地向陈永华报到。

"啊，我想起来了！你是当时跟着王卫国的小战士吧，你的连长是李同庆对吧。"陈永华听到郭镇凯的自我介绍，一下记起来曾经大兴安岭的事情，也跟着激动起来。

"是啊，陈总，一别多年，您还奋战在地质一线，真是令人敬佩。"说着，郭镇凯向曾经的总工程师伸出了手，紧紧握住了陈永华的手。

阳山的山风呼呼吹过，掀起一阵尘土。陶金花静静地看着两人，什么也不用说，此时他们的心中有一个共同的画面，那是在大兴安岭爬冰卧雪，那是西口子夜色下一顶顶帐篷，那是从冰河里淘出第一捧沙金……

当天夜里，杨毅令炊事班炒了一桌好菜，由于新时代部队全面禁酒，只摆上了一壶甘肃特产杏皮茶。郭镇凯以茶代酒，敬了陈永华和陶金花一杯，并向他们汇报了马上要去海口市任职的消息。

看着曾经的503团故人，陈永华倍感唏嘘，虽然坚强的黄金兵们从来不提岁月的流逝，但时光总会在无声无息间告诉人们它的存在。多年时光过去，503团已成为历史，但是一代代黄金兵薪火相传，从冰雪覆盖的北疆密林到空气稀薄的高原藏地，以及郭镇凯马上奔赴的波涛海岛，黄金兵们的足迹遍布祖国的山河土地，在一座座无人知晓的深山之中，践行着他们的使命。

陈永华拿起茶杯，倒满后又回敬了在座的郭镇凯、陶金花、杨毅、阿木约布、郭新光等人，看着新一代的黄金兵，他内心颇有感触："一代人有一代人的使命，一代人有一代人的担当。我们是老了，黄金部队的未来都靠你们了，来，为咱们这几代黄金兵干一杯！"

喝完一杯茶，陈永华又斟满一杯茶，看着郭镇凯和陶金花："镇凯、金花，你们也再倒上一杯。"

郭镇凯倒上茶后，本想再敬陈永华一次，不料陈永华拿着茶杯拉着他和陶金花走到食堂外的空地。山野静寂无声，明月高悬天际，郭镇凯有点迷糊，不清楚陈永华是什么意思。杨毅等人也疑惑地看着陈永华，只见陈永华朝着东北方向高举茶杯，然后洒在地上："同庆，我和这些老战友也敬你一杯，你九泉之下如果看到如今中国的黄金事业的发展，也会感到欣慰吧。"

郭镇凯与陶金花听到陈永华的话一下明白过来，也朝着东北的方向洒下一杯茶水。

此时，郭镇凯心里伤感的情绪突然翻涌起来，但他一句话也没有说，静静跟着陈永华盯着远方寂静的群山，怔怔出神……

第十七章　披荆斩棘　冲云破雾

路漫漫其修远兮，吾将上下而求索。

一

随着《关于军队、武警部队不再从事经商活动的实施方案》和《军队"吃皇粮"需要国家补贴军费的请示》两份文件通过军委决议，黄金部队结束自负盈亏，官兵们吃上"皇粮"，经商包工程正式成为历史。

根据上级党委命令，孙耀华卸任工程队队长，从六支队调整为七支队一中队副中队长。因在找矿工作中大胆创新、颇有见解，带领一中队屡获佳绩，找矿成果突出，虽然行政职务仅仅是副中队长，但技术级别已经是九级高工了。

在找矿过程中，孙耀华练就了自己独特的一套找矿本领，经常只是通过系统研究地质图等资料，便可以判断一个地区是否成矿。有矿的地方便用手指一点，做上标注，因此他被七支队官兵称呼为"金手指"。2002年，孙耀华迎来人生中另一位老师，新调任至七支队的总工程师——张文杰。

话说，张文杰刚到七支队任总工程师时，是怀着喜忧参半的心情的。喜的是胶东黄金资源量高达1500吨，忧的是支队立足这样一片富庶之地这么多年没有大的收获。上任伊始，七支队大磨曲家矿区找矿工作便陷入僵局，张文杰在办公室没待几天就一头扎进了胶东的丘陵荒滩。

两个月的时间，张文杰走访了支队所有项目组和山东境内的所有金矿区，磨破了两双胶鞋，掌握了胶东金矿带的重要数据。胸有成竹的张文杰在技术研讨会上力排众议："我不同意胶东成矿带已经没有大矿的传统理论，我看正是这些传统理论束缚了官兵的找金思路。"

胶莱河把齐鲁大地划成了两片不同的天地，河西大部分地区主要矿产以煤炭为主。河东地区紧邻黄海、渤海，黄金资源丰富，独特的海洋资源、地质矿产资源和得天独厚的交通位置，使烟台、威海在 20 世纪 80 年代成为国家首批对外开放的试点城市，更有不少县市的人民，依靠着黄金过上了衣食无忧的生活。但是经过近百年的矿产开发，21 世纪到来后，难觅新的矿源成为寻金人长久的痛。

找金，是所有地质工作者的追求和目标，可是突破口在哪里？传统的黄金地质工作，讲究挖槽子、打坑道、开钻孔、采标本，见矿了就追根溯源，不见就转移战场。而步入 21 世纪，现代地质学者更推崇"大地质"，更注重成矿区带的地层、构造、岩性、矿物之间的关系，矿体的原始生成条件、后期外界条件变化和叠加情况，之后才能全面系统了解一个矿区的整体情况，从而确定正确的找矿方向和找矿方法。

21 世纪后，黄金部队再次精简整编，调整优化了部队结构，就在体系转换不久之后，驻地山东烟台的七支队迎来了一次全新的机遇。澳大利亚普拉赛尔多姆矿业公司总工程师远赴重洋，来到胶东进行学术交流，并有意介入胶东昭平带探矿，想要在公里以下的深部进行合作。普拉赛尔多姆矿业公司是世界排名前五的矿业公司，在北京设有办事处，一直关注中国的黄金矿业开发，其在北美洲和大洋洲拥有丰富的矿山资源，在南美洲和非洲也有经营的矿山。

正在野外开展地质调查的张文杰得知此事，立即交代好工作，赶回烟台与澳大利亚的专家进行交流，并找来造山带型金矿资料进行研究比对，确认与胶东金矿的地质构造极其相似，也就是说如果胶东也属于造山带型，那黄金资源储量在已知的基础上将要翻上几倍。

澳大利亚地质专家提出的"攻深找盲"思路和以往槽探、钻探找金不同，这在黄金部队历史上从来没有人实践过，七支队的官兵将信将疑，理论再好，找到金子才是硬道理！没有过硬的证据，要冲破传统谈何容易。

张文杰任黄金七支队总工程师以来，把胶东地质资料翻了个底朝天，立足丰富的数据基础，他对胶东地下深部成矿有充足的信心。山东，历来是产金大省，也是山东黄金、招远黄金两大黄金公司的所在地。驻地烟台的黄金七支队，曾在20世纪80年代奉命开发过"七五"重点项目三山岛金矿，为山东黄金事业立下过丰功伟绩。眼下，新的机遇摆在眼前，张文杰不想放过。

当年，张文杰在《胶东地区金矿资源潜力分析及找矿方向》论文中，首次在黄金部队提出"瞄准大带、攻深找盲"的创新理论，抛开传统的采样、槽探、坑探，将触角直伸地层深部。这是一项既艰难又充满风险的工作，黄金部队找矿史上从未有人实践过。

2003年，农历新年刚过，全国各大超市里的白醋和板蓝根都被抢购一空，从广东爆发的非典疫情由南至北极速蔓延，中国顿时陷入一片恐慌之中。黄金兵们的寻金工作没有因此停顿，顶着非典疫情的压力，他们全副武装，做好了开春前往野外找矿的准备。

此时，七支队总工程师办公室内，张文杰已在这儿接连几日加班到深夜了。他正在为胶东地层是否与澳大利亚成矿理论契合而寻找依据，要破除以往的找金桎梏，紧跟新的"大地质"思维。对一直以传统方式找矿的黄金部队来说，这是一次全新的突破。如果可以获取这把新的地质寻金钥匙，就可以打开胶东地层深处藏金宝库的大门。

2003年年初施工期一开始，张文杰就亲自上手，带领技术团队设计了一个800米深的钻孔，可钻探深度不到600米时突然发生破碎坍塌，井故的不可预见性是钻探中经常要面对的难题。

这些难题张文杰心里清楚，他亲临现场，每天坚守在钻塔旁处理施工事故。此时，他面对的不仅是钻探破碎坍塌等一系列难题，还要顶住舆论压力。作为七支队的新型理论找矿领路者，张文杰不仅是在检验自己的成绩，还是在检验新型地质理论在胶东的可行性，这需要突破前人的勇气。

在凝聚官兵辛勤汗水的钻孔前，张文杰没有退缩。40余天后，凭借科学严谨的劲头，他解决了眼前的难题，把钻孔顺利打了下去。

"攻深找盲"第一钻成功提取出完整的地底岩芯，张文杰将这些宝贵的矿样，交给了化验室，化验分析员对着显微镜在切开的矿石薄片上进行严谨细致的化验，看见一粒粒大大小小的金粒在显微镜下闪光，这些闪亮的金光清晰地展示着胶东的找矿前景。

分析化验的结果和澳大利亚专家判断一致，这无疑验证了"攻深找盲"理论在胶东的可行性，同时也印证了黄金七支队在胶东探明的金矿资源只是冰山一角，等待他们的还有更为广阔的天地。

在张文杰总工程师的找矿布局下，黄金七支队全体官兵开足马力，运载各类地质装备，朝着胶东山野挺进！

然而，在七支队取得找矿突破的时间点里，孙耀华的老支队，同隶属于黄金二总队的六支队，已经连续 10 年没有发现大型矿脉了。新的一年野外工作之后，仍旧没有发现新的岩金矿脉，接近 10 年的寻金失利，让六支队官兵的士气陷入了低谷。

几任总工程师带着遗憾卸任，2004 年年底，二总队党委将新的希望交给了在黄金七支队找矿卓有建树、屡建奇功的一中队中队长兼主任工程师孙耀华。

建党 80 周年之后，全国兴起起用年轻化、知识化干部的风潮，许多年轻的干部被提拔上来。2004 年 12 月，孙耀华接到总队党委任命，奔赴三门峡，正式成为黄金六支队的新任总工程师。从七支队中队长破格提拔为六支队总工程师，足以看出二总队党委对孙耀华寄予的厚望。

赴任之际，孙耀华突然接到一位故人来电，正是陈永华。陈永华勉励他不忘初心，把六支队带出找矿低谷，"是金子到哪都会发光的！"陈永华对得意弟子由衷地表达了祝福。

孙耀华能让找矿陷入僵局的黄金六支队像金子一样发热发光吗？他的未来又将怎样？

二

孙耀华从烟台启程，踏上前往三门峡的列车，他将重返三门峡那高低起伏的街道，再见枯荣的梧桐树和四季常青的针叶松，还有市郊外那绕城而过的黄河水。

此时六支队营区已从原店镇搬至市区峥山西路，营院门口一排绿化道里种满了针叶松和梧桐，冬季来临之时，满地皆是飘落的梧桐叶。支队为孙耀华举行了首次干部见面会，离开三门峡多年，台下坐着许多陌生的面孔。

"孙总不要白费力气了。""你有多大把握能找到矿？"在干部见面会上，冰冷氛围犹如时下的气温，技术干部们毫不掩饰低落的情绪，对这个年仅36岁的总工程师根本没抱希望。

都说"新官上任三把火"，孙耀华到六支队却仿佛闯入"冰窟"，可这并未磨灭他的斗志。孙耀华本就在六支队工作过3年时间，早就掌握六支队的情况。虽然支队多年探矿一无所获，却拥有35个探矿权，占地面积达1120多平方公里。在这么大的范围之内，孙耀华认为六支队会有很好的发展前景，只要静下心来扎实地去做一些工作，通过一两年的努力肯定能找到矿。

孙耀华清楚张文杰总工程师3年前到任七支队时也面对过相似的场景，因此他知道，此时此刻多说无益，六支队急需一场胜仗，将技术干部的士气调动起来。

连续数日，孙耀华把自己关在总工程师办公室研究矿区资料。根据多年找矿经验，他认为六支队负责的矿区里肯定具备较好的成矿条件。

可是为什么这么多年过去，一直找不到矿呢？反复思考之后，孙耀华对黄金六支队原有的找矿布局产生怀疑，他放下手中厚厚的地质资料，决定到野外矿区实地寻找答案。

2005年初春，秦岭山区，万物复苏，百鸟啼鸣。孙耀华无暇欣赏沿途的风景，逐个矿区和项目组展开调研。为节省时间，每到一处，孙耀华不进会议室听汇报，直奔勘查现场，询问矿情、查看地形、收集数据，掌握第一手资料，力求速战速决。几个月的时间，孙耀华走访了5个省的6个矿区和13个项目组，收集到12本矿情记录，掌握了大量重要数据。

凭借这些科学数据，孙耀华大胆否定了之前的找矿布局，提出了"立足中部，优化青海，拓展甘肃"的全新思路。消息一出，支队立即炸开了锅。

"现在的找矿布局是多年积累形成的，否定它，就是否定以前的成绩！"

"调整找矿布局不是件小事，涉及人员、技术装备、后勤保障等方面的重新配置，牵一发而动全身！"

在调整找矿布局的技术论证会上，面对六支队技术干部连珠炮似的质疑，总工程师孙耀华丝毫不怯，掷地有声地发言："凡事必须以事实和科学依据作为基础，墨守成规注定要吃大亏！"见到孙耀华如此果决，六支队党委最终通过了他所提出的全新找矿布局。

具备地质找矿先进知识的孙耀华清楚，搞地质勘探肯定要带着个人的想法和思路，而且这个想法和思路要从以前的党委、前任总工程师的思路里面跳出来，不破不立，大破才能大立。

孙耀华坚定地认为，黄金六支队已经按照原有的找矿布局进行了十几年的探索，依然没有收获，再因循守旧地做下去的话，成功的可能性很小。

中国人民武装警察部队黄金第六支队（原九支队），于 1981 年奉命进驻豫西地区开展金矿普查勘探工作以来，为河南黄金事业作出了巨大贡献，同时也带动和促进了豫西地区的经济发展。13 年中，广大官兵职工发扬人民军队英勇善战、敢打硬仗的作风，克服了重重困难，圆满完成了党和人民赋予的光荣任务。六支队先后对 7 个矿区进行了地质普查勘探，提交地质勘探报告 9 份，地质详查报告 3 份，累计探明可供工业利用的金储量 93.797 吨。所探明的东闯金铅矿区，是目前河南省第一个特大型金矿床。

为此河南省政府于 1994 年 7 月 26 日颁布《关于对武警黄金部队第九支队的嘉奖令》（豫政〔1994〕54 号文件），表彰武警黄金第九支队的光辉业绩。

摆放在六支队营区内的荣誉石碑，铭刻了 20 世纪八九十年代黄金六支队为河南省地质事业做出的卓越贡献。孙耀华抚摸着这块标志历史荣耀的石碑，他在自己的内心暗自承诺，要在事业低谷点燃六支队曾经的荣光，不能让这支功勋部队蒙尘。

三

巍巍昆仑，横空出世，千年雪峰，巍峨险峻。

青海省位于中国西部，雄踞世界屋脊青藏高原的东北部，是连接西藏自治区、新疆维吾尔自治区与内地的纽带。在"优化青海"的找矿布局调整后，孙耀华带着副总工程师张成廉率先启程，开展青海地区矿产预查。矿产预查是选矿找矿的最初一项程序，选定靶区后，还要跟上物探化探、槽探施工，发现异常后才会上钻探进行最终的确认。矿产预查也是为进一步明确支队出队施工区域。

"成廉，看一下咱们行进的路线对不对。"军车开到公路尽头，再也无法行进，孙耀华交代司机在车里留守，他和副总工程师步行前进。

"没错，我手里的这个全球定位系统（GPS）提前设定好了的，如果咱们偏离了，会嘀嘀响。"张成廉举起手中的GPS。

看着更新换代的地质仪器，孙耀华回道："嗨，还是现在科技发展得快，我们那时候只能靠罗盘。"

"是啊，科技的发展给咱们地质工作带来很大方便。对了孙总，再往前走两公里，蹚过一条河，有一个藏族的村落，到那里咱们可以休息一下再前进。"张成廉指着前路讲道。

"好，那咱们再加加油，到老乡那里也好再问问路。"

"这路本来就远，这满路的泥巴走起来真费劲!"

"你别忘了这是青藏高原，天气本来就变化多端，昨晚下场雨是正常的，谁让这里叫中华水塔呢。"

两人就这样在高原的泥巴路上，跌跌撞撞地向着他们的目的地前行。

"轰轰、轰轰……"

远处摩托车的轰鸣声引起了孙耀华的注意，只见一位藏民骑着摩托车驶来。在荒凉的草原上车骑得很快，一下就到了孙耀华和张成廉跟前。看到他们俩穿着军装，藏族同胞在他们面前停了下来。

"金珠玛米，你们来这做什么的?"

孙耀华打量着这位牧民，宽大的藏袍掩盖不住他健硕的身材，脸庞被常年的强日照晒得黝黑。

"老乡，我们是武警黄金部队的，来这里做矿产预查，了解一下情况，刚走到这里。"

"哦，黄金部队的?是找金子的部队吗?"似乎每一个外界人听到黄金部队的名号都会提这个问题。

"哈哈，最早是，现在我们来做多金属调查和排查一些自然灾害，就像泥石流、滑坡这些。"孙耀华耐心解释道。

"哦，你们当兵的都是做好事的，前些年我家遇到洪水还是让当兵的给救的，你们金珠玛米都是这个！"说着给孙耀华他们竖起了大拇指。

"呵呵，这是我们应该做的。咱们军民一家亲嘛。"

"那先到我家去嘛，就在前面，走，我骑摩托车载你们一截！请你们喝酥油茶！"

正好要好好向这位牧民了解一些当地情况，孙耀华和张成廉也没客气，就坐上了摩托车。

通过路上交谈，他们知道这位藏族小伙子叫扎西，一个人住在这里放牧，老婆和孩子在山下县城里面住，偶尔上来给他送些给养。与他相邻处还有几户人家，结伴放牧。一路上，边走边聊，孙耀华和张成廉问了些风土人情和天气情况，不多时就到了扎西的家。

说是家，不过是临时焊接搭建的彩钢棚，这也是高原牧民放牧时的保障方式，方便、实用。

屋内布置很简单，一张床、一个炉子、两张桌子，一张桌子用来吃饭，另外一张摆放着神龛。炉子脚下堆着一堆黑乎乎的东西，不知道是用来做什么的。

"我来给你们做酥油茶。昨天刚下了雨，山上冷，一会儿你们要去的地方更冷，喝碗酥油茶热乎。"说罢，扎西拿起一个铁壶烧起来，一边掺酥油一边抓起一把黑乎乎的东西往炉子下生火。

"这个是什么？煤吗？"张成廉悄声问孙耀华。

孙耀华解释道："这里哪有煤，这个是羊粪，拿这个煮茶做饭，有一股特有的香味。"

"这……"张成廉一脑门黑线，不知如何回答。

"这个在西藏、青海常用，是他们的主要燃料。不过在西藏用牛粪的多，这边养的羊多，估计就是用羊粪吧，这个不脏。"孙耀华给张成廉解释道。

"嗯，确实有一股青草香！老张你来闻闻。"

张成廉连忙摆摆手，"不不不，我烤烤火就行了。"

孙耀华看他一脸抗拒，就没再继续逗他。

"你们要去的地方我知道，我一会儿骑车送你们过去。"

"那好啊，正好省了不少力气！"张成廉高兴地和孙耀华说着，确实，在高原走路很费力，更何况是往上坡走。

羊粪燃烧得火很旺，不大一会儿饭就好了。扎西拿出碗，倒上两碗热腾腾酥油茶放在他们面前。

"嗯，真香！老张啊，喝点酥油茶，一会儿山上冷！"看着张成廉在那里没动，孙耀华忙叫他一起喝。

"不了，我不饿也不渴，孙总您慢慢吃，我去外面看看风景。"孙耀华笑着摇了摇头，知道张成廉的想法，也没管他，想着一会带几个鸡蛋给张成廉备着。

因为忙着赶路，东西吃得很快，走的时候孙耀华偷偷把两百元现金放在了碗下面。

"孙总，还好咱们两个都瘦，不然这一辆摩托车还真坐不下。"

"是啊，咱们从事地质行业的还真胖不起来。扎西兄弟你开慢点吧。"由于地面上结了一层薄冰，骑车很容易打滑。

话音未落，摩托车一个打滑，啪！三人连人带车摔出去好远。得亏孙耀华等人都穿着厚厚的部队棉服，摔在地上也没啥大碍。

"都没事吧？"孙耀华赶紧爬起来问。

"没事，首长你没事吧？"

"没事，扎西你呢？"

"经常摔，这路确实滑，我都习惯了。"

孙耀华三人，顾不上身上的泥巴，继续乘车前行。

就这样，一路上摔摔打打，历时一个多小时终于到达了目的地。辞别了扎西，孙耀华二人拿出设备地图对现场做起了调查。这时，空旷的山上刮起了寒风。

"成廉你看，这个地方从这边到那边，在矿产调查上有一定的价值……哎，你抖什么，冷啊？"

"孙总，一吹风确实有点冷，你怎么不冷啊？"

"我啊，我喝了酥油茶，吃了鸡蛋。"

"我也想吃，但是……克服不了心理障碍。"

"藏民做酥油茶是有道理的，这些食物确能够帮助防寒。"孙耀华嘿嘿一笑，说着从兜里掏出两个鸡蛋，不过，摔倒的时候都已经压扁了。

张成廉赶紧接了过去，这次再也没嫌弃，狼吞虎咽吃了起来。

勘查完，填写了勘查记录，二人回到山下已是晚上（回去的路上没有遇到扎西，想是放牧去了）。在山下负责接应他们的司机看到二人一身泥巴狼狈的样子，不禁感慨地质作业真辛苦。

孙耀华没有立马上车，回望走过的高山，又想了在地质大学学习时候老师讲的，要想开展地质工作，就要走进自然亲身去感受它的伟大和神奇。

四

经过对黄金六支队多年来的地质资料的分析和实地勘查，孙耀华认为青海和日县是成矿条件十分优越的矿区，决定将和日矿区作为首选的找矿突破口。

"接下来的战斗，绝不能有半点闪失。"这句话是孙耀华说给战友的，也是说给自己的。作为支队总工程师，为了保证"不能有半点闪失"，他俯下身子，亲自带着官兵住进矿区，从每一条矿槽的布设，再到每一块矿石标本的采集，孙耀华都逐一过问，亲手指导。

孙耀华的工作状态，让跟随他进驻和日矿区的上士谭建勋十分敬佩。通过和孙耀华交流，谭建勋才知道，原来孙总曾是六支队老总工程师许向东手下的兵。

这次从三门峡来到青海省的兵都是孙耀华从六支队精挑细选的强将，谭建勋这位钻台老机长可不简单。钻探工作看似容易，实际上学问很深，仅凭一股子热情和蛮劲是不够的，必须得有扎实的理论知识和实践技能。

1994年，谭建勋参军入伍来到秦岭深处，成为武警黄金部队一名钻探兵。扛钻杆、建钻塔、搬机器，干钻探不仅又累又脏，还有腰椎变形等职业病风险。面对困难，谭建勋曾萌生退意。当过基建工程兵的老父亲写信对他讲："我当基建工程兵时，承担的都是急难险重的国防建设任务，随时面临着生死的考验，但我们没一个人退缩，你现在吃这点儿苦算什么！"父亲的话，重重敲在谭建勋心头。从此，他摒弃一切杂念，全身心投入钻探任务中。

钻机是黄金部队工程作业的核心装备。为了成为最优秀的钻机手，谭建勋自学了《钻探工艺学》《钻探常见事故预防和处理》等专业书籍，一有时间就对照书本反复练习，钻机上的500多个零部件，他反复拆装了不下100遍。短短2年时间，谭建勋熟练掌握了针对不同地质结构的10多项钻探技能，成了支队的头号钻工。

孙耀华十分看好谭建勋，一名战士能将钻探技术钻研到这种水平尤为不易，在进行完前期的物探、化探、槽探工作后，他又亲自设定钻探施工点位，并将和日的钻探任务交付给了谭建勋。

和日工作区平均海拔3400米以上，平均气温零下4度，大部分地段空气含氧量不足海平面的一半，而黄金六支队官兵却称其为寻金觅宝的"精神高地"。

"无人区"的蓝天和大地的色彩对比强烈，没有任何的污染，一切看起来都别样清晰，像是一幅油画。有人说这里的时间和空间停止了运动，那沙山、荒原永远是一片苍凉。但这里也造就了世界上最顽强的生命，就连那迎风的小草，为了生存，也雕塑一般顽强地扎下深根。这里特殊的生存环境，也造就了高大的黄金兵形象。

孙耀华带着谭建勋和10余名黄金战士迎风而上，黑红的脸庞上显露着高原人特有的坚毅。他们的头上是蓝天白云，背后是漫向天边的沙丘、荒原，身旁是驻扎的帐篷。帐篷不远处，是他们闲时用白色石头排列在河滩上的"守望孤独"。这四个字在他们的视线中展开，在高原的阳光下熠熠生辉。这既是黄金官兵忠诚无畏的誓言，也是人格境界的写照。

白天，孙耀华与技术干部一起上山勘查，晚上他带着谭建勋亲赴机台查看，睡觉前还趴在简陋的炕上查阅资料。那段时间，孙耀华一心扑在工作上。由于高原环境影响，他咳嗽不断，人整整瘦了一圈。孙耀华和战友们尽心尽力地付出，在和日钻探提取出的岩芯一批又一批被送下山去，但化验结果却都显示"无金"。

"这样干能行吗？"面对这样的情况，谭建勋找到孙耀华汇报情况，六支队多年来找矿无果令这位老机长的心有些动摇。

"照我说的去干，肯定能见矿。"孙耀华仍然坚信自己的判断。

谭建勋根据孙耀华的指导，提取出了一管又一管岩芯，切割装袋后送回支队化验室。连续勘探3个月后，突然有一天，化验室主任兴奋地打来电话："好消息！好消息！昨天的矿样中含有高品位金！"孙耀华和谭建勋等机台的战士们听到这个好消息，每个人眼眶里都蕴含着只有他们自己才懂的泪滴。在"生命禁区"的高原上，他们的坚持终于取得了胜利。

青海和日矿区为黄金六支队甩掉了"无矿支队的帽子"。从数据初步推断，和日矿区有每年向国家提交20多吨黄金储备的能力，打响翻身仗的六支队官兵们在高寒缺氧的矿区欢呼起来！

和日矿区见矿，更加印证了孙耀华优化青海的观点，为继续在青藏高原上扩大找矿成果，他即刻带队转战加吾矿区。

加吾矿区所在的加吾乡，隶属于青海省黄南藏族自治州同仁市，地处同仁市东南部。加吾乡境内群山迭起，山高沟深，平均海拔2800米，属大陆性高原气候，气候寒冷，年平均气温2.5℃。

黄金六支队是从2000年开始进入加吾矿区的，已经工作5年时间，在此期间丝毫没有收获，六支队已准备放弃加吾矿区。这时，孙耀华调来六支队任总工程师，他得知此该矿区情况后，决定亲自去加吾查看。

孙耀华乘着和日矿区的胜利之风来到加吾矿区，连续7天跑遍10平方公里的每一个点位，进行详细的现场地质勘查。此时孙耀华只盼望着在青海找到更多黄金，把六支队带出低谷，可来到阿尼玛卿雪山下，他才真正感受了艰苦的含义——每爬一趟山，他们就要翻越10多个海拔4000米以上的冰坡，在空气含氧量只有内地一半的雪域工作区内寻找矿脉的踪迹，走几步路就像风箱一样喘……

孙耀华依据他多年地质找矿的经验，提出"加吾矿区的浅表不成矿，大构造带里边成矿"的大胆推断，打破传统的地表发现矿化表现才敢下钻孔的传统找矿举措，将工程进行了重新布置。六支队官兵按照孙耀华的意见，迅速调整了钻探布设，重新打钻。

果然如孙耀华所料，从加吾矿区提取的岩芯矿样分析来看，几十米厚的地层下，都有金矿的显示，品位最高能达到每吨20多克黄金。接连两座金矿的突破，将六支队整个技术组技术干部的信心给带动起来了。

五

　　自从许向东总工程师退休，六支队找金工作一直处于低谷，在二总队各兄弟单位面前抬不起头来。孙耀华接任总工程师之后，力排众议，调整黄金六支队找矿战略布局，带队挺进青藏高原，接连在东昆仑至西秦岭衔接部位，探明和日、加吾金矿。金资源量取得突破的消息仿佛星星火种，在士气低迷的官兵心里燃起新的希望。

　　孙耀华将青海省的探矿工作部署妥当，又匆匆从青海加吾转战河南洛阳，跨越 1300 公里，从青藏高原到位于中原腹地的南坪矿区组织难题"会诊"。

　　河南洛阳栾川县境内的南坪矿区，是黄金六支队的一处老矿区，早在 1987 年时，支队官兵就在南坪开展过地质找矿工作，官兵勘探面积达到 105 平方公里，可金资源量始终没有大的提升。

　　孙耀华来到南坪矿区后，带领六支队技术骨干对采集回来的矿样反复查看，并仔细翻阅以往的地质勘查资料。发现南坪矿区的金资源储量确实不高，在这里继续部署兵力，开展找金作业成效不大。但通过实地调查，孙耀华发现，矿样里虽然金品位不高，钼却有大规模异常。

　　"黄金、黄金，找黄金……"作为黄金兵，找金子是官兵们脑海中根深蒂固的观念。黄金部队在野外勘探发现除黄金之外的矿产资源时，通常会转交给地质调查局开发。黄金部队因金而生、因金而长，长时间聚焦黄金让官兵们产生了惯性思维，大家认为只和黄金打好交道就行了，别的不需要管，也用不着管。

　　20 多年历史洪流滚滚，时间从 1979 年来到 2005 年，中国已探明黄金储量为 4134 吨，位居世界第八位；2005 年，中国黄金年产量达 224.05 吨，位居世界第四位。黄金储备接连攀升，黄金已不再如改革开放初期那般急缺。而且随着各地质勘查局和黄金公司的相继发展壮大，找金队伍越来越多，黄金部队作为单一寻金职能的军队，已然体现不出优越性。

　　而随着时代的发展，在全球能源不断转型的刺激之下，中国对铜、镍、锂等关键性金属矿产的需求量越来越大，缺口也不断增加！

"黄金部队的发展思路要紧跟历史浪潮更新换代！"勤于思考的孙耀华这样认为。

当时黄金部队职能任务仅限于为国家寻找黄金，对其他金属很少涉足，孙耀华从国家发展形势出发，从多金属找矿的前景和可行性入手，建议支队主动进入这一领域，并把重点放在寻找对国家建设有重大意义、对区域经济有重大影响的紧缺矿种上，为黄金部队长远发展开拓新路。

从南坪矿区的现状看，继续找金已无太大意义，孙耀华当即转变思路，计划在南坪矿区开展钼矿工作。在困局面前，这位敢闯敢试的年轻总工程师欲借此将他"由寻金向多金属找矿转变"的理论落地。

从 1979 年组建以来，黄金部队的任务职能从来都是为国家寻找黄金。"由寻金向多金属找矿转变"的新思路并不被大多数官兵认可，甚至有的技术干部反问孙耀华："孙总，我们叫黄金部队，又不叫多金属部队，找黄金就行了，弄别的干啥？"

听到这样的问话，孙耀华意识到，转变观念可能需要一段时间。他在心里定下计划：刚开始可以不转变很多人，就转变部分愿意跟着一起开展多金属找矿的技术人员，做着做着自然会出成果。有成果以后，就好做示范引领，再去给其他人做思想工作，那时候让他们转变思想就会很快。

要做第一个吃螃蟹的人，必定要付出更多的辛苦。部队没有多金属找矿经费，孙耀华一边向上级汇报，一边建议党委采取军地联合勘查等方法筹集资金；没有多金属化验设备，他就多方协调，从日本引进一套先进的原子吸收分光光度剂；没有人才，他就挑选一批业务骨干送往中国地质大学培训。他还创造性地把多金属资源量按经济价值折合成黄金资源量，制定奖罚措施，使多金属与黄金实现"价值对等"，官兵找矿的积极性很快就被调动起来。

但仅仅有工作热情还不够，地质勘探是一门科学，专业技术还得跟上。这一支因金而生的部队从未接触过多金属矿产领域，随着工作不断推向深入，各种问题也接踵而至。

确定再探南坪矿区后，谭建勋主动找到孙耀华，承担起南坪矿区钻孔施工任务。为了进一步探明南坪的矿产成分，孙耀华设计了一个孔深 1500 米的深孔，这是当时整个黄金部队设计最深、难度最大的钻孔。

"谭建勋，南坪这个深孔的成功对支队、对你个人都十分重要，你只管放手去做，若有困难，随时向我汇报。"

面对这个前所未有的挑战，谭建勋在泥浆实验室中不断模拟孔内地层环境，反复研究深孔钻头各项参数，创新使用"122绳索取芯工艺"，确保了钻孔能够顺利快速施工。但在开孔阶段还是出现了钻进速度慢、岩芯采取率低的问题。

谭建勋憋着一口气，一定要把孙总工程师的指令给落实下去。他连续7天7夜坚守在机台，带领大家反复试验配套钻具，将施工进度提升到原来的3倍，岩芯采取率达到95%以上，实现了由5级成孔到4级成孔的转变。

经过机台人员83个日夜奋战，最终孔深为1560.18米，刷新了黄金部队深孔钻探纪录，最终南坪矿区提交钼资源量突破十万吨，为驻地经济发展作出了巨大贡献。

从2005年到2007年年底，六支队先后在青海和日矿区以及加吾矿区、甘肃白马山矿区、湖北三里门矿区、洛阳南坪矿区有重大发现。

孙耀华把这五个矿区称为"五朵金花"。短短3年"五朵金花"在孙耀华手里熠熠生辉；短短3年，孙耀华把第六支队从低谷带成找矿劲旅。孙耀华的突出成绩，让他成为地质工作队伍中一颗炫目的新星。2008年1月，孙耀华荣获第十一届青年地质科技奖最高奖"金锤奖"。

这一历史阶段，也正是中国黄金生产力发展的历史高峰期，黄金产业不仅实现了历史的自我超越，而且走到全球前列成为黄金工业的引领者。但发展是时代永恒的主题，黄金工业达到这一历史高度并不是发展的终点，规模扩张发展模式的阶段性成功，也不意味着其具有终极价值，因为一切事物都在不断变化，探索不会终止，中国黄金工业的发展又将进入历史进程中下一个全新阶段。

正如孙耀华所说："前方的漫漫黄金之路，是永无止境的探索之路。"

第十八章 汶川震动 抢险救援

灵台无计逃神矢，风雨如磐暗故园。

寄意寒星荃不察，我以我血荐轩辕。

一

2008 年，农历丁亥年。

新年伊始，中国人民簇拥在奥运会倒计时牌前，大家满怀信心、满心憧憬，用欢呼迎接这注定写入历史的一年。

对于黄金部队而言，2008 年的新年钟声，更像已经走过的 29 个年头，稀松平常地展开了帷幕的一角。

一总队化验室陶金花，一个化学专业大学生走进警营，26 年如一日，工作兢兢业业、尽心尽力，一心扑在化验分析上。此年，她担任实验室技术负责人，建立从样品送样、签订委托协议、样品流转、化验通知、质量检查判定、质量检查监督到检测报告报出的标准化质量管理模板。

二总队六支队总工程师孙耀华结合部队找矿前景，积极探索传统矿区找矿新思路，并大胆提出单一找矿必然向多元找矿拓展的思路，由于在六支队工作成绩突出，被提拔为二总队副参谋长。

三总队十二支队，在陈永华的帮助下，郭新光、阿木约布、吴澎骥等人在阳山矿区不断取得突破，方圆 289 平方公里的阳山，共发现 96 条黄金矿脉，累计探获黄金资源量 308 吨，远景储量有望达到 500 吨左右，总潜在经济价值达 500 亿元人民币，一举问鼎亚洲最大类卡林型金矿，世界排名第六。

郭新光和吴澎骥先后荣膺武警十大忠诚卫士。

黄金官兵们并不知道自己会面临什么，他们只是抬头看了看远方，迎着刚刚升起的太阳，毅然走向远方。

海口市的夏天街上，地面被炽热的太阳烤得滚烫，街上调皮的大黄狗，乖乖地趴在树荫下面，伸着舌头"呼哧呼哧"地喘气，河边的柳树无精打采地耷拉着脑袋。

在美兰区的椰树下，赵华宇步履蹒跚，最近他在海口谈生意，又听到了自己的东方金矿开采工作不顺利的消息。虽然高薪聘请过不少地方公司的专家，但收效都不好，所以这么长时间，几乎都是赵华宇这个老板兼任施工总指导。

赵华宇把人生最宝贵的时间都花在了这座金矿上，这里面寄托了他太多的感情。"再这么下去我这个老板真是要被累死，要不然把矿区直接给卖出去算了。"他自言自语道，漫无目的地走着，不知不觉间到了兴洋大道，黄金第九支队的门匾赫然入目。

赵华宇有些疑惑，走近一看：中国人民武装警察部队！这不是黄金海口基地吗？嘿，我说东方黄金基地怎么突然撤了，原来是合并到海口武警支队了。上次和孙耀华联系，他就到河南去当支队总工程师去了，这么长时间过去了，不知道他现在怎么样……

赵华宇心里嘀咕，这么多年了，也不知道耀华现在怎么样了，毕业前几年联系还频繁一点，时常通通书信。近年来大家都成家立业了，联系的次数也减少了。

想到这里，赵华宇从口袋里掏出手机拨通了孙耀华的电话。

正在办公室处理文件的孙耀华接起了电话，那头传来了赵华宇熟悉的声音："嘿，耀华，一晃十几年不见，你在黄金部队节节高升，我果然没看错你，你去哪里都能干出一番成绩。"

"哪有你赵华宇混得好，你毕业后去海南开金矿，现在是枕着金山、盖着银被。"孙耀华打趣地回道。

"可拉倒吧，实话跟你说吧，我现在这个老板当得是真累，又是出门对接矿业公司，又要下矿洞指导开采工作。"赵华宇向孙耀华吐槽道。

赵华宇顿了顿："耀华，我也不跟你客套了，海南这个金矿确实很不错，要是有时间，你来帮我看看，指导下工作。"

孙耀华思索了片刻："华宇，部队现在任务很重，特别是这才开年不久，各项工作交织叠加，等过段时间休假了，我再到海南来。"

"好，那我等你消息。"

二

2008 年 5 月，孙耀华应老同学赵华宇之邀，步出海口美兰国际机场。

出于对金矿的热爱，孙耀华决定趁着休假的时间前往东方市，实地考察一下这位老同学的矿区。两人多年未见仍然无话不谈，回忆了一个个生活片段。如今，一位成了部队的中层干部，一位成了地方公司老总，走出了两条截然不同的人生路。

在餐厅里，赵华宇紧紧地握住了孙耀华的手："兄弟啊，人生能遇你一知己，足矣！回不去的是青春，斩不断的是我们这一份兄弟之情，祝我们的兄弟之情历久弥坚！"

"对了，你结婚时我都没有时间去，下次你到海南把妻子带上，我再好好招待你们，把没能参加你们婚宴的遗憾补上。"

见赵华宇微微有了一些醉意，孙耀华没有让他继续喝酒，对他讲道："华宇，你带我去你的矿区看一看，让我掌掌眼，一睹风采。"

"哈哈哈……专业上的问题你还是那么关心，好，就明天。"

第二天，当孙耀华踏进矿洞时，湿润的气息扑面而来，空气中弥漫的一种泥土夹杂着金属的气息，耳畔传来时有时无的水滴声。环顾四周，发现洞壁上布满了各种形状的岩石和矿石，在阴暗的氛围中，有些矿石闪烁着诱人的光芒，在昏暗的灯光下格外耀眼。

孙耀华搓了搓眼，贴近洞壁仔细观察，他不禁感叹起来："漂亮，实在是太漂亮了。"

"是吧，兄弟这个矿还可以吧，这一趟可没白来吧？"

"确实完美，按照这种肉眼可见的程度就知道黄金含量不低啊，看这样子这是个富矿啊。"

赵华宇沉思了片刻："这个金矿真的是花了我不少心血，兄弟，说实话我真希望你能来我这里助我一臂之力。从我的角度出发，我是出于信任才跟你老兄说这话。你放心，待遇方面，我绝对不会亏待你。"

面对突如其来的邀请，孙耀华一愣："真没想华宇你这么高看我啊，我真是受宠若惊。"

"不是开玩笑，自从开采这个矿以来，我既当老板又当总工，全面负责东方金矿的开发。我对别人来当技术负责人都不放心，但是你孙耀华，我是放一百个心。我这边可以给你分个10%的技术股份，你不放心的话，今天我承诺的全部可以写进合同里面。你还要啥条件也可以提出来，只要是合情合理的我都可以答应你，但是有一点，我需要你全身心投入，不仅是网络顾问。"

回到屋内，孙耀华一直回想着赵华宇白天对自己说的话，回想着给自己开的条件。

哎，这个矿真的是有点好，赵华宇也是真敢说，这个条件真有点诱人。是自主择业，一边领着部队的"退休金"，一边选择一个可见的"钱"途，还是继续留在部队搏一个未来？自己也干到正团了，部队里面该体验的都经历过一遍了，该吃的苦都吃了一遍了，要不要在人生的下半场投入一个新的环境，在新的领域开辟出一片天地？孙耀华陷入艰难的抉择中。

就在孙耀华躺在海南酒店思前想后时，一场震惊全国的特大地震——汶川大地震爆发了，瞬间天翻地覆，山河破碎，川内一片哭喊哀号之声。

"耀华，四川地区爆发特大地震，现黄金三总队需要专家队伍支援，请马上归队！"

三

灾情紧急，接到召回命令的孙耀华，立刻结束休假，收拾行李赶往机场。在前往机场的出租车上，他给赵华宇打去一通电话："华宇，紧急情况，我需要马上返回部队。"

赵华宇明白，孙耀华着急赶回部队肯定与刚发生的大地震有关，他没有多问，只是在电话里道了句："耀华，注意安全，平安归来！"

孙耀华抵达机场，急匆匆来到登机口，正准备找个位置坐下，就看到悬挂在候机口电视里放着地震的新闻。主持人用沉重的口吻播报："今天 14 时 28 分，位于我国四川境内的汶川突然发生 7.8 级（后来修订后的震级提升至 8.0 级）大地震，地震造成道路中断和大量房屋倒塌，街道被损毁，初步统计上百个县（市）遭到不同程度的破坏，人员伤亡情况还在进一步统计中。"

"7.8 级。"孙耀华喃喃道，他的脑海中闪现出 1976 年唐山大地震的画面，那次也是 7.8 级地震，山河破碎，灾民流离失所，给人民财产和生命安全带来了无法挽回的重大损害。

这次的地震依然是 7.8 级，竟然和 32 年前的那场地震等级一样，那灾难带来的破坏程度相应一样……就在孙耀华思绪万千之时，衣兜里的手机"嗡嗡嗡"响了起来。

孙耀华掏出手机，来电的是自己爱人，"喂，老婆，我……"

没等孙耀华说完，妻子在电话那头讲道："耀华，四川发生大地震了！"

"我知道，总队给我打电话了，让我立刻归队，我现在机场登机口，正准备给你打电话说一声呢。"

妻子听到孙耀华要被召回，连忙问道："你要回来吗？部队叫你回来，会不会让你去四川？"

听到妻子在电话那边焦急地询问，孙耀华解释道："你别担心，现在只是让我回去，还不确定会不会去四川，我回去得到确切消息再给你说，先不给你讲了，我马上登机了。"

妻子还想讲什么，电话里却传来"嘟嘟嘟……"的忙音。其实孙耀华明白妻子想说什么，但他此时不想让妻子过多担心。

三个半小时后，飞机平稳降落在首都国际机场。在机场等候多时的司机接上孙耀华马不停蹄赶回廊坊市二总队营区。

此时已经是 5 月 13 日的凌晨 4 点，舟车劳顿的孙耀华感到异常疲惫，在后座上小憩了一会儿。当车辆停稳后，坐在副驾驶带车的参谋叫醒了刚睡着没多久的孙耀华："首长、首长，到了！"

孙耀华睁开眼睛，满脸疲惫之色，但他没空休息，手机里的短信要求他回来后立马去会议室。

孙耀华抬头看了看还亮着灯的机关楼，深深吸了一口冷空气，人立马清醒了许多，他调整了一下状态，迅速走向了会议室。

此时，一众总队常委正围坐在会议桌前研究着一张地形图。

孙耀华开口报告道："总队长、政委，我回来了。"

"你先坐，我们接着说，驻地成都的三总队已经奉命参加救灾任务。但此次汶川地震辐射造成的破坏范围较大，为了切实开展好救援工作，指挥部决定从各总队、支队抽调专家组，前往四川支援三总队共同完成抗震救灾任务。经过总队党委会研究，决定派孙副参谋长你带队前往，救援的人员已经集合完毕，待命出发。"

孙耀华已经在路上将总队命他紧急归队的原因猜到了七七八八，多年军旅生涯的历练让他立马调整了思绪，站起来说道："感谢总队党委的信任，把这么艰巨的任务交付于我，我一定坚决完成任务。"

紧接着，总队政委对孙耀华讲道："原计划是让你直接从海南飞往成都，但考虑通往灾区的道路中断和管制，前往灾区的救援力量都需要统一协调。还有这次任务的重要性和特殊性，所以还是决定让你先返回总队，待统一部署后前往。"

说完便将面前的一份文件递给孙耀华："前往成都所需要对接联系的电话和人员，都在这份文件里，你带上，里面还有具体路程和时间安排。"

会议结束后，孙耀华才发现手机上有十几个妻子的未接电话。

妻子正躺在床上辗转难眠，回想着随军多年仍是聚少离多，真有什么事的时候，别说帮忙了，联系都联系不到。正在气头上，枕边的手机响了起来，她拿起手机一看，是丈夫孙耀华的来电，"喂，你这个大忙人，想起给我回电话了，你到哪里了？什么时候回家？"

"老婆，我可能暂时回不了家，总队安排我出一趟差，家里辛苦你了。"电话那头传来孙耀华疲惫的声音。

听到他要出差，妻子顾不上生气，连忙追问道："你要去哪里出差？要去多久啊？你不回家一趟拿些换洗的衣服吗？"

孙耀华听出妻子的关心，揉了揉疲倦的眼睛道："去四川支援三总队救援，地震的情况想必你通过电视也知道了。"

听到丈夫要去四川，妻子也明白了缘由。虽然不舍，但作为军嫂，在大是大非面前她还是拎得清的，在电话里不断念叨着注意安全的话。

通话结束后，孙耀华困意消散，脑海里都是妻子这么多年默默的支持与付出。军人自然有他们的使命与责任，但能令他们安心履行职责使命的，是无数个这样的军属在背后的默默付出。

四

2008 年 5 月 13 日中午 12 时，由北京飞往重庆的飞机缓缓降落江北机场。孙耀华一行刚下飞机，就乘坐黄金三总队统一安排的车辆赶赴灾区。

在作战指挥中心，经过简要部署，三总队指挥所根据专业特长将各分队派到震区不同区域展开支援工作。

孙耀华、阿木约布（时任十二支队副总工程师）、张晓萍（十支队医师）被派到都江堰开展排查救援工作。接到任务后，一行人马不停蹄赶往都江堰。作为救援分队的唯一一名女兵，军营医师张晓萍可不简单。

1990 年，正值花季的张晓萍走进警营，成为一名黄金女兵。两年后，表现出色的她被推荐到武警医学专科学校学习临床医学，毕业后成为黄金十支队卫生队医师。此后，十年如一日，她发挥自己的技术特长，热心为官兵服务，在从医生涯中，张晓萍日渐感觉到人们的心灵世界越来越多样化，心理安抚和疏导需求越来越强。2004 年，张晓萍参加国家专门为部队开设的心理咨询师培训班，时代需要、部队需求和个人追求在此完美融合，她兴奋不已，立志要学好本领，当一名心灵使者。

汶川地震发生后，驻蓉部队迅速成立救灾前线指挥所，派遣先锋开赴一线。张晓萍向十支队递交救援志愿书，得到黄金三总队的批准后，张晓萍立即订了当天的机票，带着简单的行李，从昆明飞往成都，当晚乘坐总队的军车，与孙耀华和阿木约布共同赶到都江堰。

都江堰位于成都平原西北边缘岷江出山口处，因水利工程都江堰而得名，简称"灌"。受领救援任务后，孙耀华与阿木约布等人带着官兵来到这座历史名城。

　　受余震影响，通往都江堰的国道突然山体滑坡，车辆无法前进。孙耀华立即让官兵们下车，同各军兵种救援队伍一道，历时三个小时成功地清理出这条生命要道。

　　看着山坡不断滚落的石块，孙耀华与阿木约布商议道："约布，现在滑坡掩埋的道路虽然清理开了，但两旁的山体仍十分危险。我们得带人排查道路山体情况，做出评估预测，防止救援力量经过这条生命通道时发生坍塌掩埋。"

　　阿木约布听后十分认同师哥的想法，他抽调部分党员，冒雨沿着山路徒步进行地灾隐患排查。

　　由于余震不断，震区又在下雨，山路异常难行，山体两侧大大小小的碎石不时滑落。孙耀华和阿木约布带领小组，对崩塌点、滑坡体和灾害隐患点的危险性和稳定程度进行拉网式排查，顶着随时可能滚落的山石，完成既定的排查任务。返回临时驻地后，孙耀华又叫上阿木约布等专家组成员，汇总收集的数据、研判隐患点、标示地图。

　　在进入灾区 2 天后的夜晚，孙耀华还在整理着连日来的地灾数据资料，阿木约布脚步匆匆地走进帐篷："师哥，你知道吗？刚才听新闻，经过地震部门的精确计算，此次地震等级不是 7.8 级，是 8.0 级！"

　　孙耀华像是没听到阿木约布的话，仍埋头研究隐患点。阿木约布看着面容憔悴的孙耀华，又重复了一遍刚才的话，孙耀华这才反应过来。他站起身来，看着帐篷外淅淅沥沥的小雨，面色凝重："约布，地震等级这么高，现在余震不断，灾区还一直下雨，极易滋生滑坡、泥石流等次生灾害，给救援带来成倍的困难。我们一定要发挥黄金部队的优势，完成好地灾排查任务。"

　　在灾区救援的时间里，调查组队员们常常早出晚归，每天平均工作 14 个小时，几乎都在难走的山路行进，身体疲惫不堪，以至于休息吃干粮时都会睡着。

　　某天，阿木约布带两名组员排查到一处滑坡体，正拿着测距仪，一边观察一边报数据，余震突发，排查点上方泛起大面积白烟，隐约听到碎石滚落的声音。"不要慌，往山体根部跑！"说完，阿木约布就拉起两名小组队员直奔山脚下，刚找到一处岩石蹲下，大片滚石就从他们头顶呼啸而过。

阿木约布回过神来才发现，自己的安全帽被滚石砸得凹下一大块，而一旁组员紧紧地抱住小腿，五官拧作一团。

"怎么了？"

组员紧咬牙根地说："刚才被滚石蹭了一下。"

看着他额头上滚下豆大的汗珠，阿木约布赶紧和另一名组员解开他裤腿的风纪扣，慢慢卷起他的裤腿，整个小腿外侧血肉模糊。

他们用随身携带的急救包进行消毒包扎后，准备先返回营地。阿木约布用对讲机呼叫营地，希望战友支援，可由于距离较远，对讲机根本收不到信号。阿木约布只能和另一名组员轮流背着伤员朝营地走去，山路崎岖泥泞，一行人走得异常缓慢。

夜幕降临，伴随着"哒哒哒"的发电机轰鸣声，黄金部队临时营地的灯光也亮了起来。孙耀华刚整理完当日排查点的数据，突然发现，怎么没看见阿木约布？平日这个时间点，他也应该回来和自己校对资料信息了。

他连忙叫来一名战士让他去问问情况。战士问了一圈，官兵们都表示没见阿木约布。

孙耀华连忙召集人员："阿木约布小组还没回来，距离规定的归队时间已经过去两个小时了，对讲机也联系不到，我们分配下人员，按照他们出去调查的路线寻找。"

当听到每天战斗在一起的战友这么晚还没回来也联系不上，官兵们心里都担忧起阿木约布的安危，接到命令后纷纷跑回帐篷携带手电装备准备出去寻找。

就在大家准备出发时，帐篷外传来声音："副总工回来了！"

孙耀华立即掀开帐篷出去，看见阿木约布背着一名伤员回来了，他立即派驾驶员将受伤的队员转运回后方医院，让阿木约布到指挥帐篷，汇报今天的情况。

孙耀华问道："你们怎么没用对讲机汇报情况，是出故障了还是怎么回事？"

阿木约布听后叹了口气，"哎！师哥，你就别提对讲机了，队员受伤后我们就使用对讲机呼叫求援，却怎么也收不到信号。只能我们轮流背着他返回，边往回走边呼叫，可走了一段路，还是呼不到，后来对讲机电池也没电了。"

孙耀华听后一阵感慨，说道："黄金部队的救援装备确实落后了，不光是这次地震救援，平时野外作业也一样，发生问题只能自救，如果能更新定位和通信设备就好了。"

五

就在孙耀华和阿木约布等人在都江堰开展地灾隐患排查时，驻地军队得知虹口乡漆树坪村有近百名群众受困，希望联合各救援队伍进入虹口乡展开救援。

作为抗震救援突击队一员的张晓萍向孙耀华报告道："指挥长，你们现在的任务很重，让我带队进去吧，我是医生，进去还能帮受灾群众做点事。"

得到孙耀华同意后，张晓萍带领部分官兵，与军区联合救援分队一起，冒着余震和滚落的飞石，涉险翻越 5 座大山，蹚过齐腰的河流，徒步 4 个多小时终于来到虹口乡漆树坪。

张晓萍到达漆树坪，看着眼前一堆堆废墟和不远处蒙盖着白布的遗体，再也控制不住自己的心绪，掉下了眼泪。

眼看救援队伍都开始行动起来，张晓萍赶紧擦拭了一把泪水，对受伤的村民展开救治。就在这时，一个满脸尘土、衣服破烂的小女孩跑过来，拽着张晓萍的迷彩服颤抖地问："嬢嬢，你是医生吗？快救救我妈妈，救救我妈妈。"

张晓萍立马问她："小妹妹，你妈妈怎么了？"

小女孩指了指不远处躺着的女人，边哭边下跪，"嬢嬢我求求你了，救救我妈妈吧！"

张晓萍赶紧扶起女孩，来到她妈妈身边，只见躺在地上的女人嘴唇发白，浑身是血，已经出气多进气少了。但还是用尽最后一丝力气抬起手指向小女孩，又把目光看向了张晓萍，像是在跟她托付。

张晓萍重重地点着头，眼里的泪水止不住地往外流，一只手捂住嘴巴，另一只手紧紧握住女孩的手。

女孩的母亲在不甘的眼神中停止了呼吸。小女孩看到母亲没了动静，立马挣脱张晓萍的手，扑向地上已经没了呼吸的女人。小女孩一边用力摇着妈妈的手臂，一边声嘶力竭地哭喊着："妈妈你醒醒，妈妈醒醒。"

张晓萍看着这一幕，顾不上擦拭脸上的泪水，蹲下紧紧地抱住女孩。

夜晚来临，忙碌了一天的张晓萍给小女孩送食物，小女孩却一言不发地坐在那里。张晓萍走过去蹲下看着小女孩，从挎包里拿出面包说："小妹妹，饿了吧！看阿姨给你带什么了。"她拿着面包在女孩的面前晃动，小女孩却目光呆滞，一动不动。

张晓萍又问她："小妹妹，你叫什么名字，你还有其他家人吗？"

小女孩还是默不作声，就在这时，旁边的一位大爷开口用四川话说道："没得喽，她老汉前几年出车祸没喽，婆婆也在去年生病去世喽，就母女两个人相依为命。"老大爷说到此时，叹了一口气，"唉！可怜娃儿。"

看着小女孩稚嫩的脸，张晓萍又想起女孩母亲最后的托付，决定先把女孩带在身边照顾。于是她将小女孩带回官兵们临时搭建的营地，让女孩睡在自己身边。

半夜张晓萍伸手一摸，发现小女孩不见了，连忙打开手电，却没找到小女孩的身影。张晓萍的动静，也惊动了其他救援官兵，有人问道："怎么了？"

一听是小女孩不见了，官兵们立马开始寻找，可村里和安置点都找遍了还是没有发现女孩的身影。张晓萍突然想起了一个地方，猛地朝山中跑去。官兵一时不明所以，纷纷跟上张晓萍。赶过去一看，这不是临时摆放遗体的地方吗？

顺着张晓萍的手电光看去，只见小女孩睁着眼睛依偎在一具遗体身边。有人要说话，张晓萍立马做了噤声的手势，她慢慢蹲下抱起女孩，而女孩此时再也忍不住了，紧紧抱住张晓萍，撕心裂肺地哭着："嬢嬢！我再也没得妈妈喽，我再也没得亲人喽。"

此时的泪水已经模糊了张晓萍的眼睛，她用沙哑的声音说："以后我就是你的妈妈，我们都是你的亲人。"

看着眼前这一幕，在场的官兵都泪流满面，一个干部从张晓萍的怀里接过女孩，紧紧地抱着说："你晓萍妈妈说得对，我们以后都是你的亲人。"

以后，每当张晓萍给村民们拿药看病时，小女孩就紧紧跟在张晓萍后面，帮着她拿一些药品、打下手。张晓萍让她在休息点等自己，女孩说什么也不肯，生怕失去张晓萍这个依靠。

而视线另一边，战士们白天不停从废墟里挖掘救人，除了部分幸存者外，被压在下面的遇难者挖出来时通常是血肉模糊、肢体不全。

人都是有血有肉的，白天大家还能故作镇静，可一到夜晚想着那一个个鲜活的生命变成一具具冰冷的遗体，官兵们整体失眠，导致第二天精神不振。张晓萍也发现救援队伍中的不少官兵出现了心理问题。

面对这一情况，张晓萍利用自己的专业知识，对救援官兵们开展心理辅导。经过她的耐心辅导，官兵们的心理问题得到了缓解。张晓萍不只做心理辅导工作，在断垣残壁里，她也和战友一起搜救幸存者，不放过一线生机；也同战友们一道掩埋安置遇难者遗体，做好消毒防疫。

在漆树坪，黄金部队给当地小朋友建起了一所帐篷学校，张晓萍成为外援教师。在这里，有的孩子对地震仍心有余悸；有的孩子目光呆滞，沉默寡言；有的孩子藏不住心事，用稚嫩的语气问道："帐篷里，还会有地震吗？"

张晓萍看在眼里，疼在心中。她一方面鼓励孩子们自强不息，另一方面带着他们做游戏、讲故事，让他们把心底的愿望写在纸飞机上放飞。

她认为，要彻底解开孩子们的心结，还需要找源头，便主动联系老师，了解学生家里的受灾情况，尽量多抽时间陪护失去亲人的孩子，并号召身边的小伙伴多多关爱他们，帮助他们减轻孤单和痛苦。

8.0级地震让13亿中华儿女的心在悲痛中紧密相连，历史证明在中国共产党领导下，中国人民不会在悲痛中倒下，也不会在灾难面前屈服。

从温家宝总理在灾区一线指挥，到汶川地震中15名勇士从5000米高空惊天一跳；从14.6万的子弟兵不畏牺牲的救援，到山东十位老乡开着三轮车跨越4000里从山东到汶川参加救援；从9岁的抗震小英雄林浩自己艰难爬出废墟却为救同学再次钻进废墟将两名同学背出，到全国人民的不断驰援……无数感人肺腑的事情在这片土地上时刻上演着。

事实也向世界证明，伟大的中华民族在灾难面前只会更加团结。我们抹不平灾难带给我们带来的伤疤，也救不醒长眠于地震中的同胞，我们能做的只有珍惜当下，重建家园。

阴霾散去，灾区的天空重现光芒，虹口灾情得到初步控制后，张晓萍、孙耀华和阿木约布等人一起随大部队转战三江镇。灾难面前，黄金官兵用忠诚在抗震救灾战场驰骋，用赤诚的心书写下橄榄绿金色的篇章……

抗震结束后，张晓萍被党中央、国务院、中央军委授予"全国抗震救灾模范"荣誉称号，武警黄金指挥部为其荣记二等功。其他参与抗震救灾的同志也受到了各级政府和单位的表彰。

第十九章　再见灵宝　离愁别绪

丈夫非无泪，不洒离别间。

杖剑对尊酒，耻为游子颜。

蝮蛇一螫手，壮士即解腕。

所志在功名，离别何足叹。

一

2008 年 9 月 25 日晚，神舟七号发射升空，这一历史时刻，吸引了全国乃至全世界的关注。古老而浪漫的神话故事"嫦娥飞天"不知在多少中国人心中播下过漫游太空的美丽梦想。

"中华千年飞天梦，'神七'一朝圆，2008 年 9 月 25 日 21 时 10 分，神舟七号载人航天飞船成功发射，浩瀚的太空中将首次留下中国人的足迹。"新闻联播时间，主持人用激昂的语调播报这一则令中国人倍感振奋的消息。

观看完新闻之后，孙耀华的心情许久未能平静，索性裹上外套，来到空旷的操场，抬头看向遥远的天幕，仰观苍穹。从神舟一号飞船到神舟七号飞船，演绎了中国航天事业几代人的薪火相传，也激励着中华学子振兴中华科技文化实力的雄心壮志。

自从参军到黄金部队以来，孙耀华一头扎进地质报国的理想之中，奉献了青春，奉献了汗水，也让他赢得了许多的荣誉。可在夜深人静之时，他有时会回想自己曾经走过的路途，恍惚间又觉得好像什么也没有留下。

亲历了汶川救援的孙耀华，眼见地动山摇，山河破碎，无数的生命在一瞬归于尘土，他的内心满怀这样一种感受：人处于世间，犹如一粒砂砾，在自然与时光面前的个人是如此渺小。此时孙耀华看着夜空中闪耀的繁星，想着神舟七号正冲破天际，探索太空，又有另一种矛盾的感受。在历史洪流中渺小的人类，通过一代一代的努力，创造着文明与辉煌。

孙耀华不由得联想到部队的寻金工作，黄金与人很像，黄金在地层含量相较于其他矿物尤为稀少。可正是这稀少的黄金，在古往今来的历史长河中留下无比绚烂的光彩。包括在宇宙遨游的航天飞船，其机身和芯片制造都离不开黄金的支撑。

从黄金联想到自己，孙耀华更觉得人生一瞬，应该追求些什么，应该去做些什么，"逝者如斯，而未尝往也；盈虚者如彼，而卒莫消长也。盖将自其变者而观之，则天地曾不能以一瞬；自其不变者而观之，则物与我皆无尽也，而又何羡乎！"

陈永华退役重返校园教书育人、许向东用一生探索小秦岭、张文杰力挽狂澜开拓攻深找盲的画面，一幕幕在孙耀华眼前划过。

孙耀华定了定神，站在夜幕下自言自语道："赵华宇，我知道我想要的是什么了。"

将手中工作处理妥当后，孙耀华向二总队领导申请补休因地震而中断的假期。正当收拾行李准备再赴海南之时，孙耀华突然从原六支队战友那得知许向东生病住院的消息。

出于对老领导、老朋友的关心，孙耀华拨通了许向东的电话，手机响了一会才被接通："您好，请问您是哪位？"电话那头传来一阵女声，孙耀华猜测是许向东的女儿，于是试探地问道："你是许燕吧，我以前是许总手下的技术干部，我叫孙耀华，你还记得我吗？"

"孙总，我当然记得您啊。"许燕听到是孙耀华来电，显得有些激动。

"我想问问许老师身体情况如何，没想到是你接的电话。"

"爸爸他休息了，这次他不顾劝阻下矿洞，回来之后我就看他脸色惨白，没几天就病倒了。"许燕在电话那头解释道。

"我实在不愿爸爸再下矿去了，孙总您是爸爸的得意弟子，他没事还常提起你，我觉得你说话要比我这个当女儿的好使，要是有时间，你帮我劝劝他吧。"许燕向孙耀华请求道。

孙耀华听到许向东现在的病况，加上许燕的请求，想着花几天时间去三门峡看望许向东。孙耀华算了算去三门峡再折往海南的时间，应该还够用，只是他本来想着从海南返回后，再回老家一趟，这下只能再调整一下休假计划。

孙耀华打电话向妻子讲明许向东的情况。为了不耽误归队，这次休假就不回老家了，商定好时间后，孙耀华让妻子直接坐飞机到美兰机场汇合。他想带妻子在海南逛逛，弥补一下多年来亏欠的陪伴。

安排好一切，孙耀华即刻从廊坊启程，重返那座留下诸多青春记忆的小城——三门峡。

二

三门峡市区，路边一排排高大的梧桐树，装扮着整洁的街道。城市西端的陕州公园"四面环山三面水，半城烟村半城田"，道路北边是波光粼粼的宽阔黄河，清澈的水面，展现着黄河静美的风景，也颠覆着人们对黄河的印象。一群群天鹅在水面觅食、嬉戏、飞翔，飞翔的天鹅之后是美丽的三门峡城市身影，林立的高楼与飞翔的白天鹅，成为三门峡一道靓丽的风景。

看着熟悉的街景，闻着街道小店飘来的胡辣汤味，除去梧桐又粗壮了几分，好像什么也没变。俗话说近乡情怯，当孙耀华来到崤山西路，看着曾经工作的营区，竟感到一丝拘谨。

"咚咚咚……"一阵敲门声后，许燕打开了家门，看到孙耀华，马上向正在卧室静养的许向东喊道："爸，您看看这是谁来了。"

许向东看到孙耀华，显得十分高兴："耀华，你怎么能有时间来三门峡啊！"

孙耀华握着许向东的手："许总，好久不见，得知您身体抱恙，趁着休假，回来看看老领导。"

说到许向东为什么生病时，孙耀华劝道："您为地质事业已经贡献了太多了，现在您身体这种情况，还是不要下矿了。"

"耀华，自从你去总队后，咱俩好久没见了。但是你应该是了解我的，退休后许多矿产公司老板来请我探矿，给我很高的报酬，我都拒绝了。这次不一样，灵宝金矿投入开采，给当地带来了很大经济价值，让当地居民更加富裕了。可是这么多年过去了，小秦岭的矿产开发也严重破坏了当地的生态环境。前不久三门峡国土局找到我，希望我到灵宝的矿里再看看，给一些如何同时做好矿产开发与生态保护的建议。"

许向东顿了顿又接着讲道："耀华，现在灵宝浅表矿脉基本开采完毕，全都由大公司进行深层开发，在短时间内是能解决当地百姓的就业和经济问题，但长远来看，未来，生态的账还是要还的。你当初在六支队也处理过危机矿山再利用的问题，应该知道，这些事早做比晚做要好。"

看着本该颐养天年的老人还在牵挂着矿山，孙耀华的内心振动，他也明白矿山开采对生态带来的影响。20 世纪的国情迫使中国必须为了发展经济，暂时忽略生态文明建设。现在生态环境问题日益凸显，随着中国日益强盛，环境保护也越来越受到高层重视。

"耀华，你既然来了，就再耽误一天时间，我们师徒俩再去灵宝矿区看看。"许向东向孙耀华发出了邀请。许燕一听就要阻拦，本来孙耀华来三门峡就是劝父亲别再上山，现在反而上山看矿。

孙耀华想着许向东如今的身体状况，也想要回绝，但许向东对他们保证道："就坐车到矿山外围看看，不下矿洞，没事。"

孙耀华理解许向东的心情，便同意了。在许燕的陪同下，他们一行三人，再返小秦岭。

车开到矿山脚下，许向东和孙耀华下车，一步一步朝矿区走去。看着许向东的背影，孙耀华不由得想起曾经他还是助理工程师时，跟着许总跋涉小秦岭的场景。时光如流水，一晃多少年过去了，兜兜转转，这一次他们师徒又回到了小秦岭。

"耀华，前几个月汶川地震，你去一线了？"走在山道上，许向东向孙耀华问道。

"黄金部队以三总队为主，各个支队都派遣了专家赶到震区。"

许向东说道："虽然这次地震我没去前线，但我从四川的朋友那了解到，这次地灾救援时，地质队与军队一样，都发挥了很重要的作用。"

　　孙耀华听到许总的评价，也点点头："是的，根据资料显示，汶川地震是新中国成立以来破坏性最强、涉及范围最广、救灾难度最大的一次地震。但是，抗震救灾和灾后重建均能有序进行。其中一个重要原因就是地震发生前的多年里，政府在龙门山地区进行了大量的地质调查工作，这些地质调查成果在地震发生后第一时间向社会各界开放使用。地震发生后，地质工作者又深入灾区进行地质灾害调查和处置，为灾区人民排除后顾之忧，为灾区重建进行前期调查。"

　　谈起地质，许向东像是打开了话匣子："耀华，你要知道，地震救援也好，经济建设也好，地质工作一直是基础性、先行性的工作。1952 年 11 月，党中央、国务院提出'地质工作要大发展'的方针。毛主席在 1956 年年初听取地质部工作汇报后指出，在国民经济建设中，地质工作要提早一个五年，一个十年计划。地质工作必须先行，走在国民经济建设的前面。"

　　"地质工作责任重大，新时代背景之下，国际形势看似风平浪静，实际仍很不乐观，矿产资源安全是国家安全的重要组成部分。不要忘记新中国成立初期的苦难，也不要忘记苏联的前车之鉴。耀华，我们作为黄金部队的一员，更要坚守自己的理想，同时也要具有高度的前瞻思维。"

　　听着这位地质老前辈的谆谆教导，孙耀华内心肃然起敬，坚定地回复道："我明白，老师。"

　　停车的地方离灵宝矿区不远，他俩一路聊着很快走到矿区附近的一处村落。

　　孙耀华走近一看，只见村庄旁的小石桥下潺潺流淌着一条小河，水流还颇急，水色却黑灰到不可思议。那浑浊，使这水流有了很重的分量，含在水中的泥沙是纯黑的，还不时闪着些金属的光泽，完全失去了属于水的柔若无骨的感觉。

　　这是穿越灵宝市的双桥河，是直接流入黄河的一条小河。不幸的是，因为小秦岭金矿开发，不少集体或个人开的小金矿，在分离金子的时候，采取的是一种工艺非常简单的技术，要排出大量含汞等重金属的污染物，它们被顺理成章地排进双桥河。

看到此情此景，孙耀华拿出手机想拍下几张照片。几个老乡围在桥上看着孙耀华拍照，有一位老乡忽然问道："你们是干什么的？是环保部门的吗？"

孙耀华回复道："不是，我们是搞地质工作的。"当听说是地质队的，老乡们义愤地说："管管这条河吧！要害死人的。"

老乡们说，这条小河从前非常清澈，是村里人吃水、浇地的主要来源。十几年前，出了金矿，这条小河就不行了，变得非常恐怖，"里面有药，吃是不能吃了，连浇地也不敢用。"他们现在的饮用水全靠打井，"可是井水也和这条河是通的呀，也有药味。"而种地就全靠老天降雨了，"灵宝这里旱，粮食产量少了一半。"

这些村民强烈要求"上级"治理这条河，"做梦都想它变清呢！"

许向东问道："怎么治理呢？"一个看上去颇文秀的小伙子说："你们让上面给装一台净水的机器吧。"

孙耀华问他们："为什么想让装净水设备，没想到让金矿老板安装必要的污水处理设备呢？"

老乡们都摇头："他们才不会花这个钱呢！以前，国家开的金矿倒是有净水设备的，可是私营老板一开那些小金矿什么都往河里排，也不管了，宁肯让净水设备闲着！"

据老乡说，在小秦岭的文峪、西峪、桐峪，有大大小小几百家小金矿。

看着他们，孙耀华问："是不是你们也能从矿上赚到钱？"

老乡都有点不好意思，但显然是肯定的。一位中年汉子说："我们是拣人家剩下的矿渣，再掏一遍，赚点小钱罢了。"

孙耀华和许向东都明白了："那你们再掏一遍，排出的水只会更脏，也都流进河里？"

汉子憨憨地承认："倒是，这河脏成这样，我们也有份。"

孙耀华继续问："要不让国家把小金矿关掉，重新让河水变清？"他们都叫起撞天屈："那哪成啊！村里人在矿上打工的多着呢，指着矿赚钱呢。"

听着这样的话，孙耀华哭笑不得。

继续往山上走，他很快来到了开采点。看着如今被大规模开发的矿坑，到处停靠着挖掘机、推土机等大型机械，曾经的青山现在满目疮痍。灵宝到潼关一带，因为小秦岭金矿开发，人称"金三角"。河南人只要一听灵宝市，都爱开玩笑地说，要是灵宝人与你握手，不妨抠一下他的指甲，没准儿就会有一星半点的金子呢。

灵宝的金矿开发富足了一方，让灵宝市成为富裕的代名词，可看着现在的情况，孙耀华不禁在内心反思：这对于当地的百姓而言，到底算是获得了，还是失去了？

矿区的负责人认识许向东，在他的带领下，许向东与孙耀华走到了矿坑近处。许向东走上前去，用手摸着满是尘土的矿山，默默不语。孙耀华默默走到许向东旁边："许总……"

没等孙耀华说下去，许向东便接过了话头："灵宝转交给地方矿业公司开发之后，确实带动了一方经济。看到灵宝金矿我不禁想起了曾经的东坪金矿。耀华，你还记得曾经驻守遵化的八支队吗？1985年，黄金八支队刚宣布确认东坪金矿的几个月里，崇礼县的村民昼夜开山放炮，满山灯火通明。村民刚挖出一簸箕金矿石，就有倒卖的老板上万元收购。黄金八支队给崇礼县、给每天只吃两顿莜面窝窝的东坪村开辟了一片新天地，带来了亿万元财富。东坪金矿后期交由紫金矿业开发，灵宝金矿由灵宝公司开发，我给你讲这两座金矿，是想说灵宝市的矿产开发只是全国各地的一个缩影，各地质局、黄金部队通过矿产勘探带动了一方发展，这些功绩是怎么也无可磨灭的。现在国家富裕了，去年黄金产量到达270吨，要知道1979年才刚刚突破20吨大关啊。一代人做一代人的事，现在黄金事业又迎来新的时代。耀华，你是个有想法的人，曾经带着六支队完成多金属勘查探索，做得很好。我虽然退了，但是我了解地质，了解黄金，黄金部队目前也走到了发展瓶颈期，希望你这一代人接好接力棒，做好这一代人的事情。"

"你看地方上的人，别说开山找矿了，就连打猎、伐木还得先祭拜山神，烧香、放炮。我们穿军装的人不信牛鬼蛇神，可我却对矿山有着更深的感情。小秦岭被没日没夜地勘查、探索，这里的金资源一点点地显露出痕迹，它就跟我的孩子一样，看着它成长变化，你能够放任你的孩子不管不顾吗？"

"耀华，以后我们见面的机会可能很少了，我希望你不管到哪个位置，一定要坚守住一份责任，对自己的工作负责，也对时代和历史负责。"

听着许向东袒露心扉的话，孙耀华走上前，用手抠下一块石头。想着青春年少、意气风发在小秦岭山谷中勘探的时光，想着他追寻地质前辈们前行的脚步，一时无言，心中情绪却止不住地翻腾："一代人有一代人的使命，一代人有一代人的长征。"

三

告别许向东后，孙耀华坐上前往海南的飞机，他看着中原大地在眼中一点点变小，直至消失，而自己仿佛还置身于灵宝的矿山之中。

到了海口与妻子汇合后，她明显感觉到孙耀华的不对劲："咋啦，刚见过多年不见的许总，怎么还魂不守舍的呢？"

从海口去往东方的路上，孙耀华将许向东在六支队的事迹给妻子讲述了一遍，她的心也被深深触动："这么伟大的地质工作者，为国家黄金事业贡献了一辈子的前辈，却寂寂无闻地守在三门峡，真是令人唏嘘。"

看着海南这个新兴的经济特区，许多人因为改革发展富裕起来，忙忙碌碌，追名逐利，妻子对孙耀华讲道："你看现在的社会，人人都在追求金钱，追求名利，这似乎成为衡量成功的标尺。像许总那样纯粹的人越来越少了，我倒是觉得虽然许总清贫一生，却算得上真正的成功，令人感到敬佩。"

"是啊，你说人一生忙忙碌碌到底在追求个什么呢？有时候我很清楚，有时候又会感到迷茫。今年的神舟七号飞天，用了 17 年时间。几代人的坚守，就是为了实现载人航天的梦想。地质事业的传承更久，现在经济条件好了，又有多少人还愿守在艰苦的地质一线呢？"孙耀华回复道。

听着孙耀华的话，妻子对他讲道："华宇那边的事情，我相信你已经有答案了。"

两人心照不宣相视一笑，随后，孙耀华紧紧握住了妻子的手。

列车达到东方站，赵华宇早早开着车过来接站了。再见孙耀华，赵华宇上前就给他来了一个拥抱："救灾英雄，终于等到你回来了。"

看见孙耀华携妻子来到海南，赵华宇显得十分高兴："你们来东方什么也别管，我都包了。走，今晚带你们尝尝特色烤乳猪。"

看着赵华宇豪气的样子，孙耀华打趣地说道："华宇，看来你毕业这么多年没少挣钱啊。"

"你这是哪的话，我这都是自己挣点辛苦钱。要是真容易干，我也不会想着让你来帮我，唉，一言难尽。"

赵华宇开着车，把两人带到了东海路，一路上都是特色的烧烤店，除去常见的海鲜，海南当地的烤乳猪可谓是一绝。

海南乳猪与其他家猪在饲养环境与饲料上有着很大差异。在饲养母猪的时候，以花生饼、米糠、野菜等为饲料。乳猪出生后的第一个月，就可以在猪槽里喂养了。一般都以大米煮稀饭，小鱼做佐料来喂食。等猪仔大一些，再加入花生饼、米糠等，促进猪仔的生长。还有一个重要特点是乳猪不能圈养。这样的乳猪烤出来皮脆、肉细、骨酥、味香。

香喷喷的乳猪端上桌后，赵华宇朝孙耀华说道："耀华，你要想喝点我再叫瓶好酒，但我这确实陪不了你了。"

孙耀华有些不解，前不久他们还在把酒言欢，才这么几天怎么就不能喝了？没等他发问，赵华宇主动解释道："才在香港做完心脏支架没多久。"

原来，在孙耀华返回部队地震救援期间，赵华宇依然坚持既当老板又当工程总负责，没日没夜地守在矿区，还经常下到矿洞内部指导工人的开采工作。长时间劳心劳力，加上饮食不规律，导致心脏出现了问题。

一天夜晚他检查完矿内情况，朝洞口没走几步，突发心梗，一头栽倒下去。幸好在他身后出来的工人发现了，开车将他送往东方市人民医院，紧急救治后，他又转到香港做了支架手术，总算保住了一条命。

"耀华，这也是我为何一心想要你来帮我。这些年我对东方金矿倾注了太多感情，我不放心别人来掺和，自己当个老板又当总工。但是对你，咱们都一个寝室出来的兄弟，交给你来做金矿的技术负责人，我放心。"

听着赵华宇的讲述，孙耀华没有正面回答，只是将去三门峡见徐向东总工的事，又对赵华宇重述了一遍，"华宇，大学毕业时，我们就选择了两条截然不同的道路。在你看来，我到黄金部队是选择了一条最艰苦的路，可是人生这东西，你怎能评价出个对与错、好与坏，只要坚定了方向，便只顾风雨兼程。从陈永华老师那里我了解到什么叫赤子之心，从许向东总工的身上我也看到什么叫地质人的情怀。我相信，尽管从地质大学毕业这么多年了，你也应该理解我，也会支持我的选择。"

赵华宇看着孙耀华，开心地笑了："我懂，这个矿你是看过的，我若想出手，随时不缺老板来询价。既然如此，你就陪我送它一程吧。"

赵华宇要来几颗新鲜的椰子，让店家切好插上吸管，三人举起椰子碰了一下，以椰汁代酒，回忆起过去。

吃罢晚饭，夜色已深。赵华宇带着二人在东方市的海边散步。不同于三亚绵延细密的沙滩，东方的海岸满是青黑色的礁石堆，此时看着浪潮一波一波地拍打着礁石，有一种别样的海景风情。

海上清朗的明月升起，月光洒在三人的身上，赵华宇说道："耀华，既然你决定继续留在黄金部队，作为朋友我也祝福你能越走越好。明天我再带你去看看东方金矿，转交出去之后，我就要启程去加拿大疗养了，在那边安度此生。"

孙耀华听到赵华宇准备出国的消息，一时有些惆怅，此去经年，不知何时才能再见。

此时，两人不约而同地想起大学时经常唱的那首《勘探队员之歌》："是那山谷的风，吹动了我们的红旗……"

星辉之中，孙耀华看见赵华宇的眼角有荧荧泪光闪过……

四

"耀华，跟我再下一次矿洞，以后这就交给别人了，想再来看也没机会了。"次日，赵华宇带着孙耀华又来到了东方金矿，走到了金矿内部。

看着自己付出多年心血的矿洞，赵华宇实在是舍不得转卖，但是他的身体也不允许他再这般经营下去了。摸着洞内的矿石，赵华宇一阵沉默。

孙耀华也无意打破这时的寂静，只是静静看着赵华宇。他和赵华宇相识多年，在他的印象之中，赵华宇一直是乐观、开朗的，甚至还带几分纨绔子弟的味道。但在此时，孙耀华从赵华宇触摸矿石的神情，仿佛看到一丝许向东的影子，在灵宝矿区时，许向东也是同样沉默不语。

或许，地质人的情感都一样，无论在黄金部队、在地质队、在矿业公司，大家对待一座金矿的感情，都是很难言表的。就如许向东讲的那样："看着矿山一点点地勘查，一点点地开采经营，就跟看着自己的孩子逐渐成长一样。"

　　赵华宇虽然和他走了不同的路，但是孙耀华知道，赵华宇也拥有地质人的心，所以昨晚当他讲述完许向东的故事之后，无须再多言，赵华宇一下就能明白孙耀华要的是什么，也一下便能了解孙耀华这样选择是为什么。

　　"耀华，你知道吗，我原计划这个矿再好好开发几年，正式上市拓展市面上的金店，自己营销，就叫海南黄金，广告词我都想好了，就叫'北有山金，南有海金'，可人的命数有时真不是自己能决定的。"

　　听着赵华宇天马行空的经营计划，孙耀华本来还想笑笑，但不知怎的，却感到一丝遗憾和伤感。

　　"好了耀华，咱们往外走吧。"赵华宇害怕自己再待下去，会忍不住流眼泪，这是把孩子割舍给别人去养了啊，他的心里能不波澜万千吗？

　　往后几日，赵华宇将矿权挂牌出售，与东方金矿的交集情感正式画上了句号。正如赵华宇所言，由于金矿品位好，加之海南地区气候好，不同于内地山区，要避开寒冷的冬季，这里可以四季不间断开采，询问的老板源源不断。

　　站在美兰机场，孙耀华与妻子一起与赵华宇告别，他将后续的转让事宜交给家人代办，自己先启程飞往遥远的枫叶之国疗养，而孙耀华也将结束假期返回部队。

　　在机场，赵华宇与孙耀华握手告别。离别在即，两人竟然说不出再多的话，看着赵华宇即将登机，孙耀华说道："华宇，要是有时间回国，一定联系我。"

　　赵华宇深深点了点头，拿出手机晃晃："有事发短信，保持联系。"

　　送别赵华宇，孙耀华又抽出时间去了一趟驻守海口的九支队，以朋友的身份与郭镇凯聊起了近段时间的生活和对黄金部队未来的一些想法。

　　在交流快结束时，郭镇凯突然感慨道："耀华，你和我不一样，我是地方高中入伍从战士提干的，现在到正团就到头了，你是名牌大学毕业的高才生，你前途无量。黄金部队传承到如今已经快满30年了，30年来一代代黄金兵闯雪域、上高原，为国家提交了珍贵的黄金储量，我们这代人即将退出历史舞台，未来就得你们这一代人好好扛旗走下去了啊。"

返回廊坊后不久，孙耀华接到了新的任命，调任七支队支队长。而郭镇凯也在年底达到自己的服役年限，转业留在了海口。正如许向东所言，黄金工业前行到当下，等待着黄金部队的一场大变革，就快要到来了……

210

本章历史大事件出处

1. 1952 年 11 月，党中央和国务院提出"地质工作要大发展"的方针。出处：中国社会科学网，《新中国建设大潮中的地质工作》，2016 年 8 月 1 日。

2. 毛泽东主席在 1956 年指出：在国民经济建设中，地质工作要提早一个五年，一个十年计划。出处：光明网，《地球科学为何要先行》，2001 年 3 月 26 日。

第二十章　职能转换　奋战南疆

十里关山边草暮，一星烽火朔云秋。
夜来霜重西风起，陇水无声冻不流。

一

2008 年 12 月，经过二总队党委研究，决定推荐时任总队副参谋长的孙耀华出任黄金七支队任支队长。上级批准以后，孙耀华来到了阔别了许久的山东烟台市。

上任初期，孙耀华联合支队总工程师在支队原有的找矿靶区上积极拓展新的区域，又对原来的靶区进行了深层次的勘探，在他的带领下，接下来的几年里，七支队向国家提交的金资源量在逐年提升。

北部方向，黄金一总队找矿业绩也在逐年提升，从沙金转入岩金后，一总队先后探获哈达门沟与砂宝斯金矿，西口子金矿开发完毕后，黄金一总队又在新时期大放异彩。2008 年，黄金三支队砂宝斯矿区顺利通过了国家评审，31 吨黄金开采权迅速转入市场。

得知砂宝斯金矿的喜讯，陈永华趁着空闲时间，来到额尔古纳看望王卫国，也邀请他一同到了砂宝斯金矿看看老支队的发展建设。虽然这是陈永华第一次来到砂宝斯，但王卫国却显得轻车熟路，他退休之后常到附近黄金部队野外作业地去看看，每当得知黄金三支队在砂宝斯外围勘探又发现新的矿脉，王卫国都忍不住向陈永华报喜。尽管他俩已经不再隶属黄金部队，可是离开部队后，心中的迷彩服却始终没有脱下。

冰天雪地的漠河，大兴安岭密林、额尔古纳河畔，见证了黄金部队的建设和成长。白驹过隙，时光匆匆，历史进入 21 世纪，如同冰雪融化一般，消散在这片密林深处的故事，还有太多太多没有在时光里留下印记，时间在悄无声息之间来到了 2011 年年末。

2011 年年底，簌簌飘落的白雪将哈尔滨市裹上一身白衣。一纸通知在驻守冰城的黄金三支队引起"地震"：在总部党委的推动下，黄金指挥部在与国土资源部业务对接洽谈中达成共识，黄金部队在巩固传统找金优势的基础上，逐步转为承担以区域地质调查、矿产远景调查为主的基础性公益性地质工作。三支队作为先遣队，要第一个冲上去。

翻阅黄金部队的历史，由基建工程兵转为武警黄金兵，再由单纯找金转为多金属勘查，每一次转型都是一次脱胎换骨，每一次都面临重大考验。又是一次让部队重新启航的新征程，谁敢冒这个险！

为打开多金属找矿的僵局，三支队邀请老总工程师陈永华到支队指导地质找矿工作，在座谈会上三支队现任领导表达了自己心中的顾虑。

"别说我们没有一个人会干，大多数官兵甚至听都没听过！"支队总工程师第一个表达了自己的担忧，"我们技术干部总量不足任务所需的五分之一，现有装备能用得上的也没有几件，这不等于白手起家？"

分管生产的时任副支队长也有些畏难情绪："区域矿产调查（以下简称区矿调）项目周期长、投入大、难度高，进得去不见得展得开，要不先缓一缓，储备力量，等其他单位闯出了经验再上去也不晚。"

两个关键人物都没有转过弯来，但亲历了黄金部队变革的陈永华深知个中利害："区矿调是黄金部队中心工作发展的大趋势。守着金子可能满足一时，但终究是条'死胡同'，开展区矿调虽然举步维艰，但转过去就是一条光明大道。长痛不如短痛，早转总比晚转好，先干起来再说。"

"我的想法与陈总不谋而合，既然决定要转型，三支队就积极响应转型，在新时代将西口子精神发扬光大，多金属找矿要走在各支队前列。"会议像一锅滚开的热粥，在三支队支队长斩钉截铁的话中平息了下来。一个主动调整、积极转型的决定在常委会上应运而生。

党委机关、科技干部、基层主官、战士四个层面，层层统一思想；党委中心组、机关各（部）处、基层各小组，层层展开学习，部队对区矿调的技术标准、质量要求的认知越来越清晰，对开展区矿调的现实意义、重大责任的认知愈来愈统一。以学习区矿调知识为主要内容的大练基本功活动也逐渐升温。

会后，大家陆续离开了会议室，一路上议论纷纷。三支队支队长叫住了受邀参会的陈永华："陈总！对于此次职能调整，我想听听您的建议，有什么好的思路，能让三支队转型中走在总队前列。"

"这次调整改革，不是对某个单位、某个人，也不是在哪个单位做试点，是在整个指挥部开展的一次历史性改革。我记得前几年六支队在南坪矿区先行试点了多金属找矿，取得了一些成果，也得到了上级的认可。但此次整个黄金部队改革可不仅是单方面的，要同时把几项工作都筹备好，开展好，还有大量工作需要做。"

两人边走边聊，不觉间已经走出了机关楼，看着鹅毛般的雪花伴随着北风在空中起舞。

初春的哈尔滨，经过一夜的飘雪，营区披上了素装，柳枝变成了银条。大雪把杨树的枝条打扮得像美丽的珊瑚，又像奇异的鹿角，天连着地，地连着天，白雪茫茫，无边无际。

"咯吱、咯吱……"一个人影随着踏雪的声音，走进机关楼，来到支队长办公室门前。

"支队长好，您找我？"

"职能任务调整转型的事情你们中队昨天传达了吗？"

"报告首长，传达了！"

"你当中队主任工程师也好几年了，也知道这几年黄金各支队在找金方面都没有大的突破，都在啃老本，现在指挥部要任务转型。我和政委商量了一下，决定先选拔一些学习能力强、业务水平高的同志，组成支队任务转型先锋队，具体由你负责，谈谈你的想法。"

"支队长！新的职能使命，虽然是我们从未接触的领域，但这些年也在野外总结了很多实践经验，我相信在支队党委的正确领导下，我们一定能争做转型学习的排头兵。"

"有决心是好的，但今天找你不是让你来表决心的。现在支队踏上转型之路，要学习新的知识、掌握新的本领，在新的领域干出新的成绩，也一定程度上决定着我们这支队伍未来的走向。"

接着三支队支队长又讲道："指挥部已经下达了区矿调培训任务，现在你回去把手上的工作做一下交接，然后挑选一些学习能力好的官兵，先在支队开展新职能培训。等指挥部培训的具体时间确定了，根据你们的学习培训情况和考试成绩，再决定选派哪些学员代表支队前去学习。"

不久之后，黄金指挥部下达了《关于区域矿产调查培训的通知》，地点定在襄阳市（原襄樊）武警黄金技术学校。整个黄金部队多金属勘查工作重点方向调整为东北、西北方向，黄金三支队、黄金七支队所负责的区域都处于重点勘查点内。

春暖花开之时，孙耀华准备从烟台启程，前往南疆检查指导中心工作的开展情况，政委也代表七支队党委对前去参与指挥部多金属勘查学习的学员进行了动员，期待他们学成归来。

二

天山以南，昆仑山以北，称为南疆。这里地域广阔，干旱少雨，自古以来就是一个多民族聚集的地区，汉族、维吾尔族、塔吉克族、柯尔克孜族等民族的艺术和绚丽多彩的风情，构成了具有浓郁民族特色的人文景观。

南疆干旱，每年春夏之交遮天蔽日的沙尘都会席卷这片土地，风沙会随着公路的高低起伏，在公路上堆积成一个个大小不一的沙丘。

正是这些沙丘，让孙耀华的车在马路上"搁浅"了，他下车和驾驶员一起清理车下的风沙，"小李你那边怎么样了？"

"首长，我这边也差不多了，再打火试试吧。"

随着发动机的轰鸣，车轮迅速地在黄沙里转动了起来，可车子却没前进一点，反而是把车轮下的流沙刨起来不少，车轮也随之陷了下去。孙耀华赶紧喊停，熄火后，两人看着好不容易掏空的车底，随着轮胎陷入沙里，底盘又被托了起来。

此时已经是晚上 9 点多了，夕阳的余晖染红了天角，天光沙色浑然相融，熠熠生辉。

两人顾不上欣赏这么美的落日，南疆的夜晚是要比内地来得迟些，可随着暮色降临，气温也越来越低了。他们已经被困在这里两个多小时，原本预计天黑之前赶到驻扎在前面小镇的中队，而现在车子却动弹不得。南疆不仅风沙大，更是地广人稀，小镇之间相距上百公里都很普遍。这个季节风沙肆虐，公路被黄沙掩埋，白天或许偶尔有车经过，现在这个时间可能不会再有车辆出现了。

两人举着手机，看能不能在高处找到一丝信号。天空全部暗了起来，虽然风沙暂停了，可沙漠在没有日照的情况下，气温骤减，两人只好回到陷车的位置。

"首长现在气温太低了，您要不先上车，我再去找找信号。"

"小李，晚上在这荒漠戈壁，单独行动不安全，我们都先上车吧，只能等明天路过的车辆帮忙拖车了。"

"可是，首长……"

"不用可是，我知道你担忧什么，你怕晚上刮起风沙会把我们的车辆掩埋了。但现在天已完全黑了，待在车上等待救援是目前最安全的措施。"

就在两人在车上等待天亮时，一束灯光照射在了车窗上形成反射。

"首长，有车、有车！"茫茫黄沙中，一辆车驶到了他们陷车的不远处，还没等他们招手，车子便停了下来。

从车上下来一位身穿维吾尔族服饰的中年男子，朝着他们走来，用不是很标准的普通话向他们喊道："朋友，需要帮忙吗？"

"老乡，我们的车陷在沙里了，您能帮我们拖一下车吗？"

维吾尔族老乡走近一看，两人身着军装，没等两人再开口，便围着车子转了一圈，随后走向自己的车辆。维吾尔族老乡在自己的皮卡车厢里翻找着什么，没两分钟再次向他们走来，手里拿着铁锹和拖车绳。

走到被陷的车前，把拖车绳递给他们让把两车连接好，自己拿着铁锹，把车底的沙尽量多掏一些出来。随后维吾尔族老乡，用不标准的普通话向小李说道："轻轻踩油门给油。"在老乡的协助下车子终于被拖了出来。

取下拖车绳后，孙耀华向维吾尔族老乡表达感谢，并从兜里掏出 200 元表达心意，维吾尔族老乡摆手拒绝了。只见他掏出随身携带的一枚麦穗五角星，是一枚武警夏常服领花，还没来得及开口问，老乡便说："你们是不是要去前面的镇上的部队？"

小李这下忍不住了，问道："大叔，你怎么知道我们要去那里？"

老乡回道："我们这里地广人稀，就小镇上有一支部队，每年春来秋去跟转场的羊群一样。"这时老乡又返回车里拿了两块馕饼给两人，"这么晚了你们肯定没吃饭，这个拿着车上吃，我给你们前面带路。"

两辆车一前一后，行驶在有沙丘减速带的公路上，40 多分钟后到达了镇上中队的驻地。

此时营区内灯火通明，看到来车后，中队干部连忙走出来查看情况，还没等中队长走到跟前，就听到维吾尔族老乡向中队长喊道："阿达西（维吾尔族语，意为朋友），看我给你带谁来了。"

中队长一看这不是孙支队长吗！他连忙快跑过去敬礼："欢迎首长来中队检查指导，接到通知说您今天到，可今天有风沙，想您在路上走不了那么快。您要是再不到，我们就要沿着公路去接您了。"

维吾尔族老乡一听："原来你是他们的首长啊！把你们送到了，我也该回去了，改天请你们吃烤全羊。"孙耀华再次感谢了老乡的帮助，老乡又向中队长招手道："阿达西，我回去了，便挥手离开了。"

老乡离开后，孙耀华问道："杨队长，你们跟当地老乡的关系很好嘛，帮我们拖车，还要请我们吃烤全羊，你还成为维吾尔族兄弟的阿达西，说明你们在驻地做到了真正的军民鱼水情啊！"

"首长，我们中队在这里开展工作，在遵守民风民俗的同时，会根据支队的安排，不定时为当地的老乡做一些力所能及的事情，有时中队医生为他们做一些义诊并开一些支队配备的药品。有一次刮沙尘暴，刚才那位维吾尔族老乡女儿发高烧，如果不能及时治疗，可能会得脑膜炎，是在我们中队医生的治疗下退烧的。从那以后我们就成了最好的阿达西，他也会经常给中队送一些哈密瓜、葡萄等水果。"

"这样啊！怪不得，他帮我们拖完车，我们为了表示感谢，给他钱他不要，而是给我们掏出了一个随身携带的五角星领花。"

"首长，那是在为他女儿打了退烧针后，我抱着他女儿，小姑娘的手紧紧地抓着我的领花。他女儿康复以后，他非问我要领花，说是要作为护身符，说看到五角星就能想起救命恩人。原来他们父女俩一人随身携带了一枚啊！"

"小杨，你们做得很好。新疆地区少数民族众多，在这里开展地质工作，我们一定要遵守好民风民俗，发扬人民子弟兵的优良传统，团结和服务好少数民族同胞，才会在开展工作时得到大家的支持与帮助。"

"是！首长，我们一定牢记！"

"好了，先安排我们住下，你们也早点休息吧！"夜色已深，随着屋内灯光的熄灭，孙耀华此次来南疆的工作也正式展开了。

三

南疆阿拉哈克小镇的清晨，太阳刚刚升起，肆无忌惮地将光芒泼洒在山上，画出了纹理、棱角与层次。山顶上飘着几团云彩，那里，可能正有一场大雪降临。

"集合！"

随着一声集合的命令，大家都紧锣密鼓地整理着自己的装备，在不大的野外临时营区里列队完毕。（由于黄金官兵常年野外作业，区域跨度较大，作业点较为分散，在每去一个地方作业之前，都会在当地租一处合适的民房作为临时营区。也被官兵们戏称为新时代的地质游击队。）

"稍息，立正！支队长同志，中队外出作业前集合完毕！请指示！中队长杨勇！"

"请稍息！"

"同志们！根据支队中心工作安排，我来到咱们奋斗在喀喇昆仑山脉的尖刀中队蹲点帮建，跟大家一起鏖战雪域昆仑、争当地质尖兵。"

"大家都知道，今年是我们黄金部队转型发展的开局之年，大家作为奋战在昆仑雪域的地质尖兵，一定要在确保安全的情况下，按时完成野外作业任务，以优异的成绩，为党的十八大胜利召开献礼！"

"出发!"

一名名划分了小组的官兵登车出发,孙耀华也准备上车,同组的中队长跑了过来。

"首长!您昨天刚到,咱们这里属于昆仑高原,作业区更是环境恶劣、山高坡险,您要不先适应几天?"

"小杨,我理解你的好意。我之所以今早才和你说跟组作业,就是看自己一晚的适应情况,早上起来状态还不错。你别看我年龄比你们大,但也是长年在野外一线锻炼的,好了,上车出发。"

车子在 3000 多米海拔的公路上行驶了 50 多分钟以后,转向了一条土路。说是土路,其实只是雪山融化的雪水冲刷出来的河床。

车辆行驶在裸露的河床上,整辆车上下颠簸,车内的人时不时地头还要撞一下车顶,可就这样的路也在行驶了十多分钟以后无法行驶了。

大家下车整理好装备后,朝着既定的目标出发。走在乱石林立的河床上,脚时不时踩到两块石头的夹缝中歪一下。官兵们就这样深一脚浅一脚,伴随着"呼哧、呼哧"的喘息声向前走。

"首长,把您背的装备给我吧。"

孙耀华用急促的声音回答道:"不用,我长年在野外工作,还是能跟上大家的速度。"

走到工作区域后,汗水早已浸透了大家身上的衣服。虽然身体很热,日照也很充足,但停下来休息的大家,谁也不敢把潮湿的衣物脱下来。

五里不同景,十里不同天,看似蓝天白云,实则阴晴不定,加之呼啸的冷风,大家只能靠体温来阴干衣物。

稍作休息后,大家便开始了工作。孙耀华用随身携带的地质锤,从一块其貌不扬的岩石上敲下一块,又用放大镜观察里面的成分,接着又滴了一滴盐酸在上面,让大家一起观察岩石的反应。盐酸遇到岩石里的钙质成分,产生化学反应,冒出了气泡。

就在大家盯着岩石看反应时,孙耀华突然向勘探官兵们问道:"你们在野外勘探时,遇到这种岩石,没有明显含黄金的特征,你们会怎么做?还会不会继续查看,或带回去化验?"

大家被支队长突然询问，脸上都露出疑问的表情，不知首长是何用意，一时间都不敢回答。

"小杨，你这个中队长是地质专业的科班生，你怎么做？"

"首长，我们的主要任务就是寻金，一般探寻的过程中，对含有其他矿物质的岩石不会有过多研究。"

孙耀华继续问道："如果只是单一找金，那我们从胶东半岛，跨越几千里转战到南疆阿勒泰的意义是什么？"

小组的战士经过和孙耀华一路的相处，觉得支队长除了在对岩石分析记录时较为严肃，剩余大部分时间都很和蔼，也就放松了下来，对一些专业问题，也大胆地向首长请教。此时听到首长问讯，也是积极地回答道："首长，我觉得最大的变化，就是工作区域海拔变高了，环境更为艰苦了，还有离家越来越远了，但工作内容还是一样。"

孙耀华听后用叹息的语气说道："是啊！离家越来越远了。过去30年根据国家的发展需求，我们一直在单一地找金，长时间下来，大家都把找金作为我们唯一的任务了。这30年的寻金，我们从原始森林的兴安岭，到金镶边的黑龙江，从生命禁区西口子，到黄沙戈壁的哈达门，从贫瘠荒凉的阳山，再到海浪滔天的海南岛，我们用脚步丈量着祖国的每寸河山。可黄金毕竟不是再生资源，现在金矿越来越难找了，国家对矿产资源的需求越来越多元化了。我想这也是上级为什么要把我们的职能任务从单一的找金，调整为两调一查一救援的原因。"

"随着时代发展进步，国家的需求也在改变，我们对职能任务的开拓一定要跟上国家发展思路。中国这样一个幅员辽阔的大国，矿产是何等的丰富，不能满足于单一地找金……"

就这样孙耀华从国家发展的时代需求，到黄金部队的发展历程，再到现在的职能任务转变，对小组成员进行分析疏导，要求官兵们在思想上对部队的职能任务调整有一个新的认知。

孙耀华是这样想的也是这样做的，在接下来的工作中，他坚持每天跟组作业。在平均海拔4000米高寒缺氧的南疆，孙耀华连续3个月工作在一线，与官兵们一道在风雪中翻越高山，攀爬陡壁，采集数据。

在他的帮助下，官兵们在采集数据的工作中，只要遇到含有矿物质的岩石，都会带回来一起研究学习。这不仅极大地提高了大家的学习积极性，也在转变中鼓舞了大家的士气，更是在野外一线技术干部中掀起了学习的浪潮。

就在大家沉浸在边学边干的氛围中时，发生了一件让所有人都后怕的事情。

早上，大家像往常一样，各自按照前一天的分工，朝着既定的任务区出发，中队长也带着自己的小组前往自己的任务区。

戈壁滩上，一辆橄榄绿的越野车行驶在上面，车内的中队长正在向今年第一次参加野外工作的新兵王恺讲述今天的作业区和主要工作。

"王恺，今天的工作要比前几天的轻松一些，采样的地方车基本能到达，不需要走太远。你第一次来野外勘探，所以带你干个比较容易的点，到时候你好好学，看我是怎么分类装样写标号的。"

王恺立马回答道："队长您放心，我一定好好学！"

没多久越野车就开到了工作区附近，两人拿着采样工具，朝着戈壁深处走去。到达工作点位后，中队长开始教王恺怎样采样、编号。

工作接近尾声，中队长考虑到天气炎热，想着离车也没多远，就对王恺说："天气太热，你先把这些样品背到车上，我把剩下几个样一采，咱们今天的工作就完成了，没必要都耗在这里。"

王恺听队长照顾自己，十分不好意思："队长，要不再挖几个我一起背出去？"

队长一听，笑着说："怎么，怕剩下的我背不动啊！"

王恺立马说："没有，队长，我是想多学习一点嘛。"

"好啦！放心，剩下的我能背得上，你把样品放到车上就先上车休息吧！"

王恺听队长这样说，也不再拒绝，扛起矿石样袋就朝着停放车辆的位置走去。

刚走了没多久，戈壁滩上就狂风骤起，碎石被卷入空中，天地顿时混为一色。王恺立马趴在地上，这是他们野外培训过的避险方式。没过多久狂风刮过。王恺起身拍了拍身上的沙石，背起样品继续朝着车辆走去，此时的他还不知道自己已经走错了方向。

中队长那边已经把剩下的样采好，背起样品朝着车辆走去。半个小时后走到车边，驾驶员立马下车接过队长身上的样品，问道："队长王恺背几个样啊，您把他落这么远？"

队长一听，心中顿时慌了："怎么，他没有回来吗？"

驾驶员也瞬间蒙了，说："我一直在车上没人过来啊！"

中队长脑中嗡的一下："我看天气太热，担心他中暑，就让他背几个先回车里休息，我把最后几个样采了就出来。他早走一个多小时，我都出来了，他不可能还没出来啊！这么近不应该走丢啊！"

中队长立即让驾驶员陪他沿着采样的路线找寻，两人边走边喊："王恺、王恺。"当他们再次返回采样的地方，还是不见人。

中队长急得冒汗，说了一句："完了，人丢了。"

中队长立马给蹲点领导孙耀华打去了电话，可戈壁滩信号时有时无。于是，他赶紧带车返回营区，把事情跟留守在营区的指导员说了一遍。就在两人集合在家所有后勤人员准备外出寻找时，早上外出作业的各组也都陆续返回了营区。

看着车上下来的孙耀华，中队长心情忐忑地跑过去汇报了王恺走失的情况。孙耀华立马召集所有官兵，带上必备的物资，根据地形图和作业半径，把大家分成不同的小队，对王恺可能出现的区域进行搜寻，由于天色马上就要变黑，孙耀华让准备手电的同时，准备一些火把。这样在夜间搜寻的时候，王恺就更容易通过火光发现搜救队。

一时间大家都动了起来，四个搜救分队急速从营区出发，从东南西北四个方向展开搜寻。

车上，中队长向孙耀华检讨自己不应该让他一个人独自行动，沙漠里又没有信号，万一王恺发生意外，怎么向他家人交代，怎么向支队交代。

孙耀华说："现在先找人，不要想那么多。这样的事情谁也不想发生，这也是给大家敲响警钟，野外随便一个错误的决断就可以发生意外。"又问中队长，"王恺走失时除了样品还携带着什么？"

中队长回答道："还有随身携带的水壶、中午剩余的少许干粮，以及采样的工具。"

孙耀华一听，叹了口气："我们要抓紧搜寻，希望他携带的水和食物能坚持到我们找到他。"

没多久天就暗了下来，大家为了让王恺看到搜寻队，高举点燃的火把，在戈壁滩和沙丘上搜寻。可戈壁滩一望无际，沙丘和风声使呼喊声根本传不远。经过一夜的搜寻，所有人都眼睛充血、疲惫不堪，但还是没有发现王恺的身影。

孙耀华觉得王恺走失这么久了，必须加快搜救进度。他安排其他人员继续扩大搜寻范围，驾驶员开车在所有车辆可以到达的地方鸣笛搜寻，他带一辆车去协调地方的搜救力量。

就在车辆疾驰在戈壁滩上时，孙耀华看到远处的沙丘上有个黑点。孙耀华心里想那有没有可能是王恺？想让驾驶员把车开过去看看。但又想着没这么巧，看着也不是很像，现在需要立马去协调更多的搜救力量，不能再耽误时间了。又转念一想，还是不能放过任何一个可能。

思虑再三，黑点就要从车窗外消失了。他还是让驾驶员调整方向，向黑点开了过去。越来越近，但黑点还是比较模糊。车辆无法行进，下车后孙耀华带着中队长，朝着沙丘里的黑点走去。正是他这一决定拯救了一个鲜活的生命，十几分钟后，他们终于看清那个黑点变成了迷彩色，两人赶紧边跑边喊王恺的名字。

此时的王恺，浑身上下全是沙土，嘴唇干裂，头下枕着几个样品，面色憔悴地躺在沙里。

看见王恺虚弱的样子，中队长一下跑上去抱住了他。一检查发现，王恺因为卸重把水壶都丢弃了，但背着的样袋却一个都没少，中队长的眼睛瞬间红了："傻孩子啊。"

孙耀华打开随身携带的水壶喂了他一点水，王恺的面色才好了一点。孙耀华立马用对讲机呼叫附近的小组，看有没有能联系到的，正好呼到了车辆搜寻小组的对讲机，告知他们找到王恺了，让他们赶紧通知大家。

事后孙耀华又用这次搜救的事情为例向大家做了安全教育，并让中队长在大会上作了检查。经过此事，大家对野外安全的重要性又提升了认识，在接下来的工作中再没出现过人员走失的情况。

四

三个月的时间很漫长也很难忘，当孙耀华结束帮建返回支队时，那位帮他们拖过车的维吾尔族阿达西，真的送来了一只全羊，用不是很流利的普通话向孙耀华表达感谢，感谢他安排官兵们为乡亲看病。

相聚总是美好而短暂的，孙耀华告别了维吾尔族老乡，告别奋战在昆仑一线的官兵返回支队后，政委见到他差点没认出来。

此时他黝黑的脸颊略带蜕皮，干裂的嘴唇略带血丝。政委紧握住他的手："支队长，这三个月，为了部队的发展建设辛苦了！"

他却面带微笑地说道："去野外工作没点变化能行吗？那里海拔高、紫外线强、常年风沙，常年工作在那里的一线官兵辛苦啊！好了。说正事，听说去培训区矿调的同志回来了？"

政委听他这么一问，说道："你这个人啊！去野外这么久，刚回来，不说回家看看嫂子和孩子，屁股还没挨椅子，就又要开始工作了。"

孙耀华却一脸严肃地说道："我的老伙计，不急不行啊！这次转型对我们来说太重要了，我们要是再不抓紧时间让支队全体官兵早日转变思想，怕是要在接下来的工作中落后的呀！"

政委听后也不再劝他了，而对他说："我理解你的心情，不过我们这次挑选派往武技校的骨干，真是争气，都以优秀的成绩毕业，特别是那几个技术干部还被评为优秀学员。"

孙耀华听后却没显得多高兴，而是说："光他们几个优秀不行啊！我们还是要让承担每项任务的官兵都优异才行，我们还有大量工作要做啊！"

没过多久，野外一线的官兵也陆续收队了。

经过支队党委开会研究，决定把承担不同任务的官兵分队培训。孙耀华提议，把前往武技校培训区矿调的官兵与野外开展找金任务的官兵结合在一起，用理论结合实践的方法培训。官兵们都怕在新的领域掉队，大家相互学习交流，还有的同志利用休息时间在学习室为自己"充电"。

就在官兵们士气高昂沉浸在相互学习中时，指挥部的年终考核工作组也来到了支队。

此次的考核不仅是年终考核，同时也是对各支队下一步能否胜任新的职能任务进行摸底。而七支队以优异的成绩给此次考核交出了完美的答卷。

不久后，武警黄金指挥部下发通知，选定首次承担区矿调任务的支队，三支队、七支队都光荣地成为黄金部队首批承担区矿调的支队之一。

就在七支队全体官兵为首批承担区矿调任务做准备时，上级党委找孙耀华进行谈话，准备任命他为黄金三总队副总队长，赶赴蓉城。

本章历史大事件出处

1. 2011 年年底，国务院、中央军委下发 43 号文件，调整武警黄金部队的基本任务、领导关系。出处：中华人民共和国自然资源部官网，《4 次任务转换，武警黄金部队深刻转型》，2017 年 4 月 26 日。

第二十一章　风雨同舟　血脉相承

天公恶作剧，翻手变炎凉。

海运三山动，江高数尺缰。

一

2012 年，欧债危机继续深化；普京顶住了国内强大的反对声浪，在俄罗斯大选中以高支持率获胜，三度入主克里姆林宫；中东方面，叙利亚危机愈演愈烈，伊斯兰国势力崛起，全球局势波云诡谲。

正值"中国和世界的关键时刻"，2012 年 11 月 8 日，中国共产党第十八次全国代表大会在北京开幕，这次会议，事关中国政治、经济和社会的未来发展方向，产生新一届领导集体，吸引着全世界的目光。

十八届一中全会结束后的当天中午，习近平总书记同 500 多名中外记者见面。他坦陈肩负着沉沉的担子，把新的中央领导集体的使命概括为三个责任："对民族的责任、对人民的责任、对党的责任。"

2012 年 12 月 8 日，习近平总书记首次离京赴外地考察，首站便选择中国改革开放的前沿——深圳市，来到深圳莲花山，在众多游客注视下，向邓小平雕像敬献花篮。随后，习近平总书记走到人群中，与群众握手，向大家挥手致意。习近平总书记此次在广东考察走的路线，20 年前邓小平走过，此刻看来颇具寓意。

在广东考察时，习近平总书记强调："全党全国各族人民要坚定不移走改革开放的强国之路，更加注重改革的系统性、整体性、协同性，做到改革不停顿、开放不止步。"

时光轮转，中国这艘巍巍巨轮乘着时代的风帆一路破浪前行。彼时，南方谈话过去 20 年，改革开放走过了 34 年时间，中国正在以新的气象、新的姿态拉开未来的宏伟蓝图。与改革开放同岁的黄金部队，又将去往何方……

226

2013 年 4 月，驻地四川的十二支队官兵们集合列队，准备开始一天的训练。支队副总工程师阿木约布坐在办公室正在规划年度野外施工任务，突然他感到一阵目眩，玻璃杯中的水泛起阵阵波纹，大地开始剧烈抖动，亲历过汶川地震的阿木约布心中一惊："不好，地震了!"

几分钟后，消息传来，地震中心位于雅安市芦山县，距离成都 163 公里，震级 7.0 级，震源深度 13 公里，时隔 5 年之后，地震再次震动巴蜀。

黄金三总队立即向黄金指挥部汇报，启动地灾应急预案，成立基地指挥部、前线指挥部，孙耀华任前线指挥部指挥长。4 月 21 日，副总队长孙耀华紧急抽调地质灾害评估专家、应急救援人员和后勤保障人员，分批奔赴灾区开展抗震救灾，同时命十二支队副总工程师阿木约布带领支队地灾救援分队与技术干部组成联合分队，赶赴芦山一线开展抢险救灾。

阿木约布即刻受命，连夜奔赴灾区，配合孙耀华开展地质灾害评估、次生灾害隐患排查和灾后安置点选址工作。在 2008 年汶川地震时黄金三总队也曾组织过救援任务，不过，这次是自黄金部队职能正式拓展到地灾救援、组建地灾应急救援分队后，首次承担地灾救援任务——这一仗，能不能够打赢，能不能战出黄金部队的风采，无疑是对全体黄金官兵的考验。

一到灾区，阿木约布立即带领黄金部队专家组，利用专业卫星、遥感地质装备前往一线勘查。

大川、宝盛、太平、双石、龙门……黄金部队地灾评估小组在芦山县各个受灾最重的乡镇全面铺开，顿时形成了一张庞大的评估网络；1∶50000 地形图标绘、地理坐标定位、岩体走向判别、水文测量、泥石流物源方量估算、滑坡体面积研判……海量数据源源不断地汇总到芦山联合指挥所。

震后 10 天，第一轮评估结束，共计 289 个地质灾害点、36 个居民点、260 个临时安置点全部排查完毕，原本模糊不清的灾情图纸越来越清晰，图上标注的点位越来越多，芦山震后受灾情况也越来越明确了。

可在临时指挥帐篷内，孙耀华仍然满面愁容："约布，眼下我们勘查的点位还远远不够。航空遥感观测发现，有许多海拔较高的山岭地带存在隐患，一些前期排查过的点经历余震后也可能出现隐患扩大的新情况。一旦发生次生灾害，灾区群众会受到二次伤害，我们的工作要绝对严谨仔细。你带队再去把这些隐患点位都实地走一遍，我们绝不能忽略任何一处数据，让群众面临危险。"

阿木约布看着孙耀华正色道："孙副总，您放心吧，来到灾区救援我们就没想过要休息，今晚我继续带队出去实地勘查，尽一切可能把次生灾害的危害缩减到最小。"

此刻已是凌晨时分，上山作业过于危险，作为分队指挥的阿木约布便带队进入芦山各乡镇，先后在大川镇、太平镇和宝盛乡一直从天黑忙碌到天亮；先后为地震受灾群众选定了 4 处避开次生灾害的安置点，妥善解决 3000 多名群众安置问题。

夜色散去，看着满目疮痍的大地，阿木约布的心里仿佛压着千斤巨石。连夜工作的他们怎么也不愿休息，想着继续作战。孙耀华给他们下了死命令，必须休整两小时再出发："约布，我知道你们心急，我也急，但是你们连续作业，身体若垮掉了，下步工作还怎么开展？而且在这种疲惫状态下，勘查出来的数据能准确吗？"

阿木约布听从了孙耀华的指令，吃了一桶泡面后，躺在帐篷里休整了一会儿。说好两个小时，可他迷迷糊糊睡得很浅，一个多小时便心急地站起来，生怕睡过头。看到阿木约布起身，其余救援队员也纷纷起了床，原来官兵们谁都没有真正睡着。

二

天空飘着蒙蒙细雨，阿木约布带着救援小组转入山区继续进行隐患点复查，小组成员经过 1 个小时的跋涉，到达一处山区村落，正准备展开地灾隐患排查作业，突然，听见一位村民大喊："救命，救命。"

阿木约布闻声跑上前去，问道："老乡，怎么回事？"

眼看是穿着迷彩服的军人，老乡像是抓住了救命稻草："求求你们，快救救我爸。"

原来，老乡的父亲今天跑进老屋抢运物资，受到余震影响房屋突然塌陷，将他父亲掩埋在房屋下面。

阿木约布立即指挥道："快！我们先去救人。"小刘你守在旁边，看到有倒塌迹象立即报告。

随后阿木约布等人进入危房，营救受困老人。经过救援，老乡得以脱困。眼看伤势严重，拖延不得，阿木约布命令救援队几名队员合力将老乡带回山下的医院救治。

"谢谢你们！没有你们我怕我爸都……"老乡儿子感激地说道。

"这是我们应该做的，你快跟着这几名队员去医院吧，我们还有任务的，得继续朝山上赶。"阿木约布说道。

就在他们准备继续朝山上走时，突然听见山中一阵巨响，随即有鸟群飞出。看见这样的情况，救援人员都预感到情况不好，极可能是山中发生了滑坡。

阿木约布和队员们迅速朝山顶爬去，当他们终于到达一处安全制高点，才发现原来是山坡一块巨石掉落，提着的心才稍稍放下。他随即带领队员就地勘查："抓紧时间，采集完我们还需要前往下一个点。"

连日的艰苦作业后，一位小组队员疲惫地道："总工，同一个地质灾害点，来回都走3次以上10多里山路了，我已经累得不行了。"

"坚持住啊，孙副总那还等着我们上报更为准确的最终数据，他整理后上报给指挥部。这关系到灾区的救援行动，我们必须完成任务，谁都不能气馁，大家一起加把劲。"阿木约布用坚定的语气说道。

而伴随着地灾救援的不断深入，这群身着迷彩、左胸贴着"黄金"胸标、拿着地质专业仪器的特殊武警官兵，逐渐被灾区群众所熟悉。

"你们就是黄金部队哇？你们是过来看地质灾害隐患的吧？你们过来给我们看过一遍震后的房子，我们就放心多咯！"老乡的话语，无不传达出对于黄金兵的信任和依靠。

"我们房屋后面的山上也有好大一条裂缝，你们来帮着看看好不好？"自地震发生以来，开展地质灾害评估的武警黄金部队工程师们，每次上山开展工作，都会遇到原本没有列入计划点位的受灾群众的请求，他们迫切希望黄金部队能去看看。

一位名叫王顺奎的老人向官兵们说过这么一句话："房屋倒了不要紧，花钱再修就是。现在最需要的就是让你们给看看咱家周围的山是否还安全，这样心里才能踏实，以后重建房子，晚上才能睡得放心。"

面对灾区群众的要求，黄金兵们总是有求必应，有时评估人员一天跑的点比原计划要多出将近一倍。

"只要有新发现的隐患，无论是在山顶还是沟底，无论当地有没有人居住，我们都必须到现场，地质灾害评估不是做表面文章，要对得起老百姓的信任和我们的身份！"阿木约布总是对队员们这样讲。

芦山救援是黄金部队组建地灾分队后，打响的第一仗。在这次灾情救援之中，黄金三总队和十二支队的官兵用专业化地质灾害评估设备和他们的地灾救援能力，打响了黄金部队地灾救援分队的名号。

三

芦山救援任务结束之后，孙耀华全身心投入新年度的工作，在办公室处理工作材料时，突然有这样一份报告引起了孙耀华的注意，十二支队阳山护矿大队撤销，护矿大队官兵分流到各个地质中队，正式宣告黄金部队最后一支护矿大队退出历史舞台。

步入 21 世纪，各地大型岩金矿浅表层矿体已基本开发完毕，逐步转入深部采矿阶段。转为深部采矿之后，因技术限制和社会扫黑除恶专项斗争成果，曾经活跃在金山的盗采分子已销声匿迹。黄金各个支队相继撤销护矿大队，面向新的时代需要，黄金部队的领导层也在考虑如何调整黄金部队的任务布局。

"时代变化真快啊，看来曾经辉煌一时的护矿缉私任务，也要告一段落了。"孙耀华自叹一句，内心有几分感慨。曾经带队开展灵宝"清山行动"的高阳成队长早已退休颐养天年，不知道他知道如今的护矿现状，又会做何感想。

新时代，黄金部队的兵源也发生新一轮的变化，从地质职业技术学校毕业的应届大专生们即将来到黄金部队，成为直招士官，开展为期三个月的新训。

清晨时分，襄阳武警黄金技术学校教导大队新训楼楼道，一声哨音打破了宁静。

"起床，楼下集合！"走廊里传来教官声如洪钟的口令，即将迎来下连的新训队员纷纷从床上爬了起来，开始整理自己的着装。

躺在床铺上的薛立见上铺战友刘宇毫无反应，一脚踹向上铺的床板："还愣着干吗？集合了，今天下连考核。等考核结束，我们便可以下连了。"薛立叫喊道。

刘宇揉了揉脑袋："这几天训练太累了，差点睡过头。"

"这时候你还能睡过头，赶紧起来，别迟到了。"薛立叮嘱了一句，然后便快步朝宿舍外跑去。

刘宇立即开始翻找自己的衣物，快速地换上衣服，跟在薛立身后跑下了楼。

"这是发给各位的编号，等会儿听号站队考核。"考官的声音响起。各直招士官都按照分配的编号有序站好，等待着下连前最后一次考核，这次考核的成绩靠前的队员可以优先挑选想去的支队。

拿过教官发放的考核编号，薛立的思绪一下回到三年之前，那是第一次踏进湖北国土资源职业学院，还不知道自己未来会与部队打交道。汶川地震中军人义无反顾，挺进灾区救援的身影深深地印在全国人民的心中，社会上崇尚军人的情感在新时代再一次达到了顶峰，掀起了一股参军的热潮。每当他通过电视看见军人奋战在抗震救灾第一线，自己的心中总会生出一股崇拜之情。

突然有一天，薛立听说有部队的军官来学校宣讲直招军士的政策。同窗好友刘宇找到他："薛立，部队来学校招人了，我一直想当兵。你跟我一块去看看，反正马上要毕业，现在地质行业不景气啊，毕业能不能找个好的工作都不好说，到部队说不定是一条出路。"

一听到部队来招兵，薛立也有些心动："那行吧，去看看吧。"

来到学校礼堂后，已经有很多同学坐下了，两人一看前面的座位都坐满了人，就随便找了个靠近窗户的地方坐下。

很快，一名军官走上了讲台："大家好，我给各位同学介绍一下军队直招士官的政策。"

刘宇和薛立都很感兴趣，他们从未听说过"直招士官"这个词。

军官开始讲解："直招士官，即直接从非军事部门招收士官，指按照规定招收普通高等学校、高级技工学校和技师学院毕业生以及其他具有专业技能的公民，作为志愿兵役制士兵到部队服现役。"

听到这里，刘宇心里想："那我们从湖北国土资源职业学院毕业之后，可以直接报考直招士官到部队去了，毕业后就能够直接当士官了！"

军官接着介绍道："通过直招进入军队可以享受到不同于其他途径入伍的待遇。比如，在完成专业培训后将会被授权使用相应职务和警衔；同时还能够享受更多优厚待遇。"

薛立也非常感兴趣，举手问道："优厚待遇？那具体都有哪些呢？"

"主要包括政策补贴、住房补贴、教育资助、医疗保障等方面。"军官回答道，"而且，军人有着至高无上的荣誉。我们国家在抗日战争、解放战争、抗美援朝战争都出现了很多英雄人物，他们都是军人出身。我们黄金部队也同样有着光辉的历史，下面我慢慢跟大家讲讲……"

刘宇和薛立听到这里，对视一眼，脸上都露出了笑容，原来当兵不单是一件很光荣的事情，而且还有那么多福利待遇！

"请问首长，我们在哪里报名呢？"薛立举手问道。

"大家可以仔细阅读招聘公告中的资格条件，根据招聘公告的要求，准备报名所需的各种材料，按照招聘公告中的指引，在规定的时间内进行网上报名。"

政策宣讲结束后，刘宇和薛立与其他同学一起向军官询问各种相关问题。在得到详细答复后，他们两个决定参加直招士官选拔考试。在接下来的日子里，他们两个每天都会抽出时间进行准备，并严格按照规定提交申请材料。

考试的那天薛立是所有人里最后一个交卷的，等待录取结果的那几天，他只感觉时间过得太缓慢了。

"薛立，出来喝一杯？以后去了部队就没机会喝酒了吧。"刘宇电话中问道。

"好，我正准备找你呢，那你找个地方"。

晚上，两人在武汉育才路附近找了家夜宵店，刘宇问道："薛立，你是不是已经拿到了部队入伍通知书了？"

"对啊，你怎么知道？你也拿到了？"

"我们又可以在一起了！"刘宇哈哈大笑起来。

筹备了几天，两人踏上了前往学校报到的行程。接下来他们即将开始全新的人生之路——刘宇、薛立将接受更为严格和复杂的训练和挑战。

恍惚间，一切又回到了现实当中……

"最后一圈了，加油！"考官在终点处喊道。

"薛立，你别跑这么快，我跟不上你了。"刘宇喘着大气说道。

"坚持住，最后一圈了。"薛立跑在刘宇身后推着他往终点跑去。

"13分20秒，两人都及格。"计时的考官说道。

一天的考核工作结束了，疲惫不堪的两人瘫坐在宿舍里。

刘宇道："终于考核完了，晚上我们弄点好吃的，过几天就要去部队了，该庆祝下。"

"可以啊，明天要开始分配了，你爸妈不是在老家给你介绍对象了吗，听连长说云南昆明就有个十支队，岂不是正好？跟连长说说，应该好使。"薛立打趣地说道。

"我也想回家乡当兵啊，恐怕很难吧。"

结束一天的考核工作，大家很快便进入梦乡，今晚大家睡得都特别香甜。

不知不觉间，来到了早晨。

这天，没有跑步时的口号声，而是召开了一场学员们奔赴各支队的动员大会。

"你们已经结束半年的集训生活，接下来将被分配到其他支队……"站在台上讲话的正是武警黄金技术学校教导大队大队长。

"薛立，我被分配到十二支队去了，听到你是十一支队，到头来我们兄弟还是要分别。"

"是啊，舍不得兄弟你。以后常联系！"两人不舍地拥抱了一下，然后各自拿起行李走上了运兵车，"再见，黄金技术学校。"

历史的长河奔流不息，文明的光辉绵延不绝。他们正式启程远航，开始真正的部队生涯，不知他们将在部队开启什么样的人生。

第二十二章　肩负使命　移防高原

渭城朝雨浥轻尘，客舍青青柳色新。

劝君更尽一杯酒，西出阳关无故人。

一

2013 年年末，中共中央政治局召开会议，决定成立中央全面深化改革委员会。深化改革已成中国各界共识，诸如收入分配改革细则等多项关乎国计民生的重大改革方案即将面世。改革为年满 65 岁的中华人民共和国注入动力，将会给世界带来什么，各界期待……

湖南宁乡，灰蒙蒙的天空伴着潮湿的冷空气，好像在预示着 2013 年的第一场雪。与阴沉的天气截然不同，驻守在此地的武警黄金十一支队却是一番锣鼓喧天、鞭炮齐鸣的热闹景象，站立在营区大门口两侧的十一队官兵，正把目光聚焦在两辆停靠在营区大门口的大巴车上。

伴随着"咚锵、咚锵、咚咚锵"的锣鼓声，从车上走下一张张稚嫩的面孔，他们井然有序地站好队列，伴随着指挥员的口令，迈着铿锵有力的步伐，朝着支队大门走来，嘴里还喊着震耳欲聋的口号："一二三四……"

当队伍走到营区门口，早已等候在两侧的官兵，响起了雷鸣般的掌声。队伍的口号声也比刚才更加响亮，他们极力地呼号，向大家展示着他们作为新时代首批夏秋季兵的精气神。

站在队列正前方的一众支队常委也在注视着这群气宇轩昂的新同志，仿佛从他们清澈的眼眸中看到自己入伍之初的身影。

整齐列队后，指挥员跑向队列前方的支队首长，敬礼报告道："支队长同志，黄金三总队新兵团三连，首批秋季入伍的士兵，全部以优异的考核成绩完成了新训任务。"

支队长听完报告后，面带笑容地对着新兵同志们讲："新战友们大家好。恭喜新战友们，作为首批秋季入伍的战士，结束为期三个月的新训任务，让自己从一名地方的有志青年转变为一名合格的武警战士。在此，我代表支队党委对新同志们下连表示热烈的欢迎。希望大家尽快适应环境，融入十一支队大家庭，在这里书写好自己的军旅生涯，并为自己的从军理想信念而努力奋斗。"

支队长这番讲话，让新兵们开启了对自己未来军旅生涯的无限畅想，眼睛里流露出兴奋与期待。而队伍里少数的新战士，脸上却流露着迷茫之色。

2011 年 12 月，中央军委和国务院联合下发了关于黄金部队职能任务调整的命令，黄金指挥部专家研讨认为，中国中东部地区，相对更为发达，地质工作程度高，地质队人员相对饱和。西部地区地广人稀，矿产资源丰富，特别是地质工作程度很低，因此仍有很大的发展空间，应该在中国西部地区下功夫、派重兵。指挥部会议最后研究决定，把前期负责西藏勘探的湖南十一支队和负责青海勘探的河南六支队"两支团级队伍"整体移防到西藏和青海。

当移防申请得到批准同意后，指挥部党委很快就在西藏、青海两地进行营区选址修建。由于时间紧迫，两座营区设计图都使用的是一个模板。

在两个新支队选址修建营区之时，六支队、十一支队官兵也从不同途径获悉了即将移防高原的消息。

宁乡冬天的夜晚严寒伴着寂寥，在黄金十一支队的院子里，两个身影在路灯的照耀下拉得修长。两人迈着沉重的步伐，慢慢踱步在营区内。两人都不知围着营区走了几圈，良久的沉默使气氛压抑到了极点。

在走到大门口时，一阵烟花爆炸声伴随着亮光使两人不约而同地抬头，望向了营区外面的天空，烟花绽放着五彩缤纷的色彩，打破了黝黑寂静的夜空。

伴随着烟花"砰、砰、砰"的绽放声，一个声音率先打破了沉默。支队长向身边的政委低声说了句："后天就是元旦了吧？"

政委抬头看了看天空，没有作答，从穿着的迷彩大衣兜里掏出一包烟。在支队长诧异的目光中，政委拆开烟盒并递给支队长一支烟，之后又给自己点燃了一支烟。吸了一口后，不吸烟的他被呛得猛咳几声，接过刚才的话头："是啊！马上就要元旦了，拉萨那边的营区年后也就可以验收了。指挥部和总队两级党委，希望上半年首批移防官兵就挺进拉萨。现在年度大项工作都结束了，新兵也都下连了，我们是该把移防的事情提上日程了。"

236

听到移防，支队长也点燃了手里的烟，吸了一口，烟头红色的光亮了又暗，面露难色地说："大部分年轻官兵应该还好动员，但这些年跟着队伍，天南海北、风餐露宿、长年在野外一线的老人，好不容易在宁乡这里安个家，与妻儿也是聚少离多。现在又让他们两地分居，我真是没法开口啊！"

政委叹息一口气："唉！"

"军令如山，都是老兵，相信大家有这样的觉悟，这个任务必须完成也一定能够完成。现在最大的难题是——家属。"当这两个谁都不愿提及的字说出口后，只剩下手中明灭的烟火、宁乡寒冷寂寥的风和这个夜晚的沉默。

是啊！"家属"两字对于每一个黄金官兵来说，都是深藏在内心的亏欠与内疚。

因为黄金部队工作的特殊性，所有的工作都需要在荒无人烟的深山密林、戈壁荒漠开展，在充满生机的春天出发，在寒冬腊月的年终归来。官兵们结了婚，好不容易熬到符合随军条件，即便如此，家属一年里最多只有四五个月时间与他们相聚。现在移防就代表着要把这份他们期盼了许久来之不易的安定时光剥夺，只有一年一度的休假才能回家团聚。

可根据国家的发展需要和对部队长远建设的考虑，他们不得不打破这份来之不易的团聚。

二

2014 年新年前夕，习近平总书记通过中国国际广播电视台、中央人民广播电台、中央电视台，发表了 2014 年新年贺词。

在贺词中，习近平总书记讲道："2013 年，我们对全面深化改革做出总体部署，共同描绘了未来发展的宏伟蓝图。2014 年，我们将在改革的道路上迈出新的步伐。"

习近平总书记的新年贺词，在全党、全国、全军都引起了热烈的反响，特别是对此时已经调整了职能任务的黄金部队来说，更加坚定了持续深化改革的决心和意志。

新的时代，新的远征。自 20 世纪 70 年代末由基建工程兵始建黄金部队以来，已历经 36 年春秋。寒冬雪雨，夏暑秋霜，当初那批林海探矿、浪里淘金的黄金兵随着时光流逝渐渐逝去青春年华，在他们卸下戎装之后，紧跟着的是一代又一代黄金兵前赴后继，承接起为国寻金、为民造福、为党增辉的光荣使命。

从浪里淘沙到岩金钻进，从单一寻金到多金属领域拓展，从经济建设职能到应急救援、地灾抢险的新使命转型，迈步 21 世纪，黄金部队这一支诞生于中国改革开放之初的队伍，伴随着中国腾飞的步伐，也开始了自身的改革之路，掀开历史新篇章的帷幕。

对于黄金十一支队来说，高原移防的宏伟蓝图已经获批，如何迈好这移防动员的第一步成了当前最重要的工作。2014 年元旦后的第一个工作日，十一支队党委就召开了党委会议，会议决定就移防西藏进行摸底动员。

开完党委会，支队就紧接着召开了全支队军人大会。到支队礼堂参加大会的官兵们坐在主席台下，小声地议论着，一名战士向所在中队主官询问道："指导员，元旦刚结束，上班的第一天怎么就召开军人大会，是不是有什么大事？"

指导员也是一脸茫然："我也不知道。"

大会正式开始，支队政委主持会议，他先是对大家讲 2014 年的全面工作已经拉开，在新的一年里支队有什么规划和部署等事宜。突然政委话锋一转："移防西藏的具体部署安排，由支队长给大家宣读讲解！"

当大家听到移防西藏，向来寂静、严肃的会场瞬间炸了锅，官兵都小声议论了起来。

"不是听说西藏的营区去年才开始修建吗，怎么一下都要移防了？"

"是啊，只是听说我们支队有人在西藏协助修建营区，还真的让我们移防上去啊！云南昆明的十支队和四川成都的十二支队，哪个不比我们离拉萨近，为啥让我们去？就因为我们这几年有一个大队一直在西藏从事野外工作吗？"

大家七嘴八舌地议论时，支队长洪亮的声音响起："安静！"

支队长的目光快速地扫过台下官兵，随即又移回到手里的文件："指挥部、总队两级党委的会议决定，我们支队今年分批次移防至西藏自治区拉萨市城关区的蔡公堂乡新营区，具体的时间、批次、人员还没定。"

"我知道有些同志对我们支队移防西藏有不同的看法，也有各式各样的困难，身体不适的、担心高原病的，特别是结了婚的、在驻地安了家的、有了小孩的，等等，各种困难。但上级能把这么光荣而艰巨的任务交给我们支队，不仅是对大家工作能力的检验，也是对大家的信任。西藏不是哪个支队想去就可以去的，我们作为黄金部队唯一一支整体移防雪域圣地的支队，应该感到使命光荣、责任重大。"

就在大家都在权衡支队移防的利弊得失时，支队长又对大家讲道："大家的困难支队会尽最大能力为大家解决，不在支队职权范围内的也会上报上级部门，但有些困难还需要大家自己克服和解决，家属这一块的思想工作还需要大家去做。"

会议结束，官兵们在一片嘈杂的议论声中离开会场。大家就不同情况议论着自己的想法和困难，而对于刚下连没几天的新兵来说，他们还没认全中队的老兵，就遇到了移防这么大的事情。

此时干部和老兵都在讨论移防西藏的事情，几个新兵也聚在一起谈论："我们才下来几天就要去西藏，看来我们在宁乡待不了多久啊！"

一名新兵接过了话头说道："前几天，我才给家里打过电话，说我下连被分到了湖南长沙。家里听到我被分配在湘潭大地，还专门查了这边的气候环境，说分配在这里挺好，没边疆沙漠艰苦。可现在不仅要去边疆，还要去高原。"

而这时，另一位新兵面带不悦："怕吃苦来当什么兵，留在家里当爹妈的乖宝宝不用吃苦。我们当兵就是保家卫国，去最艰苦的地方，你们想想，以后给家里打电话问当的什么兵，雪域黄金兵，这名多霸气！还有我听村里面老兵说过，越是艰苦的地方建功立业的机会就越多，入党考学，留在部队的机会就越多，而且福利待遇也高出内地不少。"

几名新兵都纷纷点头："对、对、对，说得有道理。支队长不是在大会上说，移防高原要自愿，要想去得交申请书。那我们还等什么，回宿舍写申请书去。"

就在新兵们为了各自的理想目标，决定申请移防西藏时，坐在一起商讨的技术干部却一个个愁容满面。

宿舍里几名技术干部坐在一起，你看看我，我看看你，一言不发。

此时一个长相较为年轻的技术干部，率先开口向坐在最里面、面容黝黑戴着一副眼镜的技术干部询问道："杨工，您怎么想的？"

杨工环视了一圈在座的人，开口道："我知道大家怎么想的，我们大家在大学学的是地质专业，都有一份报国的理想。因为理想和所学专业的原因，毕业后都选择来到黄金部队。这些年也都跟着部队到雪域高原、深山密林为国找矿，这不仅完成了我们从军报国的理想，也提高了我们的专业水平。随着年龄的增长，大家都娶妻生子了，也把家安在了宁乡，本来我们的工作就长年在野外，与家人长年两地分居。以前虽说出野外聚少离多，起码一年还是能有几个月与家人相聚，现在一旦部队移防了，以后每年就只有一个月的假期与家人团聚了。在座大部分同志已经符合转业的条件了，也包括我。现在部队准备移防，我们好几个同志手里都受领着不同的项目课题，而我们作为这支队伍主要的技术力量，不是说缺谁不可，但在部队转型移防的关键时刻，作为一名党员、军人，我想谁也不能在这个时候撂挑子。"

"这些年，部队也是竭尽所能为我们解决家属随军就业、子女入学、住房、困难家庭帮扶等一些实际问题，若我们在这个节骨眼上选择转业，多少有点逃兵的意思。"

听到"逃兵"两个字，在场的人，神情多少都有点不自然。都是入伍多年的老兵了，如果在部队移防时选择转业，就算组织批准，大家在心底还是会把你定义为逃兵，自己也是难以接受的。

"老杨，你说得对，每个人情况不一样。就我而言，爱人肯定会抱怨，孩子会不舍，但我相信做军属十多年的她，不会在部队移防这件事上让我为难。"

随着一名老同志表态发言，大家也吃了定心丸，都纷纷点头示意，自己要跟随部队移防，下班就回去做家人思想工作，争取家人的理解支持。

情况同大家预料的一样，当干部们回家向妻子转述部队即将移防西藏的命令时，家属们更多地考虑团聚的问题，不约而同想让他们转业或申请留守宁乡。

此时杨工的家里，他正坐在沙发上低着头抽烟，一言不发。而他的爱人，一边忙碌着家人的晚饭，一边嘴里诉说着："老杨，我们结婚这么久了，我随军也十几年了，你每年一大半时间都在野外，经常是电话都联系不到。生儿子时预产期提前，羊水破了，我大晚上敲开邻居嫂子的门，嫂子把我送到医院。前往手术室的路上，我听着医生责怪：你们家属怎么搞的，再晚来一点大人小孩都保不住。我躺在手术台上流着泪，没有怪你，就怕孩子保不住，你回来没法给你交代。"

"儿子出生后，你请假回来，我还没出月子你就回部队了，年迈的母亲替你照顾我，外出时扭了脚，我不得不没出月子就一边照顾孩子一边照顾母亲。"

"儿子从会爬、会走、会说话到上学，你都不在身边。每次儿子同学问他，怎么总是你妈接你，没见过你爸，你是不是没爸爸。儿子就会跟同学反驳说，自己爸爸是武警黄金兵。同学就说他骗人，根本没听过这种兵……"

妻子越说越激动，脸颊上早已挂满了泪水，用哽咽的声音诉说着这些年的委屈。

他看着这一幕，脑海里想着那个曾经也年轻美丽的女孩，如今眼角有皱纹、头上有白发，这些年家里的大小事都是靠她支撑。

一夜未眠！第二天到办公室，老杨看战友们一个个都黑着眼眶，只能相视一笑摇摇头。

支队党委会上，各部门分别汇报动员大会后的摸底情况，参谋长根据各大、中队报上来的情况说道："战士层面，都基本未在宁乡安家，没有家庭压力，移防高原虽然要艰苦一些，但考虑到在西藏立功、入党、转士官留队的概率也会变大，还有相应的津贴，工资也会增长不少，大家报名申请的积极性还是很高的。"

政治处接下来的汇报却不是很理想，政治处主任讲道："除了些年轻干部，还有昨天会后留下来开会的大、中队主官提交了入藏申请外，大多数的技术干部虽都愿意随部队移防，但家属的思想工作让他们左右为难。"

听着两个层面的汇报，政委说道："这个情况和我们预料的差不多，但我们得理解技术干部们的难处。我们部队因为工作性质的原因，技术干部占全支队的三分之一，而他们又是十几年如一日地工作在野外一线，除了钻探施工以外，业务工作全靠他们。现在他们好不容易在部队驻地安家了，又让他们移防西藏，又要长期两地分居，的确很难，我们得想办法帮他们解决这些困难啊！"

家属的工作是不好做的，驻地远在河南三门峡市的黄金六支队，也因部队要移防到青海西宁，做着与十一支队同样的部署动员工作。

三

就在两个支队忙碌着进行移防前的准备工作，时间很快来到了 2014 年的 3 月份。自从十一支队进行动员部署后，已经过去 3 个月了，大部分人员都提交了入藏申请，就剩技术干部层面还因家庭原因，进展不顺利。

支队领导最后决定组织随军多年的家属们来单位，让家属好好了解一下这支世界上最神秘的部队，让他们知道自己的丈夫、父亲、儿子每年在野外，到底在做什么。

2014 年 3 月中旬的一个周五晚上，十一支队礼堂里坐满了随军家属和支队官兵。

"各位亲爱的家属，我是咱们十一支队政委，感谢大家今天的到来。因为部队保密规定，你们一直不知道自己的儿子、丈夫、父亲每年离开你们，到底去野外干什么了。今天经过上级批准，就让大家通过视频切身感受一下，他们到底在做什么。"

随着主席台上 LED 屏播放的画面，一个个熟悉的身影映入大家的眼帘。他们身穿迷彩服，一会儿穿梭在深山密林，一会儿攀岩在陡坡悬崖，一会儿深陷在泥潭沼泽，一会儿趴卧在冰天雪地，手里拿着一把地质锤，饿了吃随身携带的冷食物，渴了就喝山泉露水。

画面切换到钻探施工机台，一顶安全帽，一身泥浆，手里没有站岗放哨的八一步枪，只有一把红色的管钳在拧着钻杆。

虽说是寻金部队，但没有在他们的工作中看到一克黄金，大家不管在什么样的工作环境下，在镜头面前都洋溢着笑容。

整个视频播放完，家属们早已泪流满面，原来自己家那个长年在野外的他，都是在这样艰苦的环境里工作。没有人不心疼自己的家人，坐在老杨身边的那个女人并没有哭，而是用手紧紧握住老杨的手。

政委走上主席台，向在座的家属深深地鞠了一躬，说道："我们这支部队，因国家经济建设而生。虽说同样穿军装，没有像电视上、新闻里看到的军人那样，开坦克，开飞机，抱着枪冲锋，因为我们的职能任务不同。为什么我们叫最神秘的部队，因为我们出现的地方都荒无人烟。我们就靠着一把把地质锤，一把把管钳，为国家累计找到了 1800 多吨黄金，提供了国家三分之一的黄金储量，价值 5000 多亿元。"

在听到这个令人震惊的数字后，家属们情不自禁鼓起了掌。

通过此次家属见面会，所有的军属更深入了解了黄金部队所做的事业、肩负的责任，虽然内心仍有诸多的不愿，但显而易见的是大家心中有所松动。

不久后技术干部也都在家人的支持下提交了入藏申请，老杨也不例外。从支队回到家的那晚，老杨正要入睡，躺在身旁的妻子突然开口道："你去吧！"老杨还在诧异中。妻子又说道："我知道你去野外苦，但我没想到这么苦。"

"我也知道你舍不得脱下穿了这么多年的军装，舍不得为之奋斗了大半生的地质事业，更舍不得离开培养了你的军营。你放心地去西藏吧，家里有我呢！"

"我只有一个要求，去了照顾好自己。"

2014 年 4 月，此时武警黄金十一支队的礼堂，鲜红的对联上书"东进皖南大别山中寻宝藏，西上雪域世界屋脊铸忠诚。"

十一支队首批移防西藏的官兵就要出发了，作为首批入藏官兵之一的薛立登上运兵车，在车上放好随身携带物品后，看着前来送行的家属与即将远行的亲人依依不舍。

作为新战士，刚到宁乡不久，对这里还没有很深的感情，因此薛立心中本没有太多的感触。可随着车队缓缓驶出营区，看着车窗外使劲挥手告别的家属，他们脸上的泪痕清晰可见。哭声混杂着营门口噼里啪啦的鞭炮声，本来是喜庆送行的炮声，却始终萦绕着一层挥之不去的哀伤。

一辆辆军车缓缓地开出营区，最后一次行驶在宁乡市的街道上。官兵们再度深情地回望着这座小城。街道上的梧桐枝繁叶茂，街道、楼房、小面馆……一切都是那样的熟悉。随着军车的行驶，这些熟悉的街景在官兵们的视线中渐渐地远去、消失。

官兵们心中知道，此去拉萨和以往出野外开展地质工作不同，这一去，可能此后再也没有机会回到宁乡这座湘江小城了。想到这，大家眼中都有一种"西出阳关无故人"的惆怅和不舍。

在黄金部队深入拓展西部找矿工作，整体移防六、十一支队 3 个月后，2014 年 10 月 30 日，习近平总书记来到福建古田会议会址，亲切接见出席全军政治工作会议的全体代表。

山峦含黛、层林尽染，血脉传承、暖意萦怀。白墙青瓦的古田会议会址庄重古朴，"古田会议永放光芒" 8 个大字熠熠生辉。这里是中国共产党确立思想建党、政治建军原则的地方，是人民解放军政治工作奠基的地方，是新型人民军队定型的地方。

习近平来到当年毛泽东作政治报告的厅堂，凝望着廊柱上富有鲜明战斗性的标语，注视着当年会议代表取暖留下的斑斑炭火印迹，同大家一起回忆先辈们探寻革命道路时筚路蓝缕、艰辛奋斗的情景。

85 年过去了，面向新时代，中共中央总书记、国家主席、中央军委主席习近平召开新时代古田工作会议并发表重要讲话，再次对中国军队进行革命性重塑。

而随着黄金部队两个支队分别移防西藏拉萨和青海西宁，黄金部队的职能任务也在向新的领域拓展，这两个支队也必将在新的驻地继续书写属于自己的辉煌。

第二十三章　驰援境外　跬步千里

苦心人、天不负，卧薪尝胆，三千越甲可吞吴。

一

一纸军令，改写了多少官兵的人生轨迹。从三门峡到西宁，从宁乡到拉萨。黄金六支队、十一支队集体移防雪域高原，成百上千名官兵的命运发生了改变，生命旅途将深深地留印下青藏高原的痕迹。2015 年，正值中国"十二五"收官之年，黄金十一支队官兵正式在雪域扎下了根。当年 4 月，黄金部队各支队中心工作有序推进。十一支队的作战指挥室内，一张标了无数小红圈的地质图摆在房间正中。

山南、拉萨、阿里等地的找矿靶区基本设定，官兵们踌躇满志。这是原西藏黄金指挥所裁撤后，首次成建制挺进高原，他们立志在进驻西藏后干出一番成绩，彰显新一代黄金官兵的风采。

可就在十一支队官兵准备出队之际，一场 8.1 级的强震，震动与中国仅一山之隔，隐藏在喜马拉雅南麓的秘境——尼泊尔。

地震震中靠近边境线，造成中尼边境两侧大量房屋、通信设施、道路严重损毁，西藏自治区樟木、吉隆两个口岸通往加德满都公路阻断。

十一支队立即向黄金三总队党委汇报情况，总队党委在召开作战会议的同时，传达了指挥部首长的指示，命令十一支队立即启动一级应急响应，迅速收拢人员，配齐救援装备器材，做好战前动员，随时准备奔往灾区。这是继"4·20"芦山地震救援两年之后，黄金部队地灾应急救援分队再次扬旗出征！

大地震发生后，需要有地质专业能力的队伍进入，排查次生灾害，收集地灾数据。可是在异常危险的震区，普通地质队员进不去，只能依靠军队，军队虽然抢险救援经验丰富，却又缺乏专业的地灾隐患排查技能。黄金部队这支军事化的地质专业队伍，在这一时刻显得尤为重要。

地震发生后的第二日，十一支队先遣队率先抵达聂拉木县城；4月28日，黄金三总队副总队长孙耀华率第二梯队，奔袭738公里，到中尼边境驰援一线。

在救灾过程中，黄金三总队和十一支队充分发挥出军事化地质队伍的专业力量，派出的地灾救援分队对聂拉木县樟木镇332平方公里受灾区域展开了全面细致勘查，向西藏自治区呈报了樟木地区地灾勘查评估报告。为西藏自治区党委政府及时作出撤离樟木镇全部6000余名群众的重大决策提供了重要依据，有效规避了强烈余震可能造成的重大人员伤亡，发挥了地灾侦察兵作用。西藏自治区领导多次表扬："黄金部队就是有战斗力，立了大功！"

震后第五日，孙耀华得知即将派中国武警交通救援大队进入尼泊尔执行任务的消息，主动向总部指导组建议黄金部队配合行动，得到武警总部采纳。黄金部队出国分队在樟木口岸参加武警交通救援大队出征誓师大会，黄金部队卸下黄金标识，融入交通部队，跨过友谊桥进入尼泊尔境内，担负35公里路段灾情勘查任务。

这群曾经跋涉高山密林，为国寻金的黄金官兵神色坚毅，大步迈过边境口岸，对尼泊尔地震受灾区域开展排查救援。这也是组建地灾应急救援分队以来，黄金部队首次走出国门执行救援任务。

5月8日前，救援分队营地仍设在樟木口岸边贸城处。5月9日，分队营地转移至尼泊尔境内20公里处的索卡。黄金部队地灾勘查分队徒步进行地质情况重点详查，交通部队及时跟进抢通作业，充分发挥了多专业力量联合作战效能，收集的地灾排查资料为尼泊尔政府地震施救提供了重要参考数据。

出境执行任务中，地灾救援分队严格遵守纪律，不打黄金部队旗帜，接受武警交通救援大队统一管理指挥，处处自觉维护交通部队、维护中国武警部队良好形象，受到总部指导组和交通部队首长表扬。

二

　　救援行动结束后，孙耀华即刻带领总队专家组返回成都。新一年的中心工作已逐步推开，为了统筹好总队年度中心工作，特别是推动阳山金矿深部钻孔任务，容不得他在西藏过多停留。

　　说起阳山的深部钻探，还得从四年前的春天讲起。

　　2011 年，出队在即，阿木约布却将自己关在办公室内，看着桌上阳山矿区近几年的地质资料，露出一丝苦笑。到十二支队后，他就与阳山结下了不解之缘，一路走来，见证着阳山一次又一次找矿突破，在阳山留下了美好的青春年华。如今又继郭新光之后成为领队者，从当初的助工成长为十二支队技术上的领头羊。

　　十二支队官兵，已经在阳山金矿奋斗了整整 15 个年头，踏过每一条沟壑，探过每一条小溪，足迹早已遍布了阳山每一处，为国家找到了数以百吨的黄金。

　　在新时代的背景下，阿木约布心中所想并非辉煌的成绩，而是这支队伍在阳山没有开展普查的区域已经寥寥无几了。接下来，阳山找矿工作该如何推进？

　　诸多问题在最近一年里常常出现在阿木约布脑海。他深知自己肩上的责任重如泰山，如果再不主动求变，那么在接下来的找金工作中，一旦遇到瓶颈，无法给国家提交新金资源量，那这支有着光荣传统和辉煌历史的找金主力军命运又会如何？这么多人总不能躺在功劳簿上过日子吧？

　　越想越觉得压抑，阿木约布索性来到支队总工办公室，想寻求答案。

　　没想刚进门，还没等他开口，总工就向他祝贺道："约布，恭喜你啊！年初又得到总队表彰，这是你努力的结果，也是上级对你的肯定和认可。"

　　阿木约布回复道："总工，感谢你们多年来对我工作上的帮助，可我今天来找您，是想对阳山矿区的未来发展向您请教。"

　　总工看到阿木约布一脸的严肃，说道："你坐下慢慢说。"

　　阿木约布阐明了内心的想法与担忧，汇报结束后，他把目光转移到沉默许久的总工身上。

片刻之后，总工向阿木约布说道："你有居安思危的想法很好，这些年阳山矿区的重心都放在每年上缴金资源量提升上了，大家想的也都是给国家提交更多的金资源量，可矿区就那么大，我们都快把地表层翻两遍了，是该考虑得长远一些了。你将具体的工作构想整理成报告，正好下午支队长也要找我们俩商讨中心工作计划，你当面向他汇报一下你的想法。"

当天下午，总工和他先是向支队长汇报了中心工作计划，在商讨完一些具体细节后，阿木约布又将自己的想法向支队长做了汇报。

听完阿木约布的讲述，支队长说道："阳山矿区异常区域进行深部调查，你知道那要花多少成本，要投入多少兵力来做吗？先不说成本，按照现在提交的资料到底有多大的可行性，深部有没有矿还都需要论证，目前支队还没有打深孔的设备和人员，以你目前的想法和掌握的资料上报给总队党委也不一定能通过。约布，我们现在的主要任务是提高支队每年上缴国家的黄金储量，如何在现有的基础上把阳山矿区发掘好，深部找矿可以先做基础性工作，现在推进的时机还不成熟。"

深部找矿是阿木约布多年以来的构想，2008 年汶川地震，在参加灾区救援工作中见到了师哥孙耀华，他所在的二总队已经有胶东地区开展深部找矿的先例，走在黄金部队的前列。

救灾任务结束后，阿木约布就对阳山矿区未来的发展规划向孙耀华请教，孙耀华给了一些建议和帮助。

往事如白驹过隙。眼下深部找矿的事情又被搁置，阿木约布知道要想这项工作得到落实，必须在年内收集更多的资料数据，寻求上级领导的支持，尽早开展深部调查对阳山矿区的未来发展意义重大。

为了实现这一想法，阿木约布决定亲自蹲点阳山。出队之后，他每天早出晚归，不是在机台，就是在坑道，即便是雨天也会在岩芯库房反复查验分析，夜里再将各项地质数据整理成册。经过半年时间的努力，阿木约布将一份可行性和参考价值极高的数据提交给了支队领导，证明了阳山深部找矿势在必行。

黄金三总队结合阳山金矿长远发展，充分论证后，不仅同意在阳山深部找矿，还决定向指挥部申请，从黄金各个支队抽调钻探骨干力量，支援十二支队"阳山大会战"。

至此，2011年首次"阳山大会战"正式拉开帷幕，九座机台屹立在211国道的两侧，看似参差不齐，实则每座机台的布设都是根据矿脉走向来选定位置的。其中，屹立山顶最高处的那座钻塔正是进行深部找矿的机台，塔高23米，塔顶的红旗迎风招展，塔身下偌大的红色横幅，"阳山第一钻"五个大字赫然醒目。

视线绕过绿色的塔衣，钻塔内，战士们正在紧锣密鼓地进行钻探施工。

其中有两位高级士官，肩膀上的军衔格外引人注目。他们分别是三级警士长谭建勋和一级警士长吴澎骥，都是黄金部队的先锋人物。

先说吴澎骥，入伍以来，他立足本职，无私奉献，坚守机台一线，刻苦学习黄金勘探业务，积极为黄金勘探事业作贡献。他在实践中不断研究探索地质勘探方法，先后总结出双管干钻法、金刚石双管双动钻进法等十多种钻进方法，破解了破碎带钻进速度慢、效率低等问题，特别是发明的八面旋转沉沙器，使阳山矿区钻进效率提高了一倍，获得黄金部队优秀科技成果奖。他于2007年荣膺武警最高荣誉"武警十大忠诚卫士"。

而后起之秀谭建勋与吴澎骥旗鼓相当。2008年年底，他随六支队10名钻探骨干到长春工程学院（今吉林大学）参加复杂地层钻进的培训。一个多月里，他每天起早贪黑，背数据、记原理、写心得，复杂地层钻进的方法和原理深深地刻在脑海里。回到单位后，他主动承担了复杂地层深部钻进任务，先后西上海拔5000米的青藏高原，南下大别山区。经过多年的摸爬滚打，他先后摸索出复杂地层"五级成孔、轻压慢转、注重异常、维护泥浆"和"两看一听一查"钻探法。

两位钻探尖兵联手行动，可见三总队对阳山深钻任务的重视程度。

"吴机长，这次钻孔要打1600米，咱们几个月能干完？"轰鸣的钻塔边，一名战士小心翼翼地问。

这样的问题令吴澎骥很为难："我也不知道，这是阳山第一次打这么深的钻孔，千里以下地层难以把握。"

吴澎骥顿了顿，向谭建勋讲道："老谭，你是从六支队抽调来的骨干，听说你在河南钻过深孔，对这次的任务你有把握吗？"

听到吴澎骥前辈问自己，谭建勋显得拘谨，他在许多官兵面前都可以称作老兵了，但在吴澎骥面前，还算是一个新兵，"吴机长，您的钻探技术比我强，而且在阳山工作这么多年，您都觉得为难，更别说我了。当年在南坪钼矿，我们六支队是打过深钻，但是河南地处平原，钻进相对容易，陇南山区地质结构复杂，能不能将深钻打下去，我也说不好。但我们都是从矿区抽调的骨干，上级把这么重要的任务交给我们，是对我们的工作能力的检验，我一定竭尽全力、不辱使命。"

一段时间过去，"阳山会战"中的钻机陆续完成进尺任务终孔，阳山第一钻的孔深也达到1100多米。就在官兵们暗自庆贺已经打破阳山深孔纪录时，深孔钻机在1111.49米处突发井故，由于深部地层复杂、官兵深钻经验不足等多重原因，吴澎骥和谭建勋联手处理多日也无果。支队又聘请地方专家到现场协助处理，可经过多位专家的指导，仍无法恢复钻进，最终一千多米的套管无法提出井内，深钻被迫终孔。

虽然第一次的深部找矿钻孔宣告失败，但通过对矿区安坝矿段311号脉群和3个盲矿靶区验证，311号脉深部900米标高处见厚大矿化体，表明矿带深部具有良好的找矿潜力。

阿木约布心中悲喜交加，喜的是深部找矿前景得到了证实，悲的是投入这么大，1600米钻孔没能达到设计孔深，此次被迫终孔给他留下深深的遗憾。

2014年，第一次深孔失败三年之后。总队、支队两级党委研究决定对阳山矿区抽调三总队各支队钻探尖兵，再次进行深部钻探。同年布设了一个1500米的深孔，但经过官兵们的努力，还是在1149.81米发生井故。

冬季来临，山区树叶早已全部掉落，气温每日骤减，全年钻探工作也接近尾声。会战的钻塔逐个拆卸，存放至阳山库房内。前来支援的其他三个支队战友留下"十二，十二，最多打到一千二"的笑话后，离开了阳山返回各自的支队。

只有那座见证了两次井故的钻塔依旧屹立在半山腰，塔内时不时还会传出"一二、一二"的呼声。那是深孔的官兵在提钻用管钳卸钻杆时，为了将劲往一处使发出的号子声。

听闻阳山钻探再次以失败告终，谭建勋给吴澎骥机长发去了一条短信安慰："机长，事在人为，深孔有太多不可预料的困难，而且阳山地区地层复杂，深钻难度太大。不过我听说原七支队支队长孙耀华调任三总队副总，他可是我们六支队的老总工，技术上的问题就没有能难倒他的，如果他能到阳山矿区指导工作，我相信，阳山深部钻孔一定可以顺利打下去。"

寒冬时节，海拔接近两公里，阳山之上覆盖上一层厚厚的积雪，塔内的官兵全身裹满泥浆，不分昼夜地处理着井故。由于需要上塔作业，有些战士还穿着单薄的胶鞋在零下20多度的环境下工作。

最后，钻孔未能达到计划孔深，由阿木约布宣布终孔收队命令。300多个日夜，7200个小时不间断地轮班作业，辛苦全部付诸东流，第二次深部钻探失败，阳山白雪皑皑，万物寂静。

官兵们没说一句话，就那么静静地看着阿木约布。

三

2015年，黄金三总队中心任务再次铺开。阿木约布将野外工作部署完毕后，突然接到支队首长通知，让他赶往三总队，孙副总队长执行完尼泊尔救援任务返蓉，有事要同他当面商议。

当阿木约布推开副总队长办公室时，出现在他视野里的正是久违的老朋友孙耀华。"首长好！"阿木约布看见熟悉的师哥显得十分高兴，但仍按照军纪敬了礼。

孙耀华招呼阿木约布坐下："约布，今天找你来是想向你了解一些阳山的情况。现在总队党委让我分管施工生产，我到三总队也没两年，前期分管其他工作，对阳山矿区不是太了解，十二支队两次阳山深孔失利，想听听你的想法。"

听师哥问起阳山深孔的事，阿木约布显得有些沉闷："阳山深部远景找矿在2011年就得到了论证，可两次深孔接连失败，我有不可推卸的责任。"

孙耀华打断了他的话："现在不是来追究谁的责任。指挥部党委希望阳山矿区在新时代取得更大突破，年初总队开会决定，还要在阳山开展一次深部找矿。你不要有负担，干不一定能成功，不干肯定无法成功。"

听闻上级对阳山深钻工作又有新的部署，还是有师哥孙耀华来指导，阿木约布内心快要熄灭的希望之火，再度燃烧起来。

阳山矿区，第三次深部钻探会战，打响了！

官兵们有序进行着开孔前的准备工作，钻孔设计位置位于半山腰，即便无负重，步行至离半山腰最近的马路也要一小时时间。建设钻塔设备长短不一，轻重不同，再加之上山的路时陡时缓，根本无法用骡马运输，只能靠官兵肩挑背扛，一件件搬运到半山腰再进行组装。

参与第三次深钻任务的官兵，大部分参加过前两次阳山深部钻孔施工。前两次大会战，投入巨大的资金、兵力，都以失败告终。此次设计的孔深又是 1500 米，再次面对从未到达过的孔深，官兵们心中的压力是无法用文字和言语来表达的。

背着沉重的钻探设备终于到达位于山腰的设计点位后，官兵们纷纷卸下装备，呼呼地喘着粗气。正当他们短暂放松的时候，突然发现不远处走来一位肩扛两杠四星的领导，身后还跟着支队副总工程师阿木约布，官兵们顿时从卸下设备的轻松中紧张起来。

5 月的阳山矿区，天气还不算炎热，但日照时间长，特别是中午时分太阳直射，令人十分难受。为了避开中午的日照，官兵们一大早就朝着山上出发了。

现在才早上 8 点多，就算年轻人徒手爬山也需要一个多小时，上山的路只有大家开辟出来的这一条，此时首长出现在他们面前只有一种可能，就是这位首长比他们更早出发。

面对突然出现的首长，官兵们有些不知所措。很快，跟在队伍后面的中队长和机长从山坡上来，放下肩上的钻杆后，立马小跑过去报告："孙副总队长好！"

官兵们这才反应过来，原来这就是传言从总队下来指导阳山钻探的孙耀华副总队长啊！

听完中队长的报告，孙副总队长却板着脸，严肃地说道："都什么时候了，还在走一二一？施工时间紧迫，中午日照强需要休息，清晨还不早点出发，你们今天这个钻塔能不能完成前三层的建设？"

中队长被孙耀华严肃的语气吓了一跳，用微弱的声音回答道："首长，应该能吧。"中队长的心里也没底，因为数量庞大的设备需要战士们一件件肩挑背扛地搬运到机台，光是搬运就消耗了大量体力。卸下设备后，官兵们只有短暂的休息调整时间，马上又要投入建塔作业，进度根本不能百分百地把控。

孙耀华听完中队长的回答，并没有回复。而是径直走向机台一位列兵身边，关切地问道："小同志累坏了吧！身体还吃得消吗？"

新同志从下连到矿区工作以来，还没有见过这么大的领导，显得有些紧张，连忙说道："首长好！不累、不累。"

孙耀华一看官兵们都有些拘束，招呼大家过来坐下："大家别紧张，坐下休息一会儿。"官兵们仍僵在原地不知所措，吴澎骥一看，朝大家喊道："首长让大家坐，大家就坐下吧。"

孙耀华也来到一名战士旁席地而坐，并招呼机长和中队长一起过来坐下，然后他开口讲道："我这次来阳山，并且这么早来机台，不只是来检查工作的，也是来解决实际困难的，大家有什么困难就说出来"

一时间官兵们沉默不语，不知道说什么好。吴澎骥见大家都不说话，率先打破了沉默："首长，虽然上山道路崎岖，钻机设备沉重，可是身体的劳累和艰辛都是可以克服的。现在最大的困难是深孔钻进是否能达到设计的孔深，大家都心里没底，一是对深部地层不了解，二是没有数据支撑。前面两次深孔失败，给大家造成的打击很大，国家投入这么多财力、物力，各级党委又对我们如此信任，我们却一次次地辜负了上级的期望，如果这次深孔再失败，责任真是无法承担。说实话，我自己心理压力也很大。"官兵们听后也是愁容满面地低下了头。

孙耀华看官兵们士气不高，说道："大家不要有心理负担，放心大胆地干，至于承担责任，不是有我嘛。我来这里就是要和大家一起工作，攻下这个深孔的。我们黄金部队建设初期，也是毫无数据支撑，部队工作的地方都是冰天雪地，在那么艰苦的条件下，用最普通的设备，大家身穿一件裹满泥浆的棉袄，腰系一条麻绳，在后勤保障不到位的时代，同样在为国找矿上取得了显著的成绩。现在我们设备、技术、后勤都很健全成熟，大家要发扬过去的'三光荣三特别'精神，技术上的难题不要害怕，办法总比困难多，今天我来就是给大家做动员的，我会和大家战斗在一起，打赢这场阳山深部钻孔突破战。"

鼓劲动员后，孙耀华又向中队长和机长部署了一些具体事项，随即转身前往其他机台检查工作。

看着孙耀华离开的背影，一名列兵向机长询问道："吴机长，这么大领导，今天这么早来咱们这么偏远的机台，真的要像他说的，跟我们一起工作……"

还没等他问完，一个肩上两道拐的上等兵立马接过了话："领导只是说说，说你也信，今天估计是起早了。"

吴澎骥连忙呵斥："乱发啥言论，干活了！"

随着吴澎骥的指挥，官兵们紧锣密鼓地开始了钻塔的建设，从早上忙碌到下午6点多，就在他们刚完成钻塔第四层时，一个熟悉的身影又出现在了机台。

这不是孙副总队长吗？他早上不是刚来过吗？因为早上中队长刚挨了批评，官兵们心中疑惑："领导这么晚再来机台，是不是哪里又没做好？"

正当官兵们疑惑之际，孙耀华开口道："小杨，今天建设了几层钻塔？"

中队长报告道："首长，我们刚完成了对第四层钻塔的建设。"

孙耀华展露一丝微笑："你看，我早上不批评你几句，还干不了这么快呢。我今天联系了地调单位和以前从事过深部钻孔的战友们，向他们咨询钻孔达到一定深度需要注意的具体事项，虽然施工地域地层不同，但一些经验和注意事项还是可以借鉴和学习的。"

说完，他又朝着中队长讲道："早上批评你是希望不要懈怠和抵触深孔的建设，虽然前两次都失败了，但上级还能把第三次机会给到我们，这说明上级组织对我们的信任。我知道下面好多战士，觉得前两次都失败了，这次难度还比前两次都大，大家情绪普遍不高。但你和机长作为现场具体负责人，一定要带好头，不要因为我的批评就有思想包袱。这次施工任务重，时间也紧，但这都不是我们懈怠的理由。我为什么这么晚还要再来现场一趟，一是来看看你们的进度，二是想告诉大家如果有困难我和大家一起想办法解决，三是怕你们因为我的批评蛮干赶进度，虽然时间很紧，任务很重，但是始终要记住安全第一。你们俩要做到左手抓安全，右手抓进度。我也会每天和大家战斗在一起，有问题及时解决。"

官兵们听到孙副总队长这番诚恳的言语，低迷的情绪有了一丝振奋。当天，忙完一天工作下山的途中，早晨询问机长的新兵走到那名上等兵的面前，打趣道："你不是说首长来只是起早了，那晚上怎么又来了？"

义务兵一时答不上来，涨红了脸，用赌气的语气说道："我就不信他明天还能来！"

四

出乎所有人的意料，之后的机台建设施工中，孙耀华总是每天第一个到达机台，在现场指出机台设置的合理性，解决机台周边潜在的安全风险问题和官兵们生活保障问题。经过机台官兵半个多月的并肩作战，深孔终于在 6 月 3 日顺利开孔。

开孔才意味着战斗正式打响。随后的钻进工作中，孙耀华与阿木约布一起，对深部钻进所需的工艺认真分析，提出此次钻孔比较深，所以在钻进施工过程中，要重点考虑钻具的材质以及地层方面的不利因素。

他认为这次 1500 米深的钻孔，如果采用常规的 56 毫米口径钻进，那么在钻进过程中很容易产生诸多不利因素，进而影响钻进的效果和质量。比如钻具扭矩大，在机上钻杆外径与孔壁间隙比较小，这就使得冲洗液上返困难，而钻渣也难以排除，一旦出现烧埋钻以及钻杆折断现象，那么不仅会影响钻探工程的施工质量，还容易造成施工安全问题。

为了更好地满足钻进 1500 米深的钻孔需求，孙耀华建议开孔时用更合适的钻头，并把更适配的钻头数据清楚地罗列给官兵："这次要向地层深部进行施工，其难度以及危险性都比较大。只有合理选择最佳的钻探工艺，才能将钻探方法的优势、特点充分发挥出来，更好地保证钻进效果。"

孙耀华对钻探专业知识侃侃而言，着实把官兵们给震撼到了，他们知道孙副总队长曾经从事过钻探工作，但没想到这么专业。

日后的深钻工作开展过程中，孙耀华雷打不动，坚持每日往返机台，并根据地层变化及时提出更换钻头口径的时间。在他的悉心指导下，钻孔在一个多月的时间里顺利地达到了 1200 米的深度，马上就要进行最后一次换径工作了。可就在这时，孙耀华却接到总队通知，有工作需要他返回成都处理。返程之前他特意交代，早晚两次向他汇报机台的换径情况。

在孙耀华返回成都两天后，深钻机台换径工作顺利完成。就在官兵们心中暗喜，以为可以顺利突破阳山记录的时候，钻头因为换径和地层变化等多种因素，被割断在 1200 米的孔内。

从事钻探工作的人都知道，钻进几百米深的钻孔发生如果断钻、烧钻事故，处理时就很容易造成二次事故，被迫终孔。现在钻进事故发生位置不光深达 1200 米，而且是把硬度最大的钻头割断在钻孔内。

知事故发生后，在场的官兵们都愣在了原地，首长才刚返回成都两天，就发生了这么严重的事故，难道阳山真的没一个深孔能达到设计孔深吗？

这已经是阳山第三次向深部钻进，钻塔配备着黄金部队最好的设备，如果这一次再失败，如何向各级党委交代，如何面对与大家奋战在一起的孙副总队长……

五

机长吴澎骥怀着忐忑的心情，给孙副总队长打去了电话，汇报了井故的发生。

孙耀华听完，没有多说，向总队领导作了汇报后，立马交代了手里工作，连夜从成都赶往阳山。

当天夜里，吴澎骥带着官兵们进行挽救打捞，过程中又有两个钻头掉落孔内。一时间官兵们心中愁云满布，都在想：完了，只能终孔了。在这样严重的情况下，中队长拿出手机翻到孙副总队长的电话，竟然提不起拨通电话的勇气。

孙耀华连夜赶到机台，向官兵们询问事故具体情况，这时吴澎骥用颤抖的声音向他汇报道："孙副总队长，刚刚我带领战士们在打捞过程中又掉落了两个钻头。"

吴澎骥原以为会迎来孙副总队长的批评，可想到孙耀华并没有发火，向官兵们讲道："事故已经发生，大家不要灰心和放弃，现在我们要做的是怎么解决问题。"

随后，他在现场亲自指挥大家下钻打捞，确认钻头的位置，让大家直接下"打捞管"套取试试；不能套取时，考虑用下公（母）锥等方法进行处理。

1200多米的深孔，要处理故障谈何容易。官兵们需要把孔内的钻杆全部提出，再重新下钻，每3米一根，共计400根钻杆，需要24小时连续不断地作业。每个班组的官兵三班倒，8小时不间断提钻，有时钻杆拧不开，还得三个人抓住管钳同时用尽全力才能拧开。

白班还好，轮到夜班的官兵需要从0点一直干到早上8点，一周下来许多战士都疲惫不堪，甚至发起了牢骚："打不下去就终孔吧！前两个都失败了也不差这一个了，每天重复提钻下钻，都快累死了！"

官兵们的辛劳孙耀华都看在眼里，因此当他听到官兵们发牢骚，并没有批评，而是当作不知道。只是在内心深处，孙耀华更加坚定自己的想法，把井故处理好，把钻打下去，不然不仅辜负了上级对阳山深部找矿的期望，也辜负了官兵们这么多天的艰苦作业。

在提钻、下钻的间隙，只有30分钟打捞故障钻头的时间，在这短短的30分钟中，孙耀华时刻关注钻杆的钻动和孔内传出的声音，以便及时调整处理方法。看似简单，可实则难如登天，1200米地下没人知道是什么情况，只能凭经验判断。

每次打捞时孙耀华都会守在钻孔口，所有的官兵都在期待奇迹的发生，但经过一周不分昼夜24小时三班倒，几十次的提钻，还是没能成功。后来，官兵们又使用强磁打捞器，进行多次打捞，依旧是失败。

多次处理无果后，孙耀华提出一个令所有人都震惊的方案，用磨孔钻头推掉的方法，利用孔内底部坚硬的岩石和下到孔内的钻杆钻动，把掉落在孔内的物品挤压磨成碎屑，利用泥浆的黏稠度排到孔外。

虽然也有成功的案例，可毕竟深度只有几百米，磨掉的铁屑很容易被泥浆带出孔外。这次的位置却在地层1200多米，一旦孔内铁屑不能被泥浆带出孔外，再次打捞时磨掉钻头的铁屑就有极大可能割断钻杆。这么深的孔，如果再次发生事故，那可要被迫终孔的，这个责任令官兵们感到沉重。

孙耀华却让大家放手一搏："只要计算好每次磨掉钻头的长度和泥浆的浓稠度，就完全可行。"

是啊，理论是可行，但在 1200 米的地下看不着、摸不着，一旦有细微的计算错误，就会发生事故，官兵们怎能不担心。

孙耀华怎么会不明白官兵们此时的顾虑，他用低沉的声音说道："出了问题我来承担，瞻前顾后老是想着事故问责，怎么能够解决问题？如何能摆脱阳山深部找矿两次失败的命运？如何把阳山深部钻探找矿的梦想实现？"

在他的总体策划下，每一次研磨钻头都进行精确计算。经过两次研磨，看出钻进进尺在向下走，这说明孔内钻头体积在减少，证明这个方法是可行的。经过十几天反复研磨，8 月 21 日上午，向下研磨的进度突然加快，吴澎骥立马向孙耀华汇报情况。孙耀华听后当机立断："继续向下研磨。"

20 分钟后，钻杆向下前进了半米，孙耀华指挥大家进行提钻。官兵们将钻具提出孔外后，发现里面居然有岩芯。只有孔内掉落的钻头已经被研磨掉了，才会采取到下面的岩芯。

为了确保万无一失，孙耀华让大家再进行一次采取，看是否正常。当再一次成功地采取到岩芯，在场的官兵欢呼起来，激动地喊着："首长，有岩芯、有岩芯。"

孙耀华上前查看，一截长达一米的岩芯摆在他的面前，他的脸上终于露出久违的笑容："同志们！我们处理成功了！快快快，下钻继续进尺。辛苦快一个月了，终于可以正常钻进采取岩芯了！"

故障成功处理之后，机台恢复了正常施工，吴澎骥在每日 0 时交接班完毕后，都会向孙耀华汇报当天钻进米数。经过半个月的努力，9 月 7 日达到了设计孔深，创造了阳山矿区孔深 1500.55 米的纪录。

达到设计孔深那天早上，官兵们在机台的外面欢呼庆祝，此时阳山上空竟罕见地出现了彩虹，大家连忙拍下这神奇的一幕，发给家人朋友，与大家分享着这份成功的喜悦。

最终，经过化验，该孔孔深 1473.95 米至 1479.95 米处发现较强的金矿化。

指挥部收到阳山深钻的捷报，决定授予深孔机长二等功，总队党委也为中队长授予了三等功，而孙耀华却好像从没来过一样，只在一群阳山官兵的心中，留下了难忘的身影……

本章历史大事件出处

1. 2015 年黄金部队同交通部队一起前往尼泊尔。出处：人民网，《中国武警交通救援大队完成赴尼泊尔抗震救灾任务回国》，2015 年 5 月 25 日。

第二十四章　时代浪潮　赓续前行

长江后浪推前浪，世上新人赶旧人。

一

金秋九月，淡蓝色的尼洋河依旧静美，两岸的灌木丛与牧场却开始斑斓，远远望去，蜿蜒的尼洋河如精美的蓝色绸带，在金黄的草甸上轻柔飘扬。一路向东直至雅鲁藏布江，夏日汹涌的江水开始变得温柔，两岸的核桃树叶在秋风中犹如金子一般耀眼，令人沉醉。还有大昭寺广场上庄严神圣的梵音，叩拜朝圣的信徒，伴着弥漫肺腑的佛香，双手合十，祈愿幸福吉祥。天幕之下，布达拉宫耸立云端，宫墙红白相间，宫顶金光闪闪，静立于广场，仰望千年的神圣。

2015 年 8 月，尼泊尔地震已经过去 4 个月时间，从中尼边境执行完救援任务返回营区后，黄金十一支队官兵全身心投入到野外中心工作。薛立作为部队直招士官，有一定的地质技术基础，野外作业中，中队技术干部经常让他分担地质填图、测绘等工作，培养他的实操能力。白驹过隙，时间很快来到了 9 月份。

为纪念中国人民抗日战争暨世界反法西斯战争胜利 70 周年，中华人民共和国中央人民政府决定举行抗战胜利大阅兵，展示国防现代化的最新成就，不忘历史、警示后人、凝聚民心、宣示国威。在战争胜利纪念日举办阅兵本是国际惯例，可这场阅兵却是新中国成立后第一次在非国庆时节举行的大规模阅兵，对中国人民而言无疑具有里程碑式的意义，同时也吸引了世界的目光。

　　作为军队的一员，薛立对"9·3"大阅兵格外关注，他原本还担心野外施工任务会影响观看直播，但指导员说会在当天暂停一日野外作业，集体组织收看阅兵盛况，他的担忧一下烟消云散了。

　　可就在这场举世瞩目的"9·3"阅兵式即将到来之际，各大中队突然接到夏秋季士兵晋级、退役的命令，一批上等兵要在这个秋季离开他们为之奋斗两年的警营。

　　通常，退伍季都在每年的 11 月份，但从 2013 年开始，根据新修订的《征兵工作条例》，征兵工作由过去的冬季征兵调整为夏秋季征兵。2013 年 9 月是首届夏秋季新兵入伍的年份，2015 年 9 月刚好是第一批秋季义务兵服役期满的日子。

　　薛立所在的野外勘查点有一座钻探机台，最近他跟随技术干部前往机台编录时，明显感觉到机台官兵的情绪很不一样。临近上等兵退伍时间，所有面临退役的上等兵回到野外驻地收拾行囊，准备返回支队，此时机台上仅有三个人在工作，还全是老班长。

　　第一次在野外施工期归队退伍，显得如此仓促。同薛立一个班的上等兵郭小亮还有些迷茫，原本大家都想着是 11 月正常退伍，没想到退役命令来得如此突然。当班长告诉郭小亮，2013 年这批兵马上面临转改士官和退役之时，他显得有些不知所措。

　　"班长，我们现在收拾行囊，回到支队就拿着退伍手续退役吗？"

　　班长回复道："当然不是，回去应该还是会举行退役仪式，只是退伍晚会可能搞不起来了，你们夏秋季这批兵退役很特殊，就只有上等兵，人数并不多。"

　　"中队也会派人跟着回去吗？"郭小亮接着问道。

　　"我们就不跟着回去了，你也看到了，现在野外任务还比较重，你们这批兵一走更加缺乏人手。以前都是冬季退役，春季入伍，人员可以在收队后很好地轮换。现在直接在施工作业期退役，野外工作还得干下去，压力很大。特别是钻探中队，机台三班倒本来就辛苦，这下人员更紧缺了。"

　　野外营房，班长站在库房门外看着郭小亮收拾自己的物品。不知怎么回事，动作利索的小亮收拾物品向来迅速，可此时他却动作缓慢。换作以往，办事雷厉风行的班长总会骂上一句："搞快点，拖拉什么呢！"可此时，班长一点也没有催促的意思。

看着同班战友即将退役离队，薛立心里也有些不舍。他下连之后就和新兵郭小亮在一个班，虽然薛立是直招士官，但按兵龄来说也是新兵，两人经常一起出公差干活，感情很好。

郭小亮选择退役的事，薛立很早就知道，他有着自己不一样的人生追求，经常给薛立说："当初高中不懂事，当兵之后想明白了，还是要有知识才行。你看你，毕业分到部队就是一期士官，这不就是知识的力量吗？我想回去利用退伍兵免试入学的政策，好好上个大专，学一门专业技术。"

郭小亮等人正式离开野外营区返回支队那天上午，恰巧轮到薛立当班执勤。他站在营门哨位上，看着野外所有官兵集合列队，欢送这一批年轻的战友。郭小亮等退伍兵从夹道送行的队伍中走过，与野外驻点每一位战友拥抱告别，短暂的几秒钟不停说着祝福的话语，像是要把这些祝愿塞进他们的行囊，伴随着战友们回归故乡。最后，退伍兵们在噼里啪啦的鞭炮声中，慢慢走出营区，当他们跨过营门时，队长朝官兵大声喊道："敬礼！"

哨位上的薛立也迅速举起右臂，朝着退伍兵们致以敬意。这是薛立入伍以来第一次面对战友退役，曾经热闹的营房此刻充斥着伤感的氛围，一个个熟悉的面庞慢慢从营门口走过，他的嗓子里似乎有什么东西堵着。

看着这群战士即将登上返回支队的客车，中队长向列队的战士们说道："想送的还可以跑过去送送。"然后又转向门口的哨台："薛立，你们班的郭小亮不是也要走吗？批准你10分钟去送个行。"

薛立稍微愣了一下，赶忙从哨台上跳下来，跑到小亮跟前。看着战友即将离队，不知何时再见，一时间薛立不知道说些什么好，随后稳了稳自己的情绪："兄弟，一路顺风。"

说着薛立紧紧拥抱了小亮，原本紧绷的小亮也控制不住，眼泪就像洪水决堤一样流出来。

在官兵们的注视中，退伍兵登上了返回支队的车，上车后大家打开车窗不断挥手，不多时车子伴随着阵阵黄沙消失不见。送行的官兵也纷纷回到自己的工作岗位上，唯独留下站在门口执勤的薛立，站在三尺哨台，望向空旷的远方。

二

铁打的营盘，流水的兵。相较于往年退役的战友，2015 年 9 月这批退伍兵无疑是孤独的。因为黄金部队每年出队从事野外工作的特殊性，夏秋时节大部分官兵仍分散在不同的野外作业点，留守支队的除了勤务中队就只剩下化验室了。

以往的退伍仪式官兵齐聚，可今年由于大部分战友在执行施工任务，本该热闹的退伍会变得无比萧条。吃过退伍前最后一顿晚餐，郭小亮回到宿舍躺在床铺上，回忆起自己的军旅生涯，仿佛自己的年岁被时光偷走了一样。

他记不得自己来部队多少天，也记不清楚随着机台搬过几次家，只是他和战友们一起搅泥浆、一起提钻、一起守夜的点点滴滴却清晰地刻在心底。黄金战士没有其他部队一样手握钢枪挥洒汗水的军旅生活，那些在野外寻金探矿的画面成了他们挥之不去的青春记忆。

这一晚郭小亮半梦半醒，破晓时分，勤务中队的战友吹来一声哨音："退伍兵，集合！"

郭小亮默默地拿起自己行囊，在战友们欢送的掌声中，登上前往火车站的大巴。离开时，郭小亮忍不住开窗探头深深地凝望承载两年青春记忆的营区，车辆渐渐驶远，只得不舍地关上了车窗。

首批秋季退伍兵离开警营的第三天。备受瞩目的"9·3"阅兵仪式在北京隆重举行。为保障阅兵仪式顺利进行，首都机场和南苑机场将关闭 3 小时，空管部门将对飞越北京地区的航班实行严格的空中交通管制。天安门地区及相关道路也采取分时、分段的交通管制措施。

黄金指挥部办公楼内，阿木约布正在快速地敲击着键盘，时不时低头在地质资料本上勾画几笔，借调到指挥部工作的他正在整理着地质图文资料。由于工作繁忙，他没有去礼堂观看阅兵直播。此时指挥部官兵几乎齐聚礼堂，整个办公楼空荡安静，正当阿木约布全神贯注标注地质资料时，忽然从窗外传来一阵刺耳的音爆，他侧身看去，一列战斗机有序排列，飞过指挥部的上空……

野外矿区，薛立刚吃过早饭，就匆匆地跑向中队学习室，路上碰到战友问他："薛立，这么着急，干吗去呀？"

薛立头也不回地答了一句："抢占有利位置。"

在学习室，薛立找了一个靠前的座位坐下，等待着阅兵式。他忍不住在脑海中畅想，如果自己能够参加大阅兵，接受党和人民的检阅，让远在家乡的父母亲人看到自己那该多好。不像现在，所处的黄金部队连一个上镜的机会都没有。

就在他幻想着以军人的光辉形象出现在家人眼前时，一个声音把他拉回了现实："薛立，发啥呆？"

"大早上对着电视发呆，幻想自己被检阅呢？"

薛立回头一看，是自己的同班战友，便反问道："怎么，你不想啊？"

两人谈论时，中队官兵陆续到达学习室，等待观看这场阅兵盛况。

初秋的北京碧空如洗，微风徐徐。上午9时，大会正式开始，本来嘈杂的学习室瞬间鸦雀无声，大家都把目光紧紧地聚焦在电视画面上。视频上，习近平总书记正在讲话。

"'靡不有初，鲜克有终。'实现中华民族伟大复兴，需要一代又一代人为之努力。中华民族创造了具有5000多年历史的灿烂文明，也一定能够创造出更加灿烂的明天。

"前进道路上，全国各族人民要在中国共产党领导下，坚持以马克思列宁主义、毛泽东思想、邓小平理论、'三个代表'重要思想、科学发展观为指导，沿着中国特色社会主义道路，按照'四个全面'战略布局，弘扬伟大的爱国主义精神，弘扬伟大的抗战精神，万众一心，风雨无阻，向着我们既定的目标继续奋勇前进！

"让我们共同铭记历史所启示的伟大真理：正义必胜！和平必胜！人民必胜！"

三

军容严整的仪仗队，整齐肃穆走过天安门广场，电视前，这群黄金战士们脸上满是羡慕之情。作为武警技术兵种，每一批刚入伍的官兵都会经历一段心理落差，觉得来到黄金部队，没有扛枪拿炮的机会，和电视中的军人形象差距甚远。同样是当兵，自己当个黄金兵常驻野外，钻探工满身泥浆，采样工风餐露宿，在野外工作的日子，就没有穿过一天干净的军装。

所以，几乎所有分配到黄金部队的新兵都会问这样一个问题：黄金部队，到底是干什么的？在日复一日的上山下山、钻探采样中，他们不解，他们质疑，他们接受，他们认同。

黄金官兵们在孤寂的野外工作之中渐渐明白，作为一支支持国家经济建设的部队，承担着提振国家黄金资源储备的光荣使命，与电视机里参加阅兵的战友一样，他们也在用自己的行动为祖国繁荣富强尽自己的一份力。

阅兵式结束之后，习近平总书记面对各国政要和全世界的媒体发表重要讲话，在讲话最后习近平总书记郑重宣布中国将裁减军队员额30万。这一消息迅速传遍全球，一时引爆世界舆论，也在广大黄金官兵心中激起阵阵波澜。

薛立等人心中猛地"咯噔"一下。

"哎，你说习近平总书记宣布裁军30万，不会把我们裁了吧？"

"说不定呢，记得以前听主任工程师讲过，1985年百万大裁军时，黄金部队就差点被裁。"

"一切听从国家安排吧。"

就在大家七嘴八舌地讨论时，中队指导员打断了大家："安静，乱议论什么，就对我们这支队伍这么没信心，还是期待我们被裁？"

一时间，大家默不作声！

指挥部机关，官兵观看完阅兵式陆续返回办公室，看到阿木约布仍在办公室，于是对他讲道："约布，你没去看阅兵式啊？你知不知道，刚刚习近平总书记才发表了重要言论，可能关系到咱们黄金兵的未来哟。"

阿木约布正埋头写着材料，回了一句："什么事啊，讲来听听。"

"又要新一轮裁军了，裁军 30 万！"

裁军 30 万的消息像一颗石子，掉落在阿木约布平静的心海，激起阵阵涟漪。他一阵恍惚，低头一看，工整的笔记本上出现一道突兀的划痕……

裁军命令公布后，国防部随即召开新闻发布会，当记者提问准备裁减哪些部队时，发言人回答：重点是压减老旧装备部队，精简机关和非战斗机构人员，优化军队结构。

非战斗机构人员？我们黄金部队不就是非战斗机构嘛。自己才入伍第二年，在学校就签了合同，都准备长久在部队干了，部队如果被裁了怎么办？薛立听到这则消息，不由得想着黄金部队的职能属性。正在他思考的时候，班长通知可以去队部领取手机了（2015 年 5 月，新修订的部队条例规定士兵可以在符合保密要求的前提下在节假日、课外活动时间、休息日使用手机）。

薛立马上从队部领回手机，心里想到，同批分配在云南十支队的战友刘宇也好久没联系了，自己何不打电话问问他那边的情况。

随着几声"嘟、嘟、嘟……"的连接声，电话那头传来一个熟悉的声音。

"喂，请问是哪位？"

"阿宇，我是薛立，你小子连我的电话都没存吗？"

刘宇一听是薛立打来的电话，立马热情回复道："老薛，是你啊！我还说刚领到手机，谁给我打电话呢。以前部队不让用手机，我就将旧手机寄回家了，现在不是可以用了嘛，我又让家里给寄了一个新的，所以兄弟们的号码就都没了。"

听到刘宇的解释，薛立也没有深究："不说这个，我想问你个事。今天的阅兵你们看了吗？要裁军 30 万。"

刘宇回道："看了！怎么能不看，我们这边看完还闲聊了会儿，裁军会不会裁掉我们？"

听完刘宇的话，薛立说道："看来大家议论的关注点都一样啊！那下午的新闻你看了吗？"

听到这个问题，电话那边的刘宇立马反问道："什么新闻？是要裁咱们黄金部队吗？"

薛立听到他这样问哭笑不得："你想什么呢？如果有这样的新闻你们那边

不就早知道了吗，还用我打电话告诉你？是国防部回答具体裁哪些部队的新闻。"

"老薛，我知道你一直想在部队长期干，对这个比较关心，我们这边有人听到要裁军和你的状态差不多。但这个谁知道呢？我们只是小兵，如果上级真裁我们，我们也得服从，不要想那么多，干好当前就好了。"

听到刘宇的回答，虽然没有了解到什么实质性的消息，但薛立也知道对方说的是实话。随后两人又闲聊了几句便挂断了电话。

当晚洗漱完毕后，薛立躺在野外行军床上，一直睡不着，脑中反复想：我们部队加一起才一万多人。听说 1982 年基建工程兵改革，我们转隶到武警部队，保存了下来，这一次不知有没有上一次幸运……

2015 年，黄金部队已经走过 37 个春秋，从改革开放组建以来一直根据国家建设发展需要历经变革，对下步是否会伴随军改大局而裁撤，黄金官兵在内心都有几分疑虑。

也许历史的答案早已在不经意间写在时光的角落，也许人的命运只是伴随着时代前进的大势不自觉地向左或向右。

随着野外中心任务的有序推进，军队改革的消息被日复一日的工作和生活所冲淡，似乎改革的事情就这样与黄金官兵们的人生轨迹渐行渐远，黄金兵依然奋斗在祖国的每一片崇山峻岭、戈壁荒漠。

本章历史大事件出处

1. 经国务院、中央军委批准，从 2013 年起，全国征兵时间由冬季调整到夏秋季，这是自 1990 年实行冬季征兵 23 年以来首次调整征兵时间。出处：共产党员网，《征兵时间由冬季调整到夏秋季》，2013 年 6 月 15 日。

2. 2015 年 9 月 3 日，纪念抗日战争胜利七十周年阅兵仪式。出处：环球网，《中国将于今年 9 月 3 日举行抗日战争胜利纪念日阅兵》，2015 年 1 月 29 日。

第二十五章　东风浩荡　聚力转型

神女应无恙，当惊世界殊。

一

2015 年 12 月 31 日，北京八一大楼，习近平总书记郑重地向陆军、火箭军、战略支援部队授予新军旗。这标志着中国国防和军队新一轮改革正式拉开帷幕。人民解放军将逐步形成"军委管总、战区主战、军种主建"的新格局。与此前历次军队改革相比，中国军队新一轮改革是一场整体性、革命性变革，推进力度之大、触及利益之深、影响范围之广，前所未有。

伴随着改革开放的春风，走过 37 年"金"色历程的黄金部队，在百年未有之大变局的风云之下，又将走向怎样的明天？

结束指挥部借调任务返回十二支队之后，阿木约布一直在关注黄金部队的未来，从 2015 年 9 月裁军命令公布开始，他陆续听到有部队被裁撤，集体退役的消息，其中还不乏一些功勋部队。虽然他全身心投入本职工作中，但不时传来的裁军消息，仍在他的心中蒙上了一层阴霾。

"拓展任务去做应用地质调查，这样可行吗？"在总队会议上汇报完支队年度工作，阿木约布抽空来到孙耀华的办公室聊天。当听到孙耀华提出指挥部有将黄金部队职能任务调整转型到应用地质调查的构想时，阿木约布不由得发出这样的疑问。

"约布，你知道去年我国黄金产量多少吨吗？"

面对孙耀华毫无联系的问题，阿木约布明显一愣，但还是回答道："2015

年，我国国内黄金产量有 450 吨。"

孙耀华说道："是啊，450 吨。我国黄金产量已经连续 9 年保持世界第一，黄金资源储量达到世界第二。我们早已走出贫金的困境，不再像改革开放初期那般捉襟见肘了。"

"可是孙总，这与指挥部准备做应用地质调查有什么联系吗？"

孙耀华道："黄金部队是因金而生、因金而存的，改革开放初期，国家为了解决在艰苦边远地区寻金的问题，组建了黄金部队。如今快 40 年过去了，天南海北基本被翻了遍，黄金储备位居世界第二，国家早已不缺黄金了，那黄金部队肩负的使命意义又在哪里？"

阿木约布回答道："所以，部队这些年转型'两调一查一救援'工作啊。"

"约布，咱们关起门来说话，黄金部队的优势在于军队体系，能打硬仗，别人上不去的，我们能上，别人进不去的，我们能进。但论专家人才，我们的技术力量与地方上全是专家、学者的地质局真比不了。很多工作上，我们较地质局并没有太大的优势。黄金部队作为为经济建设而诞生的军队，从诞生起就弱化了军事属性，部队找黄金是出于改革开放初期国情的需要。时代在变，你看现在社会发展情况，市场经济早已今时不同往日，完全不需要部队来支撑经济建设。习近平总书记这些年一直强调军队要姓军为战，所以当前更重要的是强军兴军，加强备战作战能力。黄金指挥部欲调整应用地质调查任务，是有很深的考虑的。而且应用地质转型也没有那么复杂，其实就是立足基础地质工作，只是服务的对象和编写的数据有一些不同。2015 年 4 月份，指挥部就派出一个专家小组在西藏、新疆和东北地区搞过应用地质试点的数据改化工作，我想指挥部在去年就有黄金部队再转型的计划了。"

孙耀华的内心其实还有一层更深的思考，那就是中国军队正在进行 30 万大裁军，面对这股浪潮，这支历经风雨的部队到底会面临怎样的命运，他偶尔也会有一些不好的猜想。虽然言语中深层次的含义孙耀华没有挑明，但阿木约布隐隐觉察到，似乎与新时代裁军方案有关。

"约布，你看着吧，今年年初指挥部部署中心工作时，一定有很大的调整。"

说完孙耀华走向窗边，看着蓉城阴云密布的天空："关于我们刚刚说的转型，你可以提前考虑一下。总队的事情处理完，抓紧回去筹备支队野外工作吧。再不走快点，这场风雨就要来了呀。"

阿木约布顺着孙耀华的目光看向天际滚动的乌云，若有所思地点了点头。

果然不出孙耀华所料，2016年4月26日，各支队筹备出队工作之际，黄金指挥部在京隆重举行首届地质工作军民融合发展论坛。军委联合参谋部、国土资源部、武警总部、黄金指挥部相关领导出席会议。

参与会议的专家对以武警黄金部队为主体的应用地质新型作战力量等进行了深入研讨，建议武警黄金部队成体系开展应用地质调查工作。

至此，黄金部队职能使命再一次迎来调整，在拓展地质灾害应急救援任务之后，应用地质调查成为黄金部队的重要中心职能。

各支队官兵对这项新任务议论纷纷，从单一寻金转型多金属找矿，再到地灾应急救援分队成立，黄金部队的职能一直随着国家需要不断地发生转变。时下又一新职能的来临，让这群常年奔走在荒山野岭的黄金兵们带有几分疑惑和期待。

当阿木约布拿到应用地质任务试点工作通知时，不由得佩服孙耀华的前瞻性："真被师哥说中了，从当前国际国内形势来看，无论是对国家，还是对黄金部队建设发展，开展应用地质确实是势在必行。"

二

辽阔神秘的西藏，太阳缓缓从地平线升起，晨光点亮了布达拉宫下鳞次栉比的藏式民居。古往今来，"世界屋脊"已不知多少次这样迎来黎明。而在青藏高原历史上，有一个特殊的年份也以"黎明"称之。

1949年12月，毛主席在前往苏联访问，途经满洲里时，写信给中共中央，作出了"进军西藏宜早不宜迟"的战略决策。黑暗的旧西藏，迎来了黎明的曙光。在酝酿和探索解放西藏的过程中，考虑到西藏的特殊性，中国共产党确立了和平解放的方式。然而，西藏噶厦地方政府在帝国主义侵略势力的怂恿和西藏上层亲帝分裂势力的把持下，极力扩充藏军，陈兵昌都，企图阻止人民解放军解放西藏。

毛主席即电令彭德怀的一野进军西藏，后又令刘邓二野进藏。接到主席解放西藏命令的刘伯承和邓小平立即商量起进藏的人选问题。

两人思考了半天，邓小平最后说："让'地主'去吧!"

刘伯承笑了："我也正打他的主意。好，就叫他去!"

1950 年 1 月 8 日，刘邓首长电令："十八军就地待命，张军长及各师主要领导干部速来重庆。"

张国华来到重庆后，邓小平单刀直入："今天谈话凭党性。"

张国华回答："一切听从党安排。"

"解放西藏，你指挥部队去。"

"坚决完成任务!"

解放军进藏，还遭到了印度政府的抗议。印度自认为西藏以前是其宗主国英国的势力范围，自然印度也应该在西藏有特殊利益，只是解放军进军出其不意，并快速解放西藏全境，印度才不得不承认西藏是中国的领土!

自西藏解放，中国西南可谓稳如泰山，进而保证了西北的安宁。如果没有西藏，中国就不可能有稳定的大后方，就不会有当年的"大三线"工程，也谈不上西部大开发战略。

2013 年 3 月，习近平总书记在参加十二届全国人大一次会议西藏代表团讨论时，明确提出了"治国必治边、治边先稳藏"的重要战略思想。新时代背景下，党的最高领导人再次深刻、透彻、全面地阐明了治国、治边、稳藏的内在关系，西藏的军事战略地位可见一斑。

2016 年年初，黄金指挥部面向黄金各支队叫响"战前当地质先遣兵，战场当地质侦察兵"的口号，开始成体系推进应用地质调查工作。指挥部还以视频形式组织了隆重的出征誓师大会，指挥部机关设主会场，各总队、支队设分会场，全部队十四支应用地质调查队共计 1 万余名官兵，身着迷彩服，军容严整，整齐列队在训练场上，各总队下辖的四个支队分别进行了挑应战和宣誓仪式。

在拓展新型应用地质调查任务的同时，黄金部队也保留着最初的寻金属性。十二支队在新的一年继续出兵阳山，开展阳山金矿探勘工作。

2016 年 4 月，文县阳山矿区，灰蒙蒙的天空、湿漉漉的地面，让驻守阳山的黄金官兵们心情都变得差了一些。吃过早饭后，大家挤在换衣室里更换钻探服，做上山前的准备，顺便吐槽着糟糕的天气："这是什么天气呀，等会儿上山的路又是泥泞不堪，不知道要摔多少跤才能到达施工的机台。"

"是啊，现在才 4 月份，这个季节也不是雨季呀。"官兵们在谈论中换上了钻探服，准备开始黄金兵平凡的一天。

但这一天，对于老机长吴澎骥来说，却是极为伤感的一天，因为他即将离开他战斗和工作满 30 年的军营，光荣退休。

对于吴澎骥退休的消息，中队的大部分官兵毫不知晓。在换班的战士上山之后，副中队长组织留守的全体官兵集合。由于天空仍在下雨，战士们列队来到板房学习室，整齐地站成一排。

指导员站在队列正前方，表情严肃，一时间安静得可怕。正当大家疑惑为何集合时，门口走进来一个熟悉的身影。今天的吴澎骥机长显得格外特别，或许是因为那一身不适合野外工作的整洁军装，平时的他都是一身钻探工作服，摸爬滚打在机台一线，满身的泥浆和磨破皮的钻探防砸鞋，今天怎么特别换上了一身干净军装？

当战士们将目光落到他的肩膀，金色的三粗一细四道拐，在他半头的白发的映衬下，是那么的有历史的厚重感，那是整整 30 年的艰辛血泪换来的荣誉。

吴澎骥默默地走到队列前方，停住脚步看着大家，没说一句话。此时，指导员用略带哭腔的语调说道："我们敬爱的吴机长要和我们告别了，离开这片他战斗了十几年的矿区，脱下他穿了 30 年的军装，回到成都办理退休手续了。"

吴机长突然要离开大家的消息令官兵们一时有些难以接受，短暂沉默后，官兵们坚毅的脸庞上挂上了泪水，学习室内鸦雀无声，官兵们不知道用什么样的语言来表达这种不舍。

吴机长用颤抖的声音说道："大家不要哭，男儿有泪不轻弹，何况我们还是身穿军装的黄金战士。"可明明他的眼中也含满了泪水。

他继续说道："刚才看着你们一张张年轻的面孔，回想起我年轻的时候了，从一名新兵一路走来，经历了黄金部队 30 年的风雨历程，组织给予了我关爱和荣誉。今天我即将脱下这身穿了 30 年的军装，这身军装记录了我从朝气蓬勃少年到今天两鬓白发的人生，也见证了我从一名新兵成长为忠诚卫士的岁月。"

领导曾提出要给他举办一个忠诚卫士光荣退休欢送会，被吴澎骥拒绝了，他说现中心任务正在紧张进行，不要因为他耗费大家精力。

272

更深的原因是他舍不得穿了 30 年的军装和奋斗了一生的警营，不想让大家看到他泪流满面的场景。在 2015 年欢送退伍老兵时，吴澎骥看着战友一个个脱下军装，含泪告别，就笑着安慰道："不要哭，回去好好干，有空回来看看。"没有多么煽情的话语，只有几句家长式的关心。

欢送会结束后，他却一个人默默地走在队伍的后面突然跟身边人说道："29 批了，整整的 29 批了，从新兵一路走来，每一年送一次哭一次，送走了同批入伍的战友，送走了手把手带出来的徒弟，送走了陪伴军旅生涯十几年的战友，到后来也就不哭了。"都是自己一手带出来的兵，他怎么会不难过，然而铁打的营盘流水的兵，谁都会离开。

今天终于轮到吴澎骥自己了，没有隆重的欢送仪式，没有送别曲，没有锣鼓声，只有十多名在家的战士列队成一排，他依次走到每个人的面前，敬上一个庄严的军礼，来上一个紧紧的拥抱。本来说好不哭，可在和第二名战友拥抱完后，他却早已泪流满面。

这是官兵们第一次见到满头白发的吴澎骥哭得那么难过。是啊，怎么可能不哭？即将离开自己奉献了 30 年、生活了 30 年的家，脱下穿了 30 年的军装，他怎么能忍得住啊！

泪水在他的脸颊上肆无忌惮地淌着，诉说着 30 年的不舍。就这样一个军礼比一个军礼用力，一个拥抱比一个拥抱难舍，在与最后一位战友拥抱完后，吴澎骥低着头提着行囊头也不回地走出学习室，淋着雨走向停在不远处送站的车。车辆缓缓地驶出大家的视线，泪水也模糊了大家的眼睛，这时的雨比刚才下得更大了一些，大家没说一句话，就那么站着。

坐在返回蓉城的车里，吴澎骥回望着风雨中的阳山，又想起奋战阳山深钻的时光，想起与他一起并肩三尺机台的战友谭建勋。

2011 年，谭建勋结束"阳山会战"返回六支队后，便被六支队推荐代表黄金部队参加由原国土资源部、人力资源和社会保障部、中华全国总工会举办的第一届全国钻探职业技能大赛。此次大赛参赛选手中高手如云，其中不仅有从事 30 多年钻探工作、实践经验丰富的老钻工，有常年从事钻探培训工作的"总教头"，还有理论功底扎实的名牌大学科班生，想要在这 36 个代表队的 400 名高手中脱颖而出并非易事。

面对这些强大的竞争对手，谭建勋不畏惧、不退缩，靠着过硬的基本功和心理素质，结合多年钻探积累的经验，步步为营、稳扎稳打，一路过关斩将、脱颖而出，以总分第一的优异成绩，夺得固体矿产钻探工竞赛金牌，并被授予"全国技术能手"称号。2012 年，继郭新光工程师与吴澎骥之后，谭建勋成为黄金部队第三位荣膺武警十大忠诚卫士的先锋人物。

想到这里，吴澎骥拿出手机给谭建勋发去一条消息："老战友，我马上就要退休，离开黄金部队了。当前咱们部队现在又面临转型，但是无论任务职能怎么变，钻探始终伴随着黄金兵。现在入伍的年轻人不比我们，下连时都想分去区矿调、测量中队，都不愿意来钻探中队。一枝独秀不是春，万紫千红春满园。我们这些老钻工最终都会离开，最后谁来传承？我希望老战友能在不断提升自身能力素质的同时，为黄金部队培养更多的钻探人才！"

此时，谭建勋正带队在小秦岭地区开展钻探架设工作，看到吴澎骥老机长的一番肺腑之言，谭建勋一时间不知道如何回复，他放下手机抬头望去，重峦叠嶂的小秦岭上，钢筋铁骨的钻机高耸入云，林木在风中摇动，钻塔静默无声。

与此同时，各个支队的应用地质调查工作也全面铺开了。

薛立与一名中队长被分配到山南市隆子县，隆子县位于西藏南部，山南地区中部偏北，喜马拉雅山东段北麓，与印度相毗邻，边境线长 163 公里，是山南地区四个边境县之一。

坐在颠簸的吉普车上，沿途是一片荒芜的山川，白云很低，仿佛就压在山顶。坐在副驾的队长看了一会儿任务地图，转身朝后排的薛立说道："薛立，应用地质调查项目是黄金部队新的职能，从上到下都很重视。我们小组承担的山南地区毗邻边境，任务点位多，工作压力很大。你在湖北国土资源职业学院也学习过国土调查的技术，与普通战士不一样。我想这次新任务你能多分担一些，你也能在其中得到成长和锻炼。"

听到队长的话，薛立赶紧答道："是！队长您尽管给我安排工作。支队的授课我认真学习了，这次的新任务有很多实际操作与基础地质一样，只是保障对象不同、评价方向不同，遇到不懂不会的我再向队长请教。"

接着薛立向队长问道："队长，开展应用地质工作，我一直有个问题。我在学院时就听说黄金部队的职能就是寻金找矿，拿地质锤和镐把的时间最多。从前几年开始，部队职能任务换了又换，是不是说黄金不重要了？我感觉咱们黄金部队离'黄金'二字越来越远了。"

"薛立，你刚来黄金部队不久，还不是很了解情况。部队从单一找金到新增了许多职能，但找金工作一直都保留着，黄金的本色我们没有丢，十二支队依旧驻扎阳山矿区扩大岩金储备。现在国家让我们黄金部队拓展应用地质调查，是要大步紧跟时代新形势，既然我们能作为开展应用地质调查的先锋中队，就不能轻视这项新任务，以往在野外找矿多少苦头都吃了，现在只是用以前的技术达到不同的目的，一定要干出成绩。"

听到队长这番讲话，薛立明白了，无论是多金属勘查，还是做区域地质调查和应用地质调查，重心都是服务支撑国家发展建设。

经济建设和国防建设缺一不可，形势逼人，当前黄金部队不得不，也必须主动从传统的经济建设中转型到支撑国防建设。

三

薛立一行从曲乃高速转 202 省道，历时 5 个小时，终于到达隆子县，找到住宿点收拾好行李，薛立随队长走到隆子县的街头准备吃口便饭。

从湖北到湖南，再移防高原，三年之内薛立接连换了三座城市。此时看着眼前一排排白色的藏地平房分列街道两侧，呼吸着清澈的空气，别有一番感触：中国大地，地域辽阔，天南海北，各有风情。

当时考上地质学校学习，原以为是分到地勘队，没想到能有机会来到部队。虽然黄金部队不是一线作战部队，但穿上橄榄绿，薛立仍有一种保家卫国的荣誉感。

"走，我们朝前走走，找个餐馆吃点东西，过几天到边境可能要过一段泡面管饱的生活了。"队长大手一挥，带着薛立和司机来到一家藏族餐馆。

饭店外墙以白色为主，窗户是酱红色，门脸用黄色的灯装饰起来，艳丽、质朴而又有艺术效果。虽说门面不大，但大厅里面的布置，有鲜明的藏区元素，干净整洁，布局合理，让人眼前一亮。

队长让薛立等人各点了一道菜，在等待上菜的时间，又叫了一份糌粑当小吃。隆子县的糌粑十分有特色，因为当地盛产黑青稞，因此糌粑不同于其他地区，是黑色的。

传说公元 712 年，金成公主经过隆子河谷，不慎从围裙中掉落黑稞种子，经过千年的种植而形成独特的当地品种。

薛立等人用三根手指伸进碗里，捏成小球，放在嘴里。碗的最底层放的是酥油，中间一层是炒青稞面，最上面是白砂糖，用手指把三层东西混合在一起，捏成小球送到口中。糌粑吃起来酥软喷香，有奶油的芬芳、曲拉的酸脆、糖的甜润，十分可口。但糌粑是一种非常干的食物，吃时要配着酥油茶。

不一会儿，几道小菜上桌，队长边吃边讲："今晚在隆子休息一晚，明天一早出发。薛立你回去好好研究下调查点，我们第一次到边境地区开展热干岩调查，要到边境，得先去边防部队对接，把需求明确好。"

薛立点头答应下来，听队长说明日要到解放军边防部队对接工作，他的心中浮上几分期待：边防营与自己所在的武警差别是不是很大？应该是电视电影里的大营区，大部队吧。

次日，当薛立等人到达山南市某边防营区，他这才发现边防战士的生活与自己的想象的简直是天差地别。

放眼望去，营区四周是一片无人的荒芜高山，正门前后战士们用刷上红漆的石块堆砌成"戍边卫国"四个大字，狂风阵阵，吹动着院内的五星红旗。

因为同属军队体系，薛立等人进入营区没有太多障碍。表明需求后，队长带着红头文件同营长在办公室对接工作。

薛立站在办公楼前的操场，看着边防营的士兵正在进行的一场篮球比赛。穿着武警迷彩的薛立也引起了边防战士的注意，一名边防士官过来搭讪："嘿，战友，你们武警怎么跑到这边防线上来了？"

薛立解释道："班长好，我们是武警黄金部队的，是武警中的一支警种队伍，到这来是开展地质调查工作的。"

"你们这相当于解放军的技术工种是吧？"

"是的。班长。"

"那挺好的，在部队还能学点技能，那你们留士官应该好留。而且武警的驻地多半都是在市区，不像我们，你看这地方荒无人烟，连供给都是十天半个月才补充一次，更别提像你们周末还能外出购物了。"

未入伍时，薛立看到边防战士的新闻，由衷地感觉他们真的是光荣伟大，像英雄人物一般。可此刻看着这位守卫边疆的战士，常年在边防线上巡逻，忍受高原的风吹日晒，脸庞的沧桑早已超越了他的实际年龄，薛立才感觉到，一个个参军入伍的战友们，都是普通人，他们有着一样的青春，一样的情感，与社会上的同龄人并未有什么不同，若要真的有什么不同，那就是穿上军装，身上多了一份沉重的责任。

了解到黄金部队即将在边境地区开展的地质工作后，边防营长十分欢迎，为了便于黄金部队开展工作，还特意选派了几名边防战士跟车带路，遇见巡逻队也方便解释。

双方确认调查点具体位置后，边防战士抬头看了看他们："你们要去的地方可不好走噢，车子估计上不去，要走一截。"

队长听后说道："没事，只要能到就行。"

随后两车一前一后驶出营区。在边境地区已经没有所谓的路，放眼望去全是一片荒芜，地面上零星地散布着大大小小的石块。车子一直在颠簸中前进，开了不知多久，前方出现一处小山坡，只见边防的车辆加大马力，一下冲了上去。

司机一看有点心虚："队长，这也太危险了，要不给他们说说，我们下车步行吧。"

队长看边防的车已经开远了，道："他们常年在这边，应该对路况了解，你先跟上看看，实在不行我们就步行。"

于是，司机也加大马力冲上了山路。又开了一会儿，边防的车停了下来，下车向他们招手："前面没法开车了，我们走一截，也快到了。"

此时海拔已在 4000 米以上，空旷荒芜的边境，狂风像刀子一样在薛立脸上刮过，令他感到一阵刺痛。

"我们在前面开路，你们要调查的点位就在山顶。"边防营的战士朝着更高的山峰跋涉，薛立等人咬牙跟上。高原上刺眼的阳光和不时刮来的狂风，让他们眯缝着眼睛，一步一步地朝前方走去。

不知走了多久，他们终于到达既定点位，按照支队培训的教程，展开实地勘查、数据收集。

边防战士们看着他们忙碌的样子，因为不懂作业技术也帮不上忙，显得有些不好意思："战友，你们确实也不容易，这种活看起来像是地质队干的，但要在这么艰苦的地方常驻，地质队的人明显不行。"

调查工作及地质采样结束之后，边防战士将随身携带的国旗展开，鲜艳的五星红旗在风中招展，带着一阵"呼呼"的声响。

此时此刻，看见国旗，薛立的心中别有一番难以言说的悸动，夹杂着责任、荣誉。

"营长特别交代了，黄金部队的战友来边防做调查，我们一道保障算是特殊的巡逻戍边了。每当来到边境我们会按惯例唱首歌，今天咱们解放军武警一起合唱一首，我回去发个新闻，标题就叫'众志成城卫边关'。"这名边防战士说完，将挂在脖子上的相机扬了扬。

"行，那就唱首大家都会的，新时代强军战歌。"

"好，我来起个头！"

听吧新征程号角吹响
强军目标召唤在前方
国要强我们就要担当
战旗上写满铁血荣光
将士们听党指挥
能打胜仗作风优良
不惧强敌敢较量
为祖国决胜疆场

277

......

歌声响彻边境，战士们相处时间虽不长，但此时站立在祖国边境前线，看着同样身着迷彩的战友，仿佛朝夕相伴的家人一般亲切。返程下山时，夕阳西下，落日余晖洒在一行人的迷彩服上，映衬着荒山，构建成一幅美丽的画卷。

2016 年 7 月，黄金各支队应用地质调查工作正在有序推进，南海却黑云压城，在"亚太再平衡"战略框架下，美国打着航行自由的幌子，派遣航母、军舰、战机等到南海巡航，进行抵近侦察和武力炫耀。在美日支持下，菲律宾就南海地区海洋权益争议、领土主权及海洋划界等问题单方面提交国际仲裁。

为了应对美军的挑衅，中国海军三大舰队精锐尽出，于 7 月 5 日至 11 日在南海举行了 2016 年规模最大的海上联合演习，出动了百艘舰艇、数十架战机和岸防导弹。战略火箭军也在南海附近部署数十枚新型导弹。

仲裁庭于 2016 年 7 月 12 日对自身本无管辖权的事项做出了无效的非法最终裁决。对于这样一场披着法律外衣的政治闹剧，中国采取了不接受、不参与、不承认、不执行的立场。

在南海仲裁这场危机中，中国始终保持战略耐心和战略定力，加强与东盟国家、相关海洋权益争端国协商，并于 7 月 25 日与东盟就全面有效落实《南海各方行为宣言》发表联合声明。同时，解放军在第一时间里向世界公开美国航母坐标，在现代战争中，发现就意味着被摧毁，这道理美国人也懂。

美国政府经过对战争结果的再评估，认为若想在对手已经掌握详细航行数据的情况下取胜，美国将失去一艘航母，以一艘航母的代价去取得一场局部战争的胜利，不符合美国的利益。

危机的结局就是美国航母舰队撤退，海军上将哈里斯被调任驻韩大使。南海似乎一夜之间又归于平静，但中国南海从此以后能够永保这份安宁吗？答案当然是否定的。

本章历史大事件出处

1. 2015 年 12 月 31 日，习主席亲自向火箭军、战略支援部队授旗。出处：中国军网，《习主席为火箭军授旗后发生了什么》，2016 年 1 月 18 日。

2. 2016 年 4 月 26 日，由黄金指挥部承办的首届地质工作军民融合发展论坛在北京举行。出处：中国军事网，《武警黄金部队转型应用地质新型作战力量建设》，2016 年 4 月 29 日。

3. 1949 年毛主席决定进军西藏。出处：中国新闻网，《毛泽东决定进军西藏刘邓点将张国华》，2009 年 6 月 8 日。

4. 2013 年 3 月，习近平总书记在参加十二届全国人大一次会议西藏代表团审议时，明确提出了"治国必治边、治边先稳藏"的重要战略思想。出处：新华网，《治国必治边、治边先稳藏》，2017 年 9 月 11 日。

第二十六章　军地改革　前路何方

鹰击长空，鱼翔浅底，万类霜天竞自由。

怅寥廓，问苍茫大地，谁主沉浮？

一

萨德入韩、朝鲜核试验，中国南海翻涌的浪涛还未完全平静，国际局势呈现一番风雨飘摇之势。在这番时代背景之下，中国迎来了改革开放40周年。

1978年的那个飘雪的冬天，伴随着十一届三中全会顺利召开，中国的面貌发生了历史性变化。其中最根本的，就是在重新确立的"解放思想、实事求是"路线方针指引下，冲破了长期禁锢人们的许多旧观念，摆脱了思想的枷锁，中国迈入改革开放历史新时期。在中国共产党领导下，中国人民凭着逢山开路、遇水架桥的闯劲，凭着滴水穿石的韧劲，成功走出一条中国特色社会主义道路。

2017年10月，党的十九大胜利召开，大会确立了习近平新时代中国特色社会主义思想的指导地位，作出了中国特色社会主义进入新时代这一重要判断。

党的十九大召开后，面对社会主要矛盾的深刻变化，面对国家治理体系和治理能力现代化的迫切需要，加上西方资本主义国家的施压，中国下决心解决多年想解决而没有解决的问题——深化党和国家机构改革，时机已经成熟。

"不再保留国土资源部、国家海洋局、国家测绘地理信息局，组建自然资源部；不再保留环境保护部，组建生态环境部；整合工商、质监、食品药品监管部门的主要职责，组建国家市场监督管理总局；成立应急管理部、退役军人事务部……"2018年两会可谓抛出了一份重磅文件。

尽管对新一轮机构改革的力度早有预期，但当正式文件与人民代表团见面时，代表们还是忍不住发出阵阵惊叹——20多项改革，涉及范围之广、调整程度之深，在很多方面超出了众人的想象。新一轮党和国家机构改革方案，堪称改革开放40年来，历次机构改革中最有远见和魄力的方案。

当社会各界还在对新组建国家机构议论纷纷时，一项关于中国人民武装警察部队的重大改革接踵而至。

2018年3月21日，春分时节，全国两会闭幕次日。对社会芸芸大众而言，这天只是一个平平无奇的周三，但是对于黄金部队乃至全武警警种部队的官兵们而言，却是人生旅途中的一个至关重要的节点。

这一天，十一支队官兵结束一日的操课，集合在学习室里准备观看新闻联播。直到此时，官兵们还不知道，一场关系到武警黄金兵前途命运的大变革就要在今晚正式宣告了。

"深化跨军地改革包括公安边防部队改制、公安消防部队改制、公安警卫部队改制、海警队伍转隶武警部队。武警部队不再领导管理武警黄金、森林、水电部队，武警部队不再承担海关执勤任务。方案还就深化群团机构改革、深化地方机构改革提出了要求，方案要求，中央和国家机构改革要在2018年年底前落实到位。"

警种部队改制的消息如同一块巨石投入官兵们的心海，溅起阵阵波澜。面对突如其来的改制，他们的脑中空白一片，只能听到自己的心脏在怦怦跳动，只能吞咽口水去润湿僵硬的喉咙。学习室里静默无声，一直到这条消息播放完毕，响起另一条新闻的播报声时，官兵们还未能回过神来。

一阵短暂窒息之后，学习室内瞬间炸开了锅盖。

"唉，年初武警授新军旗后，并没有配发到警种部队，我就有这样的预感，黄金部队果然是被裁了。"

"2015年'9·3'阅兵宣布裁军30万的时候我就感到心里一紧，之后一直有种危机感。没想到啊，3 年之后裁军还真是裁到自己头上了。"

"新闻里只报道了黄金部队脱离武警，那我们以后会去哪里？政策怎么定啊？"

新闻联播完毕后，坐在学习室里的官兵控制不住地相互议论起来，武警跨军地改革的消息一出，相信此时全国各地的武警部队官兵都无法平静下来。

"咳，咳"，坐在前侧的指导员咳嗽了两声，示意大家安静，可是从他飘忽不定的表情可以看出，他的内心也乱作一团，不知该在这样的场合说些什么。最后指导员定了定神，抬头看着他手下这一帮战士："今晚的新闻想必大家都认认真真地看了吧，按惯例还是各班上一个人点评一下吧。"

指导员的话让官兵们面面相觑。刚才七嘴八舌议论时话倒是挺多，但真要走上前台去表述，又不知该如何谈起。

一阵沉默之后，薛立站了出来，声音很低沉："对于今晚的新闻，我印象最深的就是跨军地改革的消息。我是一名来自湖北国土资源职业学院的直招士官，我毕业后可以选择去地方从事地质工作，但是很荣幸能应征入伍来到黄金部队。虽然在黄金部队，没有扛枪拿炮的机会，可我依然很自豪，因为我们寻金探矿一样是在为国家作贡献，只是，现在……"说到这，他哽咽了，随后眼泪抑制不住地滚落下来。

薛立的这番话语触动了在座所有官兵的心，其实他们都一样，感同身受。

与"8"有缘的年份，注定不平凡。1998 年，亚洲金融危机爆发，伴随着刘欢《从头再来》的歌声，中国第一批下岗潮正式来临。1999 年春晚，演员黄宏带来一个名叫《打气儿》的小品，在这个小品中，黄宏饰演的工人劳模有一句很出名的台词："我不是跟你吹啊，18 岁毕业我就到了自行车厂。我先是入团后入党，我上过 3 次光荣榜，厂长特别器重我，眼瞅就要提副组长。领导一直跟我谈话，说单位减员要并厂，当时我就表了态，咱工人要替国家想，我不下岗谁下岗？"

那时候企业工厂大裁员的乌云笼罩在千万家庭头上，许多家庭在激荡的社会漩涡如同一只小船，看不到未来的方向。对于刘欢的歌和黄宏的小品，新时代出生的人看不太懂，只是觉得歌词好棒、小品好笑。

时隔 20 年，在武警部队跨军地改革的浪潮中，这群黄金官兵明白了当年人们那种忐忑不安的心境。当天夜里，许多官兵躺在床上辗转反侧，一夜未眠。

他们的内心百感交集，不得不为今后走怎样的路而忧虑。特别是对于一些在部队服役多年的老士官和许多想要在部队建功立业的干部而言，这条军改消息带来的冲击有多么猛烈，不言而喻。

二

3月一过，很快便到了清明。草木在绵绵春雨中招展身姿，逐渐从冬日沉睡中醒来，在新一年的春季焕发出蓬勃生机。

往年这个时节，全国各地的黄金部队正要奔赴野外作业点，开展又一年的找矿任务。但在2018年，随着跨军地改革的启动，所有野外任务都进入停滞状态。官兵们人心浮动，都在等待下一步改革的具体消息，像是在漆黑的雨夜等待刺破暗夜的金色闪电。

黄金部队将改革命令宣布至政策落地这段时间称为改革过渡期。这一时期，黄金部队将保证人员思想稳定作为最重要的中心任务来抓。指挥部陆续下发《认清改革意义，保证人员思想稳定》等系列文件通知，各基层中队每日课表内训练科目大幅减少，基本改成理论学习、集体授课。薛立发现，朝夕相处的战友们言语少了，气氛略显沉闷。

特殊时期，各级领导都绷紧了神经，因为他们也是这次改革大军中的一分子，同样亲历着转制的考验。

大大小小的军改，黄金部队早已历经多次，特别是36年前基建工程兵裁撤时，官兵们也曾面临去留的问题，当时在黄金部队首届政委齐锐新的努力下，从基建工程兵部划武警部队，保留了下来。

站在历史的潮头回头看，当时黄金部队能够从基建工程兵裁军中保留，深层次的原因是改革开放初期百业待举，国家需要黄金资源来支撑发展，需要黄金、水电、交通等各类经济建设部队。36年后，中国已经实现从"站起来"到"富起来"的跨越，中华儿女万众一心朝着"强起来"的伟大复兴而努力，国家发生了翻天覆地的改变。

军队参与寻金找矿、参与国家经济建设适用于 20 世纪的国情。但置于全新的时代背景下，军队继续从事这些工作，显然已经与强军兴军、从严治军的新态势格格不入。

从宏观层面来看，于历史而言、于国家发展需要而言，武警警种部队裁撤、集体转隶地方是时代的优化选择。可当我们将视线聚焦，这次跨军地改革，涉及武警警种部队全体官兵的切身利益，他们中的每一个人，都得重新做一次人生选择。尤其是作为一名军人，心中对"国防绿"有一种无法割舍的情结，对于他们，这无疑是一次痛苦的选择。

"按照先移交、后整编的方式，将武警黄金、森林、水电部队整体移交国家有关职能部门。其中森林、消防纳入新组建的应急管理部；边防、警卫纳入公安部；水电部队转为安能集团，为国资委直属央企；黄金部队纳入自然资源部，转为一类事业单位。"指导员详细介绍了警种部队改革后未来的去向，授课结束后，官兵们议论纷纷。

"为什么消防、森林、边防兄弟单位都是行政编，就咱们黄金兵是事业编。"

"唉，亏大了，早知道大学毕业跟同学一样进企业。现在这一军队改革，以后的路不知道是好是坏。"

"不会一直异地分居吧？以后不是军队了，能不能安置回到老家？"

军队改革消息宣布以来，这样的议论在部队内已屡见不鲜。在各级干部多方协调努力下，改革进程中的黄金部队保持了人员的整体稳定，但是考虑未来的发展也是人之常情。不仅是他们，远在故乡的爱人、父母也对官兵们的去向问题十分关注，毕竟每一名官兵也是家庭未来的支柱。

自从跨军地改革命令宣布后，薛立也同战友们一样，考虑未来的方向，是拿一笔退伍费到社会上找工作，还是随队伍一起转隶并入新单位，他的心中也犹豫不定。

"儿啊，我看最近新闻上老说改革的事，听说你们黄金部队也要改革了，是不是以后就不穿军装了？"薛立的妈妈看到军队改革的新闻，在微信上给薛立发来这样一条消息。

为了宽慰父母，薛立尽可能地挑些好话对妈妈讲："是啊，这次军队改革，警种部队都有调整，以后可能就到地方政府单位去了。"

作为母亲他当然知道薛立此时最真实的心情："我是知道你的，去当兵就是你自己做的决定，现在要脱下军装了，你的心里肯定不好受。但是不管怎么样，服从国家的决定，去哪里都当一个响当当的好男儿！"母亲的话提醒了薛立。是啊，无论到哪里，都要当一个响当当的儿郎。这不也正是当初选择穿上军装的初心吗？

但是，到底能去到哪里呢？从得知军队改革消息到现在，又过去了4个月的时间，具体转改政策迟迟未下，官兵们对未来的去向依旧迷茫。

2018年的八一建军节，对于黄金部队的官兵们来说，是一个意义非凡的建军节，他们怀揣着各类复杂的情绪，过完了军旅生涯中最后一个建军节。指挥部已经将脱装的文件下发到各个支队，所有涉军装备清点后整体移交给驻地内卫部队。

2018年8月29日下午，黄金部队全体官兵端坐各支队礼堂，以视频会议的形式参加黄金部队集体转隶自然资源部的交接仪式。会议现场，有些官兵听得很认真，希望在这个发言中听到关于未来单位发展的信息；有些官兵很恍惚，觉得这一天真的到来时跟做了一场梦似的。会议最后，武警部队和自然资源部签署部队转隶交接文件。至此，黄金部队正式脱离武警部队，并入自然资源部。

第二天上午，黄金各支队官兵在即将摘下的"中国人民武装警察部队黄金第×支队"门牌前合影留念。这一天，官兵们的朋友圈全被摘牌照片刷屏了，大家从内心深处流露出对部队深深的情感。虽然在军旅生活中说过这样那样抱怨的话，但是到正式脱装这一天，大家都不约而同地释怀了。军装、番号，随着脱装命令的到来，正式同官兵们告别了。

脱装之后，官兵们的去留问题也摆上议事日程，黄金部队所有义务兵集体退役，其他的军官、士官按照先移交后整编的方式集体移交自然资源部。义务兵将先行一步，退役离开部队。

这样的消息在义务兵层面产生了两极分化的影响，对于大部分列兵来说，他们欣然接受。毕竟他们才当兵1年，连野外都没下过，并没有产生多深厚的军队感情，还能可以按照正常退役标准退伍，拿到一笔退伍费。

而许多希望留在部队长期发展的上等兵却又有截然不同的情绪，在支队组织问卷调查时，他们多次提出希望考虑上等兵随队一起安置。因为有许多家庭条件不好的同志来到部队就是想走出一条改变自己人生的道路，有许多同志对部队产生了深厚感情，现在对未来的憧憬因为军队的改革而终止了，内心的难过和失落溢于言表。

286

三

新月当空，夜色明净。黄金部队营院中，一列义务兵带着他们的行李静静离开了营区。由于返程的火车是在凌晨时分，只有为数不多的人前来大门口送行，这样的告别，显得有几分匆忙和萧瑟。他们在值班参谋的指挥下有序登车。特殊时期，没有热闹的送别仪式，只有天边皎洁的月亮和眼前空旷的营院。

大巴车缓缓驶出营院，他们情不自禁地回头，在朦胧的月色中，透过车窗玻璃仍能清晰地看见机关楼顶"听党指挥、能打胜仗、作风优良"的标语。今天，他们要和军队正式告别，等待着他们的是家乡的亲人，是故土的炊烟，是未知的前方。

义务兵离队3个月后，留队的士官和军官仍没有等来自己去向的消息。"你到底什么时候回来?"面对家中爱人的疑问，他们不知道该如何回应，只能一次又一次地说道："快了。"

2018年后半年，对于全体改制官兵来说，无疑是迷茫的半年。除了知道并入自然资源部转为事业编制之外，杳无消息。对于他们来说，到底是可以转业，还是退役，还是可以分流去其他部队继续服役，都是未知数。

等待是一个漫长的过程，也是一个煎熬的过程。就这样，在日复一日的等待之中，时间又到了一年的末尾。

2018年12月18日，庆祝改革开放40周年大会在人民大会堂隆重举行，中共中央总书记、国家主席、中央军委主席习近平在大会上发表重要讲话。

习近平强调，40年的实践充分证明，改革开放是党和人民大踏步赶上时代的重要法宝，是坚持和发展中国特色社会主义的必由之路，是决定当代中国命运的关键一招，也是决定实现"两个一百年"奋斗目标、实现中华民族伟大复兴的关键一招。习近平指出，建成社会主义现代化强国，实现中华民族伟大复兴，是一场接力跑，我们要一棒接着一棒跑下去，每一代人都要为下一代人跑出一个好成绩！

1978 年至 2018 年，武警黄金部队伴随着改革开放应运而生，伴随着经济发展成长壮大，伴随着战略调整改革转型。回首波澜壮阔 40 年，是中华民族实现站起来到富起来的 40 年，是改革开放艰苦奋斗的流金岁月，更是一代黄金人拼搏前行的 40 年。跟随改革的脚步，一步一个脚印，黄金部队这支寻宝劲旅终于完成华丽转身。凡是过往，皆为序章，通往胜利的道路，因布满牺牲而铭心刻骨；实现梦想的征程，因艰苦卓绝而荡气回肠。

按照上级改革部署，跨军地改革分为移交和整编两个阶段。移交非常顺利，但是整编过程却困难重重。因为是集体转业，那么当年符合转业条件和自主择业条件的干部如何安置？退伍和转业的士官及义务兵又该如何安置？这些全都是改革关口，亟待解决的问题。

2019 年，新中国成立 70 周年之际，沉寂了一年之久的黄金部队终于迎来具体的"三定"方案：划归自然资源部中国地质调查局，下属支队改编为相应中心。

2019 年 3 月，南方早已漫山碧绿，可位于世界屋脊的拉萨市，柳条和白杨树枝才不急不躁慢慢发出绿芽，一切都好像是刚刚睡醒的样子，朦朦胧胧。

大家跃跃欲试等待挂牌和落编。但到时间过了 3 月，黄金部队的官兵们并没有等来挂牌落编的消息，而是等来了回流的政策。符合条件的干部，可以选择走了，那些技术精湛的老技术干部，那些行政多年的骨干，以及那些想复员的青年军官，都实现了自己的心愿。

还有一部分想走却走不了的各级领导，为了稳定这支队伍，为了改革大局，做出了牺牲。他们与那些不符合条件的干部战士，一起留了下来，正在等待另一项政策的洗礼。

"媳妇儿，再过一段时间我应该可以回来了。"太多次传来的消息都未能落地，这让黄金部队的官兵在向爱人报备团聚回流工程时少了几分底气，怕这次的团聚又不能如愿，最后让彼此失望。

漫长的等待让家属也失去了原有的信心："应该？啥时候定了再说吧，你们这个改革拖得太久了，从去年 8 月脱装后就说要回来，这都几个月了。"

其实，之前各支队就已经开始了团聚工程的摸底工作。这个摸底工作轰轰烈烈进行了一段时间，也确实给官兵们带来了希望。但是一阵摸底过后，又出现了安静的局面，不禁让大家开始忧虑：团聚工程是否靠谱？

很多小道消息甚嚣尘上，觉得这次团聚消息仅是安抚，并无实际动作。也有乐观的战士说："这次应该没问题。"官兵们在心里面暗自期望着。

天遂人愿，黄金部队各支队陆续开始了团聚工程的报名，准备证明材料，填写相应信息，团聚工程已经被提上日程。大家的积极性再一次被调动，心中又多了几分笃信。和家人团聚，向妻子交代，这利好政策无疑给每一个两地分居的家庭一丝希望、一份动力。但是，这份期许并没有预想的来得那么快。

4 月过后，又是一轮等待。

这次跨军地改革，"等"字贯穿了始终。这个字的背后，是政策的酝酿，是调研的过程，是上下的反馈，更是全体警种部队跨军地改革官兵们的心境。

谁都不愿等，更不想等，但又不能不等。因为，整个武警警种部队数十万人，成千上万个家庭都在这一条船上，在改革的汪洋大海中奋斗前行。

大家也不知道何时能够到达彼岸，更不知道有什么力量引导这艘大船的航向。官兵们迷茫、失落、埋怨，所有的喜怒哀乐都在"等"的过程中完全显现，无论身居何职，都得和大家一样煎熬。

2019 年 6 月，守得云开见月明，黄金部队的团聚工程开始具体实施。无论干部还是战士，都有选择的权利，很多人都回到了家乡或者家乡附近，这在改革前是不敢想象的。因为军队体制下各兵源调动非常困难，特别是异地当兵政策的限制，想在家门口服役几乎不可能，但是在军队改革大潮的推动下，基本满足了官兵们回归故里、阖家团聚的诉求。

告别的日子越来越近，大家纷纷和战友畅叙历经的岁月，看看自己生活工作多年的老支队，多年成长的地方，军旅梦想开始的地方，风雨与共的地方，一直焦躁地等待着、期盼着离开的地方，这时真要离开了，又是如此难舍难分……

本章历史大事件出处

1. 不再保留国土资源部、国家海洋局、国家测绘地理信息局，组建自然资源部；不再保留环境保护部，组建生态环境部。出处：人民网，《组建自然资源部，不再保留国土资源部》，2018 年 3 月 13 日。

2. 2018 年 3 月 21 日，警种部队集体退出现役。出处：《人民武警报》，2018 年 3 月 21 日。

第二十七章　征途漫漫　唯有奋斗

多少事，从来急；

天地转，光阴迫。

一万年太久，只争朝夕。

一

2021 年，对于全体共产党人而言，是一个特别值得庆祝的年份。2021年，中国共产党正好走过百年。

百年时光，中国共产党带领积贫积弱的旧中国从落后到富裕，从富裕到强盛。翻阅中华大地，中国脱贫攻坚战取得了全面胜利，农村贫困人口全部实现脱贫，中国特色社会主义发展取得的辉煌成就令世界瞩目。

时年 3 月，全国两会如期召开，根据中共中央"十四五"规划总体布局，中华儿女再一次站在新的历史潮头之上，向着伟大复兴的中国梦携手并进！那一句"建成富强民主文明和谐美丽的社会主义现代化强国"已深深烙进每个国人内心。

纵观世界风云，西方资本主义大国与中国暗中博弈已呈争锋之势，国际局势波云诡谲，后疫情时代全球面临百年未有之大变局，而这场席卷全球的风暴早已随着历史前行的轨迹笼罩在时代上空。

正是在这一年，俄乌边境局势愈发紧张，再次关系到中华民族的国运。回溯 2001 年，当时美国遭受了前所未有的恐怖袭击，"9·11"事件震惊了全球。为了打击恐怖主义和保护本国安全，美国发动了阿富汗战争，并把对中国的战略眼光转向了中亚地区。这场战争不仅使得美国面临长期的军事消耗，同时也影响了中国与周边国家的关系，为中国争取了宝贵的 20 年发展时间。

东欧局势变化既是一个挑战，也是一个机会。尽管这种局面阻碍了俄罗斯与西欧之间的合作，影响到俄乌两国的政治和经济安全，同时也牵扯了全球的关注和利益，但是对于正值建党百年、追寻复兴伟业的中国而言，这场冲突搅动的世界风云变化，又带来许多更深层次的意义。

九天开出一成都，万户千门入画图。
草树云山如锦绣，秦川得及此间无。

地处中国西南腹地的蓉城，素有天府之国的美誉，古往今来不知多少文人墨客在此驻足，留下绮丽浪漫的诗篇。步入现代，随着张艺谋导演 2003 年《成都印象》宣传片的放映，成都又被称为"一座来了就不想走的城市"，令许多游客心生向往。2016 年赵雷的一首民谣让这座城市再次翻红，太古里、宽窄巷子、小酒馆成为来蓉必去的打卡地。

2021 年初春时节，成都阴雨绵绵，温暖的春风未能如约而至。在这座城市西北角茶店子路段，新金牛公园建设、老旧小区改造正在紧锣密鼓地进行着，道路周围充斥着施工的噪音和推倒旧建筑时升起的尘土。细雨绵绵，湿润的雨露混杂施工尘土使道路变得泥泞不堪，经过的人们不得不低头看路，挑选便于落脚的地方。

破砖碎瓦之间，一处幽静的营院格外引人瞩目，正门两个威严矗立的石狮彰显着单位的不凡，人们若细心，会看见在正门右上角挂着一个蓝白相间的标志，图标下方印着一行小字"中国地质调查局"，黄金三总队转制成立的全新地质调查中心就坐落在此。

作为一个跨军地改革后全新组建成立的事业单位，如何把握建党百年的契机，凝聚人心，抓好队伍建设？中心党委书记孙耀华，望着窗外飘落的春雨，思绪良多。

"咚咚咚……"办公室外传来一阵敲门声，党委办公室工作人员捧着文件夹走了进来："书记，年初中心动员部署会已经准备完毕，等您作指示。"

根据会议安排，孙耀华来到中心礼堂，面向全体干部职工从国际斗争形势、国内发展形势和地质工作的未来展望作了一番语重心长的动员：

"不谋万世者，不足以谋一时，不谋全局者，不足以谋一域。站在新的时代潮头，我们一定要正确认识国际之大变局。旧有世界秩序正在打破平衡，世界向多极化发展，地缘政治会更加复杂，局部冲突有可能愈加频繁。另一方面，我们国家崛起中，将面临以美国为主的西方国家更大的压力，战略博弈将会贯穿十几年甚至几十年的时间，在经济、政治、文化、种族等方面进行全方位的较量。

"1949 年我们站起来，1978 年改革开放我们富起来，现在正大步向着强起来的目标迈进。如今，中国想重回世界舞台中心，少不了西方势力围追堵截，少不了斗争。一代人有一代人的使命，一代人有一代人的担当。国际国内的发展形势都迫使我们要认识到斗争在所难免，认清我们中心主责主业，认清服务支撑自然生态资源、能源资源工作的重要意义！"

话音落，现场响起了热烈的掌声。

回到办公室，孙耀华叫来党委办公室工作人员，让他带着改革挂牌后新中心的史馆改造图纸进来。改革挂牌之后，孙耀华指示党委办公室做好新中心的史馆改造工作，他很清楚铭记历史对单位发展建设的重要意义，特别是这一支由军转民的特殊队伍，一定要铭记军队的光荣历史，走好未来前行之路。

根据孙耀华的指示，党委办将史馆分为部队时期、转改过渡期、展望未来三个历史时期和诸多任务板块。拿过图纸的孙耀华一张一张地仔细翻阅着，图纸上的旧照片，牵引着孙耀华的记忆。

组建初期土震将军挥手决断的身影，沙金时代白水大会战的激情岁月，岩金时代扎根阳山的坚守，多金属转型挺进高原藏区的奉献，地灾救援逆行冲锋的背影，应用地质调查夙兴夜寐的勘查，脱装转隶官兵们内心的不舍……一段段光辉岁月，就简简单单地印刻在这份厚厚的史馆规划册中了。

许久之后，孙耀华合上图册，说道："先按这个雏形做，不断调整，我们这代人，是承上启下的一代人，历史需要铭记，精神昭示后人。新的史馆建设好后，适时邀请一些老前辈来观摩，提提意见。"

眼下，新中心各项工作正在铺开，在抓好业务工作的同时，孙耀华也没有放松政治建设。他知道，事业是基础，但顶层建设也很重要，现在不像是部队时期，每个连队还有专设的指导员来为官兵们做思想工作，面对进一步改革和中心的发展建设需要，凝心聚气的政治文化工作不容忽视。

二

新中心史馆升级改造工作很快提上日程，旧照片、老物件、救援获得的一幅幅锦旗和如今新单位的发展规划一并容纳进全新的史馆。

孙耀华也向老领导发出邀请，希望在建党节当日能有时间来改制后的新中心看看，虽然部队的番号不在了，但是曾经的辉煌成绩永远留在历史之中，也留在一代代黄金官兵的心里。"陈永华老师，现在三总队摘牌了，成立全新的地质调查中心，欢迎您有时间到单位来坐坐，看看部队改革后的发展建设。"

"耀华啊，感谢你的邀请。你看我都离开黄金部队多少年了，但当我看到部队改革的新闻时，都差点没忍住流眼泪。这几年，我一直在关注黄金部队改革的动向，现在知道改革尘埃落定了，衷心为你们感到高兴。你可以多联系一些老朋友，咱们到新的中心去看看，也顺道去成都旅游了。"

若说孙耀华心里还想联系哪位老领导，当数许向东了。在校园时陈永华老师给予他理论指导，而许向东则是带着孙耀华走进秦岭的深山，从实践给予孙耀华成长上的帮助。恰巧许向东总工老家是四川的，他如果回家探亲还会路过成都。但当孙耀华拨通许向东的手机时却传来该号码是空号的提示，"怎么回事，许总换号了吗？"

当他拨通许向东女儿的电话时，才得知许向东已经去世的消息。不久之后他又得知黄玉珩主任年事已高，身体抱恙。挂掉电话的孙耀华怅然若失，一张张熟悉面孔在他的脑海中闪过，有些因年代久远失去了联系，有些退休后颐养天年，有些归于天命。老一代人因为自己的选择，走向不同的人生方向，慢慢地退出历史的舞台。而他们这一代正接过前辈的大旗，在新时代、新体制下赓续血脉，继续前行。

2021 年 7 月 1 日，伟大的中国共产党迎来百岁华诞，全国各族人民喜迎盛会，共同回顾近代百年历史……

这一天，地质调查中心全体干部职工站在鲜红的党旗下，精神抖擞、庄严肃穆，在中心党委书记、主任孙耀华的领誓下重温入党誓词。尔后，他们迈着整齐矫健的步伐走向新建的史馆。

当两名接引人员推开史馆大门那一刻，门口那金色的雕刻画，辉映着他们胸前闪亮的党徽……

孙耀华轻步踏向面前的浮雕，久久地凝望着，然后露出一丝欣慰的笑容。转改三年多时间，昔日同甘共苦的战友如今又成为并肩奋进的同事，他心中涌动着阵阵波澜，一代人有一代人的使命，他们的未来之路就在脚下。

当前，正值黄金部队转型重塑、换羽新生的关键当口，面对改革带来的许多新情况新问题，怎样坚定信心，迎难而上？要想解决这个问题，就要拿起放大镜，从黄金部队的光辉历程、优良传统中寻找答案，在熟知历史中传承红色基因，在感悟传统中投身改革大考，正确面向新的发展。

"你看，这不是齐锐新政委吗？这是他当时来四川白水金矿时拍的照片。"陈永华、王应生等与三总队有渊源的老人也汇集到一起，在建党百年之际，来到现在的地质调查中心找孙耀华叙旧，也应他之邀看看新的单位，看看史馆里过去的岁月。

组建 512 团，主持"白水会战"的王应生团长已经 93 岁高龄了，在女儿的陪同下，来到地质调查中心。当他看到齐锐新政委的照片时，显得十分激动，给大家介绍着这张照片的由来，他的话语把大家又带回到身着绿军装，会战白龙江的军旅岁月。

陈永华总工默默走到矿区布景图前，一幅偌大的中国版图上，用一个个小灯泡标注着黄金部队 40 年找矿的成果。从遥远的黑龙江到甘肃文县，陈永华的足迹踏遍了大江南北，如今看着这幅地图，他又回想起和王卫国团长挺进冰封雪裹兴安岭时的画面，往昔历历在目，依旧记忆犹新。

"耀华，这就是我们黄金部队 40 年的辉煌成绩啊，这些历史要讲给后人听，不能忘记过去一代代黄金兵是如何走过来的，也要勉励大家走好现在的新路。"指着矿区图标注的点位，陈永华满是感慨，"这么多金矿点，也不仅是黄金部队一家的功劳。这些年我也很关注地方地质调查局和黄金公司，改革开放几十年，地质调查局和五大黄金公司都在为中国的黄金事业作贡献，特别是山东地质调查六队，一个队伍找金达到 2800 余吨，可谓是功绩满满。地方单位都好上新闻，都好宣传，而黄金部队因为军队保密属性，这么多年都在默默无闻地做工作，从组建以来一直支撑黄金工业发展。但是没想到，直到黄金部队番号终结的那一刻，很多人才知道它曾经存在过。

"同王承书一样，为了中国的核物理事业，隐姓埋名三十年的，还有核潜艇之父黄旭华，父母都不知道自己的儿子一生在做什么，每当我读到他们的事迹，心里总是难以平静。回头想想，其实而我们黄金部队的官兵们不也一样吗？正是各地地质调查工作者与一代一代的黄金官兵默默付出，才有黄金事业的今天，才撑住了最艰难时刻的社会经济建设发展。"

他们继续往前走去，在先进典型板块，鲜红的锦旗挂满了墙壁。英雄模范人物栏上，探寻阳山金矿的郭新光、矢志奉献的吴澎骥、汶川救援的张晓萍……全是熟悉的面孔。在黄金部队发展建设史中，还有许许多多的官兵奉献了自己的青春年华，到最后却连名字都没有留下。

最后，一行人走过改革转制篇章，来到展望未来板块，因为中心刚刚成立，这里的陈展略显粗疏，而这些空白就要靠孙耀华和他身后这群转制的中心职工，慢慢以新的壮丽篇章填充了。

"首长你看，这里历任支队长还有你的名字嘞。"陈永华和孙耀华指着墙壁上历任领导的名单，看向老支队长王应生，几代黄金兵在历史的光影下，相视一笑……

三

遥远的北疆，一队吉普车趁着夜幕出发了，车队一路朝着更远的北方疾行。经 331 国道到达伊奇段，经过 8 小时的车程，终于停在了大兴安岭的虎拉林河旁。

车上陆续走下王卫国、陶金花、李方全等人，这群黄金一总队的故人约好在建党百年之际重返西口子。再度回到大兴安岭这片神奇的土地，众人心中感慨万千。

"当时，我们为了进入西口子，专程向指挥部申请了一辆装甲运兵车，硬是靠着装甲车冲出来一条路。在西口子寻金时吃的粮食，都是进山的时候带上山的。官兵把这些粮食，看成生命一样重要。那时候，一连几个月，喝盐水、吃黄豆，酱油拌米饭。在山里，吃不上新鲜菜，不少兵患了夜盲症。大白天，人走着走着，竟一头撞上了大树。偶尔到附近的小河中抓鱼，水冷，常常摸半天也抓不到几条鱼。一锅鱼汤，是记忆中在西口子最难忘的美味。"王卫国站在虎拉林河边向着众人回忆道。

时过境迁，随着国家的繁荣富强，昔日无人区的西口子居然也修通了公路，虽然不算宽敞，但对于王卫国这群老兵来说，意义非凡。

李方全站在大兴安岭的密林前，想象着父亲李同庆踏冰卧雪，进入西口子的画面。李同庆为了完成黄金指挥部交予的黄金储量任务，夙兴夜寐，带病坚守一线，最终倒在了这片冰封雪裹的密林里。长大后他继承父亲的事业，进入黄金部队成长为一名优秀的军官，在真正接触野外工作之时，他才逐渐明白父亲所做事业的光荣。而今他随队转隶，进入新的中心，将继续扛起王卫国等前辈们的旗帜，在新体制内发扬黄金兵的优良传统，干好全新的事业。

陶金花站在虎拉林河旁，想着她曾经在守沙金船溜槽时发现的"中国版图"狗头金，现在她也退休离开了一总队，过往的记忆犹如河流一般翻腾："老团长，听方全说现在黄金部队转隶后，有一项新的职能是国土空间修复，原来的一总队现在的哈尔滨中心，他们说不定还会回到这里勘查，对大兴安岭因为经济建设开发破坏的生态进行修复。"

站在陶金花身后的孙女走到河边，蹲下身把双手探进冰凉的河水，感受着奶奶曾经浪里淘金的事业。前不久，陶金花刚刚带着孙女去了一趟北京，在中国国家博物馆内参观了她发现的"版图金"。从小到大，孙女一直听着奶奶讲述黄金部队的故事，耳濡目染之下，对地质事业有了浓厚的兴趣，高考填报志愿时选择了中国地质大学。她准备毕业后去报考哈尔滨中心，延续陶金花的地质事业。

"是啊，所有人都是随着时代的河流走的，一代人做一代人的事。我们，也该交接旗帜了，未来，是属于这群年轻人的。"王卫国看着这群曾经的战友，又回头望向远方安静沉默的密林，那片密林里安葬着老朋友呼其图老人，牺牲的战友李同庆，短暂出神后，王卫国又默默地朝前方走去……

小秦岭山脉，横跨陕西与河南两省，东据崤函，西临潼关。山势挺拔陡峻，山体稳如磐石，使从北而来的黄河，望而却步，滚滚东流。一行人正在小秦岭的山岭中忙碌着，他们穿着崭新的自然资源调查服，正在搭建新式钻机。打头的一位正是团聚回流到西安矿产资源调查中心（原二总队五支队）的一级警士长、武警忠诚卫士谭建勋。

部队转隶时，按照他的资历原本可以安置回到安徽老家，可谭建勋说他离不开钻塔的轰鸣，离不开部队的大家庭，选择留下与战友们再次寻金探矿。

再次来到小秦岭，来到这见证他成长、留印他青春的山岭，心中感慨万千，他拿出手机拍摄了一组小秦岭山区的照片，发了一个朋友圈，配文写道"有没有回忆？"

三门峡市，崤山西路原黄金六支队家属院，忙碌完家务活的许燕拿出手机翻到谭建勋发出的这些图片，一阵沉默。她仔细盯着小秦岭山脉许久，在下面写下一句留言："黄金——山高路远总有人为你而来。"

放下手机，她搬过一条板凳，在书架最上层摸索了半天，翻出一个布满灰尘的铁盒，里面保存的是父亲许向东的荣誉证书和个人笔记。

打开泛黄的纸页，上面工整地书写着一行行地勘调查资料，那是一代黄金人跋涉山海，为中国黄金事业奋斗一生的历史……

衍水浪卷挥青史，天高云急荡雄风；莽莽大漠铸警魂，铮铮铁骨映忠诚。回首过去，豪情满怀，放眼未来，任重道远。

犹记得 40 多年前，病榻前的周恩来总理对王震将军那一番话语——"你要把金子抓一抓！"简简单单又重若千钧的一句嘱托，成为黄金部队诞生的起点。

改革开放 40 多年，新中国实现了从站起来、富起来到强起来的伟大飞跃，站在新时代的潮头，向着伟大复兴梦想阔步前行，在这 40 多年高歌猛进的背后，有多少人，多少行业，多少单位的默默支撑！

青年时代的周总理曾经写下这样的寄语："愿相会于中华腾飞世界时。"这是周总理在一百多年前的中国梦，今天的我们正在替老一辈革命家们圆梦。

2021 年 3 月，中方应美方邀请到阿拉斯加会谈，美方一开始就明确表达对涉疆、涉港、涉台等中国内政问题强加干预的态度，中方立即展开反驳，唇枪舌剑，异常激烈。尤其引人注目的是，中方代表当面指斥美国国务卿和国家安全顾问："你们没有资格在中国的面前说你们从实力的地位出发同中国谈话。"此话一出，举座皆惊。在中美外交史上，这应该是史无前例的，全世界都惊呆了。

40 多年过去了，中国之变化已经天翻地覆，这盛世，如周总理所愿！

在这场大国起航的浪潮之中，一支因金而生的特殊部队——黄金部队，起始于改革开放的春风，穿行在大兴安岭的林海雪原，奔波在内蒙古草原的凛冽狂风中，行走在人迹罕至的雪域高原，纵横疆域，浪里淘金。黄金部队在改革开放初期挺进荒野，在百万裁军中改警转隶，在市场经济中探索新路，在多次转型中听党指挥。

平民星光，凡人英雄，伟大的事业离不开普通人的付出。脱装换羽后的黄金官兵，将继续奋战在江河湖海，为黄金工业建设发展，为中华民族复兴伟业，为人类探索未来征程，奉献力量！

本章历史大事件出处

1. 周恩来总理曾写寄语："愿相会于中华腾飞世界时。"出处：新华社，《周总理：如您所愿！今天，我们相会于中华腾飞世界时》，2018 年 3 月 5 日。

后　记

凡是过往，皆为序章。掩卷《黄金》之时，40 年黄金部队史也随着文末的句号落下帷幕。但这并非故事的终点，并入自然资源部中国地质调查局之后，他们仍旧在山林沟壑、白沙黑土间谱写新的时代篇章。

"历史需要铭记，精神昭示后人。"这是老一辈黄金兵的谆谆嘱托，也是编写人员创作此书的初衷。过往岁月中的人与事，如同碎石砂砾，终会在历史长河中冲刷消散，唯有先辈传承凝练下的精神和黄金一样，历经沧海桑田，永远光芒璀璨。

"为什么我的眼里常含泪水，因为我对这片土地爱得深沉……" 1938 年 10 月，武汉失守，诗人艾青满怀对祖国的挚爱写下了这首诗。1979 年改革开放之初，黄金官兵之所以能勇闯禁区，在艰苦卓绝的环境中寻金探矿，支撑他们的也是内心这一份赤子情怀，对这片土地爱得深沉，对这片土地上生活的人民爱得深沉。

"老兵不死，只是凋零。"在编写创作过程中，徐田有、黄玉珩等曾经为黄金部队事业奋斗终身的老领导相继离开了我们，老一辈黄金兵远去的身影让我们饱含热泪。面对时间长河的伟力，《黄金》编写组倍感压力，迫切想用手中的笔，为黄金部队留下岁月痕迹，定格一段岁月，记录一段历史。我们希望通过文字纪念那些已经离开我们的领导和战友，让他们的精神和事迹永远流传下去。这既是我们作为原黄金部队官兵一员、作为新时代地质人的责任，也是为了纪念前辈们走过的路、攀过的山、蹚过的河，以及敲击的一块块石头、发掘的一座座金矿。

本书起笔于 2021 年中国共产党建党百年之际，编写组成员为尽可能还原黄金部队40年光辉历程，在立足原三总队、十二支队的资料基础上，克服疫情影响，走访自然综合调查指挥中心（原黄金指挥部）、西宁中心（原黄金六支队）、廊坊中心（原二总队），并通过网络收集哈尔滨中心（原黄金一总队）、呼和浩特中心（原黄金二支队）、海口中心（原黄金九支队）等各师团级单位历史资料。因部队改制后涉军材料多数清理销毁，资料收集过程极其困难。我们也适时采访了原部队战立斋、杨彦生、邓光明等领导同志和部分战士职工代表，还向四川省文联、作协刘裕国、黎正明等专业作家请教长篇纪实文学写作技巧。邀请原黄金指挥部主任周锁海题写书名。

在此书之前，也有过一些反映黄金部队的文学书籍，但基本是一个历史时间段或零散故事的合集。《黄金》是第一本全景式、涵盖40年历史并且有连贯主线的黄金部队长篇纪实文学作品，全面、生动、成体系地展现出黄金部队的坚韧、坚持。要从纷繁的史料中穿针引线、抽取删减再精修打磨成为书稿文字的一部分，其创作难度可想而知。实际编写过程历经人员抽组、草拟大纲、设计初稿，再多次推翻重来的艰难创作之路。韩忠同志对此书高度重视，亲自主抓，多次召集编写组成员提出修改意见。在历经3次整体推翻重来之后，《黄金》最终于2023年11月结稿。

记得定稿之时，编写组成员草拟了多个书名，最后议定浓缩为两个字："黄金"。大道至简，《黄金》既包含了黄金金属的含义和黄金部队在改革开放大潮中的风云历程，还反映出无数地质前辈在奋斗路上默默奉献的"黄金"精神。它们都凝聚在重如千钧的两个字上，回荡在历史的风尘中，发出的声响震耳欲聋。

诚然，编写组成员在撰写此书的过程中付出心血和热忱，但受限于未曾亲历早期历史及笔力不足等因素，书稿仍有许多值得再进行推敲完善的地方。短短几十万字也无法涵盖所有支队的发展建设情况。为了文稿脉络的连贯，我们在各总队中挑选了一些故事情节进行了艺术加工和融合。请有心阅读此书的各位战友不吝赐教、指出不足之处，编写组成员无不诚心接受。

最后，全体编写组成员再一次向所有帮助此书成稿的同志们道一声感谢。时代更迭、人世如潮，在黄金市场正式开放后，越来越多的人了解到黄金的珍贵。漫漫寻金路，满满白发情。希望能够通过这本《黄金》，让人们了解到国家发展建设与黄金的幕后故事，了解到寻金不易；更希望让更多的后来者找寻到那股精神指引。

然而最好的感谢就是使命的接续和承担。2022年10月2日，习近平总书记给山东省地矿局第六地质大队全体地质工作者的回信点燃了全国地质工作者的热情——"我们都是收信人，更是答卷人！"在中华复兴伟业的征途上，改革转制后的黄金官兵必将竭尽全力、再续辉煌，让党和人民为我们阅卷！

我们曾经在路上，我们永远在路上……